———— 阅读之前 没有真相

午夜文库

天堂之音,魔鬼之名

[日]皆川博子 著

朱东冬 译

新 星 出 版 社　NEW STAR PRESS

登场者

约翰·菲尔丁	盲眼治安法官
安-夏莉·摩尔	约翰·菲尔丁的外甥女兼助手
蒂尼斯·艾伯特	安的前助手，人称"铁夹子"，正在逃亡
哈顿	安的助手，人称"松垮布丁"
戈登·戈登	安的助手，弓街侦探的一员
丹尼尔·巴顿	圣乔治医院专职外科医生，解剖学的先驱者
爱德华·塔纳	姿容俊逸，丹尼尔的前大弟子，正在逃亡
奈杰尔·哈特	天才素描画家，丹尼尔的前弟子，正在逃亡
阿尔伯特·伍德	丹尼尔的前弟子，《呼叫追捕》的主编，人称"瘦子亚伯"
本杰明·比米斯	丹尼尔的前弟子，《呼叫追捕》的编辑，人称"胖子本"
克拉伦斯·斯普纳	丹尼尔的前弟子，《呼叫追捕》的编辑，人称"话匣子克拉伦斯"

内森·卡连	立志成为诗人的少年,爱德华等人的朋友
哥布林	盗墓者
切莉	丹尼尔府邸的女仆
伊安·怀勒	贝德莱姆现任院长
萨姆·拉特	怀勒两任之前的院长,人称"烂人"
梅尔	画家,贝德莱姆的患者
小说家	贝德莱姆的患者
迪芬贝克	斯皮内琴[①]演奏者,贝德莱姆的患者
安德鲁(安迪)·里德利	玻璃工匠
埃丝特·马利特	安迪的师傅马丁的女儿,"金羊毛"旅店的女佣
雷·布鲁斯	演艺剧场的半人马喀戎
弗朗西斯·达修伍德	通信大臣,人称"大鼻子"
拉尔夫·杰加斯	达修伍德的堂弟,西威克姆的管理人
巴里-史密斯·多丁顿	达修伍德的亲戚
斯特拉	多丁顿的继室,人称"大屁股夫人"
特伦斯·奥曼	富兰克林博士的弟子
凯特	"斧与蜡"旅店老板的女儿,曾是多丁顿的前妻的侍女
比利	"斧与蜡"旅店的男佣
贝姬	凯特的朋友,曾是达修伍德的领主馆的女佣

[①]小型拨弦古钢琴。译者注,下同。

据说那并非谁都能听到的声音。

有这样的传闻：某个歌剧女主角听到了那声音，在舞台上发狂了……

也有传言说，那乐器会召唤出恶魔。

还有这样的传说：那乐器奏出的音色过于悖德，神因而震怒，降雷惩罚，设计出该乐器的人被雷劈中，死去了。

没有人见过那乐器。

它的名字是，阿尔莫……嘘，听说有人只是说出了它的名字就死了呢。它的名字好像是阿尔莫妮卡。

都是些无稽之谈。

会召唤出恶魔的乐器，阿尔莫妮卡·迪尔波利卡。

有人说，设计出这种乐器的是本杰明·富兰克林博士，这种说法正证明了那些传言都是毫无根据的。

生于新大陆殖民地的富兰克林博士虽然从传言传开的几年前起就在伦敦逗留，可他非但没有被雷劈死，还精力旺盛地进行外交活动、在大学演讲，等等。

而在访问英国的几年前，他在殖民地做了研究雷的本质的实验。大概是因为这件事，他才和奇怪的传言扯到了一起。这种说法得到了人们的认可。

传言很快便消失，被人们遗忘了。

I

1

费时许久,总算找到了工作。

在搭档的帮助下,盲人走到踏车里面。

他用双手稳稳握住中央的支轴。搭档站在他右边。

总感觉周围的气氛有点不对劲……安静得有些反常了。没有矿工们工作的动静,也听不到脚步声和工头的怒斥声。总不可能所有人都下到坑道里去了吧。

但也没工夫偷懒。

"准备好了吗?开始吧。"他向搭档招呼道。

"嗨哟!"

他踏了一步。

最初的一步十分费力。他把全身的力气都集中到了一只脚上,然而踏车一动不动。

"再来一次,嗨哟!"

他用力踩下去。两人的力量合到一起,踏车一下子动了。

第二步也很需要力气。

由地面向下挖的深坑上面搭有木板,安装在那里的巨大滑轮就是踏车。它的外形与水车类似,不过踏板是伸向内侧的。

从中央水平伸出的长杆上系着的粗绳垂到坑底。它的工作原理是这样的：随着踏车转动，绳子被卷到横杆上，坑道内已被开采出的白垩石块就会被拉到地面上来。竖坑也起到了通风口的作用。

水车以水力驱动，而将巨大的石块拉到地面上的踏车则是依靠人的踩踏转动的。

人……从日出时起一直到日落时分，站在踏车的框架里面，握着中央的支轴不停原地踏步的"踏车工人"，究竟是否被雇主当成人看呢？

三步、四步，进入了状态，踏车开始以一定的节奏转动起来。即使如此，踩踏也丝毫没有变得更省力。

一七七五年，蒸汽与电力还没有成为动力。即使是要修筑高耸至空中的寺院尖塔，也是在顶上安置人力踏车来充当吊起巨石的起重机。这是从中世纪延续下来的方法。

受雇当踏车工人的往往是盲人。安在圆环形框架上的踏板满是空隙。如果是盲人，就不会感到恐惧或突然眩晕了吧——雇主们是这么考虑的。

但就算看不见深坑，恐惧也是一直存在的。有不少家伙觉得他是贫穷的盲人，就无缘无故地向他投掷石块，用拐杖打他。路上到处都是坑，他时常陷入泥泞中。

即使不被当人看，能找到工作，对盲人来说也已经很难得了。

干建筑这行，现场的工作一结束就会被解雇。在找到下一份工作之前，只能靠乞讨、捡破烂儿过活。但乞讨、捡破烂儿也是讲究地盘的，要想在没有蹬踏车的工作时暂且以此维生，是非常困难的。

这天一大早，搭档过来接他，他很高兴。

领主大人的洞窟那里又要开采石料了，说是需要踏车工人。

搭档并不是简单明了地这样说的。他口吃很严重，要听清他说的话很不容易。而且他的智力似乎也存在障碍，说话慢吞吞的。盲人从很久以前起就与他关系亲密，在一定程度上听懂了他想说的话。

"领主大人的洞窟"曾是非常好的工作地点。盲人和搭档从十七八岁起，有几年是靠蹬踏车生活的。只要天气好，他们的活儿就从未断过，虽然工钱只有可怜的一丁点。

搭档每天早上都会过来接盲人。他们两人一组蹬踏车。搭档虽然智力存在障碍，但视力没有问题，而且身材高大，体格强壮。往返工作地点时，搭档会用粗壮的胳膊牢牢扶着盲人的腰，盲人走路便十分轻松了。他们就这样互相弥补对方的不足之处。采石场突然被封锁是在十五年前，自那之后，他们有时受雇去各种不同的地方干活儿，有时又没活儿可干，过着不安定的生活。

采石场恢复开采是件值得庆幸的事。这次开采一定会持续很长时间。

每踏一步，身上就渗出些汗水。

烈日炎炎，犹如盛夏一般，可当太阳被云遮住时，又感觉凉飕飕的。英格兰的夏天很短，昏暗而漫长的冬季很快就要袭来。南方的舒爽也只是听说过而已。南方，那是仿佛根本不存在的天堂一样的地方。

突然，盲人向前倾倒，胸口撞到了支轴上。这是因为车轮停止了转动。

他听到搭档倒吸了一口气。

"好好蹬啊。"

两人蹬踏车时,几乎全是靠身强力壮的搭档发力。

"你怎么了?"

搭档发出了笑声。

"天使……"盲人勉强听清了这个词。

搭档的笑声转为啜泣声一般的声音。盲人继续努力听他说的话。

"天使飞起来了。"搭档说,"展开巨大的白色翅膀,在天空中飞舞。"

2

本双手捧着一摞刚印好的纸,用下巴抵着,赶往威斯敏斯特地区治安法官约翰·菲尔丁的官邸。

夏季的最后一日刚过去,寒冷刺骨的秋天便骤然来临。干燥的马粪被风卷起。出租马车呼啸而过,便会在路上留下微温的马粪。

被煤烟熏得发黑的墙上到处张贴着招募志愿兵的宣传单,令本就一派杂乱景象的伦敦更显肮脏。

这个四月,在新大陆的殖民地列克星敦,殖民地民兵与英国正规军发生冲突,展开激烈战斗。

英国本土向殖民地征收的税太重了,殖民地的人们对此心怀愤懑,频繁游行,一触即发的紧张状态持续了很久,这次终于爆发了。趁此时机,民兵在殖民地各处发起叛乱,上个月,也就是八月,政府在宣言中称美洲殖民地的人为"叛军"。为了做好准备以应对激烈的战争,伦敦这边对志愿兵的招募也进行得如火如荼。

本对那些宣传单视若无睹，爬上通往官邸入口的石阶。虽然石阶只有几级，但本有些胖，所以爬得气喘吁吁的。

不等他一脚把门踢开，在门外等待的克拉伦斯就兴高采烈地喊着"值得纪念的第一期完成了啊"，迎接了他。

这不是临着弓街的正门，而是进入狭窄小路后右手边的私密入口。看门的侍从芬奇露出亲切的笑容。"要把鞋底好好擦干净哦。"他竖起食指，"您又踩到马粪了吧？"

"你看到了？"

"不用看也知道。走在伦敦的路上，要想不踩到马粪可太难了。"

刚进大厅，克拉伦斯就想从本怀里的那摞纸中抽出一张来。"让我看看。"

"得先让约翰阁下过目才行。"

本想要这么说，但因为抵在纸上的下巴无法自由活动，只发出了含意不明的"啊呜呜"的声音。

一阵脚步声响起，又一个人下楼过来了。是绰号"瘦子"的亚伯。这个绰号正如其人，极为无趣。顺带一提，本的绰号是"胖子"，克拉伦斯的绰号是"话匣子"。这两个绰号也毫无品位。

"完成了啊。"亚伯的语气带着些感慨。

这时传来敲门环的嘈杂声音，侍从芬奇出去应对了。

"我想在《呼叫追捕》上登广告，在这边谈可以吗，还是应该到正面大门那边请人引见呢？我觉得那边应该是审判的相关人员出入的地方，就来这边了。"

说话的男人戴着扑了发粉的假发，头顶三角帽，长下摆丝绸衬衣外面套了件高领风衣，下身穿着似是融入了意大利流行元素的竖条纹马裤（长及膝部的裤子），衣袖袖口收紧的部分很长，看衣着打扮像是上流阶级。他看起来快五十岁了。以银扣装饰的鞋的鞋跟让他高了大约三英寸，但还是比亚伯要矮两三英寸。

不等芬奇说话，话匣子克拉伦斯抢先回答："这边就可以。《呼叫追捕》的编辑室就在这栋官邸里。"男人便大摇大摆地进来了。

"这么快就有人要来登广告了啊。"

克拉伦斯差点露出过于讨好的微笑。可如果态度太卑微，会有失约翰阁下的体面。虽然实际处理业务的是话匣子克拉伦斯·斯普纳（二十七岁）、胖子本杰明·比米斯（二十六岁）、瘦子阿尔伯特·伍德（二十九岁）这三个人，但《呼叫追捕》的发行人是伦敦威斯敏斯特地区的治安法官约翰·菲尔丁爵士。

法官官邸既是住宅，也兼作审讯室、简易法院，还设有拘留所。此外，这里现在还编辑发行揭发犯罪事件的报纸，计划每个月发行两期。

"不过，第一期刚刚才印好，也真亏您能知道这份报纸。"

"这是通信大臣弗朗西斯·达修伍德爵士的委托。弗朗西斯爵士知道法官先生要发行报纸。"男人微微挺起胸，"我是拉尔夫·杰加斯勋爵士，弗朗西斯阁下的堂弟，管理着弗朗西斯爵士的领地西威克姆。弗朗西斯·达修伍德爵士以前还担任过财政大臣一职，想必你们都听过他的大名。"

三人面面相觑。本的圆脸变得有些僵硬。

"另外，我还是西威克姆的罪犯诉讼协会的委员。我的身份和地位，你们已经明白了吧。"

男人将胸膛挺得更高了。他的眼睛很凸,不亚于现国王乔治三世陛下。不过,国王陛下的下巴圆圆的,有些后缩,侧脸像个球;而这个男人下巴很宽,鼻翼也有些外扩。

"这就是《呼叫追捕》的实物吗?让我看看。"

男人伸出手。

"不好意思。"亚伯阻止了他,"这些才刚印好,还没有让法官阁下过目,不太方便先让其他人看。请您稍等。"

"看来约翰爵士今天没有庭审。我非常想拜见他。替我转达一下。"

三人没有马上回答。

"遵命。"看门人芬奇插嘴道,"请您稍作等待,这就为您向约翰爵士转达。"

芬奇恭敬地说完,步履蹒跚地走上了楼梯。

三个毛头小子没有对自己表示敬意,拉尔夫·杰加斯对此非常不满。为了表达不悦,他哼哼了几声,但毛头小子们无视了他。

"总之,得把这些送到约翰阁下那里。"克拉伦斯说道。

三人开始上楼梯。隐隐能听到小提琴的声音。

"喂,等等。"

亚伯对拉尔夫·杰加斯的叫嚷置若罔闻,伸出手说:"本,我帮你拿一半吧。"

"啊,我也帮忙拿点吧。"克拉伦斯总算也热心起来。

这时,芬奇跟跟跄跄地回来了。"约翰爵士恭候您的到来。请随我来。"他向拉尔夫·杰加斯报告说,"烦劳各位把鞋底仔细擦拭干净。约翰阁下非常期待,说想赶紧看看。"后一句话是对亚伯等人说的。

为了不让手里捧着的一摞纸掉一地，三人的脚步变得小心翼翼，由芬奇领着的拉尔夫·杰加斯抢先一步走进了约翰爵士的起居室。小提琴声戛然而止。似乎是因为看到有来客，安停止了演奏。当约翰爵士休息时，安的奏乐是绝对少不了的。

"那家伙是大鼻子的堂弟啊。"

见门被关上，估摸着外面的说话声传不到屋里，克拉伦斯毫不顾忌地骂道。

本扑哧一声笑了出来。

那是七八年前的事了，他们曾让"喝酒时鼻头比嘴先湿"的大鼻子通信大臣弗朗西斯·达修伍德爵士吓得瑟瑟发抖，以致不得不暂时停职。不过，达修伍德爵士并不知道那是谁干的好事，一直以为是出现了亡灵。

从前，大鼻子乘坐的马车轧死了克拉伦斯年幼的弟弟。克拉伦斯的父亲只是个普通的理发师，没有把事情闹大。如果向身份尊贵的杀人者抗议，反而会以损害名誉的罪名遭到起诉，被投进监狱。克拉伦斯和本等伙伴一起精心筹划，实现了复仇，但未能给予其致命打击。

那时候，伙伴一共有五个人。那两个人已经离开五年了……过往的记忆浮现，然而三人像是商量好了似的，都将这记忆压了下去。

在法官的起居室前等候的芬奇为三人打开了门。

以黑色细长布条蒙住眼睛的盲人法官正坐在喜爱的椅子上休息，从表情来看，他的心情不是很好。

拉尔夫·杰加斯站在他身前，正滔滔不绝地做着自我介绍，讲述着自己的勋爵头衔，以及自己是通信大臣弗朗西斯·达修伍德的堂弟，等等。

安笑容满面地将三人迎了进来。"约翰阁下，"她的声音有些兴奋，"亚伯他们把第一期拿过来了。"

"噢，印好了啊。"

法官伸出双手，安接过亚伯手里的那摞纸，递给法官。本和克拉伦斯把手里的纸放到了小桌上。桌上还放着安的小提琴和琴弓。

充当法官的眼睛进行活动时，安－夏莉·摩尔会为了行动方便而穿男装。但这天法官休息，所以她穿着与女性身份相称的衣服。衣服的布料上乘，但她讨厌裙撑，从来不穿，觉得它会让裙子臃肿得如同教堂的钟，裙子顺着腰自然下垂，让她看上去像个女佣。她也讨厌把从下胸到腰都勒得紧紧的、几乎能把肋骨勒断的紧身胸衣，所以没有穿在身上。不过，她自然不会让男人们知道这一点。她很苗条，没有必要硬是这样勒着，倒不如在胸部垫些填充物还更好些，然而穿男装时胸部显得太丰满的话会很怪异，对常常四处活动的安来说，这个体形恰到好处。

"能闻到墨香呢。"

法官轻轻摸了摸两折四页的报纸。

仿佛在用手指阅读文字，亚伯想。

法官的触觉格外敏锐，弥补了缺失的视觉，但也不可能用来阅读印刷出来的文字。

"这样蹭，会把手弄脏的。"克拉伦斯提醒道，"墨还没完全干呢。"

"安，解说一下。"

"是，这就为您解说，约翰阁下。最上边用大号文字写着'呼叫追捕'。"

"差不多是报道正文文字的五倍大。"克拉伦斯补充道,"下面写有约翰阁下的创刊寄语。要给您念一下吗?"

"不,不用了。"法官苦笑,"虽然只是口述,但我反复推敲了许久。全文我都记得。安,你之后检查一下有没有排错字的情况。"

"版面从上到下分为三个部分,一行的长度很易于阅读。头版头条是上周被判死刑的托马斯·麦考利犯下的盗窃案的详情。然后是……"安正要继续说——

"克利夫·塔克犯下的强奸案,以及被抓了现行的扒手罗宾·巴的案子。"克拉伦斯又插嘴道,"然后是突袭赌场逮捕四十五人的事,这篇报道是以讲故事的口吻写的,读者会非常喜欢的。砸坏轮盘具,找出安在轮盘背面的滚筒和弹簧,揭发了庄家的作弊行为,大快人心。"正如"话匣子"这个绰号,克拉伦斯一开口就停不下来。"内森这篇报道写得真好,他当时不在现场,却写得让人感到身临其境。对了,得尽快拿一份让内森也看看。我觉得他与其立志成为诗人,还不如以当个小说家为目标。照这个势头写犯罪小说的话,一定会大受欢迎的。"

克拉伦斯越说越跑题了。"亚伯,本,你们觉得如何?"法官将脸转向两人所在的位置。

约翰·菲尔丁的听觉比触觉还要灵敏。人们都说他能凭声音分辨真话与谎言,因此对他十分畏惧。当然,市井传闻往往言过其实,但为了震慑犯罪者,法官故意不去纠正。

根据气息与声响,他能十分准确地判断出周围人所在的位置。

这并非他天生就具备的能力。他是从十九岁失明时起,凭借自己的意志,将视觉以外的感官磨炼得极为敏锐的。

"征集关于尚未解决的苹果案的线索的文章，以及几名通缉犯的名字、特征与经历。请放心，是完全按照阁下之前的指示完成的。"亚伯说。

威斯敏斯特地区治安法官约翰·菲尔丁计划在警察组织不完善的英国建立一个大情报网。发行犯罪案情报纸《呼叫追捕》，正是为了达到这个目的。他计划将报纸送到各地的市长和治安法官那里，与他们密切合作。他还打算将报纸分发到邮局、咖啡屋和酒吧之类的地方，在市场上也会出售。

"好想让丹尼尔老师也看看啊。"本喃喃道，"老师得知咱们的工作成果，一定会很高兴。"

"老师看到咱们几个的脸，会想起以前的事而哭出来的。"克拉伦斯答道，"不过，差不多也该恢复了吧，都过去五年了。"

"可我总觉得就像不久前的事一样。"

"是个好机会。"法官说，"之后可以给医生送一份过去。我也一起去吧……不，医生是个大忙人，我过去大概会打扰到他吧。"

"怎么会呢。"本摆摆胖乎乎的手，"老师再怎么忙，看到约翰阁下来访也会很高兴的。"

"现在这个时间，老师可能正在医院里做手术呢。"亚伯谨慎地说。

"也可能正忙着解剖。"克拉伦斯正要继续说——

"不好意思，"一直被晾在一边的拉尔夫·杰加斯勋爵不耐烦了，插话道，"我听说你们可以登广告征集关于犯罪者的线索。"

这话是冲着法官说的，但回答的是亚伯。

"正是如此。"亚伯显露出主编的威严，点头说道。

即使到了十八世纪后半叶，英国仍不具备完善的揭发犯罪的组织。此时的英国不像法国、德国等国家那样有警察机构，甚至连与法语"police"（警察）对应的英语单词都还不存在。在十八世纪即将结束的一七九八年，维护伦敦港治安的组织才终于被称为"Marine Police"（海上警察）了。人称"苏格兰场"的首都伦敦警察厅是在一八二九年成立的，是进入十九世纪之后的事了。

在教区维护治安的差役被称为基层警察，教区内的户主负有轮番担任基层警察的义务，任期一年。尽管这是需要追踪逮捕犯罪者的极度危险的工作，但基本上是没有报酬。也有很多人不愿做这份工作，花钱雇别人替自己做。而被雇来当基层警察的人之中，大半是极为腐败堕落之人，他们雇普通市民作为自己的手下进行搜查。这帮被称为"捉贼者"的基层警察手下，往往自身就是犯罪者。

逮捕犯罪者以及审判所需的费用全部由起诉者承担，给提供线索者的悬赏金也是由受害者支付的。

有很多案犯被逮捕之后，由于受害者付不起钱或不愿出钱，又被释放了。举个例子，一七六六年七月，有三十一人受到判决，其中二十二人因未被起诉而获释。每年每月都有这样的事，都大同小异。

个人支付费用，负担实在太重，于是各地成立了民间组织"罪犯诉讼协会"，且组织数量不断增长。

协会向会员征收会费，当会员受害时，协会将为其承担追踪并起诉嫌疑人所需的费用，还会帮忙通过广告和传单收集线索。对一辈子都没受害的会员来说，会费就算是白交了，说白了，这种机制就类似不退还保费的保险。逮捕率充其量也就两成。攒到手里的钱，协会便希望尽量不再花出去。

"正如刚才所说，我是通信大臣弗朗西斯·达修伍德爵士的——"

"堂弟，管理着弗朗西斯爵士的领地西威克姆。我听到您刚才是这样说的。"克拉伦斯打断了他的话。

"弗朗西斯爵士的父亲原本是伦敦的商人，靠奴隶贸易大赚了一笔。"安接着说，"他用这笔钱买下了西威克姆的土地，并获得了爵位。"

也就是说，不过是暴发户而已。

"我非常清楚各位阁僚的履历。现在这位弗朗西斯爵士同样靠奴隶贸易获得了巨大的利润，还创建了可疑的俱乐部——"

"那都是政敌瞎说的！那个可恶的威克斯，"杰加斯急忙打断安的话，"为了打垮弗朗西斯爵士，在宣传册上写些有的没的，到处散播。根本是诽谤中伤。据说威克斯发行过淫秽出版物，还曾非议国王陛下，被告发并剥夺了议员资格，他可是个履历不干净的男人！"

"但他在市民之中人气颇高，现在是伦敦市市长。"

"你就是传闻中那个参与犯罪搜查的不成体统的女人？"杰加斯露出轻蔑的表情。

只有在一贫如洗、不挣钱就活不下去的情况下，女人才会工作。而在贫穷的女人之间最流行的职业，是卖淫。

充当盲人法官的眼睛参与搜查的安－夏莉·摩尔常常被指责为不知羞耻之人。她是法官亡妻妹妹的女儿。她的父母因马车事故去世，法官便收养了她，成为她的监护人。法官已经丧偶，安又是独身，于是世人越发以下流的眼光看待她了。

上流社会的千金必须嫁给门当户对的男子；至于失去资产的贵族的女儿，也可能会被逼着嫁给富裕的商人，如此一来，父母得到钱，富商则提高了自己的社会地位。这就是十八世纪的婚姻观。

安第一次被求婚，是在十五岁的时候。她明明说了不愿意，但在周围人的安排下，她被迫和求婚者并肩站到了教堂的祭坛前。"你是否愿意这个男子成为你的丈夫？"圣职者说出固定的台词。"不，我不愿意。我已经对这位先生说了很多次了。"安回答道。"那么，你是为何而来到此处呢？""为了告诉神，我不愿意和这个人结婚。"安说完就飞奔出了教堂。这件事很快就在社交圈传开了，安招致了上流社会夫人们的厌恶。

在那之后，安又被求婚了几次。然而，安在给姨父帮忙的过程中学会了像男人一样东奔西走，无法再忍受要么文文静静地待在家里百无聊赖，要么在社交圈议论恋爱八卦和丑闻的日子。对于几个固执的求婚者，她将《完美信件的撰写方法》手册中的例文照抄下来，寄给他们。"万分抱歉，我无法接受您的好意，这种无法接受的感觉我无论如何都克服不了，云云。"而如今她已经二十七岁了。

杰加斯就像演员在舞台上念旁白时那样转头朝向侧面，小声啐道："臭娘们。"

本和克拉伦斯想要争辩，亚伯以眼神阻止了他们。"关于登广告征集线索的事，"亚伯说回原本的话题，"一条广告的费用是五先令。"

"好贵啊。"

"这是市场价。"

达修伍德家的领地西威克姆位于伦敦西北方向三十多英里处，距离牛津很近。

领地内有白垩系地层，达修伍德家也从事开采业。

杰加斯说："阁下应该也有所耳闻，弗朗西斯·达修伍德爵士非常仁慈高尚。"

克拉伦斯和本露出极其不满的表情。

"开采出的白垩岩都用在从西威克姆到牛津的道路工程上了。从事开采业也好，进行道路施工也好，都是为了给领地内的穷人提供工作机会。白垩岩几乎被开采尽了，所以我们在十几年前封锁了采石场，踏车也弃之不用了。可这一次，坑道里发现了尸体。"

"死去的是属民吗？"克拉伦斯插嘴问道。

"不，正因为不知道是不是，才要登广告。"

"给提供情报者的悬赏金是多少？"

"最多一几尼吧。"

"咦，比马还便宜？"本嘟囔道。

按市场价，提供偷马贼的线索可以得到五几尼，提供强盗的线索可以得到十几尼以上，提供杀人犯的线索能得到的悬赏金则更多。

"又不是死者的家人要起诉。"杰加斯冷淡地说，"达修伍德家的领地内发生了恶性案件，不能等闲视之，于是我以管理人的权限进行调查，仅此而已。毕竟弗朗西斯·达修伍德爵士同时也是西威克姆的罪犯诉讼协会会长。我昨天夜里才到伦敦。"

"现在还有些腰疼——"杰加斯说着皱起眉头。在马车里颠簸三十多英里路的滋味很不好受。

"今早，我拜见弗朗西斯爵士时，他建议我在约翰爵士发行的犯罪案情通报报纸上登广告。"

"西威克姆的治安法官是谁？"

"是达克·费恩爵士。我当然也向达克爵士汇报过了。"

"文案怎么写？"亚伯干脆利落地提问。

"交给你们了。五先令的高额广告费应该包含撰写文案的费用吧。但有一句话希望你们务必加进文案里——伯利恒之子啊，复活吧！"

众人齐刷刷地看向杰加斯。

"说说理由吧。"

法官终于亲自开口了。杰加斯脸上浮现出满意的笑容。

"发现尸体的是教区的基层警察。尸体倒在坑道里。"

"基层警察为什么会进入已经被封锁的坑道呢？"安问道。

就像在等着别人这么问似的，杰加斯换了严肃的语气，对法官说：

"是我指示的。我详细说明一下吧。在我们的领地内，流传开了一则奇怪的传言：有人目击天使在天空中飞舞。我也听说了这则传言。虽然是当作耳边风也无妨的琐事，但我莫名有些在意，跟我们地区的治安法官达克·费恩爵士以及教区的牧师商量后，决定找出目击者。牧师愤慨极了，说神绝不可能越过身为圣职者的自己，对他人显露神迹。

"我命令基层警察寻找声称目击了天使的人，发现目击者是两个踏车工人。不，准确地说，实际看见天使的是其中一个人，另一个是盲人。而且，声称看见天使的那个人有口吃，智力也存在障碍，听他说话可真是费劲。他说，他收到了命令，说是采石场恢复开采，要让他们去蹬踏车。

"我并不迷信，具有启蒙理性。理性向我宣告：天使不可能以可视的形象出现。他肯定是看错了，毕竟是愚昧无知之辈。在我的不断追问下，他说越是蹬踏车，天使就飞得越高。我当即看穿了真相——大概是绳子末端被系上了蜡制人偶之类的东西，抑或人体。但是，是谁出于什么目的这样做的呢？

"先抛开此人这么做的理由不论,我忽然想到一点:踏车工人从踏车里出来之后,由于绳子末端系着的东西的重量,踏车会反向旋转,被吊起来的物体应该会掉回洞窟里。"

杰加斯犹如站在德鲁里巷皇家剧院的舞台上的演员一般,将那双凸眼睁得更大了,挥舞着手。

"'天使'肯定掉进了洞窟,躺在那里呢!"

他等着众人鼓掌肯定他的慧眼,但他的期待落空了。

"基层警察率领手下的捉贼者在洞窟内搜索,结果正如我所料,'天使'就躺在地下呢,就在竖坑的正下方。"

杰加斯停顿了一下,然后煞有介事地继续说了下去。

"他的胸口,"他说,"写着这样一句话:'伯利恒之子啊,复活吧!'"

杰加斯睥睨众人,像是在说"怎么样,吃惊吧"。然而坦率地做大吃一惊状的只有本,其他人的表情并没有变化。杰加斯没能得到喝彩,掩饰着失望,加重语气说:"请务必把这一点写进广告的文案里。"

"是衣服的胸口处吗?"安继续问。

"不,是直接写在皮肤上的。束腰上衣的胸口处敞开着。"

"是用笔写的吗?"

"笔画很粗。"

"是用墨水写的,还是用颜料写的?"

"不清楚。文字是茶褐色的。我认为写这句话的是个意大利女人。"

"哦?""咦?""为什么?"大家的反应令杰加斯很高兴。

"因为这句话后面还有署名。"杰加斯卖了个关子,但并没有人催促他,于是他惺惺作态地继续说,"署名是'阿尔莫妮卡·迪尔波利卡'。"

"阿尔莫妮卡……法官喃喃着。阿尔莫妮卡·迪尔波利卡……

"'迪尔波利卡'的意思是'恶魔的',对吧。"安说。

"是的。恶魔的阿尔莫妮卡。不知道这是她对自己的称呼还是别人对她的称呼,总之,这个女人自称是恶魔的阿尔莫妮卡。"

"意大利的女性人名里没有'阿尔莫妮卡'这个名字。"安毫不客气地说完这句,又接着说,"倒是有'armonia'这个词,相当于英语的'harmony'(和声)。"

"署这个名字的家伙脑子肯定不正常。"

"说说尸体的详细情况吧。是男性还是女性,年龄多大?"

"谁看得出来尸体已经腐烂膨胀的死人的年龄啊。不是老人也不是孩子,年纪在十七八岁到四十多岁的范围吧。明显是男性。"

"穿的是什么衣服?"

"束腰上衣和马裤。"

"衣服用料上乘吗,抑或看起来很劣质?"

"这个嘛……死者不像是穷人,但看起来也不是特别富裕。"

"死因是?"

"这我怎么可能知道。"

"没有验尸吗?"

"医生对这样的尸体也不太好判断。毕竟很少发生杀人案。"

"有用毒的迹象吗?"

"不清楚。"

"尸体身上有伤吗,比如刺伤、切伤之类的?"

"没有。"

"有绞杀的痕迹吗?"

"不知道。"杰加斯目瞪口呆地抱怨道,"一个女人说这些词合适吗,又是'绞杀'又是'毒'又是'刺伤'的。你不懂什么是女人的礼仪吗?"

"是什么时候发现的尸体?"

"大概三天前。"

"踏车工人看见天使,是在发现尸体的几天之前?"

"两天前。"

"采石场被封锁,踏车被弃之不用,您刚才是这样说的吧。"

"是的。"

"那么,告诉踏车工人采石场恢复开采的人说了谎。"

"应该是这样。"

"这个人是谁,您对此有没有头绪?"

"法官阁下,这个妇人有什么权限这样讯问我?"

"是我让她代为提问的。安问的问题都是我想问的。"

"阁下,我要向阁下回答。被女人盛气凌人地讯问,是对我的地位的侮辱。"杰加斯一字一句都说得特别用力,"处理尸体的工作,我全权交给了我们地区的治安法官达克爵士。达克·费恩爵士是弗朗西斯爵士的内弟。"

"我问的是您对宣称采石场恢复开采的人是谁有没有头绪。向约翰阁下回答也无妨,但请准确地回答问题。"

"阁下,女人对男人——而且是有地位的男人——采取如此无礼的态度,您也不管管吗?"

"你是不是想岔开话题?不方便回答这个问题吗?"

"没这回事。这个问题不难回答——完全没有头绪。我只是对女人的僭越行为感到难以忍受。"

"完全没有头绪——这就是你的回答。明明一句话就能说清楚，别这么耽误工夫。吊起尸体的绳子是怎么系的？系在腰上，还是像绞刑一样套在脖子上？"

"绳子吗……是怎么系的呢……是在腰上。是绑在腰上的。"

"尸体现在还好好保存着吗？"

"放在教堂里。"

"做防腐措施了吗？"亚伯不禁插嘴问道。

"我才不会做这种费钱又麻烦的事。"

给尸体做防腐措施的确不容易。首先要洗净全身，然后向口中灌水，使消化器官内的残留物流出，再切开血管放血，注入防腐剂，缝合……能被施以如此费事的防腐措施并保存的，除了身份极为尊贵之人的遗体，就只有在解剖实习中被重复利用的尸体了。

"要是一直弄不清楚死者的身份，我就把尸体埋到墓地最边上的公共墓窖。"

"解剖吧！"

闻言，克拉伦斯和本无比振奋。

从前，包括亚伯在内，三人都是圣乔治医院外科医生、解剖学者丹尼尔·巴顿医生的亲传弟子。他们染上了职业病，一提起解剖就喜不自禁。用于解剖实习和研究的尸体是很难弄到的。

不仅警察组织不完善，在解剖学方面，英国也落后于其他国家，连通过合法的方式给解剖医生提供遗体的制度都没有确立。解剖学者迫不得已，只好从盗墓者那里购买尸骸。

克拉伦斯等人曾经的老师，圣乔治医院外科医生丹尼尔·巴顿也常常从盗墓者那里购买尸体。他是伦敦最热衷于解剖的医生，为了得到尸体可以不择手段。解剖尸体并研究人体的构造与机能，对医学的发展来说是必需的——无论被世人如何诽谤，他始终抱持这一坚定的，甚至可以说是固执的信念。

亚伯、本和克拉伦斯虽然由于一些缘故离开了老师，但仍一如既往地敬慕着土豆脸的解剖狂热爱好者丹尼尔老师。

"西威克姆不在我的管辖范围内。"法官的嘴角浮现出一丝苦笑，"我的权限所及，并且我有责任维护治安的，只有伦敦的威斯敏斯特地区。"

"但您好像产生了兴趣。"克拉伦斯得意地说。

"关于登广告的事。"法官将脸转向杰加斯，"我得稍微考虑一下。"

"为什么？"杰加斯沉下脸来。

为什么？克拉伦斯和本也对视一眼。

约翰·菲尔丁法官积极与议会交涉，成功让议会从国库里出资，一年发放四百英镑的补助金用于《呼叫追捕》的发行，但补助金还是不够弥补全部成本。广告费应该是很宝贵的收入才对。

"亚伯，换作你，你会接受这个委托吗？"法官问。

"这个……我会犹豫。"

"原因是？"法官勾起丰满圆润的嘴唇，露出温和的微笑。

"尸体的胸口上写着'伯利恒之子啊，复活吧'。要不要登这条广告，得看'伯利恒之子'指的是谁。"亚伯说的每句话都经过仔细的思量，他接着说，"如果指的是死者，那么就是自称阿尔莫妮卡·迪尔波利卡的这个人出于某种迷信，想要使死者复活。'恶魔的和声'，这个名字让人联想起可疑的邪教团体。用踏车将尸体吊到半空中，也可以看作以复活为目的的仪式。身上写有诡异文字、被吊到半空中的尸体，会不会是邪教的祭品呢？若是这种情况，登广告也不会有任何问题。可是，这句话也可以理解成对'伯利恒之子'的呼唤。虽然《呼叫追捕》是刚刚创刊的报纸，但知道此事后，普通报纸肯定也会报道的。现在世道不太平。虽然持续了七年的对法战争终于以我国的胜利告终，但拜这场战争所赐，我国的经济面临崩溃。为了填补经济空缺，国家对各种事都要征税。"

"甚至到了擤鼻涕都得交税的程度。"克拉伦斯打岔。

"我国正处于非常容易发生动乱的状态。"亚伯很严肃，"殖民地的人发起了叛乱，詹姆斯党①的残党也可能在暗处潜伏着。我怀疑这句话是个危险的信号，是让秘密结社或者企图发起叛乱的人采取行动的指令。"

"'伯利恒之子'会不会是异端结社的名字呢？"本咕哝道。

"那不是应该写成复数的'伯利恒之子们'，而不是单数的'伯利恒之子'吗？"克拉伦斯说。

"就是这么回事，杰加斯先生。"法官微笑着点头，"尸体胸口上的文字有什么含义，刊登出来会不会造成危险，在确认这些之前，是不能登这条广告的。"

"正是为了确认这句话的含义，才需要登广告征集线索啊，阁下。"杰加斯一副可算从你们的话里挑出个毛病的神情，抽了抽有些外扩的鼻翼。

"这倒也是。"法官发出愉快的笑声，"这就成了来回兜圈子了。"

"阁下有一群不错的代言人啊。甚好甚好。"杰加斯的语气含着嘲讽。

"说得没错，杰加斯先生。大家都很优秀，能够准确地替我

---

① 英国一六八八年革命后，拥护詹姆斯二世及其后裔复辟王政的人组成的党派。

提出我想问的问题。"

话匣子克拉伦斯还想再说一句——不,还想再说上个十句二十句的,但他没能想到合适的话。

他被本抢先了。

"'复活吧'。这句话跟'复活屋'有没有关系呢……"本自言自语。

"复活屋"是盗墓者的别名。复活屋之中也有这样的人,会将十多具尸体保存在小屋里,交涉价格后卖给解剖医生。

"'复活吧'。说不定这是在向丹尼尔老师提出请求呢。"本说。

就如字面意思,丹尼尔·巴顿医生有过让死人复活的成就。

去年,有个快满三岁的女童从二楼掉下来,心脏停止了跳动,丹尼尔用蓄电瓶实践了电击可使心脏恢复跳动这一假说,出色地把女童救活了。

人们早就知道了摩擦可以起电。荷兰学者发明蓄电瓶是在三十年前,也就是一七四五年。因为是在莱顿大学进行实验后出名的,所以它被叫作莱顿瓶。一七五二年,新大陆殖民地的本杰明·富兰克林博士用风筝进行实验,证明了雷的本质就是电。富兰克林还发现把鸡和火鸡电死后,其肉质会变得柔嫩鲜美。

利用电来实现的奇技淫巧十分流行。法国的宫廷里,电气艺人用电流一下子将一百八十个近卫兵都震得跳起来,以此来取悦国王和贵族们。这并没有什么实用价值。

丹尼尔医生对一切新奇、罕见的事物都充满兴趣。他提出假说,认为之所以一碰电鳐就会感到麻,是因为电鳐在释放微弱的电流,并确认了电鳐的胸鳍根部在放电。他进而解剖电鳐,剥下胸鳍的表皮，发现电鳐体内存在大量由圆盘堆叠成的柱状器官，正是这些器官起到了蓄电的作用。

富兰克林博士于一七五七年访问伦敦，送给国王陛下的礼物之一就是一条电鳗。丹尼尔医生非常希望得到那条电鳗，但电鳗被王室饲养着，他也束手无策。

本就忠于英国国王、爱着英国的富兰克林博士在那之后也一直在伦敦逗留。

丹尼尔对电产生了极大的兴趣，他去会见富兰克林博士，学习了蓄电瓶的制作方法，还买了实物。富于实验精神的两人意气相投。富兰克林讲述了自己给溺死的苍蝇照射阳光后发现它又活了的经历，丹尼尔听得津津有味。富兰克林收到了用船从弗吉尼亚运过来的马德拉酒，打开酒瓶，看到有三只苍蝇溺死在里面，便用筛子把苍蝇捞上来，放到太阳底下晒，结果其中两只活了过来，飞走了。"就像这样腿部痉挛，逐渐动了起来。"富兰克林用肉嘟嘟的手指模仿着活过来的苍蝇的动作。另一只直到太阳下山也没活过来，富兰克林就把它给扔了。"我真想看看一百年后的世界是什么样，想得不得了。"富兰克林的话让丹尼尔产生了共鸣。"要是能在马德拉酒中沉睡，一百年后再苏醒，见证万事万物发展成了什么样子，该有多好啊。""您和我都生得太早了。科学才刚刚诞生，还非常不成熟。""咱们一起来发展它吧。"

丹尼尔还想从博士那里获取更多知识，但两人都特别忙碌。博士经常外出旅行，丹尼尔总是找不到机会。到了今年，随着殖民地和英国本土进入战争状态，富兰克林对美洲大陆的爱国心觉醒了，他结束了在伦敦长达十八年的逗留，回国了。

虽然丹尼尔的电击复活实验还只有去年一个成功案例——

也就是说，他还失败过很多次——但这使他更加有名了，表示希望在丹尼尔·巴顿医生身边实地进修的实习生蜂拥而至。

丹尼尔的三名前弟子都觉得，忙碌对老师来说是好事，这样他就顾不上为五年前的悲伤回忆感到痛苦了。能让老师忘记一切的，是解剖、实验与研究。虽说这也与他的悲伤回忆有直接关联，为了解剖、实验与研究的存续，他失去了最爱的两个弟子——爱德和奈杰尔。

"哪怕是丹尼尔老师也无能为力。"本说，"距离发现尸体已经过去好几天了吧。"

"过了五天了。"安一边确认笔记一边说道，"发现尸体是在三天前，踏车工人看见天使是在发现尸体的两天前。"

"要是让这样的死者复活了，老师会被按照《巫术法案》处刑的。"

近百年来，英格兰没有处刑过女巫。现在是十八世纪，科学与启蒙的时代。一六〇四年，詹姆斯一世定下残酷的《巫术法案》。一百三十二年后的一七三六年，在现国王乔治三世陛下的祖父乔治二世的治世下，这一法案终于被废除，从那时到现在，才过了不到四十年。本的话固然只是玩笑，但狂热的女巫狩猎的余孽至今仍在乡野等地游荡。

"那个女童是刚掉下来就被施救，才活过来的。"

本这样小声说着时，克拉伦斯灵光一闪，想到了此刻该说的话。

"约翰阁下，这可是格外有意思的案件。难道不是吗？调查这起案件，让内森把调查过程写成故事在报纸上连载怎么样？这会成为《呼叫追捕》最受欢迎的内容。读者会变多的。"

3

十七岁那年来到伦敦时，内森·卡连完全想象不出二十岁之后的自己。他觉得年纪在二十岁以上的人都是无法理解的大人，仿佛和自己不在同一个世界。

而他现在已经二十二岁了。他已经自立，是名副其实的"大人"了，可和十七岁时相比没有一点儿变化。

虽然有了坦普尔银行的主任休姆先生这一热情的赞助人，但他还是一事无成。

从那起案件刚刚结束的时候起，随着时间流逝，他阴郁的情绪越来越强烈。对自己差点被杀这件事，他当时没有什么实感。而现在，一想到"我差点就被杀了"，他就浑身止不住地颤抖。

对他而言十分重要的两个朋友牺牲了自己的未来，拯救了他。回报他们的唯一方法就是作为诗人取得大成——内森试着用这种老生常谈劝自己，然而这话听起来是那么虚伪，令他更感厌恶。

——我取得大成也好，一无所成也罢，都不可能让说过"我们将以死者的身份活下去"后就离开了的他们重生……

午休时间结束了，得回到坦普尔银行那昏暗的柜台了。

除了主任休姆，银行里还有两个职员。这两人非亲非故，却如双胞胎一般相似：透过稀疏的白发能看见头皮，夹鼻眼镜，驼背。两人的姓都很拗口，所以内森背地里管他们叫"嘀嘀与嗒嗒"。长年累月在昏暗的店铺深处点钱，就会变成这个样子吗？

我才不要这样。内森这么想着，从河岸街向着查令十字的方向缓步而行。

这五年里，内森·卡连一直寂寂无闻。

曾有一段极为短暂的时间，十七岁的少年运用古语作出了精彩的诗这件事在一部分人之中成为话题。但大多数市民根本不会读诗这种东西。而且，发表的也只有那一篇。《悲歌》一直处于未完成的状态。带给他灵感的少女被杀害了，教他还如何继续写后面的文字呢？

内森看清了自己的极限。他没有足以成为诗人的才能。就算能用古语写诗，说到底也不过是模仿而已。他用未来的词汇写成并以此为傲的诗，似乎在别人看来只是些不知所云的胡话。

然而，如果连自己都断言自己没有才能，一切就都结束了。谁也不会来鼓励他，劝他不要放弃。

萨默塞特府正在改扩建施工，本就吵闹的街道因此越发喧嚣。开道的人让其他马车、轿子以及行人让开以腾出道路空间，立着王宫御用的牌子、载着石材的运货马车大模大样地驶过。车轮摩擦着凹凸不平的石子路，发出刺耳的声音。从小巷溢出的泥水积在车辙里，每每有马车飞驰而过，总是溅起一片泥点子。内森已经习惯伦敦的噪声与恶臭了。

这栋都铎式建筑临街的正面长达一百五十码，虽然还没安上玻璃窗，但已经基本完工。盖屋顶的人从搭在外侧的脚手架爬上去，向木头骨架钉上铅板。被脚手架围在中间的尚未完工的耳房上安置了踏车。从下面仰望，能看到在里边踏步的踏车工人的小小身影。足有一百磅的巨大石料被一点点吊上去。像是石工工头的人大吼大叫地发号施令。中庭被当成了工地，单坡檐小屋一字排开。石工将凿子锐利的凿刃对准石料，用沉重的木槌敲打，扬起一片粉尘。

粉尘染白了涂成金色的招牌，也染白了过路人的头发。

咳嗽着从施工现场旁边走过，就来到了繁华的商店街。

毛皮店、帽子店、手套店、饰品店、女性内衣店、药店、杂货店、五金店、古董店、干货店，以及金工艺品工匠的店、亚麻商人的店，等等。一家家店面不宽的店铺以墙相隔，挤在一起，带屋檐的小店就把商品摆在屋檐下的台子上。

售卖没有精美装帧的纸封面或薄皮革封面的书以及手册等物的书店，也在店外顶棚下设置了陈列台。内森向来在那里站着看书。要是被店主瞪了，就若无其事地离开，之后再回来读后面的内容。赞助人休姆先生还给了内森一份工作：在休姆担任主任的坦普尔银行当出纳。周薪是一英镑（二十先令）。内森在银行附近租房住，即使刨去每周五先令的房租和每天的伙食费这些支出，只要不过于大手大脚，维持生计是完全没有问题的。然而，三百页左右的平装小说，价格就要两先令六便士乃至三先令，把想读的书一本接一本地买回来读，以内森的经济条件而言算是奢侈行为了。

这一天，内森情绪低落，连在那里站着看书的兴致都没有。

休姆先生和他的夫人都对我很好，快满五岁的淘气小公子丹尼也很可爱。可是，休姆先生是不是已经对我作为诗人的才能彻底绝望了呢？

休姆先生关照我，其实是出于对爱德的感情。

啊，爱德……还有奈杰尔。

他俩为了救我而杀了人。虽然利用了法律的不完善之处而免受死刑，但他们说"会惩罚犯下杀人罪的自己"，留下一句"我们将以死者的身份活下去"，就销声匿迹了。他们说还有其他杀人动机，可归根结底还是我的错。

我这个人明明不值得他俩牺牲自己。

内森觉得似乎身边的所有人都在责备自己。谁都不说出口，大家都很亲切。可他们心里是怎么想的呢？

就因为我这么个平庸之辈，损失了两个才能出众的人。他们是这样想的吧……思及此，内森感到很沮丧。

尤其是丹尼尔·巴顿医生。那两个人杀人，同时也是为了支持丹尼尔医生毕生的事业，医生心里更不好受。为了让自责不已的医生能专注于工作，医生的三名弟子——亚伯、本和克拉伦斯离开了医生。这是因为，要是他们仨留在医生身边，医生就会难以自制地想起那两个人。本和克拉伦斯回去帮家里干活儿了。本的父亲是开裁缝店的，克拉伦斯的父亲是开理发店的。亚伯则被约翰爵士看中，选为助手。恰逢有人向法官的外甥女，一直担任法官助手的安－夏莉·摩尔提亲，安以后就不在法官身边了，于是亚伯成了助手，不过安最后回绝了这门亲事。

法官计划发行揭发犯罪案情的报纸《呼叫追捕》，本和克拉伦斯也被招来了。由亚伯担任主编。

大约十天前，三人来找内森，拜托他写一篇揭发赌场作弊行为的报道，并提供了相关资料。其他报道都只是简单讲述事实，他们仨和安就能搞定，但是——"我们希望用讲故事的口吻报道这件事，想拜托擅长写作的你来写。"听三人这样说，内森便接下了这个活儿。

他很快就写完稿子交给了三人，然而这也催生了他的自我厌恶。无论什么事，他都靠着那点儿小聪明完成得马马虎虎。他想起曾有人让他写弹劾政府的讽刺诗，他也写出了还算过得去的作品。

若在此处右转，尽头是柯本花园市场，旁边就是丹尼尔·巴顿医生的住宅。

他感到一阵胸闷,也不往拐角的方向看,匆匆走过路口,在被称为"健康殿堂"的壮丽的阿德尔菲大厦前的路上走着。由四十根玻璃柱子支撑的天盖下,有着能给人以无与伦比的快乐的"天堂之床",这个地方以此而闻名。也就是说,这是一家妓院。据说价格是一晚五十英镑。什么样的大富翁才会光顾这里呢?这是与内森无缘的地方。

我什么事都做不成,我的存在没有价值……他明白像这样自责其实是在娇惯自己,正因明白这一点,他才更加消沉。

"喂,让开,让开。注意点,不然撞着你我可不管啊。"

被抬轿子的人吼了一嗓子,内森回过神来,向旁边闪身。

河岸街设有比路面高一截的人行道,姑且算是隔开了四轮马车轰然飞驰的车道,但仍会有轿子在人行道上旁若无人地过来过去。行人也并非全都能走在人行道上,由于空间不足,有的人被挤到了车道上,匆匆忙忙地走着。

不知不觉间,他已经来到了查令十字。

查理一世的骑马铜像高高耸立。铜像下面聚集着许多等着揽客的轿子和出租马车。

人们摩肩接踵,魔术师、杂技演员、可疑的卖药郎、民谣歌手等形形色色的人忙着招揽客人。

"全身赤裸又何妨,只要神赐予我们啤酒,无论新酒还是旧酒,啤酒就是啤酒。"民谣歌手边拉小提琴边唱。"神啊,给我们啤酒吧。"听众跟着唱道。

三岔路口南边是庄严的诺森伯兰公爵府邸,红砖镶白边,四层的门楼顶上安有石狮子。这是伦敦最大的私人宅邸,后花园一直延伸至泰晤士河。

旅店数不胜数。"青野猪""黑天鹅""喜鹊与王冠""猫与小提琴""飞天猪"等，从高级旅馆到便宜旅店，都向街上伸出巨大的招牌。

在这之中，有一家旅店的招牌上写有"金羊毛"的字样，入口旁边贴着一张崭新的宣传单，上面写着："半人马宣告你的未来。"这是一家可供驿马车进出的中等大小的旅店。"今天在伦敦首次亮相！"传单上还有半人马的画像，不过内森看着只觉得像是半猪半狗的生物。压在这张宣传单下面的旧宣传单露出了一部分，上面以稚拙的笔法画着一个飘浮在空中的少女，像是有火焰从少女身体里迸出来一样，火花四溅。旁边写有文字"伟大的电气艺人 Dr. OM"，"OM"之后的部分破损了。

半人马……明知道这肯定是骗人的把戏，内森却不由得被吸引了，走进带顶篷的入口。包围着中庭的建筑的一楼是账房、等候室、酒馆、厨房、马厩等，二楼和三楼设有客房。马车出发和到达时大概会很拥挤，不过，此刻这里很冷清。厨房的窗户大开着，从中飘出烤肉的香味，内森不禁往厨房张望。天花板上吊着火腿、猪舌和培根片，安在墙壁凹陷处的小型踏车里，一只狗正踏着踏板。踏车的横杆和烧烤扦子的末端以细铁棒相连，被剥了皮的猪旋转着，肉汁不断滴落到火焰中。负责烤肉的人完全依赖狗的劳力，倚在桌子旁，和客人一起喝着啤酒。这只狗好可怜……当然，即将被吃掉的猪更可怜，但内森还没慈悲到这种程度，看到这只猪只会垂涎欲滴。

旅店的中庭常上演表演秀与戏剧等。分配给半人马表演秀的场地是拴着十几匹马的马厩中围起的一片区域。

揽客者告诉大家，可以免费观看，但想占卜的话要交六便士。

阳光照不到马厩深处，壁挂式烛台上的蜡烛，以及高度只到腰的低矮栅栏上安着的蜡烛，向立于半圆形栅栏之中的半人马投去微微的光亮。

马厩的气味传来，令半人马显得仿佛货真价实。

没有其他观众——不，其实是有的，只是内森完全没有留意——他就这样独自一人与半人马四目相对。

如果是希腊神话中的半人马，到腰部为止的上半身应该是健硕的裸体，但即将上演表演秀的半人马在束腰上衣外面还穿着宛如海军军官服的破烂旧外衣，腰部附近扣着三枚纽扣，遮住了人身与马身的连接处。

微微发红的栗色头发用黑色宽缎带在颈后束成一股。这是年轻人中间很流行的发型。

半人马并不年轻。缺乏光泽的皮肤有细微的皱纹，面颊极度消瘦，颧骨突出。年纪应该在四十五岁左右吧。

他看向内森，点了点头。

从这个动作能看出他不是蜡像，而是活生生的人。

由发条或齿轮驱动的精巧机械人偶近来很流行，不过这个半人马明显不是人偶。

马身似乎是剥制标本。切掉从头到胸的部分，将剩下的部分接到失去双腿的男人的腰上。

明白这一点后，内森陷入了深深的悲哀。

这是没有双腿的贫穷男子唯一的谋生手段。

"哟。"

半人马爽朗地打了声招呼。那是能将内森的怜悯一扫而空的声音。接着，他稍稍抬起左前腿，做出用马蹄踢打地面的动作。

看上去，他像是在以此表示：我可不是你所想象的那种人造物，我是货真价实的半人马。

他向内森伸出右手。

"我是贤者喀戎。"

喀戎。粗鲁好色的半人马一族中唯一的智者，过于睿智的悲剧性人物英雄。

由阿波罗传授了音乐与医学的知识，向阿尔忒弥斯学习了狩猎，栽培药草救助病人，最后却倒在赫拉克勒斯的毒箭之下。若按神话所说，喀戎应该是死者。

内森下意识地走近半人马，隔着栅栏握住半人马伸过来的手。

"你是诗人吧。"

内森吓了一跳。

喀戎坚实的手如同木雕一般干燥。

内森没有纳闷喀戎为什么会知道，只觉得喀戎说出了理所当然的事实，首先冒出的是这个念头：

我能作为诗人取得大成吗？

内森差点脱口而出，却又把这个问题咽了回去。占卜这种东西怎么能信……我又不是迷信的中世纪人。

揽客者也留意着里边的情况，此时凑过来伸出手说："客人，您刚刚占卜了，对吧。嗯，要交六便士。"

我根本没说要占卜。心里虽这么想，可内森还是掏出直接放在衣兜里的硬币，塞到揽客者手中。他没力气反驳，虽说不能太奢侈，但比起穷到连一法寻都不能乱花的那段日子，他现在的生活条件已经好多了。而且，喀戎称他为诗人，这比什么都更能触动他的心弦。

"能不能也往我的衣兜里放两便士呢?"喀戎屈身轻声说道,"那个男人从不把我应得的那份钱给我。我饿着肚子呢。"

强行要来六便士的揽客者似是听见了喀戎的话,回头丢下一句"吃饲料去吧"就出去了。

饥肠辘辘,却没有钱。那种悲哀与凄惨,内森有过切身体会。

若是在平日,内森绝对无法想象自己竟然会为这种毫无必要的事花费整整八便士,可他拿出的远远不止喀戎所乞求的两便士。他将一枚六便士硬币塞进了喀戎干燥的手里。两枚六便士硬币……就这么浪费了一先令。这都什么事啊。

"你是诗人。"

仿佛在对内森的施舍表达感谢,喀戎郑重地如是说道。

随后,他将目光移向右方,招呼道:"可爱的小姐。"内森顺着他的视线看过去,那里站着一个消瘦的女人。她的长相的确很可爱,但衣着十分简陋,怎么看都不像是"小姐"的样子。此外,她右侧的脸颊一直到脖颈处有一片像烧伤疤痕一样的瘢痕。

"你的恋人还活着呢。"

喀戎说着抬起左前腿,用马蹄踢了一下地面。

"真的吗?"女人将身体探到栅栏里,"他在哪儿?"

这时,揽客者进来了。"埃丝特!"他怒斥道,"别在这儿偷懒,赶紧回去干活儿!"

"拜托了,请告诉我,他现在在哪儿?"

"占卜是按次收费的,一次六便士。"揽客者说。

"另外,再给我两便士。"喀戎递了个眼神。

"我没有钱,一便士也没有。如果有谁能给我一点钱的话,我会付钱的。求求你了。"

为了素不相识的女人额外再花八便士这种事，以内森的经济状况而言，实在是难以想象。

内森从自己仅剩的那点钱里拿出六便士丢给揽客者。

"快，回答她。"

喀戎伸出右手。这是在催促内森给自己两便士。

内森狠狠捶了自己的太阳穴一拳后，依喀戎的要求做了。

"哦，高尚的少年啊。"喀戎说，"宛如中世纪的骑士。然而，你可知骑士的真面目？他们与强盗并无区别。"

内森早就过了被称作少年的年纪，但他身材矮小，容易被当成孩子看待。这五年里，他只有年龄在增长，身高却没太大变化。

"小姐，你的恋人，"喀戎合上眼帘，摇曳的烛光映在他的眼窝凹陷处，"被关在一个封闭的地方。"

"是监狱吗？！"

揽客者立即回来了。

"占卜一次六便士。还想再问一个问题的话，就要再交六便士。"

"别敲竹杠啊。"内森大声喊道，然后对喀戎说，"拜托了，告诉她吧。她想知道其所在的那个人，是在监狱里吗？在那个可怕的地方？"

喀戎沉默了。他一动不动的时候，如同精密的机械。

"不付钱的话，他是不会回答的。"揽客者冷淡地说。

"哦，求求你，求求你了。"

女人跪在地上，犹如祈祷一般十指交叉。

"你会怎么做呢，心地善良的骑士？为了美丽的女士再掏出一枚六便士硬币吗？"

听了喀戎的话，内森脑海里又不由自主地浮现出那个称他为"我的骑士"的少女的身影。

他从未忘记她。从未忘记惨遭恶棍毒手，就那样香消玉殒的伊莲。虽然内森只是一厢情愿地爱上了她。

我是好久以后才得知你被杀害的。你称我为骑士，我却没能为救你而做任何事。为了赎罪，我要帮助这位女性。

内森把兜里的最后一枚六便士硬币扔向揽客者的脸，打中了对方的鼻梁。

男人被打得身体向后仰，似乎有一瞬间头晕目眩，但立马又站稳了。

"你这浑蛋！"

满脸鼻血的揽客者猛扑过来。

论力气，内森不敌对方。

他拔腿就逃，还不忘向喀戎丢下一句："我付过钱了，告诉她那个人在哪儿。"

跑着经过厨房的窗前时，比方才更加浓郁的烤肉香味钻进了鼻孔。那只狗依然在蹬着踏车。可怜的狗。

恰好在此时，一辆连顶篷上都载着乘客的公共马车抵达了这里。内森趁乱跑到了外面。

确认男人没有追过来后，他沿着河岸街向东边，也就是坦普尔银行所在的坦普尔酒吧区的方向走去。

他一开始还是小跑着的，发现似乎没事了之后就放缓了步子。

必须回到昏暗的银行了。得承受嘀嘀与嗒嗒这两个阴郁的老头儿责难的目光了。这两个人年纪在五十岁上下，但在内森的眼里已经足以被称为老头儿了。

他当然明白在伦敦生活不易，能找到份工作就该谢天谢地了，但就这么每天点着钱，时间转眼间就过去了。金币有五几尼、两几尼和一几尼三种，必须仔细分辨清楚。银币有八种之多，分别是一克朗、半克朗、一先令、六便士、四便士、三便士、两便士和一便士。铜币有半便士和一法寻两种。四法寻是一便士。找零的时候，脑子总是乱七八糟的。

十二便士是一先令，两先令六便士是半克朗。也就是说，一克朗是五先令。二十先令是一英镑，二十一先令是一几尼。这么复杂的货币单位到底是谁定的？

论文字素养，他能阅读中世纪的古文书，还能仿照其文体写作，可算钱这事却让他无比头疼。一点意思也没有。

算错一便士都不行。而且，金币银币即使在柜台上堆成一座小山，最终也只会从他的手中滑过，被收进牢不可破的金库里。

靠做喜欢的事来挣钱，是想都不敢想的奢望，是人生中最奢侈的事。一想到因冤罪而被关进监狱的那段日子，就会觉得什么都可以忍受了——内森这样劝自己。可是，有另一个自己在说：难道就这样忍耐一辈子吗？我已经被缪斯女神放弃了吗？我没有任何才能吗？我没能救伊莲，还让两个重要的朋友为我做出了牺牲。我这样的人，是不是没有活着的价值？

独自一人度过夜晚时，想要作诗，却因隔壁居民太吵而无从下笔……这只不过是不愿承认自己才思枯竭的借口罢了。

内森的步子变得更加慢吞吞的了。

"嗨，内森！"

快跑过来的是克拉伦斯。在他的身后，身形有些胖的本也上气不接下气地跟了过来。本的身旁是亚伯,不过亚伯没有像本那样气喘吁吁的。

看到身材苗条的亚伯,内森莫名地松了口气。亚伯是个很沉稳的人,值得信赖。

"嗨。"内森答道,尽量让自己的声音显得开朗。

几乎与此同时,从背后传来同样气喘吁吁的声音:"呼……总算追上了。"内森回过头去。

"我想向您道声谢。"

"埃丝特……小姐?"

记得揽客者叫她时叫的好像是这个名字。

在阳光下,能看到她的眼角处有些细小的皱纹。年纪应该有二十八九岁,也可能马上就满三十岁了。即使如此,她的眉眼仍显得十分可爱。

"我叫埃丝特·马利特。谢谢您。"

她伸出双手握住内森的手,贴到了自己的脸颊上。她的指尖很粗糙,大概经常做洗刷一类的工作。

内森正慌乱时,克拉伦斯插嘴道:"内森,你是做了什么善事吗?"

"也没什么……"

内森也已成熟些了,不好意思吹嘘自己扮骑士的行为。

"多亏您的施舍,我至少知道了那个人还活着。喀戎告诉我了,他说……那个人在伯利恒。"

"伯利恒?"

亚伯、克拉伦斯和本都喊了出来。

"怎么回事?"亚伯问,但被抬轿子的人"让开,让开"的吆喝声打断了。

轿子几乎是蹭着站在路边的几个人过去的。

"可以去咖啡屋坐下来慢慢聊聊吗？"亚伯邀请道。

"不，我得赶紧回去了。"

"她在查令十字一家叫'金羊毛'的旅店工作。"内森说，感觉像是在介绍一位与自己关系格外亲密的女性似的。不过，在内森看来，快三十岁的女人算是阿姨辈了，并不会让他心动。

"不好意思，我赶时间。"

埃丝特·马利特一边重复着"谢谢您"，一边跑开了。

"内森，快详细讲讲。她和伯利恒有什么关系？"

"我也不知道。我得赶紧回银行了。早就过了午休时间。"

"哦，这个你不用担心。我们刚才去了一趟坦普尔银行。"

克拉伦斯抢过本的话头。

"我们找你有事，就去了银行，结果那两个夹鼻眼镜异口同声地说：'他午休时出去了，到现在都还没回来。估计是在河岸街那一带的露天店站着看书呢吧。'"

克拉伦斯在转述夹鼻眼镜的话时，将他们的腔调模仿得惟妙惟肖。

"我们说要找内森谈些事，征得他们的同意了。"亚伯说。

"咖啡屋……"克拉伦斯环视四周，"那家不错。"他指了指一家招牌上写着"颂歌"字样的店。

内森边喝咖啡边浏览着《呼叫追捕》。

看到自己的文章被印刷出来供人阅读，他却并没有情绪高昂。无论什么事，他都靠着那点小聪明完成得马马虎虎——反而是这种自嘲的想法更加强烈了。

三人提出让他以案件为原型连载小说，他没能立即给出答复。

这个时代的正统价值观认为最高尚的是诗,其次是戏剧。小说则被视作低俗之物,备受轻视。

内森也是这么认为的。他不愿在作为诗人获得稳固的名声之前,就以小说家的身份被世人认识,因而对这件事提不起劲。他明明很喜欢读小说,喜欢得不得了。他明明是站着读小说的惯犯。

"嗯,我可以写。"他笑着回答,"用笔名。"

"这案子可有意思了。"克拉伦斯向前探身,说,"达修伍德这个浑蛋的领地西威克姆的管理人,叫作拉尔夫·杰加斯爵士的男人过来——说是爵士,其实就是仅此一代的勋爵而已,可这家伙一直得意扬扬地夸耀自己的身份。临别时,我说:'再见,杰加斯先生。'结果他居然怒斥道:'不是"先生",要叫我"拉尔夫阁下"。'"

"在西威克姆曾用来开采白垩石,后来被封锁的采石场,踏车工人……"克拉伦斯一个劲地说着,每次说跑题时都被亚伯带回正题。两人每说一句,本都用力点头表示同意。

"伯利恒?写在胸口上?"

内森不禁大声喊道。

"刚才那个女人……"本说,"说有个什么人在伯利恒。"

"所以我们想跟她也聊聊。"亚伯有些遗憾地说,"但她要是因此而丢了工作的话也太可怜了。"

"去'金羊毛'就能见到她。给旅店老板一点钱,老板应该就会允许她休息一会儿吧。"

"她刚才不停地道谢。你为她做了什么?"

听本这样问,内森便把事情的大致经过讲了一遍。

"半人马喀戎啊。制作得很精巧吗？"

"有上衣遮着，看不到连接处。"

"会不会整个都是假的，其实是有个身材矮小的人藏在马的身体里说话？"

"他的口形和他说的话完全相符。他的表情也在变化。"

"马和没有双腿的人。该不会完全连接在一起了吧……"

"这副模样根本没法睡觉啊。能分开的吧。"

"把人体连接到马的头一直到胸的部分上，这样能保持平衡吗？"亚伯说，"感觉会摇摇晃晃的。"

"站得很稳。只有左前腿会动。是怎么办到的呢……"

"反正占卜这种东西肯定是骗人的。你这家伙被弄虚作假的浑蛋骗钱了。"克拉伦斯说，边说边站起身来，"去看看吧。在《呼叫追捕》上揭发他们骗人的行为。"

"大家都明知这是骗人的，却乐在其中。"亚伯劝道，"而且，没有双腿的男人也能靠这个骗人的把戏混口饭吃，就随他们去吧。说回重要的事吧。"

"伯利恒……会不会和宗教有关呢？"内森突然想到，"或者，和东印度公司有关？"

"为什么是东印度公司？"本感到不可思议。

"在王立交易所旁边，有一家叫'耶路撒冷咖啡屋'的店，被东印度公司的有关人员独占使用。耶路撒冷和伯利恒关系匪浅，地理位置也很近。"

"内森，你五年前才来到伦敦，现在却比我们这些伦敦本地人还熟悉这里了。"亚伯笑眯眯地说。

"我在银行工作嘛，会接触到很多信息。出洋到印度的手续也是在那家咖啡屋办理的。"

"伯利恒之子啊，复活吧！是指使印度当地人发起叛乱的指令……这怎么可能呢。"克拉伦斯自问自答。

"没有人会管印度当地人叫'伯利恒之子'的。至于叛乱，还是新大陆殖民地那边更值得警惕。"亚伯说，然后又说回原来的话题，"总之，我们决定去西威克姆仔细调查一番，想让你也跟我们一起过去。"

"可是，银行的工作……"

"约翰阁下会跟休姆主任打招呼的，如有必要，还会去和行长商量，说服他同意让你为了给《呼叫追捕》写稿子自由行动。虽然这段时间不去银行工作会被扣掉相应的工资，但能赚到稿费，所以经济方面不用担心。"

"摩尔小姐也会一起过去吗？"

"她不会去西威克姆的，因为她是约翰阁下的眼睛。"

"内森不擅长应付安小姐。"克拉伦斯取笑道。

"嗯，是有点。"内森轻描淡写地回答，但他其实非常不擅长应付安。

"明天得早起。去牛津的公共马车凌晨四点就出发。"亚伯利落地发出指示。

亚伯的利落让内森感到可靠，安－夏莉·摩尔的利落却让他感到难以应付。

"从牛津到西威克姆就租马车过去。估计到西威克姆时已经是傍晚了，希望能在第二天查验完尸体。"

"感觉路费会很贵，没问题吗？"一直为钱烦恼的内森首先在意的就是这个问题，"光是从伦敦到牛津的马车费，每人就要十先令——我周薪的一半。四个人往返就是八十先令，也就是四英镑。租马车得花多少钱呢，还有住宿费……"

"真不愧是银行家！算钱算得又快又准。"克拉伦斯嘲弄道。

"我也帮要旅行的人估计过费用。"内森认真地回答，"时不时会有人来找我商量，问我去哪里哪里需要准备大概多少钱。"

"我会去跟杰加斯交涉费用问题。"亚伯说，"杰加斯说既然来了伦敦，就打算顺便在这边办点事，会在伦敦逗留两三天。我会让西威克姆的罪犯诉讼协会承担一半费用。另一半从《呼叫追捕》的编辑经费里出。"

"亚伯，交涉时要注意技巧啊。"本罕见地提出忠告，"可不能一上来就说让他们承担一半费用。要先强硬地要求他们承担全部费用，强调我们是为了西威克姆的安宁才去调查的，之后再一点点让步。"

"哦。"亚伯和克拉伦斯都向本投去惊愕的目光。

"以前还真没发现你这么擅长做生意。"

"我见过老爸跟来裁缝店的客人讨价还价，就学会了。首先要报个高价，然后再以施舍恩惠一般的姿态一点点降低价格。再附加些优惠，'扣子就给您算两折了'之类的。"

"不过……"本支支吾吾地说，"和老爸不一样，我太老实了。"

"心太软，自己做不到这么强硬。"克拉伦斯把本的委婉话语直白地表达了出来。

"嗯，就是这样。亚伯的老爸也是生意人，所以亚伯应该也知道交涉的窍门。"

亚伯的父亲是贸易商，经济十分宽裕。

"不过亚伯似乎长成了个很大方的人啊。"

"我也是去过当铺的。"亚伯回敬一句，"包在我身上！"

"那家伙看起来可挺固执的。"

"这次就只有咱们几个去做解剖了。"克拉伦斯的语气很激动。

"只有咱们几个没问题吗……"本有些不安。

"咱们可是深得丹尼尔老师真传的巴顿家族。"克拉伦斯握起拳头。

"差点忘了！明天是丹尼尔老师的生日。"本大叫起来，"送什么礼物好呢？葡萄酒？"

"送葡萄酒还不如送泡标本用的酒精呢。"

"最能让丹尼尔老师感到高兴的，"克拉伦斯打了个响指，"是能用来解剖的尸体。"

4

丹尼尔·巴顿筋疲力尽地坐到了壁炉前的椅子上，神情不悦到了极点。

他和自己所就职的圣乔治医院的三个外科医生同事在医院附近的酒馆边吃饭边激烈争论，却没有争出任何结果，现在刚回到家。从海德公园东边不远处的工作地点到位于科本花园的家只有一英里多，徒步也不会觉得累，但在既醉酒又疲惫的状态下走这段路就会感到很厌烦了。

他仍如从前一样长得像个土豆，只是皮有些发蔫，就像收割后被放置了好久。

起居室冷飕飕的，要再过两个月才到给壁炉生火的时节。

丹尼尔提议给医院实习生开免费解剖学讲座，被三个同事否决了。

"光是原本的工作就已经忙不过来了，别再给我们增加负担了。"

"而且还是免费的！那谁来出讲师的工资？是想让我们白干活儿吗？"

圣乔治是家慈善医院，靠捐款、遗赠金、被选为董事的人给的礼金以及一些人自发筹来的钱等维持经营，患者可以免费接受治疗。外科除了包括丹尼尔在内的四个专职医生，还有几个下级医生。原则上来讲，所有人都没有工资。他们的收入来源是给实习生讲课的课程费、患者给的礼金，还有以私人身份服务的患者家庭支付的钱。在这家医院磨炼了本领，将来便有希望去高级医院当专职医生，也可以自己创业，给有钱又大方的患者看病。在这三人看来，为了开免费讲座这种多余的事浪费精力是不可理喻的。

"相比这个，巴顿，你该注意一下形象了。不戴假发的话，会被误认成下等人的。"

"除了做手术的时候，不要穿染血的衣服。"

"那难看的胡子也该刮刮了。"

"我可没这个工夫。"

对方冷笑着挖苦："你把刮胡子的时间用来观察鸽子睾丸的生长过程了吧。"

"这有什么不可以的吗？"

"鸽子的睾丸跟人的病没关系吧。"

"而且，我们是外科医生。治病是内科医生的事。"

"这种区分毫无必要。"

对方听了丹尼尔的话，"哎哟"一声，夸张地向后倒去。"内科医生要是听见你这话，会把你赶走的吧。"

内科医生受人尊敬，而过去由理发师兼职的外科医生至今仍饱受轻视。

"外科医生应当有和内科医生同等的地位。要提高地位，只有靠外科医生自己。为此，要向实习生传授解剖学知识——"

对方打断了越说越起劲的丹尼尔。

"你不尊重传统与古典学问，总是惹麻烦。备受困扰的是我们。你收敛点吧。"

失去爱德和奈杰尔后的这五年里，丹尼尔·巴顿取得了许多成就。他收藏的标本数量不断增长。为了确认骨头是怎样生长的，他对许多头猪做了活体解剖；为了研究跟腱受伤后重新生长的过程，他切断了许多只狗的跟腱，制造了大量拖着腿走路的狗；他成功进行了剖腹产——在几个失败案例之后。

丹尼尔同时受到了诽谤与称赞。他的研究成果有助于弄清楚病理，治愈人类的疾病。然而，骂他残忍、毫无人性的人，远比称赞他对医学有贡献的人多。

虐待动物取乐，对伦敦本地人来说是家常便饭。虐熊、斗鸡、猎鹅，等等。猎鹅就是把鹅倒吊在树枝上，骑马从下面跑过时拔它们的脖子。参观绞刑、参观精神病院也都是和看表演秀一样人气很高的活动。泰本的刑场实施绞刑的时候看客成群结队。精神病院收一便士的入场费，让人像参观动物园的动物一样参观病人。每个月的第一个星期二免费，会有一大帮人过去参观。

可为了医学发展对动物做活体解剖的行为，却成了众矢之的。

"拜你所赐，外科医生现在臭名昭著，人们都说外科医生是冷酷的虐待动物者，不顾患者的死活，拿患者当试验品做手术。"

丹尼尔把白镴酒杯摔在了桌上，起身离开了座位。

"的确，你们从没导致过患者死亡，因为你们一直偷懒不做手术。"丹尼尔扔下两先令硬币作为酒钱和饭钱，随即走出酒馆，拦了辆出租马车。

虽然世间非议不断，但还是有很多人被丹尼尔果敢的实验、治疗病人的成就以及创新的研究成果吸引，拜入丹尼尔门下的实习生越来越多。

女仆切莉端来了咖啡。丹尼尔没吩咐她这么做，她还挺会来事。之前的女仆涅莉跟铁匠结婚了，他便雇了这个姑娘接替涅莉的工作。切莉只有十五岁，让这个年纪的姑娘干力气活儿会令人觉得不忍心，不过她被教育得很好，打扫、做饭、熨衣服这些事都做得无可挑剔。她在治安法官约翰·菲尔丁为无依无靠的贫穷女孩设立的福利机构里学习了去好人家当女仆所需的技能。

丹尼尔喝着热咖啡，不自觉地把手揣进衣兜里，碰到了一个黏糊糊的东西。是在酒馆吃饭时心血来潮决定带回来的培根皮，他打算回到家后喂爱犬查理吃。因为当时正在激烈争论，所以他不小心忘记了，查理在去年老死了。他把培根皮扔进了没有生火的壁炉。

看门人歪鼻子托比报告有客人来访。

来客是个卖艺的班主，带着一个看起来像七八岁小孩一样的女人。但她的相貌是属于中年女人的，额头突出，是侏儒症患者特有的症状。她穿着小号连衣裙，犹如宫廷中的贵妇的缩小版。裙子的用料很廉价。

"您知道'乐园的妖精'吗？在弗里特街卖艺，人气颇高。

她就是'乐园的妖精'。我听说您在收集罕见的东西——罕见的东西的尸体。她死后，我会把她的尸体提供给您。"

我会跟您签订协议，在那之前希望您能付给我钱。班主如是说。

女人的眼角慢慢涌出泪水。她摇了摇头，然后大声哭喊起来。

"我不愿意，我不想被解剖。身体被切得七零八碎的话，我就上不了天堂了。"

丹尼尔叹了口气，喊来托比，让他打发这两个人回去了。要是在这里给了这个人哪怕一几尼，诈骗犯和班主们就会纷纷把他当成冤大头，蜂拥而至。

刚把班主赶走，他以前的三个弟子就过来了。

三人为了让丹尼尔振作起来而离开了他，可一旦相见，无论是老师还是弟子们都同样高兴。

他们互相抱住肩膀。

这五年里，他们并非完全没有联系。这些从前的弟子经常找些由头单独来见丹尼尔，也从来没有忘记过送他生日礼物。

他们向老师展示了《呼叫追捕》创刊号，又你一言我一语地讲述了杰加斯的来访等情况。

"胸口上写有文字？"

"如果'伯利恒之子啊，复活吧'是向达修伍德举旗造反的信号就有意思了。"

"在胸口写文字。真是不可思议的巧合。"

丹尼尔咕哝道。三人面面相觑。

他们又让老师陷入消沉了……

老师肯定也想起那件事了。为了救内森，让人把杀人未遂者错当成杀人犯,爱德和奈杰尔想出一个计策。现在的情况和当时重合了。

"关于'伯利恒之子',您有什么头绪吗?"亚伯问。

"没有。"

"关于'阿尔莫妮卡·迪尔波利卡'呢?"

"也没有。"说到一半,丹尼尔陷入了思索,"好像听过……可是想不起来……啊,对了,据说在某个歌剧院,诡异的音乐奏响,歌手发狂了……已经是十几年前的事了。你们几个那时候还是孩子,应该没听说过这些吧。是很无聊的传闻。据说那乐器的名字是阿尔莫什么什么。但这都是些胡说八道,好像根本没发生过这样的事。传言很快就消失了。"

"老师去看过歌剧吗?"

"受人邀请去看过一次。胸口深深插着一把短剑的女人竟然没有倒下,还声音洪亮地唱起歌来了。太蠢了,我再也不会去看了。"

"总之,老师,"克拉伦斯以尽可能开朗的语气说,"我们明天要去西威克姆了。"

"追查这起案件,让内森把调查过程写成小说在《呼叫追捕》连载,这些都已经得到约翰阁下的许可了。"亚伯说,"杰加斯先生会征得达修伍德爵士的同意,让西威克姆的罪犯诉讼协会承担一半的费用。"

"杰加斯动不动就搬出大鼻子的名头,"本说,"来彰显权威。"

"是啊。"克拉伦斯点头,"约翰阁下说,大鼻子——啊,约翰阁下没有说'大鼻子'——达修伍德这个浑蛋——啊,约翰阁下没有说'浑蛋'——昨天就离开了伦敦,要到今天晚上才回来，所以杰加斯不可能在今天早上向他做过汇报。"

"杰加斯要到今天深夜或者明天才能见到大鼻子。"

"我们预计在大后天晚上从西威克姆回到伦敦。"克拉伦斯继续说，"赶不上明天老师的生日了，不过我们可以送给老师一具用来解剖的尸体。我们会把尸体装进棺材运到这里。"

"比起我们几个自己做解剖，还是由老师指导会好一些。"本说。

"明天我也跟你们一起去。"丹尼尔毅然宣布。

"那医院的工作怎么办？"

"迄今为止，我连另外三个外科医生分内的工作都做了。实习生之中的一大半人也都是我指导的。我连对工作一丁点热情都没有的家伙们分内的活儿都干了。"

实习生付的课程费总金额在一百四十英镑左右，由四个专职外科医生平分。对工作毫不积极的三个人心安理得地拿着和疯狂工作的丹尼尔等额的报酬。

"我不在的时候会变成什么样，他们也该稍微体会一下。"

丹尼尔·巴顿是个急性子，总是不顾一切地前进。他已经四十七岁了，却完全没有大人样。他对这一缺点有所自觉，但现在再想改也改不了了。要想让急性子的人变得稳重，除非把灵魂抽出来用盐腌。

5

凌晨四点的伦敦和深夜里的没什么区别。这时候，夜里吵吵闹闹的妓院和赌场也差不多要关门了，灯火熄灭，更是伸手不见五指。

丹尼尔和弟子们在弗里特街的马车驿站集合了。

公共马车的座位坐四个人绰绰有余，坐六个人就很挤了。另外，马车顶篷上面也被作为二等座使用，半价。马车后部外侧有用来装载货物的"嘎啦咕噜筐"，也可以当作比顶篷更便宜的座位用。

马车夫炫耀似的从武器箱里取出雷筒①，仔细检查后装填霰弹，然后又收回武器箱。随后，他又示威一般挥舞几把大型手枪，装填子弹后收进了箱子。这是为了让正经乘客放心，同时警告与路上打劫的强盗暗中勾结之人。

路上绝对不能大意。就连驿站的酒馆，也可能会有老板或侍者从强盗团伙那里拿了好处的情况。要是来了看上去很富裕的客人，他们就会通知强盗团伙。

把货物装进嘎啦咕噜筐后，一行人坐上了马车。为了让丹尼尔医生能舒适一些，身材矮小的内森和他两个人坐一边，亚伯、克拉伦斯和本则并排坐在对面。虽然本正如其绰号是个胖子，但亚伯则正如其绰号是个瘦子，三个人倒也勉强挤得下。

助手吹响号角、摇动油灯宣告出发时，又一个人坐了进来。是个胖得像木桶的妇人，把她的大屁股塞到了丹尼尔和内森中间。内森为了避免被压扁而徒劳地挣扎着。

现在是黎明时分。若在平日，这是呼呼大睡的时间。所有人情绪都不太好。就连话匣子克拉伦斯也变得沉默寡言，头往后靠着。

四匹马拉的马车开始疾驰。

车轮发出嘈杂的声音。

---

① 霰弹枪的前身。

摇摇晃晃。

被颠起来，脑袋撞到顶篷，又咯噔一下掉下来。昏昏欲睡，却因马车的颠簸而睡不着。这种状态令人极其不愉快。

木桶妇人的头发按最新的潮流插了一根金属丝当发簪，梳成了像塔一样的高高的发髻，但由于在一次次颠簸中猛撞到顶篷，成了像是在脑袋上压了一块平板一样的发型。木桶妇人似乎觉得造成这种状况的是除自己以外的所有人，每逢摇晃得厉害的时候，就狠狠地瞪着对面的三个人，并伸出胳膊肘把内森往旁边挤。马车左右摇晃导致内森的身体撞到她时，她便像遇到了色狼一样惊叫，但下一个瞬间，她装作由于马车颠簸而摇晃的样子试图抱住内森，这回反而是内森发出了悲鸣。

"我丈夫的外甥在牛津，他的妻子生了孩子，我过去贺喜。"木桶颤动着三层下巴大声宣告，也不知是在对谁说话，仿佛在说自己是最有正当理由乘坐这辆马车的人，"是个男孩。是继承人。"她很快就因为晕车而沉默下来，这对其他人来说十分幸运。

公共马车的时速大约是四英里。即使猛拍马屁股，最快也只能达到每小时六英里。马车夫并不着急。

坐起来大概舒适得多的私家马车轻快地超了过去。同样是走险路，但私家马车用的是高级弹簧，没有那么颠簸，时速能达到十英里。更快的是飒爽地骑马飞奔的旅人，但臀部估计会因为和马鞍的摩擦而肿起来吧。

跑了整整三个小时后，马车车轮陷进了一道很深的车辙里。马车大幅度倾斜，险些侧翻。内森完全成了木桶的肉垫，就在他几乎要窒息的时候，马车夫要求所有人从马车上下来。

和马车夫的助手一起把车扶起来并从车辙里拉上来，是乘客的义务。马车夫吆喝着"喂,走啊!嘿,走啊",挥鞭抽打着拉车的马。

"老师在旁边休息就好。"

虽然往上推着车的弟子们这样说,土豆还是用肩顶住车轮用力往上推着,连头顶都涨得通红。木桶茫然地站在路边,用手帕擦着眼睛,哀叹自己的不走运。

马车奇迹般地被从深度足有一人高,深得令人绝望的车辙里拉了出来,克拉伦斯向车辙抛下一句告别的话语:"再见了,叹息之谷。"乘客们走进宿驿的马车驿站吃午饭时,已经过了两点了。

趁着在马车驿站雇用的马夫们在中庭换马的工夫,乘客们在驿站内的酒馆里吃午饭。

明明有其他空着的桌子,木桶却霸占了内森旁边的椅子。丹尼尔医生和他的三名前弟子彻底无视了木桶。和坐在马车里时一样,内森感到无比逼仄。椅子和椅子之间是有空隙的,他感受到的是精神方面的逼仄。

腰、肩和后背都疼得像骨头散了架似的。听到本这样嘟囔,丹尼尔医生来回摩挲着本的身体,然后以不满的语气说:"哪儿都没骨折。"

内森没吃早饭,按理说肚子应该很饿,但晕车的那股难受劲还没过去,他很羡慕食欲旺盛的克拉伦斯他们。

木桶看上去也已经从晕车的状态中恢复过来了,狼吞虎咽地吃着又冷又硬的肉和用蔫了的菜叶子做的沙拉。

一辆轻快的驿马车驶进中庭。驿马车只搭乘两名乘客,所以远比公共马车舒适,但收费是公共马车的七到九倍。乘坐驿马车的人要吃饭时一般也会去更高档的店,不过从这辆驿马车上下来的客人小跑着进了丹尼尔一行人所在的酒馆。

"啊,赶上了。"

这一声大喊引来了店内所有客人的注目,但拉尔夫·杰加斯毫不发怵,指着丹尼尔一行人对侍者说:"给那张桌子再添一把椅子。"

"哎呀,不好意思,不好意思。"拉尔夫·杰加斯说着把椅子塞到亚伯和本中间。

"哟,这可真巧,多丁顿夫人。"他又冲木桶打了声招呼,"没想到会在这儿遇见您。"

"我丈夫的外甥的妻子生了孩子,拉尔夫阁下。"

被称为夫人,看来她是贵族抑或受勋者的太太。

总算遇到了能以礼相待的人,木桶换上了一副喜悦的表情。别说私家马车了,连两人乘坐的驿马车都不雇,居然坐公共马车,她丈夫要么吝啬到了极点,要么是个穷酸贵族。沉迷赌博,将祖辈留下的土地财产挥霍一空的贵族并不少见。

再说,如果是贵族的夫人,出行时应该带着随从才对,也不会只因为丈夫的外甥的妻子生了孩子就放下身段前去探望。

"恭喜恭喜。献上我衷心的祝福,多丁顿夫人。"拉尔夫·杰加斯心不在焉地说着,然后语速飞快地对亚伯宣布:"连载小说的事取消。我去了弓街,但约翰爵士正在开庭审理案件,我没能见到他。听法官官邸的侍从说,你们几个已经动身去西威克姆了,我就准备了马车追到这里。现在才在这里吃午饭,看来你们耽搁了不少时间哪。也是,公共马车的速度不快,我本来就觉得肯定能在你们到牛津之前追上。"

他连珠炮般一口气说了这么多。

丹尼尔医生一副事不关己的样子,专心吃着饭。

"咦，为什么？昨天我去找您商量的时候，您不是很爽快地答应了吗，还说由西威克姆的罪犯诉讼协会承担一半费用。我这儿有协议书。"

主编亚伯很强势。

"协议作废。"

"理由是什么？如果没有正当理由，我们会以违反协议的罪名起诉您。"

"我不是在开玩笑。"

"《呼叫追捕》的发行人是治安法官阁下。理由都不说清楚就突然解除协议，约翰阁下也会感到无法接受的。"

就像拉尔夫·杰加斯总是搬出通信大臣弗朗西斯·达修伍德爵士的名字一样，亚伯也决定充分利用伦敦威斯敏斯特地区治安法官约翰·菲尔丁爵士的身份。亚伯算到了杰加斯容易盲信权威。

"没错。"克拉伦斯插嘴道，"法官阁下讨厌半途而废。废除协议是重大事项。"

"说是协议，也只不过是……"

"只不过是什么？"

这时响起了号角声。

"哎呀，马车要出发了。"木桶夫人把擦过嘴角的餐巾放到桌上，站起身来，"听你们刚才的对话，你们是要返回伦敦了吧。"

她很高兴，因为可以独占马车的座位了。

丹尼尔一行人也起身离开座位。亚伯结账前检查了一下账单，对老板说："人数弄错了。我们只有五个人，但账单上却是七个人。"

"这张桌子刚才坐了七个人啊。"

"我们跟他们是分开付钱的。"

"您就先全付了吧,然后再跟那两个人要他们应付的钱。"

"我拒绝。你单跟那位女士和那位绅士要钱吧。我们只有五个人。算上小费,这些钱应该足够了吧。"

亚伯往桌子上扔了一枚一克朗银币,就去追已经先坐到马车里的其他人了。

马车驿站的老板让妻子去向木桶夫人要钱,自己则去向杰加斯要钱了。

杰加斯挡在公共马车前,大声叫唤:"这让我很难办。掉头回去。停止调查,停止!"

驿站老板的妻子和木桶展开了攻防战。"唉,这都什么事啊!最近的年轻人一点都不懂礼貌,竟然让女士付钱!"木桶颤动着三层下巴感慨道。助手吹响宣告出发的号角,马听到喧闹声兴奋起来,发出嘶鸣。

和丹尼尔医生并排坐下的内森殷切地盼望木桶赶不上马车,但他的愿望落空了。木桶总算死心,打开了钱包。木桶坐上了马车,用她那充满愤懑的屁股把内森挤扁了。内森体会到了身材矮小是一件多么悲哀的事。

杰加斯紧紧抓住马车的窗框大叫:"停下!"

"为什么要停下?"亚伯质问。

"不讲清楚理由,停止调查不可以吗?再说,你们为什么要去西威克姆?我明明把来龙去脉全都讲过了。"

"不讲清楚理由,我们就连旅行都不可以吗?"

"拉尔夫阁下,这到底是怎么回事?"木桶插话道,"这些人是企图做什么坏事吗?"

"呃,不是……他们企图违背弗朗西斯爵士的意向。"

马车起动了，杰加斯倒在地上。马车夫没有管他，挥鞭抽打马匹。

"你们几个，"木桶的眼神阴险起来，"竟敢不听弗朗西斯爵士的命令吗？"

"太太，"丹尼尔以冷淡的语气说，"你能安静点吗？"

"天哪！"木桶叫了起来，然后一本正经地说，"请称呼我为夫人。我的丈夫可是曾担任过萨默塞特州长官的巴里－史密斯·多丁顿爵士。"

"甭管是多丁顿夫人还是威丁顿夫人，总之你太吵了。"

"我丈夫和达修伍德爵士关系非常亲密。"

"那又怎么了？唉，真受不了，干脆把你那张嘴缝起来算了。本，从我的行李里拿一下手术用的……"

"针和线，对吧？"

"手术！"木桶的喊叫声简直能把耳朵震聋。

"我家是开裁缝店的。"本说，"我最擅长缝纫了，太太。"

"不是太太，要叫我夫人……"木桶刚说到一半，马车剧烈颠簸了一下，她似乎是咬到了舌头，安静了下来。

6

法官闻到了烤肉的香味。

"厨房里在烤一整头猪。"安报告说。

法官在轿子里，安则在马上。

诱人的香味很快就淡去了，因为轿子在前进。

轿夫之中粗野之人很多，但约翰·菲尔丁雇用的这几个都是知根知底的熟人。法官给小费很大方，这几个轿夫作为受威斯敏斯特地区治安法官赏识的人也感到很有面子，所以他们的言谈举止都十分恭敬。

轿子落地，前面的门打开，安握住法官的手，扶他从轿子上下来。轿夫们也搭了把手。

若是在从前，法官和安一起外出时，安的助手蒂尼斯·艾伯特常会同行。他是个强壮、寡言又正直的人。五年前，他辜负了法官的信赖，虽然由于安的斡旋而免于被解雇，但他主动辞职了，之后就杳无音讯。

——丹尼尔医生失去了两名爱徒，而我失去了蒂尼斯·艾伯特……

不，对法官来说，从手下的弓街侦探里选出艾伯特的替代者就好了，眼下就有个叫哈顿的男人同行。然而，对安来说，艾伯特是其他人无法代替的……而法官也察觉了这一点。

"哈顿，把我的马拴在那里。"安命令道。接着，传来她给轿夫付小费的动静。

"在旅店的酒馆里等着吧。别喝太多，约翰阁下还要坐轿子回去。"

"只看看的话不要钱。来，进来吧。"

陌生的声音招呼着。

"好像是表演秀的揽客者。"

"这位是威斯敏斯特地区治安法官约翰·菲尔丁阁下。请注意不要做出失礼的举动。"

那个人似乎倒吸了口气。

"没想到法官阁下会莅临这里。哎呀，实在是荣幸之至……您是来监督视察的吗？小的们绝对没做什么违法之事，嗯。我们做的是非常正经的生意。毕竟，就像刚才说的，参观是免费的，场地租赁费我们也好好付给金羊毛的老板了。"

约翰·菲尔丁不仅追究已经发生的犯罪，也倾注力量预防犯罪。娱乐场所常常成为犯罪的温床，所以约翰·菲尔丁命手下的弓街侦探严格监督这些地方。因此，闹市娱乐场所的很多人都反感法官，对他抱有敌意。

法官听出，男人的声音隐隐透着反感与不安。

"老板欺负我们需要场地，收场地费时漫天要价。阁下，您还是去监督监督老板吧。"

"你叫什么名字？"

提问的是安。

"我叫布彻，嗯。"

"我会记住的。虽然只看看的话不要钱，但听说每提一个问题你们就要收六便士。"

"那是当然了，我们就是靠占卜做生意的。如果这也被说成不成体统，那小的们就没法维持生计了，嗯。另外，您是……"

他大概是对穿着男装的安感到困惑。

"她是我的助手。是我的眼睛。"

"竟然是个女人……"

"约翰阁下现在要向在这里卖艺的人提很多问题。你们打算他每提一个问题，就从他那里硬抢六便士吗？"

安说话变得难听了。法官在内心苦笑。她也经常跟地痞流氓打交道，听多了便学会了他们的说话方式，这也令人无可奈何。

"这个嘛，要是能付钱的话我会很高兴……"

不，不用——布彻又慌忙改口，估计是因为看到安和哈顿的脸色变得相当难看。

蒂尼斯·艾伯特这个人……法官接着回忆起来。根据安的形容，他个子很高，身强力壮，犹如古罗马帝国的剑士。他有结实的下巴和与之相称的整齐牙齿，丹尼尔医生的弟子们背地里都叫他"铁夹子"。

而哈顿，同样是根据安的形容，像块松垮的布丁。法官根据他说话的声音推测出来的形象也是一样的。铁夹子沉默寡言，但只要一张嘴就能震慑对方，所以那时候安没有必要露出一副凶相。但现在和松垮布丁搭档，安大概会越来越凶吧。作为姨父，自然希望外甥女能一直是个可爱的姑娘——虽然她早就过了能被称为姑娘的年纪了。要不换个面相更凶的人当她的助手吧。

"怎么能收法官大人的钱呢，这简直岂有此理。来，快请进。"

"哈顿，你去找旅店老板，让他命令女佣埃丝特·马利特一个小时后到弓街的法官官邸，就说这是法官的命令。"

"明白了。"

"办完事就回这边来。"

"表演秀的场地是马厩中围起的一片区域。"

法官在安的搀扶下进入马厩。

法官虽然眼睛看不见，但能透过眼皮感觉出有没有光。这里似乎有些昏暗，到处点着蜡烛。他能感到光源的位置。

"哟，今天是盲人和美女光临。"

从略高于法官身高的位置传来快活的声音。

法官察觉到对方是在故作快活。这是假嗓，扼杀了真正的感情。

"我是贤者喀戎。"

安向法官描述了半人马的模样。

"没有双腿的男人和马的剥制标本连接在一起。男人四十五岁左右。好像是把剥制标本的头一直到胸的部分切掉，在内部开了个洞，将男人双腿的残余部分放进洞里，一直没到腰。连接处被上衣遮着。"

"休息时可以从马身里出来放松吧？"法官问。

他感到有些心痛。和马的身体连接到一起的男人，这太凄惨了。伦敦这座城市里有太多凄惨的事。

"客人，嗯，六便士。"刚说到一半，班主布彻就把后面的话吞了回去。他大约是出于条件反射说出了这句话。

"另外，能不能也往我的衣兜里放两便士呢？"

这次是喀戎的声音。

"不用了，不用了。"布彻打断喀戎，"这位是威斯敏斯特地区的治安法官阁下。"

"哦哟，是大名鼎鼎的盲眼法官大人啊，是想让我占卜什么呢？旁边的女士是法官阁下的女儿吗？是不是有喜欢的男人了，要来占卜和那个男人有没有缘分？"

"别说这么失礼的话，会掉脑袋的！"布彻慌忙制止。

"腿倒是早就掉了。"

"你叫什么名字？"法官问。

"我是喀戎，法官阁下。"

"我问的是你的真名。你的父母给你起的，登记在教区的教会里的名字。"

"失去双腿的时候，我同时也失去了名字。现在的我是喀戎，半人马喀戎。"

"你是怎么失去双腿的？应该不是天生如此吧？"

"约翰阁下，喀戎脸上浮现出了冷笑。"安轻声说。

"法官阁下为何想要知道演表演秀的卑贱男人的名字和情况呢？"

正如安所说，喀戎的声音里含着冷笑。

这时，哈顿回来了。

"已经将法官阁下的命令转达给旅店老板了。"

"把我的轿子叫过来。另外，再从街上等客的轿子里叫一乘到这里来。"

喀戎拒绝在法官一行人的面前从马的身体里出来。保持半人马的形态，就可以从高处俯视观众们了。

"如果你是出于自尊心而不愿被人看到身体，我会吩咐安在你坐进轿子之前不往你那边看。而我本来也看不见你，无论你是半人马的样子，还是没有双腿的人的样子。我不想在这个弥漫着马厩气味的地方站着问你问题，我想在弓街的法官官邸坐下来跟你慢慢聊。"

法官回到官邸，引导喀戎进入一间私人房间。

哈顿和在场的另一个弓街侦探两人一起把喀戎抬到二楼，让他坐到椅子上和法官面对面。

盲眼法官凭周围的动静感受到了这一连串的动作。

此外，法官还感受到，对面的男人逐渐褪去矫揉造作的半人马假面，恢复了本性。

正如一贯的做法，法官摸着对方的一只手。触觉能够让他得知很多信息。

女仆汉娜端来红茶，安请喀戎喝茶。

对方因紧张而僵硬的左手渐渐放松下来。右手应该正端着杯子往嘴里送茶吧。

"真没想到能在法官阁下这里得到如此温情的对待。我还以为会在审讯室被严刑审讯呢……"

"你并没有做任何坏事。我是有事想问你，才请你过来的。你的手掌相当硬啊，以前是干重体力活儿的吗？"

"阁下，我曾是光荣的英国海军的大尉……虽然很想这么说。"

对方改口，是因为法官一瞬间重重按了一下他的手掌，意思是你说谎也没用，我能看穿。

"我曾是个下等水兵。为了学习操作帆绳和索具，手掌被磨得血肉模糊，一次次磨出水疱又把水疱磨破，没多久，手掌就变得跟脚后跟一样硬了。"他的声音里夹杂着苦笑，"就算说那不是人过的日子，您也不会生气吧。那里并非由阁下管辖。"

"是被强制征兵队抓去的吗？"

"您还真了解世情啊。我喝了个烂醉，在路边酣睡，醒过来时，就已经身处漂在河上的破烂护卫舰上的拘留所里了。"

志愿兵人数严重不足，强制征兵队一见到身体强健、没有自己的土地、年龄在十八岁到五十五岁之间的人，就将其捆起来，戴上手铐，关进拘留所。等凑够了人数，就把这些人送到战场。政府许可这种做法。最先被盯上的就是无家可归的流浪汉。国库每天会拨一英镑支付给征兵队长，队长再用这笔钱分出一部分付给手下作为佣金。

法官微微摇了摇头。他感到喀戎的话里有些许不真实的成分。

"您看出来了啊。看来盲眼法官的确直觉敏锐。实际情况比我刚才讲的更过分。但是，就算我讲出来，也很少有人会信。大部分人会认为我是为了哗众取宠在胡说八道。被当成骗子就麻烦了，所以我后来讲这段往事时就都以'我喝了个烂醉'开头了。"

"实际情况是怎样的?"

"我以前是收割工人,在村子里认识了一个姑娘。我跟那个姑娘在教堂正要举行婚礼时,征兵队闯了进来,把我掳走了。"

"这可真是过分。太过分了。你的保护证呢?"

收割麦子、葡萄等农作物的时期,以及摘草莓的季节,农民忙不过来,需要大量人手,便会临时雇用收割工人来帮忙。这些收割工人虽然是自己没有土地的人,但和泰晤士河的船夫一样会领到一张"保护证",免除强制性兵役。跟村里的姑娘结婚,意味着之后可以在那里定居。和城市人不同,农村人的排外倾向很严重。姑娘的父母亲朋能接纳他,还让他们举办婚礼,可见相当信赖他。

"不巧的是,我当时没把保护证带在身上。就要成为当地人的家人了,我以为已经不需要这个了,就没太重视。婚礼还要过一会儿才举行,于是我就被迫上了战舰,被带到了新大陆。阁下,刚才失礼了,我这就报上姓名。我叫雷·布鲁斯。幸会。"

法官轻轻回握了一下对方的手作为回应。

"你是在战斗中失去双腿的吗?"

"是在夺取魁北克的激战中失去的。"

为了在新大陆征服并扩张殖民地,英、法两国一次次展开激烈的战斗。魁北克有法军的要塞,但英军采取陆海两栖作战的战术发起猛攻,攻陷了魁北克。英军还在北美大陆东部建立起了稳定的殖民地,而如今,正是这个殖民地向英国本土发起叛乱,正展开战斗。强制征兵队也仍旧活跃。

"就连我们这些最下等的水兵都被命令强制登陆,和陆军一起战斗。我的双腿被法国浑蛋的炮弹炸飞了。"

声音似乎有些混浊……法官正这么想着,只听安同情的叹息和雷·布鲁斯的说话声重叠在了一起。

"魁北克战役是发生在一七……"

"五九年。"

他大概永远都忘不了这个年份吧,法官想。

"是在十六年前。"

"那时你多大?"

"是指负伤的时候吗?那时我十九岁。"

十九岁。那么他今年三十五岁。安描述他的模样时,说他看起来四十五岁左右。当下等水兵时的生活固然不轻松,但他回国后的十六年里,生活只怕比当兵时更加艰辛吧。

约翰·菲尔丁丧失视力也是在十九岁。被宣布完全失明,无法治愈时,他想到了自杀。

"这算光荣负伤吧。给你的退伍军人养老金里应该也包含了给伤者的补贴吧?"

"最下等的水兵可得不到这样的恩惠,而且我的服役年限也不够。在被迫乘上去新大陆的船之前,我拿到工资证明书了。可没想到的是,好不容易从战场回到伦敦,我去海军的工资事务所出示了工资证明书,他们却不肯马上给我兑换现金。我不知等了多少个星期。在等待期间,我身无分文,不借高利贷就没钱吃饭,也付不起住宿费。最后,工资证明书被我借钱时抵押给别人,就这么没了。"

"去卖艺的原委是?"

"是为了混口饭吃。我乞讨时,有个班主找到我。"

"是那个叫布彻的男人吗?"

"不,跟我接触的是电气艺人。您问他的名字?那个男人叫奥曼。他现在已经洗手不干这行,改做别的工作了。奥曼似乎通过把我交给布彻赚取了中介费。"

法官又一次从雷·布鲁斯的声音里感受到了混浊而令人厌恶的东西。那是喀戎的声音。

"你一直都是在刚才那个地方表演的吗?"

"不,不会在一个地方演太长时间。观众们会看腻的,所以我们演一阵就换一个地方。您就是为了问这些而叫我过来的吗?"

"我想知道的是,你的占卜能力是真是假。"

"如果是假的,您打算以诈骗罪检举我吗?"

"我想知道,如果你并没有占卜能力的话,你是怎么说中真相的。"

"'真相'吗?"

"内森·卡连……说名字也没用,你应该不知道他的名字。听说你一看到他,就准确地说出:'你是诗人吧。'"

"哦,是那个年轻人啊。明明是个小矮个儿,却相当勇猛,用银币打中了布彻的鼻梁。我说他是诗人,其实是瞎猜的。像他那个年纪的多愁善感的年轻人,十有八九是诗人。没有人会因为被称作诗人而感到不愉快,无论是否对这一点有所自觉。"

"你的洞察力相当强啊。"

法官这时回想起了爱德华·塔纳。爱德华知识渊博,聪明伶俐,但言谈举止都带着些刺,含着些讥讽的意味。悲伤成了磨刀石,研磨着尖刺。

法官以手指的动作示意安继续提问。他感觉到些许疲惫,疲惫会使听觉变得迟钝。

"据说当时还有个女人在场,你告诉她'你的恋人在伯利恒'。这也是瞎猜的吗?"

"那个诗人,还有那个女人的事,为什么会传到法官阁下的耳朵里?"

雷·布鲁斯反问。

"轮不到你来提问。请回答我的问题。"

"法官阁下,我是被阁下请到这里来的,可以说是您的客人,可这位女士却在讯问我。"

"她问的事都是我想知道的。我有事想问你,才把你请过来。回答她吧。"

对方没有回答,法官便继续说道:"你认识埃丝特·马利特吗?"

"那女人是叫这个名字啊。埃丝特·马利特。我当时是第一次见到她,现在才知道她的名字。"

"'你的恋人还活着。'你首先对她说出了这句话。埃丝特有个恋人,并且她的恋人现在生死未卜。如果不了解这两点,是无法说出这句话的。"

"我坦白。"这不是散发着令人心痛的纯朴的雷·布鲁斯的声音,而是狡诈的冒牌占卜师喀戎的声音。"金羊毛的用人们会聊到很多事,我是从他们那里听来的。他们说她以前有个恋人,后来,恋人失踪了。她得知我会占卜,扔下工作来到了我这里。那她肯定是想知道恋人的消息啰,所以我就随便说了些模棱两可的话回答她。"

他的语气也变得不客气起来。

"告诉她恋人还活着,她就会很开心。逗别人开心的感觉挺不错。但是,恋人明明还活着,为什么却不回来呢?她当然会有这样的疑问。"

"你告诉她,她的恋人'被关在一个封闭的地方'。"

"占卜时，每回答一个问题收六便士。所以，要给出尽量含糊的答案，像挤牙膏一样一点一点说。这是做生意的诀窍。"

"你当时都是瞎说的？"

法官听到了敷衍的笑声。

"你说她的恋人在伯利恒，这是什么意思？"

"只是随口说出了脑子里突然冒出来的词而已。"

法官凭直觉感到这是谎言。

被磨炼得十分敏锐的直觉向法官如此宣告。法官能凭声音分辨真话与谎言，但他的判断并非百分之百准确。爱德华·塔纳曾若无其事地说谎，把他骗得团团转……法官又想起了这些事。奈杰尔·哈特也是，装出一副柔弱的样子，自始至终掩藏着强大的一面。

不过，他感到面前的这个男人刚才说了谎，这个判断不会错。

在弗朗西斯·达修伍德爵士名下的白垩废坑中发现的尸体胸口上写着："伯利恒之子啊，复活吧！"

这个男人对埃丝特·马利特说："你的恋人还活着，在伯利恒。"

是巧合，还是二者间有某种联系？

雷·布鲁斯是怎么知道埃丝特·马利特的恋人在遥远的伯利恒？埃丝特·马利特的恋人是伊斯兰教徒吗？

虽然很想撬开雷·布鲁斯的嘴，但约翰·菲尔丁对刑讯逼供持否定态度。通过刑讯逼供问出的往往只是讯问者想要的答案。

"这是常有的事，阁下。"雷·布鲁斯用喀戎的粗鄙声音说，"灵光一闪。艺术家则称之为灵感。把脑子里冒出来的词就那么说出来，用意味深长的语气说出来。含义让听的人去想就好了，让听的人牵强附会地去解释。我想不通的，反倒是法官阁下关心这些细枝末节的理由。"

"听到'阿尔莫妮卡·迪尔波利卡'这个词，你能想到什么吗？"

"啊？那是什么……哦，对了，我以前好像听说过些古怪的传闻，说那是种用玻璃制成的乐器，演奏它就会唤出恶魔什么的……"

法官这才记起自己也听说过这样的传闻。那是十多年前的事了。也有传闻说，歌剧演员听到那乐器奏出的音乐，在舞台上发狂了，不过剧场工作人员否认此事。实际上，似乎并没有人声称看了那场歌剧演出。还有传言说，夜晚在海德公园穿行，公园里会响起怪异的乐器奏出的音乐，听到那乐声的人能看见恶魔。但大家都只是道听途说而已。那乐器的名字好像是恶魔的阿尔莫妮卡……没有人能准确地描述出那到底是一种怎样的乐器。人们一时间议论纷纷，但没过多久就又淡忘了它。法官觉得那都是些无稽之谈，和层出不穷的幽灵传说并无区别，只当是耳边风，忘得一干二净。

"是用玻璃制成的吗？"

"是啊，不过只是传闻。我没亲眼见过。"

"它是什么样子的？"

"我不知道。"

"你应该知道对我说谎也没用吧。"

"是的，当然知道。约翰阁下有一双能分辨真话和谎言的了不得的耳朵。"

这时，侍从芬奇通知有客人来访。

"客人说她是接到命令来到这里的。是个看上去很穷的女人。"

是埃丝特·马利特。

法官有些犹豫。

让埃丝特和喀戎在这里再次见面会比较好吗？不，为了让埃丝特能平静地讲述，还是不让他们见面了吧。

"让来访者在小屋等候。你和哈顿把布鲁斯先生抬到楼下去，叫我常坐的那乘轿子过来送他到查令十字的金羊毛。然后，把来访者带到这里。"

"阁下……"

"怎么了？"

"阁下刚才称呼我为布鲁斯先生。"

法官还放在布鲁斯手上的手被布鲁斯重重握住又微微抬起，温暖的气息轻轻笼罩下来。布鲁斯将嘴唇靠近法官的手，但并没触碰上，以此表达敬意与感谢。

"耽误你做生意了。关于伯利恒，除了产生了灵感这个答复以外，如果还有什么别的想说的，到时再仔细跟我讲讲。"

法官往雷·布鲁斯手里放了一枚半克朗硬币。

"十分感谢，阁下。"喀戎式的粗鄙从雷·布鲁斯的声音里退去，他顿了顿，随即像是下定了决心一般继续说，"或许有些僭越，但请容许我提一个建议。"

"说来听听。"

"阁下为了预防贫穷的孩子们因生活困苦而走上犯罪道路，设立了两个协会。"

"是的。"

孩子们没有钱，就会为了能有口饭吃而去做偷窃、抢夺之类的坏事。

法官设立了女子孤儿院，收容七岁到十五岁无父无母的贫穷女孩，免费教她们读书写字、缝纫、编织与烹饪，使她们以后能去受社会尊敬的好人家当用人。没有政府援助，协会完全靠支持者的捐款经营着这家孤儿院，由于资金不足，经营状况不是很好。

至于无依无靠的贫穷少年，法官为他们设立的协会在对他们进行基础教育后，会送他们进入海军当水兵。由于军方需求很大，这个协会运营状况良好。法官暗自为此感到自豪，认为这是通过改善环境减少犯罪的成功案例。

"如果是贵族的儿子，去海军服兵役自然是无上光荣之事。很快就能成为军官，有希望出人头地。"雷·布鲁斯的声音里混杂着些许属于喀戎的冷笑，"但希望您能明白，最下等的水兵被迫过着地狱般的日子，处境比伦敦贫民还要凄惨。他们不会得到任何荣耀，也无法摆脱贫困。"

雷·布鲁斯的声音逐渐远去。他是被抬出房间了吧。

"姨父。"

安轻轻抚摩法官的手。

接着，埃丝特·马利特进来了。此时法官还在回味雷·布鲁斯的重击。不，我的做法没有错——法官如此鼓励自己。不是协会的问题，应该改善的是海军。

"约翰阁下，这位是埃丝特·马利特小姐。"

一如既往，法官要求触碰对方的手。

埃丝特·马利特的手指犹如枯树枝一般粗糙，长满倒刺。

无论是谁，被治安法官叫来都会很紧张。然而，埃丝特的手却给法官留下了似是想要拼命抓住他的手的感觉。

"无须感到不安。这不是审讯。"

"嗯，我一点也不觉得不安。我没有做过任何会让我受到惩罚的事。"

她的声音里饱含着信赖。

"我想知道你的恋人和伯利恒之间的联系。你有什么头绪吗？"

"没有头绪。倒是我更想知道有什么联系。喀戎是随口胡说的吗？法官大人刚才问了喀戎很多问题吧，关于安迪和伯利恒之间的联系，他有没有说些什么？安迪为什么会到那么遥远的地方去……"

"你的恋人是叫安迪吗？他姓什么？"

"里德利。他叫安德鲁·里德利。"

"里德利和西威克姆有没有什么关联？"

"西威克姆！"

埃丝特的手弹开了。法官甚至感觉到她站起了身。

"为什么……为什么法官大人会知道西威克姆的事？"

"马利特小姐，请详细讲讲安德鲁·里德利的事。"

对方没有立即回答。

咔嗒一声响，埃丝特似乎从椅子上滑了下去，跪在了地上。她用双手紧紧抱住法官的腿，就像年幼的女儿紧紧抱住父亲那样。

法官伸出手，轻轻抚摩埃丝特的头发。

沉默持续了片刻。

"安，去吩咐汉娜给马利特小姐倒杯红茶，另外，拿些饼干过来。"

厨房常备着烧开的热水，不一会儿，室内就飘满了红茶的香气。

"马利特小姐,约翰阁下是想要帮助你。"安劝道,"快告诉他吧。"

"我害怕。"

"害怕什么?"

"安迪在那里……"

"坐到椅子上吧,埃丝特。"法官催促道,伸手帮助埃丝特站起来,在她就要坐到椅子上时也用一只手轻轻扶着她。

"安迪在那里消失了……"

"消失了?什么时候的事,是最近的事吗?"

"是在十四年前。"

"马利特小姐,你多大了?"

"二十九岁。"

"里德利不见时,你十五岁。"安的语气里带着些安慰,"在那之后,你一直……约翰阁下,布鲁斯先生为什么会提到伯利恒呢?灵光一闪这种话令人无法相信。"

"布鲁斯先生是谁?"

"是喀戎的真名。"

"啊,那个人看出了我在寻找恋人,他好像拥有什么不可思议的能力。"

"喀戎说他是听金羊毛的用人们聊天时知道这件事的。他并没有什么不可思议的能力。"

"那他说安迪在伯利恒,是瞎说的吗?"

"他是这么说的。约翰阁下,对布鲁斯先生必须要更深入地盘问才行。那么,马利特小姐,关于你的所爱之人,以及他在西威克姆消失时的情况,请详细讲一讲。"

埃丝特支支吾吾。

"我害怕……"她重复了一遍这句话,随后便陷入沉默。

"安,现在几点?"

"刚过下午四点三分。"

"丹尼尔医生他们乘坐的马车差不多该到西威克姆了吧。"

"前提是一切顺利。既没有陷进车辙里翻车,车轴也没有断,也没有遇上打劫的强盗——但这是不太可能的。"

希望他们能在入夜之前抵达西威克姆。

法官想起克拉伦斯和本他们来征求许可,询问是否可以去实地取材时那充满干劲的声音,微笑起来。

听说连丹尼尔医生都跟他们一起去了。坐马车长途奔波很辛苦,性急的医生估计会大动肝火吧。

"那个……"埃丝特·马利特有些犹豫地说,"我不太确定,不过我感觉好像以前见过喀戎……"

"什么时候,在哪里见到的?"

"不记得了。可能只是错觉。"

"他曾是季节工,在农村四处转悠。一七五九年,他参与了新大陆的战斗,失去了双腿。要是遇见没有双腿的人,肯定会印象深刻。你不记得了,就说明你是在一七五九年以前见过他。你去过农村吗?"

"没有,一七五九年是我母亲病逝的那年,在那之前,我没有离开过伦敦。"

"虽说是季节工,"安插嘴道,"但他在农村找不到活儿干时,或许在伦敦工作过。"

"对不起,我说得太含糊了。"

"没关系,再不起眼的细节也有可能成为重要线索。"

法官双手握住埃丝特·马利特的手,为她鼓劲。

7

自那之后,马车又陷进车辙里两次,第二次陷进去时辐条断了两三根。为了防止车轮散架,马车夫拉紧缰绳勒住一个劲想要往前冲的马,让它们以比人类步行还慢的速度前进。因此,抵达牛津的马车驿站时,已经过了夜里十点了。

按原计划,要在当天再租一辆马车去西威克姆,但丹尼尔医生完全没有那个劲头了。

他们直接在马车进入的驿站订了房间住下。

有一辆点着灯笼的私家双轮马车在等候多丁顿夫人。大概是她丈夫的外甥派来的吧。夫人乘上马车时,那肥大的屁股给内森留下了很深的印象。

马车驿站的招牌上写着"开朗的酒林"[①]。老板是阴郁的树丛,不过他的妻子一如招牌上的文字,很是活泼。"几位是来吃晚饭的?马上就能准备好。请边喝酒边等。"

一行人喝着啤酒,推杯换盏间,飘来了诱人的香味。

开朗的老板娘往摆在每个人面前的深盘里盛的,是成分不明的大杂烩。

"是内脏。"克拉伦斯用小勺从中舀起一点,说道。

"还有碎培根片。"本说。

"碎豌豆。"克拉伦斯说。

"这个好像是猪肉。"

"菜花的残骸。"

"煮烂的马铃薯。"

[①]将杉树叶扎捆成球状挂在檐下做成的酒馆的幌子。

"总之,是把今天用剩下的食材一股脑丢进去做成的炖菜。"

然而,饥饿成了最好的调料,炖了一堆乱七八糟的东西的肉汤,味道还不赖。

内森刚来伦敦的那段日子,吃的饭比这糟糕多了。

一行人吃完饭后,开朗的老板娘提着手提烛台带他们去二楼的卧室。

"这边请。"

她用手提烛台的火点燃烛台上的蜡烛后就要出去。

"行李没有搬过来吗?"

"哎呀,托姆偷懒了。我这就叫他把行李搬过来。"

晚安——她那张满月般的脸上堆满笑意,说完这句话就出去了。

卧室里有三张较大的床。两人睡一张床的旅店并不少见。

另几人请丹尼尔老师独自睡一张床,克拉伦斯和本同睡一张床,亚伯和内森同睡一张床。

"你们觉不觉得那个老板娘挺像多丁顿太太?"

内森坐到床上,随口说道。

"要叫我夫人。"克拉伦斯模仿多丁顿夫人的腔调说。

"因为她俩都很圆吧。"圆圆的本说。

阴郁的老板催促着男佣,和男佣一起把一行人的行李搬到了卧室里。付小费的是被委以管钱大任的亚伯。老板数了数拿到的小费,十分刻意地点了点人数,又重新数了数小费。但亚伯不动声色,老板便耸耸肩出去了。

"没有便壶。"本看了看床底下,说道。

"一个也没有?"

"一个也没有。"

"意思是让咱们用那个吧。"

克拉伦斯指了指没有生火的壁炉。

"是啊。"

莎士比亚的《亨利四世》中,脚夫有这样一句台词:"房里连一把便壶也没有,咱们只好往火炉里撒尿。"这种事自然是在那个时代之前就有了。伊丽莎白女王的宫廷之中,女官们也常常使用壁炉。大约一世纪之前,塞缪尔·皮普斯也曾在日记中写下:"我摸索着找便壶,但没找到。因为对这家旅店的情况不熟悉,夜里,我不得已向壁炉里方便。"这是已有数百年历史的秘密传统。

和大家一起旅行,真好啊……内森被音调高低不同的鼾声包围着,如此想道。

"可恶,被跳蚤咬了。"

这是本在第二天早上说的第一句话。

所有人都用力挠着后背和脖子。

"泥鳅里生出很多很多的跳蚤来。"克拉伦斯说。

"普林尼如此写道。"亚伯应道,"但昨晚的跳蚤来源应该是壁炉。"

尿里生出很多很多的跳蚤来——这也是《亨利四世》中的台词。

"本,帮我挠挠后背,我的手够不着。"

本用右手挠着丹尼尔医生的后背,用左手挠着自己的腋下。

大自然是公平的,即使在生有许多跳蚤的旅店房间,透过窗户照进来的晨光也澄澈无比。

"可是瞧,清晨披着赤褐色的外衣,已经踏着那边东方高山上的露水走过来了。"克拉伦斯朗诵道。

"霍拉旭说道。《哈姆雷特》第一幕第一场。"

"不愧是诗人，懂得真多。"

"彼此彼此。"

"我是从爱德那里现学现卖的……"

克拉伦斯说到末尾几个字时卡住了。

"黎明笑向着含愠的残宵，金鳞浮上了东方的天梢……"

内森吟诵起《罗密欧与朱丽叶》中的台词，但谁都没有接话，他便没能说到最后。

"去吃早饭吧。"

为了缓解有些尴尬的气氛，本用格外悠闲的语气说道。就知道会变成这样，所以说大家齐聚到老师面前就麻烦了啊。本未说出口的感受，是三名前弟子共同的心声。

吩咐过阴郁的老板去安排租赁马车的事宜后，一行人坐到了早餐桌前。

早餐是涂着蜂蜜、黄油的发霉吐司，以及红茶。

"有件事要跟大家说清楚。"丹尼尔开口了，"我并没有禁止你们提起爱德和奈杰尔的名字。你们不用顾虑重重。"

"您现在想起他们已经不会哭了吗？"本开门见山地确认道。

"泪腺的作用与意志无关。不，这一点还需要证实。关于泪腺活动自主性的研究尚且不足。情感与意志的微妙关系既不是外科的研究对象，也不是内科的研究对象。可是，这种关系也会对身体产生影响。为了研究清楚这个问题，似乎需要一门与外科和内科都不同的学问。"

丹尼尔说着拿出手帕，用力地擤了一下鼻涕。

大学城市牛津不像伦敦那样喧闹。基督堂座堂的屋顶反射着日光，看起来如修道院一般的几座学院之间的道路上，披着长袍的学生往来如织。

铺着玉石的道路和伦敦的道路一样凹凸不平，但到了城市偏远地带后，马车的行进意外地变得平稳了一些。

本望向窗外。

"就算为属民做了些好事，也不能抵消那家伙的罪过。"克拉伦斯的声音里充满愤怒。

因为走的是铺过的路，所以要交过路费。一辆马车要交九便士，这笔钱会被算进马车的租赁费用里。"铺路工人的工资就是从过路费里出的。"马车夫解释道。从出发地点到西威克姆大约三英里，马车的租赁费用是两先令。还要再加上小费和过路费吗……《呼叫追捕》主编兼此行的会计亚伯愁眉苦脸。开朗酒林的阴郁老板也狠狠敲了他们一笔，明明晚饭是用剩菜做的炖菜，床上还满是跳蚤。看到账单上的数字时，克拉伦斯甚至小声说出了莎士比亚戏剧中的台词："可怕的清算时刻到来了。"这句台词中的"可怕的清算时刻"指的是人生的最终清算。

即使昨天就赶到西威克姆，也得在西威克姆花钱住旅店，所以这倒不算是计划外的支出，但听杰加斯话里的意思，让罪犯诉讼协会承担一半费用的事似乎泡汤了。由己方承担全部费用可吃不消。不过，虽然杰加斯说要停止调查，但没有一个人说要回去。有意气用事的因素，也有的确对此案感兴趣的原因。况且，从丹尼尔医生那里抢夺解剖的机会，无异于狮口夺食。

《呼叫追捕》的预算有限。万一透支了，就太对不起约翰阁下了。

听安说，法官的财务状况并不是特别宽裕。菲尔丁家往上回溯,祖辈是和哈布斯堡家族沾亲带故的名门贵族,但亨利和约翰兄弟俩的父亲沉迷赌博,欠下一大笔债,还投资失败,把名下的土地变卖了,将财产挥霍一空。约翰从哥哥亨利那里继承的治安法官一职,尽管工作十分辛苦,却是没有工资的名誉职位。很多法官会捏造罪名以收取保释金,收受贿赂而放跑罪犯,靠诸如此类的手段获取收入。然而,约翰·菲尔丁在继承职务的同时,也继承了哥哥"绝不为了金钱出卖正义"的信条。合法收取的手续费一年也就一百英镑到三百英镑,还不到大臣年俸的十分之一。据说亨利·菲尔丁靠写小说赚了很多钱,《汤姆·琼斯》发售后,九个月内印刷了五次,卖出了超过一万册。不过,他生活放荡不羁,几乎没留下什么财产。

得靠内森的连载小说多增加些销量才行。亚伯这么想着看向内森,发现未来的小说家又晕车了,正脸色铁青地闭着眼睛。

等连载结束,就出版一部廉价版吧,然后把收入的一部分用于《呼叫追捕》的经营……

就在踏实稳重的亚伯罕见地沉浸在妄想里的时候,马车夫说:"客人们,到西威克姆了,要去马车驿站吗?"

"对,去把行李放下,然后去这个地区的教堂。"

"教堂?是要去拜见'小圣女大人'吗?"

"小圣女大人?"

"咦,你们不知道吗?教堂里有个不可思议的棺材,小圣女大人就沉眠在其中。她从好几百年前就沉眠在那里了,人们都说那口棺材有神圣的力量。"

"亚伯,在去教堂之前,难道不是应该先去找这里的治安法官——是叫达克·费恩爵士吧——说明情况吗?"克拉伦斯问。

"得在有人来找麻烦之前先查验尸体。"亚伯说,"杰加斯一开始说,达修伍德示意他可以在《呼叫追捕》上登广告。但约翰阁下说了,达修伍德在那前一天就离开了伦敦。杰加斯是自作主张,或者遵从西威克姆治安法官达克·费恩爵士的指示来委托登广告的。约翰阁下要发行揭发犯罪情报的报纸一事,想必已经传得沸沸扬扬。杰加斯为了彰显权威,不停搬出达修伍德的名字。可他昨天却追上我们,要求我们停止调查,也就是说,他昨天早上向达修伍德汇报了这件事,是达修伍德命令他让我们停止调查的。"

"原来如此。"克拉伦斯重重点头,"达修伍德有不想让别人对这件事追查到底的缘由。"

"杰加斯大概昨天就到这里了。"

"咱们坐的公共马车太磨蹭了。杰加斯的马车跑得很快。"

"他肯定也去找达克·费恩爵士打过招呼了。在这种情况下,咱们再去找爵士的话,他就会以治安法官的身份命令我们停止调查。"

"如果调查这具尸体会给大鼻子浑蛋带来麻烦,那我就偏要调查。查个彻彻底底!"克拉伦斯干劲十足。

"要是奈杰尔在,他一定会画一幅精致的素描。"丹尼尔并没有禁止大家提起那两个人的名字,本便放心地提起了奈杰尔,但还是不由得瞥了一眼老师的表情——似乎没什么事。

"爱德和奈杰尔现在在哪里做什么呢……"内森自言自语。

"感觉贵族会很想要像他俩那样的人当侍从。"本应道。

富裕的贵族会为了增添自身的排场而雇佣容貌出众的年轻人,用有金银蕾丝边和金绦肩饰的豪华制服、白色丝袜和扑粉的假发装扮他,一家人出行时令其陪同。欣赏歌剧抑或在公园散步时,贵妇们会攀比各自带着的侍从的容貌。侍从还要负责接待来客。只有器宇轩昂之人才能被录用，但终归只是地位低下的用人。

"心高气傲的爱德怎么可能去做跟屁虫啊。"克拉伦斯说。

"跟屁虫"是指跟在贵族屁股后面走的侍从。

至于奈杰尔，只要有人愿意雇他，他大概就会毫无怨言地做事吧。每个人都这样想道。

前方的牧草地越来越宽阔，散布着一个个农家。道路变成了较缓的上坡路。马车夫把马车停在了丘陵脚下的一家小小旅店旁。这家旅店同时也是一家酒馆。

"这一带只有这一家旅店。"马车夫说。

招牌上写着的店名是"斧与蜡（Axe and Wax）"。"Wax"在俚语中有发怒的意思，还有逐渐变大的意思，若过度解读，会感到这是个有些危险的店名，不过，秃头上长着些稀疏胎发般白发的老板一脸好人相。头发里混着些白发、似乎是老板娘的女人，一个看上去三十岁左右的女人以及一个像是男佣的人也出来迎客。

村民大概也会来这个酒馆小聚，但现在还不到中午，所以酒馆空荡荡的。

"这是我老爸。"马车夫介绍道。旅店老板开心得笑开了花，用胳膊肘戳了戳自己的儿子。

"也就是说，这儿也是我的家。在这种地段赚不到什么钱，所以我经常在牛津蹲守。能揽到去西威克姆的客人可太令人高兴了。老爸，去跟比利说，让他把客人们的行李搬到楼上的房间里去。我还要送客人去教堂。另外拜托老妈和凯特做一顿美味的午饭。客人们，凯特是我姐姐，以前在公馆里服侍过那里的夫人，文雅得很。老妈，客人们在牛津住的是'开朗的酒林',毫无疑问吃了很大苦头。"

"牛津有不少不错的旅店,为什么偏偏选了那儿?"

公共马车的马车夫和阴郁的老板估计是一伙的,不过总比老板跟强盗是一伙的要好些。

"老板娘,往筐里装点面包和奶酪。我们可能得在外面吃午饭了。"丹尼尔说。

前弟子们纷纷点头,心说的确,解剖很费时间的。

"好嘞,给各位装上今早刚刚烤好的面包。是老板天还没亮就开始烤的。我们店的东西全都是自制的。"

马车夫的妈妈和姐姐凯特往藤筐里装了一大堆东西。"火腿也是由我们店自制的,口碑特别好。奶酪是从附近的农家采购的。再装点苹果。瓶装的啤酒和葡萄酒也放进去。晚饭是回这里吃吧?给各位烤只鸡吧,这就杀鸡拔毛。那只怎么样?"一群鸡正啄着地上的面包屑,老板娘指着其中一只说,"油水可足了。"

亚伯感到,虽说马车夫和他的老爸老妈都很开朗,但马车夫的姐姐凯特与其说文雅,不如说是脸色不佳,无精打采。瘦长脸的男佣比利是个不错的男人,但反应迟钝,看起来有些愚钝。

凯特的表情有了些微变化。她看向某个方向。

亚伯顺着她视线的方向看去。

和凯特年龄相仿的女人正迈着摇摇晃晃的步子朝这边走来。她邋遢地拖着破了的裙子,光着脚。

"贝姬,你的鞋呢?"凯特皱起眉,小声责备道,"我前些天不是给过你一双吗,虽然旧了点。你把那双鞋弄到哪儿去了?"

就像听不懂这问题的意思似的,被叫作贝姬的女人跟跟跄跄地走近凯特，乞讨一般伸出手来。凯特耸耸肩，递给她一块面包。

贝姬也不道谢，犹如雾气一般离开了。凯特犹豫了一下，拿起一块奶酪追了过去。

为了缓解尴尬的气氛，老板用开朗的语气问："各位明天也住这里吗？"

"我们明天就回伦敦了。"

"这片儿只有我们店提供马车租赁，马车夫也只有我儿子一个人。他叫尼克。要是能……那个……稍微加一点钱的话，明天，尼克可以拒载其他客人，送各位去牛津。如有需要，直接送各位回伦敦也是可以的。"

亚伯看了一眼一脸焦急的丹尼尔，说："知道了。总之，先赶紧送我们去教堂吧。"

"出发喽！"大家说着坐进马车。

固定着解剖器具、缠成一圈一圈的皮带由亚伯保管，散发着面包和奶酪的诱人香气的藤筐则放在本的腿上。

克拉伦斯坐在马车夫尼克旁边。

无须以缰绳驾驭，两匹马便娴熟地走着闪电形折线，迈步攀登起丘陵的斜坡。

"你听说过天使飞起来的传言吗？"

克拉伦斯随意地向马车夫尼克搭话。

"哦，老爸说酒馆里有人谈论过这个。"

"是看见天使本人了吗？"

"是道听途说的。不过，听说有好几个人都看见了。"

"胸口上好像写着些什么？"

"是啊，胸口上写着伯利恒什么什么的。"

"这个村子跟伯利恒有什么关系吗?"

"不,并没有。天使是去伯利恒有事吧。"

"你知道'阿尔莫妮卡·迪尔波利卡'是什么吗?"

马车夫把头摇得像拨浪鼓。"不知道,不知道。这我怎么可能知道。"

尼克用鞭子指指右前方的一座建筑,说那就是达修伍德的领主馆。

"也忒大了。"

弓街的法官官邸在本和克拉伦斯眼里就已经如同宫殿了,而领主馆甚至有法官官邸的几倍,不,十几倍大。这里与人口稠密,显贵与贫民挤在一起推推搡搡的伦敦大不一样。

"后面的森林也全都是领主馆的土地吗?"

"当然了。"马车夫自豪地点点头,"领主大人在政府工作,所以大部分时间在伦敦,但在狩猎的季节会经常回来。"

"听说是拉尔夫·杰加斯先生在代为管理这片土地。他住在那儿吗?"

"是啊。"

克拉伦斯轻巧地回到马车里,坐到亚伯和本的中间,向他们转述了从马车夫那儿听来的话。

"比萨默塞特府还大。"本赞叹道,"但这座建筑好奇怪,像希腊神殿似的。"

"的确。它给人的整体印象和狄俄尼索斯神殿很像。不过上面的柱廊是科林斯柱式,下面的却是多立克柱式,风格不统一,"内森显露起学识,"古典风格与帕拉第奥式风格混在一起。"

"你去过希腊?"

"是在铜版画上看到的。"

"爱德很博学，不过内森，你的学识也相当渊博啊。"

既然不用再避讳了，克拉伦斯便大大咧咧地提起了爱德的名字。

领主馆被马车抛在后面，越来越远。不一会儿，丘陵上一座顶上有金黄色球体的古怪的塔出现在眼前。从旅店徒步过来应该也就不到二十分钟的距离。

马车夫尼克回过头来，告诉一行人："那就是西威克姆的教堂，是达修伍德大人建造的。"

"你们觉不觉得这建筑散发着一股强烈的悖德气息？"本说，"那个金色的球是什么东西啊？"

不同于宏伟的领主馆，教堂很小，造型朴素，墙是用长方形砖石砌成的，人字形屋顶。但走近了看，安在钟楼顶上的黄金球体巨大无比，十分异样。

"和叙利亚的古代城市帕尔米拉的神殿很像。虽说神殿并没有那样的钟楼和球体。"内森说。本目瞪口呆地说道："你还真是什么都知道，简直像爱德一样。"

"我不是那种能去环欧旅行[①]的有钱人。"内森说，"所以小时候，我通过书本环游世界。法国、意大利、希腊，还有印度、阿拉伯、波斯，我都游了个遍。牧师有很多书。如果是有铜版画的书，我就会特别高兴。"

爱德小时候大概也沉浸在书本里吧，亚伯想。书很贵，并非穷人能轻易弄到的东西。爱德说他的父亲是教堂的杂工，所以爱德小时候的生活应该并不宽裕。亚伯的脑海里浮现出了这样一个孩子的形象：他常常从后门拜访拥有许多藏书的富裕家

---

① grand tour，指从前英国贵族子弟作为其教育所不可少的欧洲大陆观光旅行，又译"壮游"。

庭，提出想帮他们打水、除草，不要工钱，只要能阅读书斋里的书就好。贫穷却喜爱读书的人的境遇大多相似，爱德也许对内森产生了特别的亲近感。

建筑右边的空地上散布着一些墓碑。有座比教堂大得多的六边形建筑，入口处用铁栅栏挡着，透过栅栏能看到里面的情况。

里面是露天的中庭。马车夫解释说，这是领主大人建造的灵堂。

克拉伦斯拿着解剖器具，本抱着藤筐，五个人下了马车。

一行人告诉马车夫，之后会步行回旅店，让他不用等了。亚伯把这一天的租赁费和小费付给马车夫，让马车夫在账单上签字。马车夫画了个"×"。

"那你们就去见见小圣女大人吧。"

拉尔夫·杰加斯站在教堂门口等着丹尼尔一行。

"我估摸着你们这会儿该到了。"

"尸体是放在这里吧。"丹尼尔性急地说。

"你是谁？昨天中午看见你了，但你还没自我介绍。"

对不戴假发、衣服也皱皱巴巴的丹尼尔，杰加斯的态度居高临下。

"我是丹尼尔·巴顿，圣乔治医院专职外科医生。"

杰加斯轻轻一笑。

"是慈善医院的外科医生啊。"

那是轻视的笑。

"您不知道吗？圣乔治医院的董事长可是国王陛下。"

克拉伦斯顶撞了回去，但杰加斯无视了他。

"巴顿……我听过这个名字。听说他曾经对人进行活体解剖而致人死亡。也真亏他没被起诉啊。哦，对了，是向治安法官行贿，把事情压下来了吧。"

杰加斯装作自言自语。

前弟子们有些担心丹尼尔老师会火冒三丈，但大约是因为这中伤实在太过无聊，丹尼尔直接将杰加斯的话当作了耳边风。

"带我们去存放尸体的地方。"

丹尼尔提出了最为重要的要求。

"尸体？"

"据说是在废坑里发现的。"

"我都说了委托已经取消了。"

"取消的是登广告的事对吧。"克拉伦斯说，"我们要进行的调查和广告的事无关。"

"尸体的腐烂程度会加重的。"丹尼尔向杰加斯大吼，"赶紧带我们……"他说到一半，或许是稍微考虑了一下礼节，改用略微礼貌了一些的措辞说道，"希望您能赶紧带我们过去。"

"目的是？"

"当然是为了查明死因。"

"你有什么权限？本地的治安法官是达克·费恩爵士。达克爵士已经认定此事与犯罪毫无关系，无须调查。这里轮不到伦敦的慈善医院的外科医生抛头露面。约翰·菲尔丁爵士的权威在这个地区并不起作用。约翰爵士只要专心维护威斯敏斯特地区的治安就好。"

"我们有些事想确认。"亚伯用冷静的语气说，"杰加斯先生……"他刚说到这里，判断还是避免多余的冲突为妙，便改口称"拉尔夫阁下"。

"弗朗西斯·达修伍德爵士为什么命令我们停止调查呢？是

有什么隐情,不方便让我们去调查吗?"

"你在说什么?太无礼了。"

"不赶紧解剖的话,腐烂会加剧,就查不出死因了。尸体在哪儿?"

丹尼尔急得几乎要跺脚了。

"尸体放在埋葬身份不明者的公共墓窖里了。"

"那么,希望您能让掘墓者来把墓窖打开。"

"我都说了这没有必要。"

"看来他被达修伍德下了死命令啊。"克拉伦斯对本说,"不想让别人看到尸体,这很可疑。"

"肯定是做了什么亏心事。"本说。

"没有!我没做任何亏心事!"

"没错。"克拉伦斯点头,"您没做任何亏心事。您根据声称看见天使的踏车工人说的话,准确地推断出了尸体所在之处。您的洞察力很强。您向治安法官达克·费恩爵士汇报了此事。这是正确的做法。为了维护地区治安,必须查明可疑尸体的死因,更何况尸体上还写有诡异的文字。登广告征集线索也是十分恰当的行动,没有比这更好的方法了。所以说,您和达克爵士都没做任何亏心事,这是很明显的。要是做了亏心事,就根本不想登广告。"

克拉伦斯喋喋不休,与此同时,亚伯和本以肢体动作安抚着焦躁的丹尼尔老师。内森在旁边观察着他们的样子。这是写小说时所需的素材。

"没想到,弗朗西斯·达修伍德爵士听您说了这件事,立即强硬地命令您绝对要阻止我们。也就是说,做了亏心事,被查明死者的死因后会很难办的,是达修伍德爵士。对了,拉尔夫阁下，您是达修伍德的代理人。达修伍德爵士有秘密瞒着您，这对您来说难道不是很不利吗？您也应该了解达修伍德爵士的痛处。这样一来，您就对达修伍德爵士有了隐秘的影响力。我们只是想要查验尸体，根据您的意愿，我们也可以隐匿情报，只向您告知结果。"

啊，这跟之前说的不一样，内森想。但他努力不让所思所想显露在表情上。写小说的事是亚伯他们一厢情愿，并非他自己的强烈愿望。对丹尼尔医生及其三名前弟子而言，比任何事都更重要的，是解剖尸体、查明死因。

亚伯为克拉伦斯的狡辩略微捏了一把汗。我们还不清楚杰加斯和达修伍德的关系如何。没准二人关系非常亲密，达修伍德把要停止调查的原因只对杰加斯一人和盘托出了。如果是这种情况，那么我们对杰加斯来说也是不能放过的麻烦。权贵会为了扫清障碍而不择手段。虽说我们这边有约翰阁下作为后盾，但约翰阁下的力量无法与既是上议院议员又是内阁成员的弗朗西斯·达修伍德匹敌。克拉伦斯这样说，就相当于把手伸进狮子嘴里了。

听了克拉伦斯的提议，杰加斯沉思片刻。

"你们无论如何都坚持要解剖的话，那也没办法。跟我来。"

杰加斯招呼一行人进入教堂。

教堂外观朴素，内里装潢却极尽奢华。这装潢难以说是庄严，散发着浓厚的庸俗气息。

黑白大理石地板上耸立着斑岩柱，讲坛和圣经台是用桃花心木制成，木纹优美，富有光泽，上面刻有浮雕。一排排用绿色毛毡盖着的长凳是给信徒的座位。墙上挂着不知是谁画的油画《最后的晚餐》，这幅画给人以说不上来的淫靡感。油画下方放置着有对开门的矮橱柜，同样是桃花心木材质的。

一行人走进礼拜堂隔壁的小房间。

杰加斯揭开地上那个粗制滥造的棺材的盖子。

丹尼尔俯视一眼棺材里装着的尸骸，冒出一句："这是冒牌货。"

"竟然说这是冒牌货？看看这个。"

杰加斯指指尸体的胸口。他不愿触碰尸体，所以手指和"伯利恒之子啊，复活吧"以及"阿尔莫妮卡·迪尔波利卡"的字样保持着十足的距离。

"杰加斯先生，你查验掉到洞窟里的尸体时，尸体的僵硬程度如何？"

"不是特别硬。"他似乎已经懒得一遍遍重复"要叫我拉尔夫阁下"了。

"是吧。你发现尸体是在踏车工人目击天使的三天后，那时尸体自然早已重新软化了。但踏车工人看见时，尸体无疑处于彻底僵硬的状态。"

虽然说话带着些故乡苏格兰的口音，还有些结巴，但一说到这种话题，丹尼尔的口才好到连克拉伦斯都相形见绌。

"'展开巨大的白色翅膀，在天空中飞舞'。目击者是这样说的，对吧。据说死者穿着白色的束腰上衣，也就是说，尸体当时全身僵硬，呈双臂水平展开的姿势。我至今为止查验过大量尸体，从我的经验来讲，通常情况下，死后二十小时到三十小时，尸体的全身僵硬程度最高。所以，死者的死亡时间是在被目击的二三十小时之前，就看作差不多是一天之前吧。这样算来，从死亡时间到今天，再怎么往长了算，也就八天左右。根据尸体被目击之前所在的地方不同，计算结果会有些误差，但从死亡时间到现在也不可能超过十天。从这具尸体的腐烂程度来看，这名死者已经死了半个月到一个月了。头发脱落，露出一部分头盖骨，鼻梁的软骨也变形了。尸体不可能在十天之内腐烂到这种程度。"

"都近乎骷髅了。"克拉伦斯咕哝道。

"你这么说我也没辙。我在洞窟里发现的就是这具尸体。"

"那么，被目击的'天使'和你发现的尸体不是同一个东西。"

"你刚才说的腐烂程度与时间的关系是准确的吗？"

"会因尸体被放置的地方不同以及季节的差异而有所不同，但毫无疑问，死亡十天以内的尸体和死亡半个月以上的尸体有很明显的差别。"

"也有过多少年都不会腐烂的尸体。让你见识见识吧。医生，我要证明你的理论并不能说是绝对正确的。"

杰加斯说完，又表现出些许踌躇。

"是木乃伊吗？"克拉伦斯插嘴道。

"不……看了就知道了。只是，这不是能随随便便让人参观的，不过让你们看看也行，我作为管理人允许了。"

杰加斯带头走上位于小房间角落的螺旋楼梯。

螺旋楼梯通往钟楼。钟楼开有细长的长方形窗户，虽然有矮栏杆，但也只到腰那么高，称不上安全。想杀人的话，很轻易就能将人推下去。墙边还备有梯子。一行人跟着杰加斯往上爬。这对丹尼尔和本而言十分辛苦。身体灵便的克拉伦斯打头阵，亚伯殿后，留心不让对运动完全不在行的老师踏空。

一行人来到一间墙壁呈弧形的房间。

"这是那个金色的球里面吗？"本环顾四周，问道。

内部不是金色的。

直径十英尺出头，铺有地板，房间里有一张小桌子和几把小椅子。

"弗朗西斯爵士二十五岁左右时，曾随特命公使一起访问圣彼得堡。当时他看见了建筑物尖塔上的黄金球体。球体内部有桌子和座席，这使他萌生了浓厚的兴趣。后来，他建造这座教堂时，就模仿了俄国的那种建筑。"

房间一隅陈设有祭坛一般的矮橱柜，旁边安放着一副棺材。橱柜里放有酒瓶和玻璃酒杯。这里似乎是用来办酒宴的地方。四周的墙上每隔一英尺开有一扇大约十英寸宽的纵向细长的窗户，嵌着玻璃，让外面的光照射进来。

亚伯想起马车夫的话，问："这就是安放小圣女大人的不可思议的棺材吗？"

"是的。为了能看清楚些，把棺材抬到那上面。"

本和克拉伦斯按杰加斯的吩咐把棺材抬到了桌子上。

他们打开了棺盖。

"不！"发出惊叫的是杰加斯。

其他人都完全说不出话。

好一会儿，本才终于发出犹如雨滴从房檐滴落一般的声音。

"奈杰尔……怎么会这样……"

8

在洞窟演奏会的六年前，安迪作为父亲的学徒住进我家。那时我九岁，安迪十三岁。父亲原本有三个学徒，但资历最老的那位自立门户了，所以父亲就又新收了一个。安迪很瘦小，四肢细长，显得很难看。他总是被由三弟子晋升为二弟子的约瑟夫·史密斯训斥。

父亲的玻璃工坊制作的是简单的高脚玻璃杯，没有使用雕花工艺，杯子上没有雕刻任何装饰，但成品绝不粗糙。底子经过精心设计，为了让每个杯子都没有歪斜之处且形状与厚度都均等，父亲和他的弟子们制作得非常用心。工坊基本没有直接从个人那里接过订单，都是从玻璃器具批发商汤因比商会那里接大订单。

四年后，我去祭奠母亲时，在墓窖的边缘被猛烈的寒风吹得踉跄了一下。安迪紧紧抱住了我，十七岁的安迪那留下了燎泡疤痕的手臂是那么结实有力。

吹制玻璃绝非一件容易的工作。要把煤烧得很旺，仿佛一整天置身于面包炉里。所以夏天干不了多少活儿，相应地，收入也少。父亲和他的弟子们体内的水分都变成了汗被蒸干了，皮肤之下既没有赘肉也没有脂肪。操作一英尺多长的铁管制作玻璃器具虽是精细活儿，同时却也是重体力劳动。因此，肌肉会明显变发达。安迪的体格也变得强壮了。

母亲去世的这一年，也就是一七五九年，英法战争正打得如火如荼。英国海军相继攻克勒阿弗尔、拉各斯海域、基伯龙湾等地，战果累累，在新大陆也大败法军，夺取魁北克。人们喜不自禁，盛赞这一年是辉煌的"奇迹之年"，但我光是忍耐丧母之痛就已经竭尽全力了，根本顾不上讴歌胜利。父亲也一蹶不振。

我决定不再哭泣，因为今后都要由我来给父亲和三个学徒做饭，照顾他们了。

母亲死后过了一年多，父亲都没能振作起来，汤因比商会的订单由大弟子格伦·奥康纳指挥大家一起完成。

初冬的某一天，一辆气派的马车停在了工坊前。

那时我从市场买了一堆肉、鸡蛋、洋葱之类的东西，刚回到家。

"吹制玻璃工匠马利特先生的工坊是这里吧？"

一个男人被侍从模样的年轻男子扶着下了马车，抬头看看招牌问道。男人戴着将格外蓬松的银色头发以缎带束在脑后的假发，衬衣外面披着袖口收紧部分很长的长外衣，看衣着打扮像是上流社会的人或富裕的商人。

我对这张脸有印象。虽然是第一次看见真人，但以镂刻凹版印制的他的肖像画随处可见。是面向斜前方的半身像，右手拿着像是实验器具的什么东西，画面的背景里有闪电在闪耀。

他是新大陆殖民地的人，著名的科学家，几年前来访问伦敦，之后就一直逗留在这里。听说他在剑桥大学做了关于一个叫电的东西的实验，还有传言说他用电让死人复活了。如果这是真的，主耶稣会不会也是因为电而复活的呢？

"您是……本杰明·富兰克林博士吧。"

版画上的他看上去大约三十五岁，但真人双颊的肉很松弛，貌似已经过了五十岁了。

似乎是觉得对方知道自己的名字也是理所当然，博士大方地点了点头。

"我是埃丝特·马利特，吹制玻璃工匠马丁·马利特的女儿。"

"好冷啊。"博士打了个冷战，然后露出和蔼的笑容，"带我去见你父亲吧，小姑娘。"

两台熔炉燃得正旺，刚踏进工坊一步，冻得冰凉的皮肤就刺痛起来。工坊里总是热得不行，仿佛有无数灼热的针在刺着皮肤。外观给人以清凉感的玻璃器具，却是在令人窒息的酷热之中制作而成的。

安迪把长长的吹管伸进熔炉，正用管头卷起放着白光的熔化的玻璃。二弟子约瑟夫·史密斯站在一旁唠唠叨叨地发着牢骚。大弟子格伦·奥康纳坐在稍远的凳子上，左手搭在向外伸出许多的扶手上转着吹管，右手忙着用夹钳调整着膨胀的玻璃的形状。在这寒冬时节里，三个人都汗流浃背。

富兰克林博士仿佛被强风吹得连五脏六腑都冻住了，快步走到熔炉前伸出手，但随即退后。熔炉烧得正旺，温度极高，难以靠近。侍从模样的男人也跟着一起进了工坊，他把抱着的大文件夹放到地上，正想过去烤烤火，就在这时——

"奥曼，不要这样粗暴地对待图纸。"博士责备道。

"对不起。"男子用谄媚的语气回答，连忙重新抱起文件夹。

我一眼就对这个男人产生了反感，他的眼神令人不快，总感觉是个卑鄙之人。

三个学徒也在铜版画上看过本杰明·富兰克林博士的长相，但只有约瑟夫拘谨地向博士打了个招呼。格伦仍坐在凳子上继续着一秒都不能松懈的工作。安迪向长长的吹管吹气，熔化的玻璃便宛若一团火焰一般圆圆地膨胀起来，等它变成根部发红的花瓣般的颜色后，便抓住吹管中央，沿着横向的"8"字轨迹挥舞，柔软的玻璃便伸展成美观的形状。我一直觉得，安迪这样子就像挥舞长枪的骑士一样。

工坊隔壁的房间里，父亲正在喝琴酒。

我告诉他本杰明·富兰克林博士来访，他呻吟着说："我现在没心情跟你开玩笑。"

然后，他就像被椅子上崩开的弹簧扎到屁股一样跳了起来，瞪大眼睛注视着博士。

我给博士搬了把椅子，往玻璃杯里倒满葡萄酒。因为我觉得琴酒应该不合博士的口味。侍从模样的男人坐到了旁边的椅子上。

"听说你是伦敦技术最好的吹制玻璃工匠。"

富兰克林博士省去了老一套的寒暄，开门见山地说道。

"是的。"父亲点点头，"正是如此。"

父亲那自从母亲死后就一直驼着的背，此时挺得像尺子一样直。

我很诧异，博士究竟是从谁那里听来了这样的评价呢？父亲的工坊制作的并不是每一件都极尽技巧的美术工艺品，成品上也不会刻他的名字。知道父亲名字的，也只有批发商汤因比先生了。

博士提起了汤因比先生的名字。"我去向贩卖各种玻璃器具的汤因比商会询问，拜托他们给我介绍技术好的吹制玻璃工匠，汤因比先生立即说出了马丁·马利特——也就是你的名字。"

父亲和汤因比先生是老交情了。两人年龄相仿。父亲还在作为学徒学习时，老汤因比先生就看出他有潜力成为技术很好的工匠，对他多有关照。老汤因比先生病逝后，其子托马斯继承家业时，父亲自立门户，开了自己的工坊。那是比我出生还要早得多的事。小汤因比先生也很照顾父亲的生意，总是给他订单。

但说父亲是伦敦技术最好的吹制玻璃工匠，我觉得未免言过其实。汤因比先生是在鼓励母亲去世后就一直无精打采的父亲。我是这么想的。

"对了，"博士冷不丁换了个话题，"你听过玻璃竖琴的演奏吗?"

"玻璃竖琴?"父亲反问,"竖琴演奏的话没有听过。"

"玻璃竖琴就是往高脚玻璃杯里倒水——"

博士正要开始长篇大论地解释,但他的话被约瑟夫尖锐的声音打断了。

"你在干吗?好好干活儿!"

约瑟夫的斥责对象只有安迪。

安迪正把高脚玻璃杯码放到工坊角落的作业台上。他无视约瑟夫的斥责,小心翼翼地用水壶分别往十几个高脚玻璃杯里倒水。他将指尖浸到水里,轻轻摩擦杯子边缘,杯子便发出清澈的声响。安迪仔细聆听,小心地给杯子添水或是减水,每次都重新确认声响。然后,他开始奏起曲子。

向右,向左,抑或交叉,安迪的手指爱抚似的摩擦着玻璃边缘,柔美的乐曲在工坊里流淌。右手手指演奏旋律,左手手指则在关键之处加上贴合旋律的和声。

"哎呀,高脚玻璃杯竟然能发出这样的声音。哇……"

侍从说到一半,博士将手指竖到嘴唇前制止了他。

"安静地听,奥曼。"

博士露出惊愕的表情,之后一脸陶醉地侧耳倾听。

安迪的手指像魔术师一样在高脚玻璃杯上划着复杂的弧线,轻柔的乐音宛若层层叠叠的发光丝线一般流淌而出。昏暗的工坊里,我看见乐音化作光盈满了整个房间。安迪的指尖在绽放光芒。玻璃、水与安迪的手指在互相触碰。在摩擦的一瞬,指尖与玻璃杯的边缘之间,乐音拉起了纤细的蜜的丝线。丝线还未断掉时,就又有新的丝线重叠上去,扭曲,化作和声,让人联想到在雪地上滚动的银色齿轮,还有透明水果的滋味,甚至连低音都是毫不混浊的声音。

是我不知道的曲子,优美而透着些许忧伤的旋律。

安迪停下手指的动作,低着头退到后面,但乐音幻化的光仍在微微摇曳。

富兰克林博士的掌声搅乱了光,使之消失了。

"是跟谁学的?"

博士发出啪嗒啪嗒的脚步声走到安迪身边,抓住他的肩膀。

"没……没跟谁学过。"

"那你是怎么知道玻璃竖琴的?"

"忘了是什么时候了,我无意中用润湿的手指摩擦高脚玻璃杯的边缘,结果响起了好听的声音,我就做了许多尝试。我发现杯子里的水量、杯子的大小以及玻璃的厚度不同,都会导致发出的声音不同。"安迪支支吾吾地说,"博士刚才提到往高脚玻璃杯里倒水来演奏,我就想指的会不会是这个。"

"正是这个!"

高脚玻璃杯里的水摇晃了一下。为了表达喜悦,博士用尽全身力气跺了一下脚。

"干得漂亮。再试一次吧。"

"没法马上再试了。"

"真是个张狂的小子。"

咂了咂嘴的不是博士,而是侍从模样的男人。

"别插嘴。"博士责备了一句,然后敷衍地介绍道,"这是我的弟子特伦斯·奥曼。"之后又问安迪:"为什么?"

"这个房间太热了,高脚玻璃杯里的水在不断蒸发。这样奏出的声音就会有变化了。"

"往高脚玻璃杯里添水调整一下声音吧。我会等的。"

博士说着，抬了抬下巴向奥曼示意。奥曼以做作的动作双手捧着文件夹递给博士。

博士打开文件夹，从几张纸里选了一张拿出来，在安迪面前展开。

"试试演奏这首曲子吧。"

"给我乐谱，我也看不懂上面写的是什么。"

我悄悄瞄了一眼乐谱，哼唱起来。是一首很轻快的曲子。

"你看得懂乐谱啊，小姑娘。"

"我叫埃丝特。太难的乐谱不行。"

我是在教堂学会认乐谱的。有个自称实习律师的人常在那里弹风琴。他的头顶像天主教的僧侣一样是全秃的，但肌肤很光滑，眼睛总是睁得大大的，像受惊的鹿一样。他非常热情，看我产生了兴趣，就教给我简单的弹奏方法。那时母亲还在世，我过着随心所欲的日子，所以学得很认真。

一个符号成为一个乐音，它们连起来就变成美得令人心痛的旋律。我觉得这仿佛神明显露的奇迹，按照音符弹奏时眼里噙满泪水，把实习律师吓到了。"我做了什么会伤害到你的事吗？"我也不知道自己为什么会流泪，只是摇摇头。接触到过于美好的事物时的喜悦催生出了眼泪——找到形容这种感受的语言，是好久以后的事了。

那个人的姓是什么贝克。前面的部分很难记，我一直叫他贝克先生。

安迪那被水润湿的手指触碰玻璃时发出的声音，给我带来了与那时相似的安静的喜悦。不过这声音和风琴的声音迥异，十分缥缈。

安迪又添了几个高脚玻璃杯，将它们交错排成四排后往里倒水。高音和低音增加了。他又往本就盛着水的其他高脚玻璃杯里一滴、两滴地注入水滴，用润湿的手指摩擦杯子边缘确认音高，然后催促我道："再哼唱一遍。"

光一般的声音连成有节奏的旋律。安迪那留下了燎泡疤痕的手指犹如灵巧的小鸟，在高脚玻璃杯上舞动。

"对，就是这个调子。"

博士沉醉的神情在我看来有些滑稽。他的手指跟着节奏打着拍子。

安迪又以最初的旋律为基础改变了节奏，在其间添加了细小的乐音，即兴奏出了不同的乐曲。

"你竟然还会作曲？"

听了富兰克林博士的赞叹，安迪一脸讶异。"我不懂什么作曲。"

"你刚刚演奏了变奏曲吧。"

"变奏？"

"你学过什么乐器吗？"

"没有。"

"学过音阶吗？"

"尺子就放在那里。"①

"你是在嘲弄我吗……也就是说，你懂音律，但不知道它们的名字。原来如此。不过，你懂音阶，知道这个音之后是这个音，而且知道正确的音准。你闭上眼睛。"

博士润湿手指，用双手同时奏出 C、E、G 这三个音，然后是 C、F、A，再之后是 H、D、G。

---

① "scale" 既有音阶的意思，也有尺子的意思。

"可以睁开眼睛了。你能奏出同样的声音吗？"

安迪依次同时用三个高脚玻璃杯演奏，模仿出这三种和声。

不知是不是错觉，我觉得安迪演奏出的乐音更加清澈。

"我实在不觉得你对音乐一无所知。"

"我想，安迪是用教堂的风琴学会音律的。"我说。

"可这个的演奏方式和风琴不一样。"父亲有些起疑，问道，"你是怎么学会的？"

"是在夜里大家都睡下之后练习的。太有意思了，忍不住就……"

"难怪你干活儿总是半吊子。"约瑟夫骂道，"总是在打瞌睡。"

"你应该成为音乐家。为什么选择了吹制玻璃的道路？"

"问我为什么，我也……"

安迪不知该怎么回答。穷人家的孩子除了去做父母或周围人找来的工作，别无选择。前提是有足够的运气能找到工作。安迪是孤儿院出身。

"你拥有音乐家的耳朵。"

安迪困惑地摸了摸自己的耳垂。

"不是说耳朵，是说听觉。"

"他拥有的是吹制玻璃的技术。"

父亲插话道，大概是怕自己的学徒被抢走吧。

"他技术很好吗？"

"虽然来到我身边才四年，但技术已经超过资历更老的弟子了。"

我看到约瑟夫一脸愤愤不平。移开视线后，映入眼帘的是面无表情的大弟子格伦。

"才能这东西总是偏爱一些人。在一件事上优秀的人，在其他事上也出类拔萃，这样的例子很多。拥有卓越音感的技术很好的吹制玻璃工匠。啊，神赐予了我绝佳的人才。"

博士如祈祷一般十指交叉，仰望上方，说道："我前年来到伦敦，有生以来第一次听到了玻璃竖琴的演奏。是达修伍德从男爵演奏的。"

"僧院……"说到一半，博士有些语塞，又改口称"府邸"，"是受邀到他的府邸时听到的。"

富兰克林博士换成了仿佛在大学演讲一般的语气。"玻璃竖琴最初是由爱尔兰一个叫波克里奇的人设计的。向大小不同的高脚玻璃杯里注入水——就像这个年轻人刚刚做的那样——摩擦杯子边缘，设法奏出乐音。不幸的是，波克里奇先生在设计过程中遭遇火灾，被烧死了。其后，在伦敦，王立协会（英国最高级别的科学学会）成员迪拉沃设计出了同样的东西。就像我刚才提到的，我在弗朗西斯·达修伍德爵士的僧院——不，达修伍德府邸听到了玻璃竖琴的演奏。我被它的音色夺去了心魄。那是其他任何乐器都无法奏出的细腻音色，纤弱却美丽。你叫什么名字？"

"安德鲁·里德利。"

"另外两个人继续工作就好。"

他的说话方式太高高在上了。明明只是个暴发户……我感到有些不快。

"小里德利，还有更多高脚玻璃杯吧。"

至少比不加"小"直呼其名要好些。

"有是有……"

"准备三个八度的。"

"'八度'是美洲的钱吗？"

"哎呀，"博士很感慨，"小姑娘，你懂的吧。跟他解释一下。"

"我叫埃丝特。"说完，我向安迪解释了"八度"的意思。

"听不太懂。"

"现在，这些高脚玻璃杯里有较低的C和较高的C。"博士着急地说，"同时奏出这两个音，两个音就会恰好重叠在一起。明明音高不同，但听起来像同一个音，对不对？再准备一个能奏出和这个C重叠的更高的音的杯子。更低的也准备一个。"

"富兰克林博士，"父亲似是忍无可忍了，插话道，"安迪还有工作要做。"

"妨碍工作导致的损失，我会足额赔偿的。"

博士一句话就令父亲沉默下来。

安迪正要从橱柜里取高脚玻璃杯，却被博士制止了。"不，还是先看看这个吧。"博士把自己带来的一张纸在作业台上展开，"我很喜欢设计新鲜东西，甚至可以说沉溺于此。"

纸上画着设计图。

"利用高脚玻璃杯进行演奏的玻璃竖琴有些缺点。小安德鲁·里德利，就像你刚才说的那样，在这间满是热气的房间里，高脚玻璃杯里的水会蒸发。如果是较长的曲子，在演奏过程中音程就乱了也是有可能的。高脚玻璃杯的厚度与口径不同，需要注入的水量也不同。这是一种难以获得稳定乐音的极其难驾驭的乐器。再说其他缺点：演奏者要不断把手指浸在水里润湿，此时，如果水滴滴进杯子里，杯子里的水量就会发生变化，导致音程乱掉；要一次次将手指从一个杯子的边缘移动到另一个杯子的边缘，对演奏者的身体会造成负担。于是我想，能不能保留这仿佛用天使的乐器奏出的玄妙乐音,但让音程更稳定,也减轻对演奏者的负担呢?我苦思冥想。我还有其他重要的工作要做,忙得要命,不能只专心思考这个。我花了将近一年才想出个好主意。现在看来,原理其实非常简单。"

博士不停地用手指敲着图纸。

"像这样制作,就能避免那些缺点,而且奏出的音色应该不亚于玻璃竖琴。"

"小里德利。"富兰克林博士呼唤安迪的声音令我不寒而栗。我感到那不是正经人的声音。我对他的第一印象是和蔼直爽的叔叔,但他从提起自己设计的新乐器时起,眼神就变得凶险了。听说他在美洲时,曾用雷变过魔术,在剑桥做的事也让人怎么想都觉得只可能是魔术。

"请你一定制作出这种乐器。也就是能发出一个个准确的音的半球形碗,去掉脚的高脚玻璃杯。"

"拜托了,务必。"说完,富兰克林博士提出了一个金额庞大的报酬。

"资金由弗朗西斯·达修伍德爵士来出。"

"这个……"

"还犹豫什么?又不是让你这个师傅做,是让小里德利来做。小里德利,你会帮我制作的吧?"

"这个图纸上的东西,我做不了。"安迪为难地说。

我也探头看了看图纸。由大到小的玻璃碗横着排列,以轴心贯穿连接。图纸上还画了装着这些碗的细长箱子。箱子里装满了水,碗的下半部分浸在水里。可以用把手旋转这些碗,这样碗就能一直处于润湿状态了。博士解释说,碗能转,所以演奏者就不用大幅度活动手了。但碗的厚度、口径和深度并没有用数字标在图纸上。

"谁也不清楚多大、多厚的玻璃碗能发出什么样的声音。这需要你来弄清楚,在不断试错的过程中弄清楚。"

"我是学徒,没得到师傅的许可不能自作主张。"

"马利特,你要知道,这是上议院议员兼通信大臣弗朗西斯·达修伍德爵士的命令。让你的弟子安德鲁·里德利制作我要的乐器。"

像是被博士的气势压倒了,父亲点头说:"好。"

"还有一个命令。你们要对这个乐器的事保密。在我将它公开之前,这个点子不能被其他人窃取。"

"这是定金。"博士把钱包放到安迪手上。从外观就能看出这钱包沉甸甸的。

博士取出怀表确认了一下时间。"糟了,要迟到了。我还有要事要办。今天就此作别吧,小里德利,拜托你了。我相信你的耳朵和技术。我想要至少三个八度的音域。"

他匆忙地想要出去。我叫住了他。

"如果这里没有像安迪这样有卓越音感的玻璃工匠,您打算怎么办呢?这张图纸上没有标记玻璃碗的大小和厚度。虽然汤因比先生介绍父亲时说他的技术很好,但父亲并没有出众的音感。"

博士无比震惊地看向我。"对啊。确实是这样,小姑娘。"

"我叫埃丝特。"

"嗯,我本来是打算怎么办的呢……"

他好像是在边说无意义的话边思考该怎么回答。

"我觉得神一定会帮助我。而结果也正如我所想,我找到了一个优秀的工匠。"

这算不上回答，但我放弃追问了。

他是那种一想到什么点子，完全不考虑细节就开始向前猛冲的人吧。

"小里德利，这是新的航程。就像哥伦布发现了我们新大陆一样，你会发现能奏出准确乐音的碗，在伟大的试错之后。人往往在经历无数次失败之后才能获得成功。加油，我很期待。"

博士啪啪地拍着安迪的肩膀，仿佛已经成功了似的高声大笑，然后和弟子特伦斯·奥曼一起乘马车离开了。

"那家伙搞什么啊。"约瑟夫嘟囔道，"像暴风一样呼啸而过。"

父亲从安迪手里拿过钱包。

"爸爸，不能用这钱买酒喝。"我叮嘱道。

钱包里的金币大半都被父亲用来买酒了，好在他允许安迪不做其他工作，专心制作玻璃乐器。父亲说，材料和熔炉都是用的工坊的，所以耗资巨大。其实也谈不上什么允许不允许的，毕竟其他人根本不懂音律。父亲也不懂。

没有制作说明书。安迪必须一次次试制，摸索能奏出正确音阶的碗的大小和厚度。

星期日，我和安迪一起去了教堂。有风琴的教堂是唯一能让安迪接触到准确乐音的地方。

我向贝克先生介绍了安迪，请他教安迪识乐谱、弹奏风琴。

玻璃竖琴是把高脚玻璃杯排成好几排，但富兰克林博士设计的乐器是把玻璃碗横着排成一排，和风琴键盘的排列方式一样。

"他拥有卓越的音感。他在教堂听风琴演奏的赞美诗时学会了音律。但他读不懂乐谱，也没有弹奏过乐器。"

"你们关系挺好啊。"

贝克先生这样说时，眼神非常温柔。

安迪很快就能做到边读谱边弹奏简单的乐曲了。

已经做了多少碗呢？准确的乐音到底藏在多大、多厚的碗里呢？

箱子和放箱子的支架拜托了相识的木匠来做。箱子是梯形的，长约三英尺，最左端宽十一英寸，越往右越窄，最右端宽五英寸。盖子是像半圆形屋顶一样的弧形，与箱子主体以合页连接。箱子内侧贴锡，底部加了排水孔和塞子。用心添加合页、排水孔这些细节的，是我。富兰克林博士的图纸太粗糙了。安迪夸我说"你好聪明啊"。我用手环住安迪的脖子，索要奖励的吻。他像哥哥吻妹妹一样吻了我。

轴心是铁质的，从左到右越来越细。最左端的直径是一英寸，最右端的直径是四分之一英寸。

箱子两侧安了可嵌进轴心两端的黄铜轴承，左侧外部还加了直接连接轴心的把手。这个把手是可拆卸的，与我的手掌大小相合。

木匠也对这个东西很感兴趣，在箱子和支架上都雕刻了装饰，成品格外漂亮。

安迪每制成一个碗，就把碗穿到轴心上，用软木固定，向箱子里倒满水后试音。如果声音过低，他就小心地把碗的边缘磨得更薄一些。

把碗穿到轴心上挺难的。如果孔太大，碗便无法随着轴心旋转；但如果孔太小却硬要把碗穿到轴心上，碗就会碎裂。

安迪不得不忍耐二弟子约瑟夫阴险的刁难，大弟子格伦则对他视而不见。"虽然成为学徒才四年，但技术已经超过资历更老的弟子了。"父亲对安迪的这句赞美，对资历最老的格伦的打击该有多大啊。格伦的技术已经足以自立门户了，无论是格伦自己还是其他人都这么认为。父亲整日酗酒，对工作不闻不问，这些年来是格伦处理了一切工作。但如果贸然去安慰，格伦就更没面子了，于是我保持沉默。我总是忍不住处处关照一直闷头制作玻璃碗试音的安迪，这更助长了格伦的愤懑与约瑟夫的嫉妒。

偏偏在试细微的音时，约瑟夫会发出吵闹的动静。两台熔炉中的一台现在专门用于制作乐器，有时候，安迪外出时，这台熔炉的火会被灭掉。我一责备，约瑟夫就用下流的话嘲笑我和安迪的关系。要是另两个学徒离开我家，工作便会停滞，我和父亲就无法维持生计了，我只得忍耐。

星期日，我和安迪去了教堂。安迪扛着固定着玻璃碗、塞有填充物的箱子，我搬着支架。支架很沉，但我的脚步很轻快。

做完礼拜，我们往箱子里倒满水，让贝克先生弹风琴，安迪借此试音。风琴发出风一般的声音，越来越广阔，将人包围。我转动把手。玻璃、水和安迪的手指奏出的一根丝线般的声音，与风的声音分毫不差地重叠起来。明明是很缥缈的声音，却与风声融在一起，久久不散。听着这令人心情舒畅的和声，我不禁眼泛泪光。

"真是罕见而美妙的乐器啊。是你设计的吗？"

安迪摇头。

"还不能把详情说出来。"我向贝克先生解释道，"设计这种乐器的人让我们在乐器完成、他向大众公布这项设计之前保密，说不能被别人偷走这项设计。其实本来应该对贝克先生也保密的，但只有贝克先生能教安迪这么多知识。贝克先生，拜托了，帮我们保密吧。"

"哦，埃丝特，既然你这么说，我发誓对谁都不会提这件事。"贝克先生把左手放在风琴旁边的《圣经》上，右手如宣誓一般举起，"我会保密。"

这种乐器不需要调音。制成的每个碗只能发出一个音高的音，顶多是音的强弱可以有些许不同。安迪认为符合标准的玻璃碗，贝克先生也都认可了。音高是准确的。有一次，声音有细微的偏差。我没有听出来，但这时眼眶没有湿润。安迪特别失望，他能依靠的只有自己的听觉。不过，原因很快就弄清楚了。贝克先生说，是风琴出了些问题，导致弹出的音不准。我不懂风琴的结构，不明白是哪里出了问题。如果贝克先生说的是真的，那么安迪的听觉就比风琴还要准。

箱子里装上大约十五个碗后就变得很沉，最终估计得用板车才能拉得动吧。

贝克先生教给我们一首优美的歌，他用笔在五线谱上写下了这首歌的乐谱和歌词。

安迪用碗演奏，贝克先生唱了起来。那是与玻璃奏出的轻柔声音相符的优美的歌。

神创造美丽之花
赐予其名后
蓝色眼眸的小花
怯生生回来
平伏于地细声道

> 请您原谅我
> 十分遗憾，我忘了
> 自己的名字
> 神微笑着宣告说
> 汝之名正是
> Forget-me-not（勿忘我）

安迪又演奏了一次，我跟着唱了起来。神创造美丽之花……

唱完"Forget-me-not"这句后，贝克先生鼓起掌，拿出几朵小小的勿忘我——是像魔术师一样从空中拿出来的——"和你眼睛的颜色一样，"他说着把勿忘我插在我的头发上。

"这是我作词作曲的歌。为所爱之人而作的。"

贝克先生说这句话时，显得有些害羞。

安迪反复演奏了好几遍，然后跟贝克先生说还想学别的歌。

"我会准备的。下次你过来时给你乐谱。"

回到家后，我趁蓝色小花还没枯萎，把它夹进了书里。母亲精力尚佳时，一个圣诞节的早晨，我发现这本纸封面的薄薄的书放在我的枕边，里面有木版画。

贝克先生给了我们更多乐谱。

与法国的战争还在持续，税金一个劲地猛涨。

这一年秋天，国王乔治二世陛下逝世。陛下的父亲乔治一世陛下以前是德国汉诺威选帝侯[①]，他有英国王室的血统，在安女王逝世后，五十四岁的他根据一个叫王位继承法的东西，成

---

① 神圣罗马帝国中有权选举皇帝的诸侯。

了英国国王。还有其他有王室血统的人，但那些人是天主教徒，因而被排除了。英国国王必须是新教徒。乔治一世陛下来伦敦出席加冕仪式后立即回到了祖国，虽然两年后再次来到伦敦，但这位英国国王直到最后也没学会说英语。大人们说，乔治二世陛下也重视德国汉诺威家族胜过英国。

乔治二世陛下的孙子乔治·威廉·弗雷德里克皇太子殿下作为乔治三世即位了。有传言说他早产了三个月，所以智力发育迟缓，十岁之前不识字，到马上要即位的时候才终于学会了写字，云云。还有传言说他的母亲和首相比特伯爵私通。我不清楚这些传言是真是假。

前任陛下的葬礼和乔治三世陛下的即位仪式都是举全国之力举行的重大仪式，但我既不悲伤也不高兴。重要的是把乐器做出来。

我感觉我快要开始厌恶玻璃的声音了。

日复一日，安迪吹制玻璃，制作玻璃碗，试音。我为了避免安迪的身体垮掉而用心烹饪饭菜，但感觉他好像对饭菜的味道完全无所谓，甚至看都不看我的脸。

就算设计图很简单，实际制作也是非常费事的，富兰克林博士到底明不明白这一点呢？

碗的数量增加了，我便向安迪提议在碗的透明边缘内侧涂上细细一层颜色。风琴的半音琴键是黑色的，很好认，但换作透明的玻璃碗就很难分辨了。安迪也很赞同，说这样演奏起来就方便多了。C是红色，D是橙色，E是黄色……半音是白色。涂色时我有些不敢下手。涂得太厚的话，感觉音准会变的。用来演奏高音的碗如蝶翼般薄而娇嫩。"没关系的，"安迪说，"我已经弄懂这东西了，就算弄坏了，我也能再做出一样的。"这是在制作世上独一无二的乐器呀。懂得如何制作的只有安迪一个人。每逢空闲，我便买来乐谱送给安迪，一开始送的是简单的乐谱，后来送的乐谱越来越难。安迪理解得很快。

我也试着润湿手指摩擦玻璃碗边缘，但根本奏不出声音，偶尔弄出的声响也只是刺耳的噪声罢了。

有时，我会看到贝克先生在一脸凝重地沉思。一看见我和安迪，他便换上柔和温暖的笑脸。那不是装出来的虚伪笑容。确认碗的音准、教安迪演奏的时光，对贝克先生来说也是能暂时忘却烦恼的快乐时刻。我想这应该不是我在自作多情。

是从什么时候起，在教堂看不到贝克先生的身影了呢？我感到"Forget-me-not"就像贝克先生向我们道别的话语。

因为已经做好一整个八度了，所以即使不用风琴确认音准，再做更高的音和更低的音也不会有困难，但亲近的人不见了，我很落寞。加上半音，做完涵盖三个八度的三十七个碗，是在次年，也就是一七六一年一月初。过去了将近一年的时间。最大的碗直径为九英寸，最小的直径为三英寸，分别是最低的G和最高的G。G是蓝色的。在最大和最小的蓝色玻璃碗中间，直径以四分之一英寸为单位递减的玻璃碗排成一排，宛若一道玻璃彩虹。

在做好这个乐器之前，本杰明·富兰克林博士只露了两三次面。

也不知他是信任安迪，还是又有了其他痴迷的东西。

乐器做好了！为了告诉博士这个消息，我和安迪结伴去了博士在克雷文街的住宅。那里离河岸街很近。安迪是第一次去拜访，不过我已经去过几次了。博士跟儿子以及助手三人一起租了一个未亡人所持房产的几个房间住。博士的妻子留在美洲。

博士给的钱被父亲用来买酒了,为了买齐制作乐器的材料,我不得不时常地拜访博士家要钱。

河岸街有许多卖装饰品、鞋帽的商店,看得我眼花缭乱。我挽着安迪的胳膊走在街上,情绪高涨,甚至觉得寒风吹在身上都很舒服。

博士住在一栋四层建筑里,最近开始流行的上下推拉窗整齐地排列着。我敲了敲门环,出来一个女人。是个熟面孔,未亡人房东的女儿。

"又来要钱了吗?"波莉一脸厌恶,"富兰克林博士和他儿子都不在。博士很忙的,今天去见约翰逊博士了。"

这时一个男人从楼梯走下来,以熟络的语气向我打招呼:"哟,哟,埃丝特。"

是富兰克林博士的助手特伦斯·奥曼。

他看都不看安迪,过来想抱住我的肩。我躲开了。

"乐器做好了,请转告博士。"

我冷淡地说完,便催促安迪跟我一起离开了。

回去的路上就有闲工夫逛商店了。我在一家便宜卖流当品的店里选了一件三角形披肩和一双男式山羊皮手套。身为学徒的安迪没有多余的钱,所以两样东西都是我选的。薄薄的丝绸披肩镶有纤细的蕾丝边,仿佛用粗糙的手指触碰一下线就要起皱。这对我来说是奢侈品。我把它披到肩上,在胸前系好。要是反过来就好了。要是安迪给我买下这件披肩,为我披在肩上,帮我系好——作为制作完成的纪念。我把手套递给安迪。安迪羞涩地说好像贵族一样,然后把手套戴在手上。"紧吗?""有点,不过皮革有弹性,很快就会合手的。"安迪说完,亲吻了我的脸颊。那是像大人吻孩子一样的吻，但我安慰自己，总比不吻要强。

刚一回到工坊，我就因眼前的景象而面无血色。

放在角落的箱子倒了，和支架分开，盖子开着，里面的碗有的成了碎片，有的磕掉了边缘，有的满是裂纹，散落一地，还留在轴心上的只有丑陋的碎片。

我发不出声音，视线徒劳地四处游移。然后我闭上了眼睛。这一定是错觉。我努力让呼吸平静下来，睁开眼睛……没有用。映入眼帘的，仍是倒了的支架、开着盖子的箱子，还有散落一地的玻璃碗残骸。边缘呈尖锐三角形的碎片像是不祥的凶器。用来演奏最高音的薄薄的小碗几乎碎成了齑粉，已经看不出形状。

心跳加快，从胸膛深处喷薄而出的声音直接变成哭号。与此同时，我死死揪住了约瑟夫。也许还打了他，也许还抓了他。我不知道自己做了什么，喊了什么。只可能是约瑟夫干的，我只清楚这一点。

是你干的。是你弄坏的。已经没法再做了。安迪他……安迪他……每天……每天……话语之间夹杂着号哭，所以谁都没能听清我在说什么吧。他每天连饭都不好好吃，倾注了全部精力做出的乐器，就这么被你弄坏了。你摧毁了安迪。我应该是想说这些，但没能清晰完整地说出这些话。热流不断从喉咙上涌，令我只能发出嘶吼一般的声音。

我被拉开了。反剪着我双臂的是安迪。

"冷静，埃丝特，拜托了，冷静一下。乐器还可以再做。"

"做不了了。贝克先生不在了，做……做不了了。"

"做得了。没问题的。我知道音准。"

我第一次听到安迪如此毅然决然的话语。

"不是我干的。"约瑟夫终于开口了,"好疼啊,真是的。是师傅弄坏的。格伦也看到了。是吧,格伦?"

"师傅喝得酩酊大醉,把箱子踢飞了。"

"师傅不想看见你们,就立马出去了,现在估计在附近的酒馆咕咚咕咚地喝琴酒呢。是吧,格伦?"

"那也不可能碎成这样。"

"师傅踢飞箱子之后,又狠狠踩了好几脚。是吧,格伦?"

"嗯,是啊。"

"我去找父亲确认。要是让我知道你们在说谎,我绝不会放过你们。"

"去确认也没用。"约瑟夫张狂地说,"师傅现在烂醉如泥,你说什么他都听不懂。"

"埃丝特。"格伦的语气异常冰冷,"师傅肯定会坚称不是自己干的。我们的说法和烂醉的师傅的说法,你信哪个?"

在我不知该回答什么时,约瑟夫乘胜追击:"你说绝不会放过我们。你打算怎么做?"

我答不上来。脑子发热,无法思考。

"技术好的工匠,哪里都愿意雇。"格伦说完这句话就闭了嘴,继续处理做到半截的工作。

安迪蹲下身,开始用戴着山羊皮手套的手捡玻璃碎片。

见我要帮忙,他把手套脱下来,递给了我,自己则随便拿了些布头缠在手上。

虽然哭号声平息下来,但我仍止不住地呜咽。我用戴着太大手套的手,捡拾着死去的乐音。新买的手套被划出细小的伤痕,染上了地板上的污渍。

第二天一大早，富兰克林博士乘马车过来了。和往常一样有奥曼随行，我感到很不愉快。

"听说乐器做好了。快让我看看，不，快让我听听。"

"对不起，请再等四个月。"

安迪很不会说话。他也不解释前因后果，只笨拙地说出这句话，于是博士转眼间就变得一脸不悦。

"你们昨天不是还特意去我家告诉我乐器做好了吗？我特别忙的，这次是特地抽出珍贵的时间过来看成果，不对，听成果的。让我再等四个月，算怎么回事？是在耍我吗？"

昨晚，我去质问父亲。正如格伦所说，父亲否认了。我感到父亲在说谎。他一定是绊了一下，撞倒了箱子，几个碗就碎了或磕破了边缘。父亲对此感到内疚，便坚持说不知道是怎么回事。为了不妨碍工作，我们一向把箱子放在工坊的角落。是约瑟夫和格伦把它挪到了父亲可能会经过的地方，在父亲出门后把碗全都弄得稀巴烂的，也是约瑟夫和格伦。也可能是约瑟夫一个人干的，格伦只是在旁边看着。但格伦没有制止约瑟夫，也是同罪。

"本来以为做好了，但又听了一下，发现做歪了。所以我们把碗全都弄碎，打算重新做。"

似是难以抑制愤慨，博士拼命跺脚，把地板踩得咚咚响。

"昨晚我得知喜讯，高兴得浑身发抖。而你现在把我推进了悲叹的谷底。啊，这是何等傲慢啊。是在以艺术家自居吗？在欢喜与失望的夹缝间痛苦地打滚的我的心情，对艺术家来说根本无所谓吗？啊，我该怎么向国王陛下交代啊。陛下一直很期待的。"

国王陛下！约瑟夫嘴唇发白，看了格伦一眼。怎么办啊？！约瑟夫不知所措。格伦也僵住了。

"请向国王陛下上奏，就说请再等待四个月。"

我替安迪回答道。安迪的表情里没有一丝不安，所以我相信了。安迪知道音准，他被乐音爱着。他掌握了每一个乐音和碗的大小、厚度之间的关系。

博士不停揪着自己的耳垂，双手握拳对撞，大口喘着气。他好像是在借着这些动作平息焦躁与愤怒。真是个奇怪的人。

"看来我的钱包还要开四个月的口子。"

——明明是弗朗西斯·达修伍德爵士的钱包……

"没办法。音乐是所有声音里最贵的。嗯，这是真理。"

奥曼看起来心情不错，得意地笑着看了安迪一眼，然后给我递了个眼神。

似乎是"国王陛下"这个词起了效果，约瑟夫不再妨碍我们了，但保险起见，我还是把箱子放到了二楼我的卧室里。学徒们睡的是阁楼。要是一开始就放在这里就好了，不会被噪声打扰，还可以和安迪两人独处听乐音。

五月中旬，玻璃碗全部做好了。我把轴心穿进最后一个碗——用来演奏最高音的小巧可爱的碗——碗底的孔，把它固定住。所幸箱子没被弄坏。

我往箱子里倒满水。

我右手握住把手，在左手的辅助下转动轴心。玻璃碗流畅地旋转起来。

安迪润湿十指，像触碰小猫软绵绵的毛一样，轻轻触碰碗的边缘。

神创造美丽之花……玻璃乐器演奏起这首歌，优美而轻灵。Forget-me-not.

接着，他演奏起我从未听过的曲子。湿润的玻璃奏出的音色，正适合用来表现闪烁的星星、随风摇曳的罂粟花瓣、呼啸而过的刺骨寒风、妖精的振翅声、小矮人的脚步声。虽然不适合演奏庄重的曲子，但如果要表现幼小的孩子祈祷说"神哪，今天也给我面包吧"时的心情，没有比这更合适的乐器了。

片刻后，旋律染上了犹如令人伤感的黄昏般的悲哀色彩。不知是不是节奏的原因，听来也很轻快。从一种颜色到另一种颜色。跃动的彩虹。傍晚时分的彩虹。安迪在即兴演奏曲子。

不一会儿，黄昏被青色的夜幕包围。为了拂去泛起的泪水，我的左手时不时离开握着把手的右手。淡红色的月亮渐渐变得像削了皮的苹果一样白，细长的歪歪扭扭的皮悄悄从我的嘴唇滑进嘴里。然后，曲子又变成了Forget-me-not的旋律，最后一个和声在空中飘扬，我将手环在安迪的肩膀上，把头埋进了他的胸膛。

我感到安迪的嘴唇在触碰我的头发。

"Forget-me-not.（不要忘记我）"我低语。

"Never.（永不）"

安迪说完，用舌头拨开我的嘴唇。

No other can I love, save thee alone……（我不会爱上其他人，只对你不离不弃……）

另一首歌的歌词在我口中响起。

安迪留在房间里，从内侧支上顶门棍抵住门，让门无法轻易被打开。我一个人去了克雷文街。我担心到了最后时刻，约瑟夫他们又会来捣乱。空了的作业台和那一地玻璃碎片仍历历在目。

出来应门的还是波莉。她双手叉腰,像看乞丐一样看着我。

"乐器做好了,请转告博士。"

"你之前也是这么说的吧。"

"这次没问题了。真的。"

恰好在这时,博士听见我的声音,出来了。

"这次确实做好了吧?"

"请您过来吧。我们给您演奏。"

博士的马车停放在中庭,他允许我和他一起乘坐这辆马车。助手奥曼出门办事了,这会儿不在家。我的快乐加倍了。

啊,五月,一年里最舒适的时节。满是煤烟的伦敦也清爽宜人。

站在路边的卖花人花筐里的紫花地丁含着光芒。卖鱼人和卖小虾的姑娘头上顶着的大笊篱里,鱼和小虾仿佛在跳舞。

我快活得不得了,小声唱起歌来。神创造美丽之花,赐予其名后……

"很优美的歌啊。"从博士的语气里能明显听出他只是在客套。

"是贝克先生教我的。"

"贝克先生是谁?"

"是一个实习律师。"

在厨房用水桶打好水,我拎着水桶带博士上到二楼。我敲了敲门。

"开门吧,博士一起过来了。"

乐器和安迪都没出事。

博士忍不住要跺脚以表达感动,赶忙用手按住膝盖。

"我将这乐器命名为阿尔莫妮卡,取自意大利语里的'和声'(armonia)一词。音乐的共通语言是意大利语。"

"不过,"博士警告一般竖起食指,"在我公开这种乐器之前,这个名字也要保密。新发明总是容易被窃取。"

随后,博士取出乐谱。

"你不会认乐谱吧。小姑娘,告诉他这上面写的都是什么音。"

"安迪会认乐谱。"我骄傲地抬起下巴,"他可以边看乐谱边演奏。"

安迪展开乐谱,放到旁边的乐谱架上,注视了一会儿。

他润湿手指。

我握住把手。

9

"我们觉得应该让约翰阁下和摩尔小姐也确认一下,就没有当场开棺,而是租马车直接把装着尸体的棺材运回了伦敦,现在放在丹尼尔老师的解剖室里。"

亚伯的声音明显是拼命从喉咙里挤出来的。

"也有……也有实在不忍心当场开棺的缘故。"克拉伦斯那向来如洪流般奔涌不息的话语,现在也仿佛随时会断掉,"公共马车运不了棺材,所以我们租马车回来了。连夜赶路,今早到了伦敦。"

"真不容易啊。大家都一脸疲惫。"安安慰道。

"因为没睡好。"

"幸好西威克姆的马车租赁店很热心肠。"亚伯说,"但毕竟路程有三十多英里，马车钱开销不小。实在抱歉。"

"没遇上强盗吗？"

"遇上了。遇到个拿着手枪的家伙。"本说。

"我们知道深夜打劫过路的马车是那帮人获取固定收入的方式，"克拉伦斯说，"所以做了充足的准备。每个人都带了两个钱包，大家都老老实实地把只装了一丁点钱的钱包给他了，浑蛋强盗就也心平气和地离开了。"

"这是值得炫耀的事吗？"

"万幸没人受伤。那么，你们确定那是奈杰尔·哈特吧？"

约翰·菲尔丁说回原先的话题。

"确定。"本用沙哑的声音说。

"面部还干净完好。但角膜已经完全混浊了，几乎分辨不出瞳孔。"亚伯的语气也很僵硬，"应该是在被踏车工人目击的前一天死亡的。在被目击的二十小时到三十小时之前。死后经过的时间比这更短的话，僵硬状态不会扩展到全身；比这更长的话，尸体就会重新软化了。"

"腹部……"亚伯说到这里，像忍着不打嗝似的，声音有一瞬间的停滞，"对尸体外观的详细报告，我们之后会写成报告书，让摩尔小姐给您朗读。"

"尸体的胸口有那句话吗？"

"有。"

"我明白'阿尔莫妮卡'这个词的意思了。"

"您明白了啊！"

"是本杰明·富兰克林博士设计的乐器。博士将那乐器命名为阿尔莫妮卡，取自意大利语的'和声'一词。"

"博士应该已经回殖民地了啊。您见到他了吗？"

"不，我从那位埃丝特·马利特小姐那里打听到了很多事。我明白阿尔莫妮卡的意思了，但不清楚为什么还加上了'迪尔波利卡'（恶魔的）。不，倒是有能想到的理由……另外，'伯利恒之子啊，复活吧'的意思我也不懂。安记录了马利特小姐说的话。也告诉你们吧，正好大家都聚齐了。安，准备轿子，我们去丹尼尔医生那里。我们也必须面对沉默无言的奈杰尔·哈特。"

"老师现在可能不会见人。他一到家就倒头睡下了。"

不过，听闻法官到访，丹尼尔从卧室下楼来到了私人解剖室。他的脚步声轻飘飘的，很不规律，法官能想象出他踉踉跄跄的样子。

丹尼尔·巴顿府邸被中庭一分为二。西侧是丹尼尔的哥哥，已故的罗伯特的宅邸。罗伯特留下了一份签字文件，表示要用遗产设立巴顿基金以资助丹尼尔的研究和解剖教室的运营，但欠了一屁股债的罗伯特除了宅邸，没有其他称得上遗产的东西。标本之类的东西被公认归丹尼尔所有，这是最令丹尼尔高兴的事。虽然为此而付出的代价太大了。罗伯特的妻子继承了住宅，丹尼尔免费从她那里借了房间作为陈列标本的博物展览室。罗伯特的妻子多数时候待在娘家马洛家，偌大的宅邸没什么人气。

私人解剖室是法官第一次见到丹尼尔·巴顿及其弟子们的地方。法官有些感慨。

法官与丹尼尔握手。丹尼尔的手冰冷冰冷的。

"尸体还放在棺材里，安放在解剖台上。"安努力用冷静的语气向法官说明情况，"裸体外套着一件下摆很长的白色束腰上衣。露出了脸……是奈杰尔……哈特。现在，克拉伦斯和亚伯取下了束腰上衣。"

一片沉默。片刻后，安继续说道："姨父，我相信奇迹。因为……身体还……可是……"

丹尼尔接过安的话。

"胸部可见树脂状腐败血管网，腹部高度膨起，尸体各处可见伴有尸水的腐败水疱。这种状态的尸体通常面部发黑、膨胀，但除了角膜混浊以外，他的面部几乎保持着生前的状态。"

"一定是神太爱惜他，"安说话时吐出的气息润湿了法官的耳朵，"觉得让他的脸腐烂掉太可惜了。"

"我们租的马车的马车夫说这口棺材有神圣的力量，或许是真的。"是本的声音。

"神圣的力量？是指什么？"安问。

"杰加斯也这么说。"克拉伦斯解释道，"听说是在好几十年前，那座白垩矿山还在开采的时候，挖出过一具女孩的尸体。尸体完全没有腐烂的迹象，之后也一直不见腐烂，所以那个女孩被称作小圣女。前代达修伍德将她的尸体装进洒了圣水的棺材，安放在教堂里。后来尸体也一直没有腐烂，村民就说那口棺材有神圣的力量。那个圣女被调包成奈杰尔了，所以杰加斯大吃一惊，眼珠子都快瞪出来了。杰加斯直到最后都坚称，他一开始给我们看的已经死亡很久的尸体就是他在坑道内发现的'天使'。他说尸体在短时间内腐烂得特别厉害也是有可能的，因为与之相反的情况，即历经很长时间也不腐烂的尸体也是存在的。为了向我们证明前者，他打算带我们看看后者的实例，也就是小圣女。没承想，棺材里是他完全没见过的人的遗体，这让他惊慌失措。杰加斯就是这么说的。他备受惊吓，慌乱不已，念叨着'真正的圣女大人去哪儿了'，四下寻找。"

"找到了吗？"安问。

"圣女就由杰加斯去找了。我们只想着怎么把奈杰尔连同棺材一起带回来。"

"两具尸体胸口上的文字，笔迹一样吗？"

"看上去很像。但文字是用印刷体写的，无论谁写，写出来的字都差不多。"

"应该是用血写的。"亚伯补充，"是丹尼尔老师的看法。我们也赞同。是用手指蘸着血写的，抑或划破指尖写的。"

"还是解剖吧。"丹尼尔毅然说道，"有时候，土里或水里的尸体会蜡化。原因尚不明确，但时不时会有这种现象。尸体如果完全蜡化，就不会再继续腐烂了。那个小什么就是个很好的例子。不过，一旦尸体开始腐烂，做防腐措施也无济于事。无论神如何爱惜，奈杰尔也不会例外。必须查明他的死因。"

"约翰阁下，您是和摩尔小姐一起在二楼老师的书斋等候，还是先打道回府呢？"

听亚伯这么问，法官说要在二楼等候。"我今天没有庭审。奈杰尔的尸体被发现的时候就是裸体状态吗？"

"不，当时穿着白色束腰上衣，状态和摩尔小姐刚才看到的一样。"

"衣服由我这边来保管。之后交给安。"

"马利特小姐讲的事，那个……对奈杰尔的……"

亚伯支支吾吾，没能说出"解剖结束之后"这句话。

"我明白。等结束后，我会告诉大家的。"

法官在书斋的椅子上坐下后，不一会儿，传来轻盈的脚步声与咖啡的香气。

接着是咖啡被放在桌子上的声音。

法官伸手摸索了一下。与安的手触感不同的手引导他摸到了咖啡杯。

"约翰阁下,这是女仆……你叫什么名字来着?"

"我叫切莉。"

"哎呀,约翰阁下,这个女孩鞠躬的动作很标准。"

"法官阁下,"可爱的声音开口了,"我可以直接跟阁下说话吗?"

"当然可以。听大家说话正是我的工作,切莉。"

"谢谢。我想向法官阁下表达谢意。"

"谢什么?我为你做了什么吗?"

"是的。我在法官大人设立的女子孤儿院学到了很多。编织、烹饪、洗衣服、熨衣服,我都能做得很好。我会写一些字,还会做加法。我现在在这个家里得到了很好的待遇。"

"那真是太好了。"

衣服下摆被轻轻拽住了。

"约翰阁下,切莉正跪下亲吻您的衣服下摆。"

响起走出房间的脚步声。

和雷·布鲁斯的话放在一起来想,法官感到了些许慰藉。做家务并不轻松,但总比靠在泰晤士河捡破烂儿或者当小偷的手下来赚钱强多了。

法官用咖啡润润喉咙。

"尸体被调包了啊。"他喃喃道,"你有没有想起五年前的案件,安?"

"胸口上写有文字这一点也……不过那时候最后发现其实什么也没写。"

"会不会又是他干的呢？"

"爱德华·塔纳。是啊。那时候……五年前，他们说'我们将以死者的身份活下去'，然后就离开了。那之后他俩应该是待在一起的吧。但如果是爱德华·塔纳，他为什么……"

"现在甚至还不知道奈杰尔·哈特是死于他杀、意外还是自杀，根本无法进行推理。除了等待丹尼尔医生和亚伯他们的验尸结果外，别无他法。"

"爱德华·塔纳很喜欢耍些小花招。"

"是为了迷惑我。"

"他不可能杀死奈杰尔·哈特。那两个人是妖精王和妖精女王，估计这五年来他们也一直是这样的关系吧。妖精女王死了，其死亡疑点重重。有没有这种可能呢：奈杰尔胸口的那句话是爱德华·塔纳向以前的伙伴发出的求救信号，希望大家查明奈杰尔的死因和凶手的身份。但那里离伦敦很远，如果只是发现一具没什么特别之处的尸体，不会引发能传到伦敦的话题，所以爱德华才采取了这么诡异的做法。"

"让尸体被踏车吊起来，被误认成天使。的确能引发话题。就算没有《呼叫追捕》，传言也会传到伦敦这边来吧。但如果是这样，他又为什么要调包尸体呢？"

"不知道。爱德华·塔纳又不可能像迷信的村民那样，相信那口棺材有能让尸体不腐的神圣力量。他不会做这种愚蠢的事。"

"要是想向亚伯他们求救，他用不着这么大费周章。就算因为说过'将以死者的身份活下去'而不想再现身，也有更简单的联络方式。比如，把奈杰尔·哈特的尸体放到丹尼尔医生的解剖室里。至于搬运尸体的方法……可以偷运货马车和马来运，方法总是有的……安,这个房间就是五年前我到过的书斋吧。和那时候一样,有股酒精味。"

"标本的数量增加了。"

"那时候,蒂尼斯·艾伯特还……"

法官说到一半,闭了嘴。

那块木头完全没察觉安的心意吗?

那个少年是"魔女"。蒂尼斯·艾伯特脱口而出的这句话又在耳边响起。艾伯特被"魔女"奈杰尔诓骗,协助了犯罪。

"安!"

"怎么了,姨父?"

"你不觉得艾伯特是和奈杰尔一起度过这五年的吗?"

法官感到自己说出了残酷的话,但若否定了有可能的事,就无法继续思考下去。

"……恐怕是的。"安回答,"应该是这样。"

法官试着想象爱德华·塔纳的沉郁心情。

那个青年虽然很会玩弄手段,但也有着极为固执、一根筋之处。

会惩罚犯下杀人罪的自己。将以死者的身份活下去。

这句话分明含有不允许自己享受生之愉悦的意味。

那么,爱德华·塔纳应该会禁止自己与所爱之人一起生活吧。而奈杰尔·哈特又不像是能坚毅地独自生活的人,他就像槲寄生……

法官并不清楚他人的心情,做不到得意扬扬地说些仿佛理解了他人心情的话。不过……

"难道不是吗,安?"

"咦?"

"如果爱德华·塔纳跟奈杰尔分开了……而奈杰尔·哈特是跟蒂尼斯·艾伯特一起生活的……我感觉我弄明白一点来龙去脉了。"

为了解释自己为什么会这么想，法官讲起了自己的推理过程。

"厚脸皮地过快活日子，就违背了自己的诺言。"

"的确，爱德华·塔纳或许会那么做。他有些自虐倾向。为了将搜查引导向特定方向，他不惜损伤自己的身体……有了明确的目的后，甚至敢杀人。他性格过激。现在他在靠做什么生活呢……"

"如果奈杰尔胸口的那句话是蒂尼斯·艾伯特对爱德华·塔纳的呼唤，如果爱德华·塔纳对奈杰尔·哈特和艾伯特都隐瞒了自己的居所……一切都是假设，但姑且试着以这些假设为前提来思考吧。"

"奈杰尔·哈特因故死去。艾伯特想把这件事只告诉爱德华·塔纳，可他不知道塔纳住在哪儿，便采取了这样的方法：他特地对踏车工人撒谎说采石场要恢复开采，骗他们去蹬踏车。他让尸体以双臂展开的姿势僵硬，给尸体穿上长下摆的白色束腰上衣，让尸体以这样的状态被踏车吊起来。他为什么不自己去蹬踏车呢……啊，对了，需要有目击者，而且是能把这一景象误认成不可思议的现象的目击者。不过，只是把尸体吊在半空中的话，并不能引发多大的话题。"

"看来艾伯特对那个地区的情况非常熟悉啊。那两个踏车工人一个是盲人，另一个有智力障碍。艾伯特知道这一点，期待后者能将尸体误认成天使。"

"可是，约翰阁下，根据亚伯他们对尸体的检验，杰加斯声称在洞窟内发现的尸体，不可能是踏车工人所目击的'天使'。但两具尸体上都写有'伯利恒之子啊……'这句话，也都有'阿尔莫妮卡·迪尔波利卡'这个署名。艾伯特自称阿尔莫妮卡·迪尔波利卡——恶魔的和声，这是怎么回事？假设做出这些行为的是艾伯特，那他为什么要把被误认成天使的奈杰尔的遗体调包成另一具死亡已久的尸体呢？而且，他还把棺材中的圣女调包成了奈杰尔的遗体。艾伯特是因为和那个魔女生活在一起，所以脑子变得不正常了吗？"

在伦敦，供嗜好男色者聚会、享受男扮女装乐趣的风月场所数不胜数，数量不亚于赌场和演艺剧场，但在明面上，同性恋被断定为违背教会教义的难以饶恕的罪行。如果被起诉，罪行确凿，就要遭受示众刑：头和双手分别被固定在两块木板接缝处开的三个洞里，以这种屈辱的姿势在台上示众，忍受看客扔来的鸡蛋和石子。

"不过，其实我看到奈杰尔的死状，也……"

法官意识到安说到一半又咽回去的话是什么。能理解蒂尼斯的心情——她是想这么说吧。

以前，蒂尼斯将奈杰尔形容为"魔女"时，安不以为然地说："不就是个内向的少年嘛，哪里像魔女？"但后来奈杰尔的强大显露出来，在刷新了对奈杰尔认知的蒂尼斯眼里，这个不腐的少年——不，已经过了能被称为少年的年纪了——的脸，是什么样子的呢？安为自己没法亲眼看一看而感到不甘。

"虽然只是猜测，"法官说，"艾伯特的受教育程度不高，无知会导致迷信。"

"也就是说……艾伯特单纯地听信了村民们的话，以为那口棺材有神圣的力量。他设法让踏车工人目击奈杰尔僵硬的遗体，令传言散布开来,之后又把奈杰尔的遗体调包成了死亡已久的尸体。死亡已久的尸体腐烂得很严重,可能是一具埋在公共墓窖里的身份不明的尸体吧。他在这具尸体的胸口写上了'伯利恒之子啊,复活吧'来呼唤爱德华·塔纳,并让杰加斯发现了这具尸体。然后,他把奈杰尔的遗体藏到了有神圣力量的棺材里,希望借棺材的力量让奈杰尔的遗体免于腐烂……"

"是的,我也是这么想的。但若是如此,为什么爱德看到'伯利恒之子'这个词,就能知道指的是奈杰尔呢?这是只有爱德、奈杰尔和艾伯特三个人明白的暗号吗?"

奈杰尔是在伯利恒出生的吗……

根据埃丝特的讲述,可知"阿尔莫妮卡"是富兰克林博士设计的乐器。"阿尔莫妮卡·迪尔波利卡"在这三人之间也有特别的含义吗?

两人半晌无言。想来想去,最终也还是回到这同一个疑问上来,得不出答案。

"安,"法官放低了声音,"别发出动静,走到门那边,把门打开。"

好像没听到切莉走出房间后走远的脚步声。

"有人在偷听?"

不过,在安走到门那边之前,就传来了响亮的脚步声,随即是敲门声。

"解剖结束了。"是亚伯的声音。

"过来的时候遇到切莉了吗?"

"我跟她走的楼梯不一样。"

女仆走的是后楼梯。

"安,过了多久了,大约两个半小时?"

"是的，现在十二点过了二十分左右。"

"虽然没有像样的餐厅，只能在厨房，不过一起吃个午饭怎么样？切莉做的饭比之前在这里工作的涅莉做的好吃多了。"

"那太好了，我正好饿了。"

"就在解剖室旁边。尸体已经缝合完毕，盖上布了。"

"弄清楚死因了吗？"

"老师会说明的。"

"亚伯，你怎么看奈杰尔这个人？你从他身上感到过艾伯特所说的'魔女'的一面吗？"

听了法官唐突的问题，亚伯发出既非呻吟也非叹息的怪异声音。

"抱歉，我有些心烦意乱了。在丹尼尔老师面前必须保持冷静才行。"亚伯喉咙有些梗塞，"虽然本和克拉伦斯都拼命表现得开朗……"

大概是唤起了悲痛难忍的心情吧。法官也意识到了这一点。

"对不起，我已经没事了。得决定今后的搜查方针才行啊。我正是为了这个才来到这里的。"

"那么，我重复刚才的提问。"

"有没有感到过奈杰尔'魔女'的一面，是吗？我只对女性有那方面的兴趣。"亚伯嗫嚅着，而后继续说，"我曾感到奈杰尔说的话有自相矛盾的地方。奈杰尔说自己是跟父亲学的素描，但有一次他和爱德两人单独谈话时，我碰巧听到了。我不太清楚谈话的背景，也没法准确地复述出他俩说过的话，但听话里的意思，奈杰尔并不知道自己的父亲是谁。也就是说，他是私生子。那么，教他绘画的就不是他的父亲。我本来没打算偷听的，但以当时的状况来说就相当于偷听，所以我一直装作不知道这事。他似乎什么事都不对爱德隐瞒，但应该不想被别人知晓。"

说完，亚伯沉默了。

"亚伯，把你想到的都说出来。你刚才本来想说什么，但又忍住了，对吧？"

"因为这只是我的印象，而且像是在说别人坏话……"

"谁的坏话？"发问的是安。

"奈杰尔的……啊，我还是说不出口。约翰阁下，请原谅我。"

"我很想知道，请务必告诉我你对他的印象。与给别人的印象截然相反，奈杰尔·哈特实际上颇为强大，这一点我已经通过那起案件充分了解了。"

"嗯，是的，我想说的就是这个。"

"在那起案件发生前，你就已经感觉到他的这一面了吗？"

"不……倒不是这个意思。"亚伯顿了顿，继续说，"五年前的那件事，那两桩杀人案……表面上看爱德是主谋，奈杰尔只是在协助爱德，但我想，或许是奈杰尔引导爱德这样做的……这只是听到'魔女'这个词之后的联想，爱德性情耿直，就算觉得别人碍事，他会立刻想到要去杀人吗？就算想到了，他会就这么轻易地付诸行动吗？是不是奈杰尔不着痕迹地唆使他这样做的呢？"

"爱德华·塔纳先生可耍了不少小花招呢。"

"嗯，这我不否认。"

"你也对我说谎了。"

"对不起。"

"那次的事我就不追究了。这一次，希望你能让我完全信赖你。"

"明白。约翰阁下,我绝不会背叛阁下。"

像是在加强这句话的说服力一样,亚伯接着说:"关于爱德的所在之处……"

"你有头绪吗?"

"我不太确定,不过盗墓者哥布林可能知道些什么。"

"哥布林在之前那起案件中帮了塔纳先生不少忙呢。"安插嘴道。

"嗯,毕竟爱德和奈杰尔对哥布林的孩子有救命之恩。"

哥布林年幼的女儿在泰晤士河捡破烂儿时,被涨潮的河水冲走,溺水了。爱德和奈杰尔路过,跳进水里把她救了上来。之后,她得了肺炎,他们还免费为她治疗。哥布林非常感激他们。

"哥布林现在也跟爱德华·塔纳关系很好吗?"

"这就不知道了。不过……这一阵,哥布林的供给似乎比较充足。"

"尸体的供给?"

"是的。但搭档迪克醉酒死去后,哥布林应该是在一个人干活儿挣钱才对。哥布林对尸体的来源避而不谈。老师对此满不在乎,我们也不会去质问盗墓者尸体是从哪儿弄来的……不过,我想,这或许和爱德有关。"

"爱德在……"安叫了出来,随即又改口,"你是说塔纳先生在和哥布林一起盗墓?"

"我也不愿相信,但毕竟他坚决地说了'将以死者的身份活下去'……爱德很清楚解剖的必要性和重要性,也知道提供尸体能给老师的工作带来很大帮助。"

"传唤哥布林过来,问个清楚吧。"

"要是被爱德下了封口令的话,哥布林应该不会交代的。阁下也不是会刑讯逼供的那种人。"

"亚伯,你能不能去见哥布林试着问问看?如果是我去问,他不会说出心里话,但换作和塔纳关系亲近的你去问,他也许会敞开心扉。"

"我不知道哥布林住在哪里。"

"之前拘留他时确认过他的住处,他好像居无定所。"

"也就是说,他是个流浪汉。"安补充道,"但他肯定在贫民窟。我让弓街侦探去找他。"

"找到他之后会告诉你。"

"可以把奈杰尔和西威克姆的事告诉哥布林吗?"

法官陷入沉思。

"不,我不太想让这件事传开。不要告诉哥布林。这事好像牵扯到了上面。"

"上面?"

"我把所有信息都分享给你吧。安,你把埃丝特·马利特小姐讲的事记录下来了吧。告诉亚伯。"

"她的恋人在伯利恒这件事,和奈杰尔胸口写着的'伯利恒之子'果然有关系吗?"

"关于伯利恒还不太清楚,不过,这两件事都涉及西威克姆。"

"详情最好当着《呼叫追捕》编辑部全员的面宣布。"法官改变了主意。所谓全员,也就只是再加上克拉伦斯和本这两人而已。"先去问问医生解剖结果吧。"

安和亚伯扶着法官下了楼梯。

解剖室弥漫着令人不适的气味。但从厨房飘来的是烤肉的诱人香味。

切莉在做饭。只是漏听了她走远的声音吗？不，那之后还专注地和亚伯谈了一会儿话，她是在那段时间里回到厨房烤好肉的吧。

"医生，我想先听您讲一下解剖结果。"

"有不用剖开尸体就能得出的结论。亚伯，向约翰阁下说明一下。"

"后头部有头盖骨凹陷的现象。"

您要看看吗？亚伯说出的这句话的意思是：您要摸一下吗？

法官点头，于是亚伯指示本和克拉伦斯把奈杰尔的尸体翻过来，让后背朝上，然后牵引法官的手触摸尸体。

"是这里。另有大量擦伤，还有地方骨折了。这处头盖骨凹陷的确是致命伤。"

"不过，据说遗体被吊到高处后掉到洞窟里了，头盖骨凹陷有可能是那时候造成的。"丹尼尔以沉重的声音说。

"无法判断这是被人击打留下的致命伤，还是死后坠落导致的损伤吗？"

"无法判断。"

重重的击打声响起。

"老师，别捶解剖台。"

"会把手弄伤的，老师。"

是本和克拉伦斯在劝阻。

"擦伤是死后坠落撞到岩床上留下的。"亚伯替老师解释起来，"骨折也是一样。如果是活着时受到的损伤，会有大量出血及皮下出血，伤口会结痂皮或血痂；但若是死后受到的损伤，就不会出现这些情况。丹尼尔老师以前从经验和理论两方面推导出了这一点。当然，即使在死后，如果在死亡不久时受到损伤，也可能多少有一些出血及皮下出血，所以刚才所说的也并不是绝对的。这个头盖骨凹陷的伤，伤口有被擦拭干净的迹象，所以判断不出这是致命伤，还是尸体坠落造成的损伤。"

"没有扼杀、绞杀或刺杀的痕迹。"克拉伦斯接着说，"也不是缢死或者窒息死。我们查验了胃内容物，还做了砒霜检测。至少可以排除砒霜的使用。"

"要是有倍率大、精度高的放大镜，就连细微的血痕也能发现了。"丹尼尔的语气含着遗憾，"……可是没有那么方便的放大镜。要是有精密的显微镜，就可以切下皮肤观察了，可现在这个显微镜只能得到不清晰的图像。我不知道这处头盖骨凹陷是死因还是死后损伤。难得遗体就在这里，就摆在我面前……"

语尾几乎成了哽咽，随后是擤鼻涕的声音。

"先吃饭吧，怎么样？"本提议。

厨房的椅子很硬。

安很自然地挪动了摆在法官面前的刀叉的位置。每次都把刀叉放在与盘子距离相同的位置的话，法官使用餐具时就无须借他人之手了。

奈杰尔·哈特这个名字，法官也感到难以说出口。

"听说死亡时间是在遗体被发现那天的前一天。"他省去了名字，确认道。

"是的，应该是这样。"丹尼尔的语气总算镇定下来了，"多亏阁下的厚意，解剖的机会大大增多了，我对此非常感谢。"

自从五年前因那件事而熟络起来，法官就尽量把横死者的尸体交给丹尼尔解剖。

"但直到今日,我能下定论的事仍然很少。比如,我还不是很清楚尸斑的颜色和死因之间的关系,只能凭经验类推来做出假设。"

"如果能查验大量死亡时间明确、也知道死后经过时间的尸体,就可以做出系统的记录,使对死亡时间的推断更准确。"亚伯接着说。

"最理想的情况是长时间观察死亡时间明确的尸体并做记录。"丹尼尔自言自语。

法官换了个话题,说起在书斋时想到的事:"奈杰尔·哈特应该一直是和蒂尼斯·艾伯特一起生活的,那一连串的事应该也是艾伯特做的。我和安是这么想的。"

"我赞同约翰阁下的看法。"克拉伦斯说。

"我也赞同。"接着,本也说。

"亚伯和丹尼尔医生也点头了。"安轻声告诉法官。

"如果把遗体弄成这样的是艾伯特的话,"亚伯说,"把伤口擦拭干净的行为也就可以理解了。他不具备解剖知识,不知道是否有血痕对查明死因来说很重要,所以把血擦干净了。"

"就连大部分医生都不知道这个知识。"克拉伦斯说,"即使丹尼尔老师发表新学说,好多人也只会无视,觉得是没有学历的半吊子外科医生在大放厥词。"

丹尼尔·巴顿没有在正规的大学上过学,他一边帮亡兄罗伯特·巴顿干活儿,一边凭自学获取了知识。比起只依赖陈腐书本的大学毕业生,丹尼尔的实践经验丰富得多。

从那之后,令人窒息的沉默与用刀子切肉的声音持续了片刻。

"内森好好吃午饭了吗?"克拉伦斯打开了话匣子。

"他筋疲力尽了呢。"本回应道。

"诗人没有必要旁观解剖,但要写小说的话,还是什么都看一看比较好吧。"

"相比猎奇小说,色情小说能卖得更好。"本说。

法官以为会听到丹尼尔·巴顿的怒斥。若是外行也就罢了,前弟子将解剖形容为"猎奇",他担心丹尼尔作为老师会生气。但或许是由于疲劳,丹尼尔没有注意到本的失言,什么都没说。

"约翰阁下哥哥的大作《汤姆·琼斯》里也有不少色情内容呢。"

克拉伦斯试着转换话题,却也失言了。

"克拉伦斯,说话注意一点。"安尖声说。

"我没读过。"法官苦笑着说,"倒是听说了些社会上的评价。据说没有《马里兰州海岸海图大全》《有趣的山》那么过激。"

前者是使用航海术语将女性生理结构用图表示了出来;后者则以妓女回忆的形式写成,删节版本在市面上流通很广。

"我就当没听见,约翰阁下。"

"是啊。安,我不希望你参与男人之间的下流谈话。"

"大鼻子浑蛋,"说到一半,克拉伦斯补充解释道,"啊,就是弗朗西斯·达修伍德爵士。听说那家伙的木版画画像被加到了色情书里,虽然我没看到过。"

安和法官都没有为这句话而责备克拉伦斯,因为两人都知道克拉伦斯的弟弟被达修伍德的马车轧死的事。

就算起诉,就像克拉伦斯的父母说的,也几乎不可能胜诉。会赢的,是拥有金钱和权力的人。无论是检察官、法官还是陪审员,会收受贿赂而渎职的人都占了大半。像菲尔丁兄弟这样拒绝贿赂的治安法官很罕见。甚至在普通民众之中,都有把做伪证当生意来做的人。穿着用小小稻草做了记号的鞋在被称为

"老贝利"的中央刑事法院前徘徊的人，便是只要给钱就什么伪证都肯做的堕落之徒。所以，不时会有人成为牺牲品，比如爱德的父亲。

克拉伦斯所说的色情书，法官也听说过。是一本叫《修道院的秘密》的书，内容涉及达修伍德爵士的秘密行为。

据传，达修伍德借用了某个修道院，和玩伴一起创建秘密俱乐部，那是在一七五一年，将近二十五年前的事。

达修伍德被任命为财政大臣的第二年，也就是一七六三年，有两三种揭秘书面市，书里都是些乱交、礼拜恶魔的仪式等露骨的内容，多少是真多少是假，无从确认。

莫德梅翰以前是熙笃会①的修道院。十六世纪，亨利八世为了跟王后离婚而违抗罗马教皇，强行将英格兰的宗教从原本的天主教改成了新教，将其作为英国国教，然后又先后换了八名王后，因觉得其中两人碍事而找由头下令处刑。就是这位性欲旺盛的亨利八世没收了天主教的修道院和资产，放逐了天主教的圣职者，莫德梅翰修道院也未能幸免。

达修伍德借用被弃之不顾二百余年、彻底荒废了的莫德梅翰修道院，按自己的喜好进行了改建。

这部分似乎是事实，但达修伍德和他的伙伴们都坚决否认揭秘书中记录的内容。我们是参与国政之人，没有做过礼拜恶魔这种事，也没有沉湎于与扮成修女的女性行淫。倒是聚在一起享用过美食与美酒，但也仅此而已。俱乐部早就解散了。政敌为了诋毁我，才在揭秘书上大书特书一些毫无根据的事。那个组织叫作莫德梅翰修道会，这确有其事，但"地狱火俱乐部"

---

①罗马天主教修道士修会。

这种不祥的名字完全是政敌散布的谣言。达修伍德是这样辩解的。

"老师，躺到床上好好休息会好些。"

是亚伯的声音。

"丹尼尔医生正在打瞌睡。"安轻声对法官说。

"那么，关于埃丝特·马利特小姐讲的事。"

法官竖起手指，示意安可以说了。

"埃丝特小姐一开始犹豫要不要说。她很害怕。"

"害怕……害怕什么？"

"她被警告过不许说。她说如果对我们坦诚相告，自己有可能会被杀掉。我对她发誓说，你对我和约翰阁下说的话，我们不会泄露给外部的任何人，让她放心。"

"我们不是'外部'的人。"克拉伦斯说。

"是的。你们是自己人。所以，我会一五一十地告诉你们。"

安看着笔记，开始详细地转述埃丝特讲述的事。笔记是用古尼速记法写成的，还使用了安自创的缩写方法，只有安自己能看懂。

埃丝特是吹制玻璃工匠师傅的女儿的事、关于安迪——安德鲁·里德利的事、关于富兰克林博士的事，以及……

10

我和安迪坐的是运货马车。普通马车空间狭小，装不下阿尔莫妮卡。富兰克林博士和他的助手特伦斯坐的是自己的私家马车。

绑在马车顶篷上就行了，博士的私人马车夫如此提议。岂有此理。

卸下支架、倒掉水的箱子的空隙里塞满了破布，盖上盖子后又在外面裹上了厚厚的毛毯，无论受到怎样的撞击都不会伤到里面的玻璃碗。可即使如此，还是不能掉以轻心。

架起临时围板、支起粗布车篷的货台上相向固定安装着两把凳子。箱子被用绳子拴在其中一把长凳上，我和安迪坐在箱子两侧。颠簸得厉害时，就两人一起扶住箱子；摇晃得不剧烈时，我和安迪的手就牵在一起放在箱子上。对面的凳子上、地板上放着为防磕碰而裹了布的支架，以及富兰克林博士等人的行李。

本来以为是要在伦敦演奏，结果博士说是去弗朗西斯·达修伍德爵士的领地，一个叫西威克姆的地方，那里有达修伍德爵士的领主馆。国王陛下将微服莅临。此外，与达修伍德爵士亲近的贵族伙伴们也会齐聚一堂。

后来我才通过揭秘书知道，弗朗西斯·达修伍德爵士的所谓伙伴，是地狱火俱乐部——那个极为淫乱的组织——的成员。

运货马车的马车夫巧妙地驾驭着马匹，以防马车陷进车辙里，但马车还是会摇晃。掀开盖子后，里面的玻璃碗都已碎成齑粉……要是事情变成这样，该怎么办啊？还可以再做。安迪大概会这么说，但富兰克林博士在国王陛下面前大失颜面，安迪会不会受到牵连呢……我一边这样杞人忧天，一边看向安迪，发现他在打盹。如果他不保持清醒的话，我一个人没法彻底保护好阿尔莫妮卡。不过他大约是因为总算制成这精细易碎的乐器而放下心来了，我不忍心叫醒他。

我很喜欢安迪的榛色眼睛，但此时它们藏在眼皮下。他的睫毛也是榛色的，很柔软。细细的鼻子、薄薄的嘴唇……他身体的任何部位我都喜欢。因为只是在心里说,所以什么都说得出来。他的一切我都喜欢,以前就喜欢。不过,自从约瑟夫他们摔坏玻璃碗,而他用我在那之前从未听过的坚定语气说"做得了,我知道音准"之后,我简直喜欢他喜欢得要发疯了。

我用很小很小的声音唱起歌来。

> How can I leave thee!(我怎能离开你!)
> How can I from thee part!(怎能离开你身边!)
> Thou only hast my heart,(只有你拥有我的心,)
> Dearest, believe!(我最亲爱的人,相信我!)

安迪的嘴角浮现微笑,嘴唇动了起来,做出"Yes, I believe!(是的,我相信!)"的口型。

> Thou hast this soul of mine,(你拥有我的灵魂,)
> So closely bound to thine,(与你的灵魂紧系在一起,)
> No other can I love,(我不会爱上其他人)
> Save thee alone!(只对你不离不弃!)

我感到满足,但肚子叫了起来,就在这时,马车在马车驿站前停下了。

富兰克林博士和奥曼从私家马车上下来,我和安迪跟他们一起享用了豪华的午餐。青豆汤、炖鱼、烤乳牛肉,还有甜点。像贵族吃的食物一样,安迪说。这时他脸颊松弛,一脸没出息的样,我有一点——只是有一点点——扫兴。现在想来,十五岁的女孩真是苛刻啊……若是现在,哪怕安迪狼吞虎咽地吃东西，张着嘴呼呼大睡，我也只会更加怜爱他。你在哪儿啊，安迪。奥曼向毫不讲礼仪地吃着饭的安迪投去轻蔑的目光，以极其做作的动作用餐巾擦起嘴角。安迪也真是的，直接用指尖擦去嘴唇上的污渍，又用那根手指在衣服下摆上使劲蹭了蹭。

吃完饭，马车之旅继续。为了少一些颠簸，马车走得很慢。

安迪闭上眼，但并没有睡，两只手的手指在膝盖上动着。右手大幅度横向移动——啊，是在演奏高音。我意识到他是在做练习。安迪虽然知道音准，但要想准确地触碰到能发出想要演奏的乐音的碗，需要大量的练习。富兰克林博士交给安迪的乐谱上的演奏曲目节奏轻快，旋律优美。我不知道作曲者的名字，也不知道曲名，但感到这首曲子很适合用阿尔莫妮卡来演奏。

到达牛津时，太阳已经落山了。我们在酒馆吃了晚饭。菜单比午饭还要豪华，但我在运货马车上颠簸了整整一天，已经疲惫不堪，难得能吃到的烤鸽子只吃了几口，三种果挞都一点没碰。是博士结账，所以无须担心钱的问题，但我还是把点心用手帕包好带走了。等回到伦敦，回到原来的生活，根本买不起这种高级点心。我以为富兰克林博士会斥责我说这样很没教养，但他只是笑着看我这样做。听说他也是贫寒家庭出身，父亲是制作蜡烛、肥皂一类物品的匠人，他自己也在印刷厂当过学徒，想必很能理解穷人的心情。

道路变得平坦了。是白垩石铺砌的道路。

摇晃的次数少了，我放下心来，这次换我睡着了。

被摇醒的时候——

"着火了！"

我不禁喊道。

充斥视野的是熊熊燃烧、喷射着火星的一团团火焰，它们蚕食、吞噬着黑暗，似要征服暗夜。

大量篝火映照着的，是戴着大大的熊皮军帽，一眼就能看出是近卫兵的士兵们。红色上衣上饰有金缎肩章，蓝色折领下露出白色衬衣，白色裤子，黑色半长靴，白色披肩带在胸前交叉，佩着步枪。在火焰的映照下，披肩带和裤子都有些发红。

这还只是"微服"出行。若是公开的活动，排场得有多大啊。

耸立的漆黑建筑物的窗户全都亮堂堂的。

好几驾门上描绘着纹章的马车停下。马被拴好，马夫们忙着清理马粪。

安迪取下包裹着箱子的毛毯，打开盖子，取出填充物。我也帮忙一起弄。我感到心跳加快了。万一有一丁点损伤，乃至碗的边缘有缺损的话……

本来很紧张的安迪表情缓和下来。

我紧紧抱住安迪。安迪伸手把我揽进怀里。

博士和助手奥曼下了马车，来到我们这边。

"没有损坏。"我大声告诉探头看向箱子的博士，"完好无损。连一根头发丝那么细的损伤都没有。有好多近卫兵啊，国王陛下已经大驾光临了吗？"

"之后我会向国王陛下引见你们。"

"向国王陛下！"

我和安迪都大吃一惊。

"记得整理好仪容。"

重新放回填充物，盖上盖子，在上面盖上毛织的粗布。盖子和箱子上都刻有精细的浮雕，虽不影响奏乐，但我也不想伤到箱子。

几个用人模样的人过来抬起箱子。

"轻点搬,搬得稳一点。"我对他们说。

"会搬到分给你们当卧室的房间里,"奥曼发号施令一般说道,"跟在他们后面一起过去。"

"那行李……"

"会有其他用人搬过去的。"

行李里有用来更换的衣物。

人群摩肩接踵,挤挤撞撞之下,我们跟丢了抬着阿尔莫妮卡的男人们。

总算找到他们后,我们跟了过去。上楼梯上到一半时,抬着箱子的男人回过头怒斥:"你们两个是要往哪儿走?"

"去我们的房间啊。"

"不是这边。这里不是你们该来的地方。"

"可我们被吩咐跟在你们后面过去。"

说完,我注意到,这些男人抬着的箱子上包裹的布,不是毛织的粗布,上面有豪华的金银丝线刺绣。这布很气派,但散发着一股比林斯盖特海鲜市场一般的气味。

"这上面都是尊贵之人住的房间。快滚。"

我握紧安迪的手。

我们该往哪儿去?阿尔莫妮卡的箱子在哪儿?

正急得团团转时——

"你们跑哪儿去了?我找了你们半天。"

说话的是特伦斯·奥曼。平时看他不顺眼,但此时看见他,我却松了口气。

"到这边来。"

我们被带到了又窄又陡的后楼梯。

"是这个房间。"

作为客房，这房间实在太简陋了。可能是用来给用人住的空房间吧。

盖着粗布的箱子放在角落里。我马上和安迪一起检查了箱子里面，阿尔莫妮卡完好无损。

只有一张大床。我们是被当成夫妇了吗，还是负责分房间的人——大概是执事吧——不知道我也跟着过来了？现在想来，我们当时还太小，不到会被当成夫妇的年龄。

奥曼故意看看床，又看看我们，露出嘲讽的表情，出去了。

床底下备有便壶，我放心了。一个人去房间外面的话，又要迷路了。不过，被安迪看到我解手的样子会很难为情啊。这时，我突然想起来，男人们抬着气派的箱子上楼后，楼梯上留下了些许水痕。是其中某个人憋不住了。总不能中途放弃任务。

换上出门穿的衣服——星期日去教堂时穿的，我的唯一一身好衣服，披上并系好为了纪念做好阿尔莫妮卡而买下的披肩。这时，跟屁虫中的一人拿来了一套男式服装。

应该是考虑到觐见国王陛下时着装不能失礼，便借给了安德鲁·里德利一身豪华的衣服。镶着金边的蓝色天鹅绒上衣，同样颜色的马裤，锦缎衬衣，长筒丝袜。另外，还有卷发的假发！

我帮安迪换上这身衣服。好紧啊——安迪说着活动了下手腕。

他戴上假发，问："我现在看起来像贵族吗？"

"不像，不像。"我捧腹大笑。

"贵族大人们也真够可怜的，一整天都得穿着这么沉这么紧的东西。"说完,安迪摘掉假发,脱下衣服,"尺寸不合适。"

"别挑挑拣拣的,穿上。"跟屁虫盛气凌人地说。

"太紧了,受不了。手腕没法自如地活动。"

"这可是达修伍德大人借你穿的。"

"我穿着这身没法演奏阿尔莫妮卡。"

"阿尔莫妮卡?那是什么?"

"奉达修伍德大人之命制作的乐器。"我说。其实是奉富兰克林博士之命制作的,但提供资金的是达修伍德爵士。我稍微试着虚张声势。

"女人给我闭嘴。你是谁啊,这男人的妹妹吗?"

"我是来协助演奏的。没有我,阿尔莫妮卡就不能转动。达修伍德大人不仅命安迪——安德鲁·里德利先生制作乐器,还命令他演奏乐器。除了里德利先生外,没有人能行。阿尔莫妮卡是首次制成的世界上独一无二的乐器,安迪则是世界上独一无二的演奏者。为了能以最佳状态进行演奏,这位演奏者想要一套穿着习惯的衣服。请向达修伍德大人这样解释,他一定会同意的。"

我对侃侃而谈的自己感到震惊。在我说话的工夫,安迪换上了穿惯了的外出服。

"如果他不同意,那就是你解释的方式不对。我直接去跟他解释也可以。"

跟屁虫耸耸肩,拿着手提烛台,抬抬下巴说了句:"跟我来。"

他走得极为装腔作势。我们跟在他后面。"会有人把阿尔莫妮卡搬过来的吧?"我的提问被无视了。穿过墙上挂着好多肖像画的宽敞房间——长度估计得有一百五十英尺——打开尽头处的门,那里聚集着几个跟屁虫。领路的跟屁虫把我和安迪带到他们身边后就离开了,离开前和其他人交换了个眼神,是在嘲笑我们的穿着和阶级。若是上流阶级的大小姐,会用裙撑把裙子撑得两边足以坐人。

那个房间的最里面又是一扇刻有浮雕的沉重门扉。跟屁虫之中的一人敲了敲门。

从里面打开门的也是跟屁虫。

才一踏进这间屋子,我就感到头晕目眩。

墙壁与天花板上都满是用金粉涂成的旋涡图案,就好像一群猴子在金色涂料里打滚弄成的一样。天花板上垂下几盏立着好几十根蜡烛的吊灯,墙壁烛台上的蜡烛也都点着火,令房间明亮得刺眼。

桌子上摆的银器也反射着吊灯的光芒,越发刺眼。

围在桌子旁的人正在狂欢。

围着餐桌的男女都喝得烂醉。女人们打扮得光鲜亮丽,举止却粗俗得让人难以相信她们是上流阶层,简直像妓女一样。有个女人屁股特别大,格外显眼。她坐在贵族大叔旁边,露骨地表现出对其他女人极为轻蔑的态度。

大叔另一边坐着个小个子男人,他相貌丑陋,斜眼,下颌凹陷,但有种莫名的可爱之处,讲笑话每每逗得女人们乐不可支。

在入口旁呆站了一会儿,富兰克林博士过来了,我松了口气。大概是加入得晚,博士醉得并不厉害。

博士恭敬地对坐在里面的椅子上的男人说:"陛下。这个人就是来演奏我的阿尔莫妮卡的安德鲁·里德利。"

乔治三世陛下那时候二十三岁,刚刚即位第二年。他有一双橡子般的大圆眼睛，鼻子圆圆的，身体也胖墩墩的。我本来以为国王陛下肯定是很有威严的，但陛下往好了说是显得沉稳，说白了就是个看起来缺乏自信的懦弱之人。他烂醉如泥。周围的贵族全都比陛下年长许多，不知是因为这个，还是只是我的错觉，他们看起来对国王陛下完全没有表现出敬意。他们借着玩笑的名义，以一种表面恭维、实则轻蔑的方式侮辱、嘲讽着陛下。"喂，弗雷迪。"还有人狎昵地这么跟陛下搭话，然后又十分刻意地改口，夸张地道歉说，"哎呀，恕我失礼了，陛下。"说完又笑起来。国王陛下的名字是乔治·威廉·弗雷德里克。

"富兰克林博士。"以责备的口吻发话的是个有着非常醒目的大鼻子的五十多岁人，"你要让这个一看阶级就很下贱的人在陛下面前演奏我们的阿尔莫妮卡吗？你是从殖民地来的，不懂对国王陛下应尽的礼仪也可以理解，但这也太失礼了。"

明明他们自己也完全没有对国王陛下尽礼仪。

受到责备，博士却毫不动摇，是反应迟钝，还是厚颜无耻？也可以说是胆量大。不过他这个人一旦陷进自己的想法，就完全注意不到周围了，这是我第一次见到他时就明白了的事。

博士似乎是自己安排了一切，没有把安迪的事详细告诉他们。拿来衣服的跟屁虫说衣服是达修伍德爵士借给安迪的，但从爵士对此一无所知的样子来看，衣服可能是富兰克林博士拜托执事之类的人提供的。

"小里德利，这位就是提供用于制作阿尔莫妮卡的援助资金的弗朗西斯·达修伍德爵士。快打招呼。"

听博士这样说，安迪伸出手想要和达修伍德爵士握手。达修伍德爵士当然无视了安迪。对贵族而言，下层阶级的人无异于尘埃。

他大概是想要让安迪下跪吧。

和戴着假发、化着妆的贵族们相比，素颜又没戴假发的安迪在我眼里魅力倍增。把眉毛描得浓浓的，用白粉盖住皱纹，涂着腮红，甚至贴了假痣的贵族们，看上去就像一群化了妆的猴子和猪。

富兰克林博士总算意识到气氛不太好，没有向其他人引见安迪，而是说："演奏是在明天。今天打完招呼就退下吧。"

博士说完就放我们走了。

斜眼的小个子男人离开座位走了过来。

"是你来演奏？我很期待。我是下议院议员约翰·威克斯。"

他自己报上姓名，伸出手要与安迪握手。他把安迪的手握得很紧，紧到安迪皱起了眉头，重重地上下晃动几下。别伤到安迪的手指！在我喊出来之前，他放开了手。

贵族的动作多少会有些装模作样，但约翰·威克斯先生这个平民很直爽。后来首先出版关于地狱火俱乐部的揭秘书的就是这个男人，不过当时我对他一无所知，名字也是第一次听说。

现在他是颇具人气的伦敦市市长。"做平民的同伴"是威克斯的口号。但是，听说他当上市长之后就不再是"平民的同伴"了。他出版揭秘书后，眼看要被逮捕，就逃到了法国，回到伦敦后被捕，在监狱里参加了议员竞选，诸如此类的传言很多，但我对政治没什么兴趣，不太了解。"和威克斯一起争取自由！"人们很狂热。大家都说威克斯会给平民带来自由，但我不懂自由是什么。威克斯当上市长后，我们的生活也毫无变化。

我们又被跟屁虫带着回到了房间。明明已经完成了任务，跟屁虫却还伫立了一会儿。过了一会儿，他对我们投以轻蔑的眼神，离开了。访客要给跟屁虫小费，这个惯例我后来才知道。

虽然只有一张床，但我们并没感到为难。脱掉衣服，灭掉烛台上的蜡烛，只留下一根，我们舒服地抱在一起。片刻后，蜡烛燃尽，一片黑暗之中，我在安迪的怀抱里睡着了。

早饭是在供下级用人使用的餐室——也就是厨房——和男佣、女佣们一起吃的。

和我年龄相仿的女佣不停地向安迪投去视线。

我穿着虽是用于出门但并不新的穿惯了的衣服，在房间里等了好久。

前一晚享受了晚餐以及一些其他事情的国王陛下和大人物们，一直睡到了中午时分。

快到下午两点时，仍旧没有人喊我们过去。肚子饿了，但没有人通知我们去吃午饭。我突然想起来时路上留的食物，便从行李里拿出手帕，手帕里包着三块果挞，还有一瓶葡萄酒。

"不是偷来的，这瓶葡萄酒被端到了桌子上，所以富兰克林博士结过账了。"

我给了安迪两块果挞，自己吃一块。果挞已经变形了，但很好吃。吃完果挞，舔舐手指上的污渍时，有人慌张地敲门。轻巧地闪身进来的是吃早饭时热切注视着安迪的女佣。

"快吃吧。"她把装着面包、奶酪、冷餐肉等食物的小筐往桌上一放，"大家已经吃过饭，马上就要出发了，谁都没注意到你们吃过早饭后还什么都没吃。我偷偷给你们准备了一些吃的。现在不赶紧吃点的话，就一直到晚上都吃不到东西了。"

"外出，是要去哪儿？"

"这我也不知道。不过，他们要外出，你们也要同行，这一点可以确定。不赶紧吃的话，就要有人叫你们走了。"

只吃一块果挞根本吃不饱，女佣的关怀令人感激。

"估计是那里吧。"女佣说。

"'那里'是指？"

"去了就知道了。"

安迪双手拿着面包和奶酪往嘴里送。可别把衣服弄脏了，我很担忧。可他还是弄脏了，衣服上留下了一道光亮的油渍。他又犯了老毛病，蹭着衣服擦拭弄脏的手指。明明比我还大四岁，真是个让人操心的人。

几个用人像抬棺材一样抬着阿尔莫妮卡的箱子前进，后面跟着扛支架的用人。

氛围却和葬礼正相反，贵族模样的人们边走边说说笑笑，讲着没品的笑话。跟屁虫们挺胸提臀，迈着做作的步伐陪行。

大家都一身酒气，还有人走得跟跟跄跄的。

在队列后方的我们无从知晓国王陛下在哪里，应该是在近卫兵的熊皮帽子黑压压地堆在一起的那边吧。

迷恋安迪的女佣跟在我和安迪身边。临近出发时，执事得知富兰克林博士在挂念着我和安迪，赶紧派这个名叫贝姬的女佣来照顾我们。至于人选，似乎是贝姬自己主动提出要来的。我们根本没什么需要她照顾的。

大屁股女人和妓女们的争论尤为吵闹。她似乎觉得妓女做了对她无礼的事。"注意你的身份。"

贝姬贴在我耳边告诉我："那是多丁顿大人的太太，她旁边的人就是多丁顿大人。竟然带太太来这样的聚会，真是庸俗。"

然后，她把声音压得更低，说："那女人动不动就摆架子说'要叫我夫人'。明明她以前只是多丁顿大人的妾室。夫人去世后，多丁顿大人才娶了她做继室。说到底，多丁顿大人本就不是贵族。他的确是议员，不过是下议院的议员，他只是有钱、有土地而已。追根溯源的话，据说他家本是开药房的，继承了亲属的遗产，才成了大地主。"

本杰明·富兰克林博士的身影出现了。他在阿尔莫妮卡的箱子旁边，意气风发地走在白垩石铺砌的道路上。

"哎呀！"

贝姬叫出声来，跑向富兰克林博士的方向。她的目标不是博士，而是抬箱子的一个男人。

她走到男人身旁，似乎调侃了些什么，又小跑着回来了。

"这次演奏会结束后，他就要结婚了，跟和我关系很好的姑娘结婚。"从她的语气里能感受到些许恶作剧般的意味，"说来，和一个姑娘举行两次婚礼，算不算是'命途多舛'呢？"

"再婚吗？"

"你可真傻。"贝姬耸耸肩。她是因为朋友要结婚而不太开心吧。我有点厌恶能细心地注意到这种事的自己。

目的地很近，即使徒步过去也完全没问题。

登上领主馆背后的丘陵，没走多远，就来到一个有石门的洞窟，眼前是漆黑的洞穴。

近卫兵和大部分侍从在入口外面待命，少数侍从和举火把的人跟着陛下、贵族和荡妇们进去。富兰克林博士走在侍从抬着的装阿尔莫妮卡的箱子旁边，我和安迪尽量不离开博士身边。贝姬也跟了过来，有点烦人。

似乎是达修伍德爵士侍从的人手持火把走在前面。

道路很狭窄，大约五英尺宽吧。路渐渐变成下坡，脚底下很滑。我握紧安迪的手，安迪也紧紧回握。贝姬黏在我们身后，动辄脚底打滑，发出惨叫，抓住安迪不放。

"小心点，小心点。"是富兰克林博士的声音，他在嘱咐抬阿尔莫妮卡的侍从们。他的声音碰上墙壁，在洞窟里回响。

从前方传来几个女人此起彼伏的娇喊声，大概是不时脚底打滑，在互相抱着搀扶吧。

明明在领主馆的大厅演奏就好了，却非要在洞窟里开演奏会，真是恶劣的兴趣。我想对安迪这样说，但即使小声说话也会有回声。我隐隐闻到一股比林斯盖特海鲜市场一般的气味。我担心自己说出的话可能会传进达修伍德爵士的耳朵里，便把坏话憋在心里，继续向前走。

道路变得错综复杂，开始分岔，要是和大家走散的话便会走丢。时不时感受到微微的空气流动，好像开着几个能引入外面空气的竖坑，然而外面的光照不进来，竖坑应该开在我们正走着的道路正上方以外的地方吧。

走了大概半英里之后，突然，前方亮堂起来。

有好几层褶的薄布垂下，薄布后面，燃得正旺的灯火摇曳着。

幕布的另一边是一间大厅，有父亲的工坊的十倍大。我做梦也想不到，坑道深处竟然有这样一间大厅。没有窗户，但好像有哪里开着通风孔，白墙上烛台中的烛火和吊灯的火光都在微微摇曳。

在富兰克林博士的示意下，阿尔莫妮卡被放在了最左边。

供来客坐的椅子沿一道缓缓的弧线摆放，众人大声喧哗着落座。

特伦斯·奥曼和另一个男人往阿尔莫妮卡的容器里装满了水。是被贝姬调侃了些什么的男人。

我根本顾不上看观众席。希望不会失败，我和安迪都闭眼祈祷。我又闻到了比林斯盖特一般的讨厌气味。是错觉吧。我睁开眼。来吧，终于……

安迪稍微动了动手指后，把手指浸到水里。

我握住把手。

被水润湿的碗在烛台的光芒下闪耀，安迪用手指轻轻摩擦碗的边缘。

清澈的声音响起，我感到观众都屏住了呼吸。

我没有余力去注意以国王陛下为首的各位客人听得有多专注。我在凝视着安迪。

转动把手的力度必须始终保持一致，速度也不能有分毫变化。稍有疏忽，乐音就会乱掉。安德鲁·里德利、埃丝特·马利特以及乐器，三者是一体的。

颜色与声音融在一起，如同跃动的彩虹。

不知从何时起，我就身在监狱的单人牢房里了。

就像幼年时的记忆很难找到一个明确的起点，我不知道我是什么时候、怎样被关进单人牢房的。

感觉仿佛置身于烧得滚烫的铁锅里，哪怕只是呻吟一声也会加剧疼痛，我甚至想自己会不会是在地狱里。

我也忘了是以什么为契机注意到这不是单人牢房，而是慈善医院的单人病房的。不知不觉就形成这样的认知了。是看护告诉我的吗？

从安迪被父亲收为入室弟子，到他在洞窟演奏会演奏，这段岁月的记忆，有一段时间也完全消失了。我在心中不断重复那些零零散散浮现的碎片，把它们固定下来。但在那之后发生的事，仍是一团迷雾。

我的全身缠满了绷带。服用看护给我的药后，剧痛就会如退潮一般缓和一些。

夜晚的病房一片漆黑。眼皮后面有火焰在燃烧摇曳，睁开眼，在拼命伸出手也无法触及的地方，有火焰跃动着。我不会将这景象与现实的光景混淆。幻影终归是幻影，区别很明显。可是，迷迷糊糊坠入睡眠的过程中，幻影也十分鲜明，难以捉摸、只能形容为人影的影子从火焰深处出现，径直靠近我，站在床边，掀开盖在我身上的毛毯。不光是毛毯，他还脱掉了我的睡衣，然后噼里啪啦撕下贴在我皮肤上的绷带，用鞭子抽打我赤裸的皮肤。我想尖叫，却发不出声音。不许讲。人影那低沉却恐怖的声音钻进我的耳朵。不许说。记住，什么都没发生。

我终于叫出声来。看护进来了。"哎呀，又把绷带扯下来了。你这人怎么回事啊。老这样的话，可是无论过多久都痊愈不了的。"

我控诉说有入侵者。

"在哪儿？"

"那里。"

"我可没工夫陪你说这种蠢话。"对方反应冷淡。

看护粗暴地给我缠上绷带。"别再取下来了。"我被要求保持安静，然后又被喂了药。

梦里，我又被撕下绷带后抽打。

病房白天就有些昏暗，夜里更是一片漆黑。

是噩梦，是幻觉，还是最恐怖的情况……是事实？

好几个晚上都是这样。看护——监视者——说，是我自己把绷带扯下来，让伤势变重的。

记不清是从什么时候起知道的，总之我知道了。洞窟被落雷击中，因此发生了火灾，我被严重烧伤。我没有那个瞬间的记忆，但脑海中却浮现出了这些语言，像是身体里发生了爆炸一样的冲击感也不知何时起便在记忆之中了。在那冲击感平息下来后，身体的疼痛就失去了现实感，只剩对痛苦的强烈恐惧锥心刻骨。

我向看护确认。

"我是因为落雷受伤的吧？"

"不知道。"

"今天是六月几号？"

"六月？"鼻翼聚起不怀好意的皱纹，看护丢下一句，"今天是九月七号。"

那时我已完全恢复了在洞窟开始演奏前的记忆。

"请联系我父亲，告诉他我在这里。父亲会支付足够的礼金的。"

我写下地址和门牌号，交给看护。

第二天，看护骂着"一便士都没拿到"，揍了我。

折磨我许久后，看护说，住在我所说的地方的是个铁匠。

我不安起来。我的记忆出错了吗？

我的名字是埃丝特·马利特，我的父亲是吹制玻璃工匠马丁·马利特。是这样吧？我反复回忆。那么，为什么我家所在的地方会住着铁匠呢？

在装着母亲遗体的棺材被盖上土时紧紧抱住我的安迪，真的存在吗？

为什么他现在不来这里找我呢？

烧伤大致痊愈后，我被赶出了医院。出院后，即使我无家可归，没有工作，慈善医院也只会觉得不关自己的事吧。

出院前夜，人影又一次出现，用鞭子疯狂抽打我。不许说。说了的话，就杀了你。

"说到这里时，埃丝特小姐很恐惧。"安告诉大家，"她被警告了'不许说'，却对我们坦白了。她问'我会被杀掉吗'，于是我告诉她，'你对我和约翰阁下说的话，我们不会泄露给外部的任何人'，让她放心下来。不过你们不是'外部'的人。"

"止痛剂是鸦片酊吧。"克拉伦斯插嘴道，"那东西会让人频频产生幻觉。"

"如果不是幻觉……"亚伯说，"如果是事实的话，那个人影就是折磨、威胁埃丝特的人。"

"'不许说'，指的是不让她说他撕下她的绷带打她的事？真是个奇怪的家伙。是把折磨人当成爱好了吗？"

"他把病人一个个全折磨了一遍吗？"

"用钱买通看护，让看护对自己睁一只眼闭一只眼。不折不扣的变态浑蛋。"

"需要调查一下他当时是无差别地折磨每个病人，还是只折磨了埃丝特小姐，约翰阁下。"安说，"如果只以埃丝特小姐为折磨对象，那么他所说的'不许说'，指的应该是和洞窟的火灾有关的事。埃丝特小姐由于精神上受到打击而丧失了那一部分记忆。他事先警告埃丝特小姐，即使想起来了也不要外传。只要提前给予埃丝特小姐疼痛与恐惧，那么埃丝特小姐想起来之后，就算想说也会因为害怕而说不出口。"

"是啊。得查查洞窟里发生了什么事。"本说。

"肯定和达修伍德那个浑蛋有关。"克拉伦斯断言，"洞窟是归那家伙所有的。"

"慈善医院是慈善家秉持救济穷人这一崇高理念设立的，"法官的话语里混杂着叹息，"但在负责基层运营的职员和看护眼里，理念根本无关紧要啊。"

"看护和贫穷病人的关系，简直就像看守和囚犯的关系啊。"安从笔记抬起视线说道。

盘子空了，弟子们把已经彻底坠入梦乡的丹尼尔老师抬到二楼的卧室，与安的谈话是在丹尼尔的书斋进行的。

"原来是因为落雷和火灾啊。她的这一片，"克拉伦斯用手背摩挲着自己右侧脸颊到脖颈的部分，"有烧伤疤痕。"

"她说身体上也留下了烧伤疤痕。她一定很痛苦。"

"她说的慈善医院……是圣乔治医院吗？"亚伯问。

"不，是圣托马斯医院。那里和圣巴塞罗缪医院不同，不收生活费，也不强制征收葬礼保证金，但对待患者特别粗暴。"

"敌人真是个蠢货。"亚伯说，"如果是爱德，大概会这么说。"

"为什么是蠢货？"本问。

"威胁'不许说'，反而说明他想掩盖的是一件非常重要的事。要是放任不管，对方可能根本不会意识到这一点。"

"为什么说'如果是爱德'？"

"我不会轻易管别人叫蠢货。爱德脑子太好使了，看别人就会觉得都很蠢。"

"但你也一样觉得敌人是个蠢货吧。"

"是的。"

"他有威胁的必要吧。不威胁的话，埃丝特小姐可能会说出去。"安反驳了亚伯的观点。

"敌人到底是谁呢？"本问。

"都说了是达修伍德啊。"克拉伦斯又一次斩钉截铁地说道。

法官催促安继续讲述埃丝特的经历。

一从医院出来，我就回了自己的家。看护没有说谎，铁匠正在工坊里拉着风箱，敲打着灼热的铁块。

铁匠对我说出一个我不知道的名字，说自己是从那个人那里租下了这个家。

我脚底发软，差点站不住。

"这里是我的家。这里是吹制玻璃工坊，我父亲和他的弟子们在这里制作玻璃器具……"

"滚出去。"铁匠说，挥起锤子敲打铁块。火花四溅。我的身体不住颤抖着，痉挛从腹腔深处蔓延至全身，我拼命忍着不叫出声来，然后问：

"我父亲叫马丁·马利特。把这个家租给你的，应该是马丁·马利特吧？"我的声音也在颤抖。

"我刚才不是都说了吗，我是从亚普先生那里租的。要抱怨的话找亚普先生抱怨去。"

"亚普先生住在哪里？"

"他可不住在伦敦。他住在汉普斯特德。房租是代理人来收。"

"在汉普斯特德的哪里呢？"

"不知道。别妨碍我工作了，快滚。"

我走投无路，决定去一直给父亲提供工作的玻璃器具批发商汤因比先生的事务所问问看。

要是住在那里的也是别人，该怎么办啊。要是有谁租住在那里，对我怒斥"要抱怨的话找里奇先生抱怨去"的话……

汤因比先生在。

"太可怜了,埃丝特。哎呀,实在是太可怜了。"

汤因比先生重复着同情的话语,不敢正视我留下了烧伤疤痕的脸。

汤因比先生告诉我,父亲马丁·马利特醉酒后掉进河里溺死了。

"我想告诉你,却不知道你在哪儿。不得已,我出钱办了葬礼,把你父亲葬在了你母亲的墓旁边。嗯,光是这个费用就是不小的数目,而且其实你父亲还欠了我一大笔债呢,金额很庞大。他用那个工坊兼住处做了担保。既然马利特先生去世了,我也必须算清楚借给他的钱。所以我把那里处理掉了,就是这么回事。"

"安迪呢?"

汤因比先生说他什么都不知道。

汤因比先生给了我一个小筐。"这些是你留在住处里的私人物品。我也不能擅自处理,就一直保管着。这就是全部了。"

几件穿惯的衣服和内衣,穿旧了的鞋。那时我穿的衣服烧焦了,没法再穿,好像被扔掉了。那件披肩也被扔了。我在医院里穿的是慈善家捐给医院的像破布一样的旧衣服。出院时,我也穿着这件衣服。

我十五年的人生,用这样一个小筐就能装下啊……

我从衣服里找到了母亲在圣诞节给我的那本纸封面的薄书。翻开书页,里面夹着一朵勿忘我的干花,宛若淡蓝色的泪痕。Forget-me-not! Never!

"埃丝特,如果你愿意,我会帮你找份工作。不过只能是当女佣了。"

我拒绝了汤因比先生的提议,去克雷文街拜访富兰克林博士。

医院伙食的分量只能勉强让人不至于饿死,我又刚刚痊愈,走远路十分吃力。

"博士外出旅行了。"房东的女儿波莉双手叉腰,冷淡地说,"去荷兰了,这一阵都不在家。不知道会去一年还是两年,这段时间里,我们把房间租给别人了。"

"博士的儿子呢?"

"也一起去了。"

"那个人呢,就是助手奥曼先生?"

"哦,那家伙被解雇了。听说他净干坏事。我也不知道他都干了些什么。我不会多管别人的闲事。他应该回美洲了吧。"

我去了母亲的墓地,她的墓碑旁是父亲的墓。

我侧身坐到地上。周围一个人也没有,我放任自己号啕大哭。

等到哭累了,我抱着小筐站起身来。

Blue is a flow'ret（一朵蓝色小花）
Called the Forget-me-not.（叫作勿忘我。）
Wear it upon thy heart,（将它戴在你心头,）
And think of me!（然后想着我!）

我想先去西威克姆弄清楚当时到底发生了什么,但没钱坐马车。一路乞讨、露宿街头的话,能走过去吗?感觉会死在半路上。

令我胆怯的还有一件事,就是那个来历不明的人的威胁。必须去西威克姆——我一这么想,就又会感受到赤裸的皮肤被鞭打的疼痛。不只是剧痛，还伴有令人毛骨悚然的恐惧。西威克姆，光是想到这个地方，我就全身战栗，感到几欲窒息。

> Flow'ret and hope may die,（小花和希望也许会死去,）
> Yet love with us shall stay,（但我们的爱将留存,）
> That cannot pass away,（永远不会消逝,）
> Dearest, believe.（我最亲爱的人，相信我。）

我又一次拜访了汤因比先生。

"请给我介绍一份工作。"

我一定要去西威克姆。首先要存够路费，为此我必须工作。我用这个借口说服自己。这只是借口而已，实际上，我光是想想"必须去西威克姆"就喘不过气来了，无法将吸进去的空气呼出来，得一会儿躺下一会儿站起来，一点一点地呼出来。平时并没有意识到的自然而然的行为，突然就做不到了。"我不会去的，绝不会去那里的。"我安慰自己，花费很长时间才能让呼吸恢复正常。我害怕这种状态，甚至连想想要去那里都做不到。

工作很快就找到了，但住家女佣干的都是苦活儿累活儿，而且得不停地拒绝想与我发生性关系的主人和少爷。这是常有的事。我不肯顺从，就被赶了出来。我工作的地方条件越来越差。我自始至终拒绝在妓院工作——妓院老板说烧伤疤痕可以用浓妆盖住——靠当杂务女工熬到现在。

不知不觉间，十四年过去了。

一直到洞窟演奏会的前十五年人生里，我有许多许多回忆，开心的事、悲伤的事；可出院后的这十四年来，我只是活着而已。安迪不在，我一无所有。

11

安合上笔记。亚伯注意到她眼眶有些泛红。

How can I leave thee!

安小声哼唱。"我也知道这首歌。"她说,"小时候听到别人唱,就记住了。"

"在埃丝特的经历中出现的这些人里,有几个人我们见过。"中途就特别想插话而憋得难受的克拉伦斯打断了安的感伤回忆,"首先是大鼻子,然后是大屁股夫人。"

"克拉伦斯,说话注意一点。"安提醒道,话里带着些鼻音。

"对不起。再然后是……"

"贝姬……跟那个女人名字一样。"本插嘴道。

"是的,在西威克姆那家马车租赁店时,"克拉伦斯立刻抢过话头,"凯特好像是叫那个女人'贝姬'来着。"

"亚伯,"法官询问自己寄予深厚信赖的助手,"你们在西威克姆见到那个叫贝姬的女人了吗?"

"没有直接跟她交流。她好像和马车租赁店的马车夫的姐姐凯特关系很亲密。"

刚刚先是解剖,又听安转述了埃丝特的经历,他们还没有把西威克姆之旅的全部经过报告给法官。

克拉伦斯喋喋不休地一边跑题,一边讲述事情经过,本不时附和,亚伯则做出简要总结。

"奥曼……"法官说出从埃丝特那里听来的富兰克林博士的助手的名字,"安,看看喀戎的讲话记录,里面有没有提到奥曼这个名字?"

"好的,我查查。请稍等一下。"

安查阅起其他人看不懂的速记文字。

"他说自己去卖艺,是因为有个叫奥曼的电气艺人去找了他。"

"对,就是这个。叫奥曼的男人把雷·布鲁斯交给卖艺组织者布彻,赚取了中介费,对吧?"

"是的。"

"安,把跟喀戎的对话告诉亚伯他们。"

冒牌占卜师半人马喀戎,真名叫雷·布鲁斯。虽然并非常住居民,只是个收割工人,但他就要跟村里的姑娘结婚了。即将在教堂举行婚礼时,他被强制征兵队抓走,送到了新大陆殖民地,在魁北克与法军战斗时失去了双腿……安简洁地复述了一遍。

"雷·布鲁斯是这么说的。不过,我总觉得他说的并非全是实话。"

"总之,至少弄清楚阿尔莫妮卡到底是什么东西了。"克拉伦斯说。

"可是,为什么这种乐器之后再也没有被制作出来过?奈杰尔胸口写的'阿尔莫妮卡·迪尔波利卡'指的真是这种乐器吗?"本提出疑问。

"应该是的。"法官点头,"我以前也听说过古怪的传闻,说歌剧院里的歌手发狂了什么的……丹尼尔医生也说听过奇怪的传言。你们那时候还小,应该没听说过。"

"喀戎也说,演奏那乐器就会唤出恶魔。"

"这些传言是不是被刻意散播的呢?"法官说,"富兰克林博士设计出用玻璃器具制作的乐器,埃丝特·马利特小姐的恋人安德鲁·里德利费尽心血制作了出来,富兰克林博士将它命名为'阿尔莫妮卡'。这部分应该是事实。但不知为什么,这乐器的存在被抹去了。落雷，及其导致的火灾——如果洞窟里发生的事仅此而已，就没有必要保密。"

"因为国王陛下也出席了——"

亚伯刚说到一半，克拉伦斯就抢过话头。

"当时可能发生了一旦曝光便会成为王室丑闻的事。"

"相关人士掩盖了一切。"法官点头，继续说，"但一同出席的不止两三人，用人们也在，他们可能会泄露这件事。所以，想掩盖这件事的那些人就拼命散播古怪的传言，通过大量散布缺乏可信度的古怪传言，让泄露出去的事实也显得像是不可靠的传言。会不会是这样呢？"

"有道理。"克拉伦斯和本都点点头，但亚伯提出了疑问。

"想保密的话，为什么……"

几乎与此同时，安也脱口而出："为什么，没有把埃丝特小姐……"

亚伯闭嘴让安接着说，但安嗫嚅着说不出口。

为什么没有把她杀掉呢？

即使不说出口，大家也都意识到了这个疑问。

"杀死无依无靠的女孩并消除犯罪痕迹，这是轻而易举的事。"亚伯接着说。

"就算大费周章找出凶手，关进新门监狱，如果没有人起诉，凶手还是会被释放。"克拉伦斯接话道。

法官感到安在对话过程中有意识地与亚伯竞争，微微苦笑了一下。

以前，法官的得力助手只有安一人。

亚伯并不是爱出风头的人，但他与安一样优秀，有时甚至胜过她。

"我也有这个疑问。"法官说。

"我想,"亚伯说,"洞窟里当时应该有相当多的人。要把这些人全都灭口,恐怕是非常困难的。犯罪搜查工作再不细致,要是好几个人被杀,而这几个人的共同点是与洞窟演奏会有关,那么凶手肯定会被盯上。"

"所以他才用那样的方式威胁埃丝特小姐,用那种离谱的方式。"安嗤之以鼻。

"的确。"亚伯没有反驳她,点了点头。

"结果埃丝特小姐还是说出来了。"克拉伦斯说。

"但最关键的部分还是一片空白。"本说。

对话也成了一片空白。

"安德鲁·里德利先生制作的乐器在爆炸和火灾的骚乱中被毁了吧。好想听听那乐器演奏的曲子啊。"安打破沉默。

"奈杰尔的胸口为什么会写着'阿尔莫妮卡·迪尔波利卡'呢?"

"伯利恒和阿尔莫妮卡有什么关系吗?"

"问问富兰克林博士也许能知道详情,但博士人在美洲。"

克拉伦斯和本议论着。

"博士也暗中协助了吧。"安说,"如果不涉及丑闻,这种叫作阿尔莫妮卡的乐器在这十四年间肯定已经被公之于众了。"

安说到一半时,法官用动作向亚伯示意。亚伯领会了法官的意图,轻手轻脚地走到门边,转动把手,打开了门。

"我给各位端来了茶。"

切莉端着托盘的手在微微颤抖,耳朵不如法官灵敏的亚伯也听到了杯子互相碰撞的声音。

切莉把杯子摆到小桌上。

"你好奇心特别强吗?"

法官用沉稳的语调对她说。

亚伯注视少女。

一瞬的慌乱过后,切莉以笑容掩盖僵硬的表情。

"切莉,你为什么会对这起案件感兴趣?"

"我只是端来了茶,没有偷听。"

"可谁也没说你偷听了。"

法官话里含笑,其他人也忍俊不禁。

"切莉,你这是不打自招了啊。"克拉伦斯调侃道。

"只要你没有恶意,约翰阁下绝不会处罚你。"安劝诫道,"坦白吧,为什么偷听?刚才,我们吃饭之前,你也偷听了吧?"

安越是咄咄逼人,切莉将嘴唇咬得越紧,显出一副难以撬开嘴的样子。

"切莉,你刚才向我道谢了吧。"法官伸出手,命令道,"把手伸过来。"法官的声音如慈父般温暖,但同时也极具威严,切莉下意识地将手伸到了法官手里。

"我什么坏事都没做,真的,法官大人。"

"女子孤儿院的人没有告诉你偷听是坏事吗?"

听安这样说,切莉又沉默下来。

法官放开切莉的手。"你可以走了。"

切莉匆忙走到门口,这时门打开了,她迎面碰上了丹尼尔医生。

"啊,切莉,原来你在这儿啊。我正想叫你呢。给我泡杯浓咖啡提提神。"

切莉随便应了一声就小跑着离开了。

"亚伯,去不着痕迹地探探她的动向。"

"好的。"

"医生,你醒了?"法官问。

"哎呀,刚才真是失礼了。"丹尼尔坐到椅子上,"那个伤……"他也不做些铺垫,就接着讲解剖结果了。

亚伯来到房间外。切莉往后楼梯的方向跑去,响起一串脚步声。

他正想悄悄追上去时,内森从主楼梯上来了。

"大家都在这里吗?"

"嗯,约翰阁下也在。你恢复精神了吗?"

摩尔小姐也在哦——亚伯补充道。

内森微微耸了耸肩,逞强般进了房间,与亚伯擦肩而过时丢下一句:

"伯利恒的意思,我明白了。"

"欸?"亚伯反问时,门被关上了。

12

切莉沿着泰晤士河一路向东小跑。

她似乎完全把主人让她泡杯浓咖啡的吩咐抛在了脑后。

亚伯把三角帽压得低低的,稍微保持一段距离尾随她。内森丢下的那句似是逞强的话让他很在意,但他目前的任务是监视切莉的行动。

穿过坦普尔酒吧区,进入伦敦市。这一带幸免于一六六六年伦敦的大火,古老的木建筑因此得以留存至今,压着狭窄的道路。隔着拥挤的建筑物屋顶,能远远望见圣保罗大教堂。

大约向东小跑了一点五英里之后,切莉下到向伦敦桥下游一侧伸出的码头。

下游挤满了从外国来的商船,甚至挤得都看不见河面了。伦敦桥和伦敦塔中间有海关,这也是下游船只拥堵的原因之一。

涂成红红绿绿颜色的单人划、双人划小渡船像玩杂耍一般从那些商船中间穿过。说是小渡船,但空间足以容纳六人乘坐。

在煤船卸货地点附近的栈桥边,衣衫褴褛的孩子们聚集在一起,捡拾掉下的煤屑。

船夫们喊着"双人划的,双人划的""单人划的,单人划的"招呼下了石阶站到码头上的切莉。切莉向单人划的渡船船夫时而竖起一根手指,时而竖起两根手指,听不见她说话的声音,大概是在和船夫交涉船费。

还有供进城的乡下人和外国人游览用的船在等着载客,但也有品行恶劣的船夫,要是轻率地坐上他们的船,就会被威胁"不想被送到海军那里就把钱拿来",身上的财物会被洗劫一空。

此时正好开始退潮,切莉坐上单人划的渡船,顺着潮水向下游划去。

亚伯也雇了一艘单人划的渡船。

"去哪儿?"

"跟着前面那艘船,直到它靠岸。"

"你在追那个妮子吗?"

"算是吧。"

"那就要收双倍的费用。"

船夫悠然抱起双臂。

"那我去坐别的船。"

亚伯愤慨地说,但切莉坐的船已经离开栈桥了。

"想换别的船就换吧。"

可恶！亚伯骂了一句，然后催促道："快追。"船夫仍旧磨磨蹭蹭，还想抬价。亚伯威胁道："我在奉治安法官约翰爵士之命追那个姑娘。不配合的话，就没收你的保护证。"渡船的船夫都被发放了保护证，用以免除海军的强制性兵役。

"这里是伦敦市，可不是威斯敏斯特。"

船夫嘴硬地说着大话，但估计还是害怕被强制征兵，总算开始划桨了。

"别跟丢了。"

"这太难了，这一片儿这么拥挤。"

"要是跟丢了，就把你送进新门监狱。"性格温厚的亚伯拼尽全力恐吓道，"约翰爵士可是有这个权限的。"

船夫嘴唇颤抖，表现出不满的样子，挥着胳膊更加用力地划起桨来。

"我是面朝后边的。先生您来给我指方向吧。"

确实如船夫所说。

比林斯盖特海鲜市场的恶臭与泰晤士河的恶臭混杂在一起。从十一世纪以来，渔船就都在这个码头卸货，累积了数百年的鱼腥味已经彻底渗透了这里。水手、卖货郎和行人挤在一起，喧嚣声震耳欲聋。去往下游的格雷夫森德的驳船"当当"鸣响钟声，宣告再过十五分钟就要开船。

切莉乘坐的船在大型船的背后时隐时现，顺流而下。

亚伯还是第一次来到这么下游的地方，连这里叫什么都不知道。他看到切莉正挥着手向把船往码头靠的船夫抗议。船夫不顾她的抗议，划着船靠岸了。

切莉把零钱扔到船夫手里，登上石阶。

亚伯意识到她是想让船夫再往前划一些，但在船费上没能和船夫达成一致，被迫下了船。

"停到那边，靠左岸。"

"在这附近揽不到客人。您得把回去那份的钱也付了。我可是得在退潮时回到河的上游，您得大方点。"

船夫一副不给钱就把你扔到河里的凶相，亚伯有些胆怯，付了钱。他不会游泳。泰晤士河的河水呈发绿的咖啡色，越到下游越黏糊糊的，犹如黑色的糖浆，这是两岸的制革厂和焦油厂往河里排放废水导致的。要是被扔到河里，在溺死之前就会被焦油堵住鼻子和喉咙窒息而死了。

早已出了繁华的伦敦市内。

亚伯把三角帽的帽檐压得更低一些，装作不经意地跟在切莉后面。

走了七八英里后，来到一片几乎不见人家的湿地，只有荨麻丛生。几条细细的水路在荨麻之间形成网状，再往前是感觉踏入一步就会陷进去的沼泽地。

天空变得像一块展开的湿润毛毯，潮湿的雾气升起，吸一口气便觉胸口生疼。距离太阳下山还有段时间，但周围已是一派黄昏景象。

在与河反方向的另一边，雾气掩映下发出柔和光芒的夕阳下有片修剪过的树丛，树木之间可见几户人家。似乎是个小村落。

石堤止住了潮水。这里离海还远，但能望见细碎的雪白泡沫在荒凉的铅色带子上奔涌的景象。

石堤对面立着两根木桩，一根是水路路标，另一根上面挂着生有鳞片一般红锈的锁。这根木桩是从前用来吊死海盗的绞刑架的残骸。

河面宽阔，以至于让人错以为是海。没有船聚集在这里，一艘漆黑的帆船被拴在离河岸稍远些的地方，帆已被放下，三根桅杆看起来如同枯木。

河岸跟前筑有炮台，炮口威慑一般对准船的方向。包括炮手在内的几个差役聚在小屋里。

亚伯恍然大悟。那艘是——

监狱船！

他听说过监狱船，但还是第一次实际见到。

监狱船里监禁着罪人，等镇压了殖民地的叛乱后，就会将这些人作为移民送到新大陆。

但这艘船十分破旧，让人不禁担心它是否禁得住长途航行。

在木桩间打上木板而成的栈桥边拴着几艘小小的驳船。

切莉一路气喘吁吁地走来在栈桥上歇了一会儿。强烈的海风吹来，她那纤细的身体仿佛要被吹飞了似的，摇晃了一下。

切莉马上回到炮台。亚伯藏到小屋的背后。

她正一脸笑容地跟伫立在小屋前的炮兵模样的男人搭话。他俩似乎是熟人。男人点点头，走进小屋，出来时拿着步枪。男人将枪口朝向天空，开了一枪。是空枪。稍微间隔些时间后，他又连续开了两枪。

大概是作为谢礼，切莉允许男人抚摸自己的臀部——虽然她那瘦小的臀部根本没什么可摸的——但不允许他做出更进一步的举动。她去往栈桥，坐上驳船划了起来。

亚伯在小屋的背后目睹了全部经过。还有其他驳船，但划船跟过去就会暴露自己。

他正踌躇不定，不知如何是好时，切莉划着的驳船靠近了监狱船。

亚伯看见了从舷梯下来的年轻男人。

男人挥挥手，是在向切莉挥手，但亚伯却产生了这是在向自己挥手的错觉。

他叫出声来。

"爱德！"

叫声被风淹没，对方似乎没有听见。

时隔五年再次出现的爱德华·塔纳坐进切莉划的驳船里。

亚伯已然不在乎是否会暴露自己了。他跳进一艘拴在栈桥边的驳船，解开绳子，挥动胳膊用力划起双桨。

他很快就靠近了那艘又向着岸边划回来的驳船。划到那艘船旁边后，亚伯摘下了三角帽子。

切莉倒吸了一口气。

"好久不见。"停下划桨的手，爱德向亚伯莞尔一笑。

13

"伦敦有伯利恒。"

内森本想一跑进房间就大声喊"Eureka[①]！"，但进门前和亚伯的短暂对话让他冷静下来。装作不经意地告诉大家会显得自己更聪明，内森的虚荣心又开始作祟了。

房间里的气氛活跃起来。

内森展开双手做出示意大家冷静的动作，感到自己好像成了个了不起的人物。

"我在肖迪奇租房住时，有一次经过了摩尔菲尔兹的建筑前。"

[①]意思是"我想到了"，古希腊学者阿基米德的名言。

"摩尔菲尔兹！啊，原来如此。"

法官击掌说道。

同时，安也似乎想到了什么，点点头。

"是那个啊。"克拉伦斯和本叫出声来。

然后，丹尼尔·巴顿拍着脑袋呻吟："我竟然没想到那个。"

"是很气派的建筑，嵌在墙上的铜板——"

刻着"伯利恒圣马利亚医院"的字样。

"你们也知道那家医院？"

"当然。"克拉伦斯说，"那家医院很有名。但是，没有人会用那个冗长的正式名称叫它。"

"是的，伦敦本地人都叫它'贝德莱姆'。"本说，"跟我们说伯利恒，我们也意识不到指的是它。"

"那家医院像宫殿一样。"

"是啊。"克拉伦斯说，"内森，我看你对希腊的神殿挺了解的，你没注意到那栋建筑的原型吗？那是仿照巴黎的蒂伊勒里宫建造的。听说路易为此大发雷霆，仿照我们国王陛下的宫殿改建了蒂伊勒里宫的厕所。"

"法国国王的心胸真狭隘啊。"

"贝德莱姆是精神病院，所以他才会不高兴吧。"

"那是家精神病院啊？"

"正门前有两座雕像对吧，那两座雕像分别表现了'狂躁'和'抑郁'。"

"但贝德莱姆和奈杰尔有什么关系呢？"本用沉稳的声音说道，环顾大家的脸。

"贝德莱姆的正式名称里的确有'伯利恒'，"安说，"但还不能确定奈杰尔胸口的文字指的是不是贝德莱姆。"

沉默。

"切莉还没回来啊。她去哪儿了？"

"亚伯会巧妙地查明的。"

本和克拉伦斯说着毫无意义的话。

"奈杰尔和伯利恒。搞不懂。"丹尼尔攥拳捶起桌子来。

14

"那是向你发出的信号。如果是你，应该能明白的吧，奈杰尔和伯利恒的关系。"

爱德依旧把脸埋在双手里，一言不发。他的手指几乎要刺破薄薄的皮肤，扎到头骨里去了。

在亚伯看来，他似乎是将所有情感都聚集到了手指上，拼命忍耐着。

他们并排坐在似乎多年无人使用的铁丝网小屋前的半朽长凳上。

这附近没有能让人坐下来慢慢聊的咖啡屋之类的地方。

比五年前瘦了……亚伯心想。本就身材偏瘦的爱德如今更加瘦削，体形趋近有"瘦子"绰号的亚伯了。

切莉大概是想把偷听来的事一一汇报给爱德来讨他欢心。此刻她正一脸不满地坐在长凳上，无所事事地晃动着双腿。

"你现在是在监狱船上当医生吗？"

"是的。"爱德说着抬起头，但仿佛有什么东西留在了双手手掌上似的，仍视线朝下。

"竟然有专属的外科医生，堪比新门监狱啊。"

监狱是民营的，没有统一的制度，也有像弗里特监狱这样不配备医生的监狱。

"工资也和新门监狱的医生一样吗?"

新门监狱的医生年薪是五十英镑。

爱德没有理会亚伯的闲扯,催促道:"详细讲讲。"

亚伯讲述了至今为止已经弄清楚的事情。

在亚伯讲述的工夫里,雾气散去,夕阳把一切的影子拖得很长。

爱德双肘支在膝上,弓着背,双手托腮,听得入神。亚伯讲完后,爱德抬起头,问道:"为什么是西威克姆?"

"你知道西威克姆吗?"

"不,我第一次听说这个地名,也是才知道那是达修伍德那个浑蛋的领地。"

"你觉得奈杰尔的死和十四年前在西威克姆发生的事有关系吗?"

"这种事我怎么知道。"

爱德答道,声音里透着一股像要把门迎面摔到人脸上的凶狠。

亚伯换了个话题。

"这姑娘是盗墓者哥布林的孩子吧。在她小时候,你救了她。"

切莉下意识地站了起来,用尽全身力气否定:"不是的,不是的。"

爱德抱紧她战栗的身体。

你怎么知道?爱德没有出声,只以表情询问亚伯。

亚伯想握住切莉的手让她放心,但被甩开了。

"女子孤儿院正如其名,只接收孤儿。"亚伯柔声说,"切莉,哥布林……你的父亲希望你能找到一份正经工作。他隐瞒了你有个盗墓者父亲这件事,把你送进了女子孤儿院,因为那里会有人教你如何工作。切莉,你能在丹尼尔老师那里工作真是太好了。不用害怕。丹尼尔老师……还有我,还有克拉伦斯和本,都绝不会追究这件事的。你是个非常能干的女仆。倒不如说,在丹尼尔老师那里工作的话,不去隐瞒什么,坦诚一些,会更轻松。"

切莉不再紧张,开始啜泣。

"真的吗?知道我是盗墓者的孩子,还会让我继续工作?我谎称自己是孤儿进入女子孤儿院,约翰阁下会不会生气?我会不会被关进监狱?"

"约翰阁下会理解的。我保证。他不仅不会生气,还会夸奖你父亲的这种做法呢。"

有很多父母满脑子只想着怎么让孩子赚钱,鼓励他们去偷窃、抢劫。如果生的是女孩,把女儿卖给妓院的父母都并不罕见。

"尽力改善贫穷孩子的境遇,正是约翰阁下的愿望。"

"虽然在孤儿院也有好多讨厌的事,真的是有好多……但还是比捡破烂儿强多了。"

切莉大声抽噎了一下后,止住了哭泣。

"每次监狱船里死了人,你就去联系哥布林,对吧?然后哥布林就向丹尼尔老师提供珍贵的尸体。"

"是的。"爱德点头。

"爱德,回到丹尼尔老师身边吧。老师会高兴得手舞足蹈的。"

爱德干脆地摇了摇头。

"不要告诉老师和克拉伦斯他们我在这儿。当然,也不要告诉约翰阁下。"

"你又要让我说谎吗？我已经对约翰阁下发誓了，说绝不背叛阁下。"

"我是个死人。让我安息吧。"

"别耍帅了。'以死者的身份活下去'什么的，已经足够了吧。都过了五年了。复活吧。"

"不。"爱德的口吻里没有一点要妥协的意思，他顿了顿，然后以烦躁的语气说，"如果我和奈杰尔……在一起，我一定不会让他死。是我害死他的。"

"你们完全联系不上吗？"

"嗯，是我断掉的联系。"

是我断掉的。重复这句话时，爱德的声音已近乎抽泣。他凭毅力遏制着几欲迸发出来的哭号。

"奈杰尔一直和蒂尼斯·艾伯特生活在一起吗？"亚伯问。

"不知道。我不知道。"爱德摇头，然后哀求道，"拜托了，不要告诉任何人我在哪儿。"

"你想知道奈杰尔死亡的真相吧？"

爱德轻轻点了点头。

"那么，跟约翰阁下还有大家一起商量才是上策。我们会全员一起调查。"

"给我点时间吧。死过一次的人再活过来不是那么容易的事。"

应该是难以转换心情吧，突然被告知奈杰尔的死，心里一团乱麻。亚伯能理解爱德的感受。

"平静下来后，就来老师这边吧。来找约翰阁下也行。刚才我也说了，我们正在约翰阁下手下做发行报纸的工作。"

"你当了主编，是吧。"爱德的声音含着微微的笑意。

"《呼叫追捕》绝不放过犯罪行为。"

"我可是罪犯。"

"别胡搅蛮缠。"

"啊,对了,"亚伯又补了一句,"提到奈杰尔和伯利恒,你要是想到什么,就告诉我。"

"知道了。"爱德轻吻切莉的头发,"谢谢你来通知我这么重要的事。"然后,爱德把她轻轻推向亚伯那边,"回丹尼尔老师身边去吧。"

亚伯向一个人划着驳船回去的爱德挥了挥帽子。"一定要复活,然后回来啊。"

II

1

如果没有梅尔……我直到现在仍会时不时这么想。虽然这样想也毫无意义,但我时不时就会忽然冒出这个念头。

我忍耐得了吗?

忍耐那里的生活。

应该也能忍耐吧。就算没有梅尔,只要有迪芬贝克先生和小说家先生在,就能忍耐。

梅尔不在了。小说家先生也不在了。

只有迪芬贝克先生还在那里……应该是这样吧。

墙壁。屋顶。门。

锁。

疯狂敲门的声音。

尖锐的笑声。惨叫。

梅尔、迪芬贝克先生和小说家先生在墙里是特权阶级。

对我进行教育的,是这三个人。

梅尔的头发是淡金色的,贴着头皮柔顺地直直垂下。凹陷的眼窝深处,是倒映着天空的小小水洼一般的眸子。

自从我记事起,梅尔就在我身边了。他总是支着画架,用铅笔在固定于画板的纸上画画。我也用铅笔画画。我没有画架，就趴在地上画。梅尔会用小刀帮我削铅笔。被允许使用刀的，只有梅尔一个人。

每次要用刀时，都必须向院长"烂人"申请借用。

烂人的名字其实是拉特[①]。之所以管他叫"烂人"，是因为迪芬贝克先生和小说家先生给他起了这个外号。只有迪芬贝克先生、小说家先生、梅尔和我四个人这么叫他。其他人都叫他院长大人。"院长"这个职务名称也够荒唐的，不如叫"狱长"更合适。

贝德莱姆的正式名称是伯利恒圣马利亚精神病院，但这里一个医生都没有。而且，小说家先生说，管理这里的和管理监狱的是同一个政府机关。用小说家先生的话说，看护就相当于狱卒。那时候，我还不知道监狱和狱卒是什么意思。这里有三个看护。

谁都没见过董事长。实际运营被全权交给了烂人。

梅尔削几十根铅笔的过程中，狱卒始终盯着他，他刚一削完，狱卒就立刻把刀收走了。用小刀那不够锋利的刀刃削铅笔很费劲，但梅尔从不抱怨，笔芯磨钝后，就用砂纸打磨。

把所需物品弄到手，不是谁都办得到的事。贝德莱姆是隔离"无法正常生活的疯子"的地方，只能保障最低程度的饮食。如果还想要更多，就得拜托"外面"的亲属、熟人送进来。没有门路的人只能忍受最低标准的生活，别无选择。

屋里没有床。要是有多少人就放多少张床，那就无处落脚了。我们都是裹着发给我们的毛毯，躺在地上睡觉的。据说以

[①] 英语中"烂人"（rotter）的发音与"拉特"相近。

前有过手头宽裕的住院者自己出钱买了张床放进来，但他和那些完全理解不了所有权这个概念的人之间发生了血腥的争斗，自那以后，这里就完全禁止使用床了。在小说家先生告诉我之前，我完全不知道，无论多贫穷的人家都是会备有床铺的。即使因为家里空间太小或者钱不够而买不了足够多的床，只能一大家人挤在一张床上睡觉，也至少是会有一张床的。

禁床令也有例外，不知为什么，只有我的母亲躺在床上。

虽说过的是最低标准的生活，不过有饭吃，有地方睡，也可以说比流浪汉和乞丐要强些，但是行动会受到约束，不能随心所欲地做事。看护——狱卒——还经常会心血来潮地狠狠折磨我们。

梅尔教会我仔细打上阴影，把图画得如同实物。画错了就用面包屑擦掉，但无法完全擦干净，画面上会留下黑色的污迹，所以，画每一道线条时都不能马虎。最近有卖用巴西产橡胶制成的橡皮的，用起来很方便，但那时候，这种便利的东西还没有被发明出来。我用右手在一张又一张纸上画下我的左手。我知道了手背和手掌的区别大得几乎不像同一事物的正反两面，知道了仅仅五根手指能做出多么微妙而复杂的动作。很快就进入了画人体素描的阶段。我完全不缺模特。即使没有被命令"不许动"，也有几个人好几个小时都纹丝不动。梅尔有时也会一动不动。我画下了梅尔。我的母亲也是一动不动的人之一。我也画下了母亲。

一动不动的母亲对我来说，和桌子、椅子没什么区别，都是"物品"。

我七岁时，小说家先生住进来了。小说家先生看到我的画后说："真是天才。"同时，他也因我过于无知而感到无比震惊。

"母亲"就是生下你的人——他这么告诉我。但那时我不知道"生"这个词是什么意思。

小说家教会了我识字、写字。

我的知识量猛增，是在迪芬贝克先生住进来后。他住进来时，我九岁。

某一天，迪芬贝克先生突然被看护架到了大房间。后来我才知道，在那之前，他被关进了地下的惩戒室。抗拒入院而大闹的人会先被关进惩戒室。那时我还不知道在惩戒室具体会遭到怎样的对待，只隐约知道会吃很大的苦头，以致无法自己行走。不光尚未入院的人，大房间里的人也有曾被关进惩戒室的，要过几天才能康复。住院者们将在惩戒室发生的事称为拷问。

沿着一楼的过道有一个个牢笼般的单人房间，正面嵌着铁格栅，能看见里面的人被用锁链捆着。

迪芬贝克先生教给了我许多绘画技法和识字写字以外的事：英国的历史，法国、德国和西班牙的历史，算术，法律。他的头顶是全秃的，但他并不老。

我甚至培养了音乐素养。有斯皮内琴的精神病院应该很罕见吧，虽说我不知道其他医院是什么情况。迪芬贝克先生不仅带来大量书本，甚至把斯皮内琴也带进来了。

我学习了斯皮内琴的演奏方法。从短而优美的歌谣开始，再到稍难的曲子。迪芬贝克先生的嗓音也很好听，他说话时的声音很普通，但唱歌时的声音很浑厚，像是从腹腔深处发出来的。相比自己演奏，我更喜欢听迪芬贝克先生的演奏和歌唱。画画很快乐，但我不喜欢记乐谱。

迪芬贝克先生爱抚着最外一层的清漆已剥落少许的斯皮内琴说，他年轻时无论如何都想要这架琴，是咬牙买下来的。他花了好几年才把债还清。这可是我爱不释手的宝贝——迪芬贝克先生说着,弹唱起优美的歌。

神创造美丽之花
赐予其名后
蓝色眼眸的小花
……

唱完"Forget-me-not"这最后一句歌词后,他有些害羞地补充了一句:"这首歌是我作词作曲的。"

"为了献给所爱之人。"梅尔少见地插嘴道。梅尔说话时仿佛声音在嘴里跌跌撞撞,听着很费劲,不过梅尔说着应该更费劲。梅尔不怎么说话就是因为这个吧。光是说这句话的开头,他就花了好半天。

"你看出来了啊。"

"我懂,我懂。"梅尔点了好几下头,"那个人现在还好吗?"

"应该吧。"

然后,迪芬贝克先生说:"我就是为了她,现在才会在这里。"

"她是个什么样的人?"我好奇地问。

"悲伤的女子。"这就是迪芬贝克先生的回答。

我想象不出来。

"悲伤的女子。真是充满悲剧性啊。"小说家先生说。

小说家先生是个小说家,频繁地换笔名,有时叫兰塞姆,有时叫塞巴格,有时又叫雷德纳普。叫他"小说家"最省事,所以我一直这么叫他,但迪芬贝克先生总是规规矩矩地用他当时的笔名来叫他,随着他换笔名而改变对他的称呼。"哎呀,抱歉,你现在的名字是什么来着?记得早上问过了,但我不小心给忘了。是米尔斯吗,还是莱拉?""是威尔金森,别弄错了。"

从法律的角度来说,名字是非常重要的。迪芬贝克先生这么说。拼错一个字母就会导致文件无效。

给了我名字和姓的,是迪芬贝克先生和小说家先生。

迪芬贝克先生住进来时,我还没有名字。别人叫我"淘气男孩""小家伙",我以为那就是我的名字。

必须给这孩子取个名字,迪芬贝克先生断言。"没法征求他母亲的意见,那就由我们来取吧。"迪芬贝克先生刚说完——

"哈特!非此莫属。"小说家先生立刻回应,"一闪而过的灵感,天启。必须眼明手快地抓住这些念头。我灵光乍现,这孩子的姓就是哈特。"

"我也灵光乍现,名字就叫奈杰尔。"迪芬贝克先生说。迪芬贝克先生不会靠一时闪念做决定,他是个靠理性思考的人,不过似乎唯独我的名字是灵光乍现想到的。

"没错,当然,就叫这个。"小说家先生表示赞成,"非这个名字莫属。"

"奈杰尔·哈特。怎么样,小男孩?这就是你的名字。"明明我并没有反对,迪芬贝克先生却语气很重地说道,"你不叫'小家伙'。"然后,他仔细教我怎么拼写自己的名字。

迪芬贝克先生去和院长烂人交涉——不知道具体是怎样交涉的——之后,迪芬贝克先生、小说家和梅尔这三人成了特权阶级。

有很多人混住在宽敞的大房间里,这里有吵闹得不行的人,也有母亲那样过于安静的人。

能使用宽敞大房间中的桌子的,只有属于特权阶级的三人。

不对，我也用了。

桌子背后的墙边放着书架，上面放满了迪芬贝克先生的藏书。他不会被锁链捆住，也被允许在太阳下山后点蜡烛。

其他人不会到桌子旁边来，就好像被一道看不见的墙阻隔着一样。那些人里也有几乎无法和他人对话的人、完全无法和他人交流的人，但不知为何，所有人都具备这样的认知：桌子这边是不可入侵之处。

起初，我不知道为什么这三人是特权阶级。我完全没有对此产生疑问，以为本该如此。

要说小说家先生除了教我识字写字以外还教给了我什么事，那就是——不要读小说。然而，小说家先生带来的藏书大部分都是小说，我如饥似渴地读着。小说家先生没有阻拦过。那些小说里没有小说家的作品。也就是说，"小说家"只不过个自称。

小说家先生用手指指指自己的头，又用那根手指轻轻敲敲我的头，指指自己的胸口，又用那根手指碰碰我的胸口，说，一切都在这里和这里。运用视觉，运用听觉，运用触觉和嗅觉，用这里和这里把这些感觉做成布丁，小说就诞生了。小说家先生这样告诉我。我没试过。我对做布丁提不起兴趣。

迪芬贝克先生对此提出了反对意见。重要的是头脑，心无关紧要。

"特别悲伤的时候，你会头痛吗，迪芬贝克？"小说家先生回敬道。情感与心直接联系在一起，而语言则自情感之中诞生。

星期日，有牧师从外面过来，在大家面前诵读《圣经》，但谁都没在听。

院长烂人会拿着鞭子疯狂抽打不安静聆听的人，所以大家都不情愿地装出在听的样子。也有人连装样子都不会，不明白自己为什么会被打，愤怒发狂，然后被狱卒们制伏送进单人房间，用锁链捆住。要是还闹，就会被送到地下的惩戒室。

小时候，我很喜欢每个月的第一个星期二，因为会有很多游客过来，称赞我画的画。"根本看不出来是孩子画的。""小男孩，能给我画张肖像吗？会给你奖励的。"

有游客在的时候，梅尔就不画画。是烂人命令他这么做的。这时画架就归我使用。游客们不知道梅尔是我的老师，也不知道梅尔是个画家。

每个月的第一个星期二可以免费参观这家医院，所以游客会特别多。告诉我这件事的，是迪芬贝克先生，还是小说家来着？

其他日子里，要收一便士的入场费。

烂人让我在入口处收钱，因为会有游客见收钱的是可爱的孩子就多给一些。当然，多给的钱落不到我手里，通通进了烂人的腰包。

入口处的大厅和大房间以厚厚的墙壁隔开，结实的栎木门上着锁。每逢有游客过来，烂人就会把锁打开，但每个月的第一个星期二几乎一直到闭馆时间都没工夫上锁。

隔着铁格栅参观一楼过道边的单人房间，是在游客之中极具人气的活动。游客期待着里面的人像猛兽一样地大闹，要是里面的人安安静静的，游客就把棍子伸进格栅的缝隙来挑衅。

上流阶级的夫人们喜欢做慈善，把不要了的旧衣服捐给住院者。烂人把这些旧衣服卖给旧衣店，赚上一笔。所以，夫人们的善行不会被记入天堂的记录。有一位夫人来参观时注意到我，责问说："我明明捐过这孩子穿着正合身的衣服，为什么却给这孩子穿这么破烂的衣服？"烂人语无伦次。这位夫人又给了我一身漂亮衣服穿。"很适合你，小公子。"那之后的一段时间里，她像是用人偶玩换装游戏一样给我各种各样的衣服穿，乐在其中，但后来估计是兴趣转移到别的事物上了，几个月后，她便不再来了。我又穿回了破破烂烂的衣服。

有个妄想症患者说自己是恺撒，在游客面前做着乱七八糟的演讲。游客很高兴，除了入场费，还额外给了小费。游客一走，恺撒就安静下来。烂人慷慨地把小费的一部分留在了恺撒的手里。

躺在床上的母亲在游客中的人气也很高。游客议论说她像个人偶一样，对她又戳又碰，以此确认她不是假人。每当这时，梅尔就会一脸悲哀地摇头，好像在说"别这样"。他用动作示意游客改戳他，但没有人理他。

烂人特意将细棍交给游客，唆使他们戳我母亲。迪芬贝克先生见状勃然大怒，从游客手里夺过细棍，折断后摔在地上。游客惊叫着逃走，三个看护一起狠狠揍了迪芬贝克先生一顿。

"你鼓励游客做这种事的话，我就给报纸投稿揭发这里的内情。"迪芬贝克先生即使挨了打嘴也不闲着。

"谁会信贝德莱姆里的疯子说的话呢。"烂人冷笑，"你要怎么把稿子送到报社？"

"我不是疯子。"

迪芬贝克先生说出了许多住院者都会说的这句话。然而，在烂人用嘲讽的语气说出"要不再请您去一趟查问委员会"后，迪芬贝克先生沉默了。烂人有时会用这种过于礼貌的措辞挖苦人。

查问委员会①，幼小的我感到那仿佛是拥有神秘莫测的力量的怪物。

"还是去惩戒室呢？"烂人乘胜追击。

之后，梅尔握住迪芬贝克先生的手，啜泣起来。

迪芬贝克先生责备小说家先生为什么至今一直对这样的做法视而不见。"你是有判断力的人。为什么一直以来任凭这样的事发生呢？"

小说家先生摊开双手。"你不也只是听到'惩戒室'这个词就不寒而栗了？"他耸耸肩，"聪明人不会反抗院长和看护，不会做让自己吃苦头的事。"

不过，烂人还是在母亲的床边围上了栅栏，避免游客碰到她。

一动不动的母亲唯一会做的事就是吃饭。用小勺舀稀饭喂她，她就会咽下去。烂人这样向栅栏外边的游客示范后，想尝试的游客付钱就可以进入栅栏里，喂她吃饭。迪芬贝克先生对此也大发雷霆，立即阻止了。

烂人是个没有道德观的家伙，我不知道他为什么会听迪芬贝克先生的话。我想，他们之间应该是有什么利害关系吧。——"道德观"这个晦涩的词是我从小说家先生那里听来后记住的。我不懂这个词的含义。小说家先生和迪芬贝克先生都说烂人没有这种东西。

小说家先生有酒精依赖症，一喝酒就发酒疯，所以他的太太向查问委员会提出申请，强制他入院了。这里禁止喝酒，因此，小说家先生不会发酒疯。

小说家先生是个财主，他的太太每个月都会付很多钱。不

---

①此处原文使用的是片假名，以体现"我"并不理解这个词的含义。效果类似中文里使用拼音表记。

付钱的话，查问委员会就会裁定小说家先生已经痊愈，让他出院。这样一来，他太太就难办了。小说家先生说，他太太有了别的男人。

我是在迪芬贝克先生住进来之后才知道这些事的。小说家先生跟迪芬贝克先生谈话时，我在旁边听到了。

"母亲是特别的存在。"迪芬贝克先生谆谆教导我，"如果母亲受辱了，你必须愤怒、悲伤，并且行动起来，去阻止那样的行为。"

我无法理解这句话。我想像迪芬贝克先生说的那样行动起来，但我体会不到愤怒、悲伤这类感情。可能是因为我没有"道德观"。

迪芬贝克先生又说："如果有人朝梅尔画的画吐唾沫，你会有什么样的感受？"

"要是有人这么做，我就咬住他不放。"

"侮辱母亲的人就和朝梅尔画的画吐唾沫的人一样，你这么理解就行了。"

好难。

但我还是打心底讨厌起了收参观费的工作，因为迪芬贝克先生对收钱让人参观的做法和付钱参观的游客都表现出了强烈的厌恶。"病人不是供人取乐的。"那时我还不知道"供人取乐"是什么意思，也不知道伦敦市民把参观疯子当成了最大的娱乐活动之一。为慎重起见，我问梅尔："梅尔也讨厌这样吗？"梅尔点头，十分用力地点头。我这才明白，原来梅尔之前只是在忍耐。

我跟烂人说我不想再去收钱了，结果被带到另一个房间，遭鞭子全力抽打，屁股被打肿了。

我下定决心，绝不哭出来。为了不让梅尔难过，我没有告诉他我受到惩罚的事。但是，三个人都马上意识到发生了什么。

那天晚上，迪芬贝克先生告诉我："从法律角度来说，你是自由之身。你只是因为在这里出生，现在才会在这里，无论法律还是医学都不能束缚你，因为并不是查问委员会决定让你住院的。"

"但你还太小，没法一个人到外面生活。在你能独立生活之前，先忍一忍吧。"小说家先生补充道，"眼下先不要反抗烂人，不要表现出抵抗的态度。表现得顺从一些，别被盯上。万一查问委员会认定你需要住院，就谁都无力改变他们的决定了。是吧，迪芬贝克，虽然这很令人不快，但为了这个少年的人身安全，我们还是忍忍吧。"

我不知道要不要听小说家先生的话，看向梅尔。

梅尔露出悲伤的表情，点了点头。

我又知道了一个知识——特权阶级的权力也是有限度的。

不长教训的迪芬贝克先生逼迫烂人改善对全体病人的待遇。烂人回应说自己只是在遵守规矩，以自己的权限无法改变现状，有意见就以患者的身份向审查委员会提出申请。而审查委员会的讨论结果是，驳回申请。

对于用锁链捆人太过分了这个抗议，查问委员会给出的答复是："用锁链捆住会做出暴行的人是理所当然的。极度凶暴的人要被关进牢笼。理所当然。"

做出越权行为的患者应当受到处罚——以此为由，之后的两个星期里，迪芬贝克先生被禁止读书。狱卒们合力把书架上的书搬走了。迪芬贝克先生试图抵抗，但轻而易举就被制伏。还有，他的斯皮内琴也被没收了。狱卒们不辞辛苦地把这架沉重的琴搬到了地下仓库。

烂人说，违背委员会的判决是违法行为，要施以进一步的刑罚。对患者的惩罚大多是给予肉体上的痛苦，用禁止读书这种方式来惩罚算是破例了，但迪芬贝克先生还是痛苦得像被禁止喝酒的酒精依赖症患者一样。查问委员会决议，要是再有这样的事，就处以焚书刑。迪芬贝克先生不再提关于待遇的事了。除了不能自由外出，迪芬贝克先生自己受到的待遇并不是特别差劲。

大房间外面是三面砖墙围绕的中庭，得到烂人允许的人可以走出房间去庭院里。砖墙上方嵌有玻璃碎片。就算翻过砖墙，也到不了"外面"。砖墙外面仍是贝德莱姆的用地。那里偶尔会举办游园会，贝德莱姆会邀请提供援助资金的人来。住院者不能参加宴席，只能隔着墙听游客们的谈笑声、受邀歌手的歌声和乐团演奏的乐曲。这些声音使住院者中的几个人陷入不安。这些人的症状是对没有听惯的声音过于敏感。我对游园会的动静感到好奇，但没有梯子的话，想越过墙上那一排尖锐的玻璃碎片翻过去是不可能的。当然不会有梯子这种东西，中庭里只有丛生的杂草。

梅尔总是在画画，但他的画却一丁点也留不下来。

他的画是十分精细的素描，画完一张要花好长时间。之所以留不下来，是因为他每画完一张就会被烂人拿走，就好像他是在为烂人画画似的。

有一次，烂人暴躁地把梅尔的画撕了。梅尔那时候在画我的母亲。"不许再画她。听懂了吗？不许再画。"烂人说完，命令看护对梅尔施以鞭刑。梅尔后背部分的衣服开裂，血流了出来。我想去咬住看护的胳膊，但另一个看护抓着我的脖子把我提了起来，又把我摔在地上。我昏了过去。

梅尔有时会一动不动的，画画的进展就更慢了。他会在房间的角落里蹲着，双臂环住膝盖，把脸埋在胳膊里，一蹲就是好几个小时。快画！烂人会这样怒斥梅尔。变得像一块四四方方的石头一样的梅尔仍旧把脸埋在胳膊里一动不动，然后像一块四四方方的石头一样被踢飞，倒在地上。接着又是一顿鞭打。

梅尔仍在继续画我的母亲，趁烂人和看护都不在的时候画。他格外仔细地打上阴影，画里的母亲看上去仿佛要从纸面浮出来了。我能听出烂人的脚步声，察觉到烂人在门外时，我就马上告诉梅尔，梅尔便会在母亲的画上盖上其他纸，装作在给烂人画画。

迪芬贝克先生入院后，梅尔一动不动的时间变少了。平时像聋哑人一样一声不吭的梅尔，对着迪芬贝克先生时却会喋喋不休。

梅尔把自己的经历一点点告诉了迪芬贝克先生，于是，我大致弄明白了梅尔入院的经过。梅尔是著名铜版画家的弟子，把原画誊到铜板上，用刀尖锋利的雕刻刀雕刻后印刷出来。梅尔和画家的夫人相爱了。画家得知这件事，挥舞雕刻刀袭击了梅尔。梅尔为了自卫夺过雕刻刀，不小心刺伤了画家的手臂。虽然可以以通奸罪和伤害罪这两项罪名起诉梅尔，而且梅尔肯定会得到有罪判决，但画家表示，只要梅尔接受一个条件，他就不起诉梅尔。所谓条件，就是进入贝德莱姆，并在暗中给画家当枪手。画家拥有比肩霍加斯[①]的名气，却已耗尽了才华与毅力，画不出新作品了。在那之前，梅尔就偶尔被迫给画家当枪

[①]威廉·霍加斯，英国著名画家、版画家、讽刺画家，欧洲连环漫画的先驱。

手。梅尔画原画，画家将梅尔的画作为自己的作品交给弟子们，让弟子们雕刻，最后以画家的名义出版。画家的名气很大，所以画卖得很好。

被当作罪犯关进监狱和在贝德莱姆画画，权衡之下，梅尔选择了后者。

画家告诉夫人，梅尔抛下她独自逃走了。夫人用画家用来袭击梅尔的那把雕刻刀割开了自己的喉咙。

画家给了陪审员大量的贿赂，换来了这样的判决结果：夫人长年受精神病折磨，在心智不正常的状态下自残身亡。如果是由于疯狂状态下的举动而死，就不会被冠以自杀者的污名。葬礼顺利举行，画家的夫人被埋葬在了教堂的墓地。

烂人把夫人的死讯告诉了梅尔，梅尔患上了抑郁症。他有时一动不动，就是抑郁症的缘故。

说着说着，梅尔的表情变得非常忧郁。幸好，他没有变得一动不动的。迪芬贝克先生向我解释道：自杀是极为罪孽深重、不光彩的事，自杀者不仅不被允许葬在墓地里，甚至尸体会被扔进十字路口挖的洞，有时胸口还会被钉上木桩。生命是神赐的礼物，所以夺走生命的也只能是神。教会固执地把自杀看作抢夺神的特权的终极罪恶。十字路代表着十字架，人流涌动可防止自杀者的亡灵浮现——古老的迷信一直持续到今天仍未消失。在教会眼里，疯子比自杀者要强多了。

我母亲一动不动，也是因为抑郁症吗？

不，不是。是因为别的病吧。

迪芬贝克先生把他为之创作了"Forget-me-not"这首歌的人形容为"悲伤的女子"。梅尔爱着的人，也是悲伤的女子吧。梅尔说我母亲很像那个人。我的母亲也是悲伤的女子吗？

爱德的亡母，也是吗？

据说患有酒精依赖症的小说家先生一喝酒就会发酒疯，但在医院里喝不到酒，所以他举止正常。他总是换名字，什么都不写却自称小说家。不过，这家医院里有人会赤身裸体发出怪声；有眼神空洞的男人会成天叽叽咕咕地说拉丁语——他声称那是拉丁语；有人会突然笑出声，笑到打嗝，不停地边哭边笑——我管他叫大笑男；有女人会一直把一块破布抱在胸前——时不时扯开胸前的衣服，把破布贴到乳房上；有女人喜欢提起衣服下摆到处让人看衣服里面；有诗人不停地念叨着"酒是栗子的空虚春天，鸟通过管子将决战刷满蜜糖"之类的不知所云的话，突然又叫唤道"诸位，你们不这么觉得吗，我们英国正拉肚子呢"。跟这些相比，小说家先生的这点独特之处算不上什么怪癖。

迪芬贝克先生非常正常，正常到让人想不通他为什么会被送进贝德莱姆——不过，很长一段时间里，我区分不出"正常"和"不正常"。因为我一直生活在"不正常"的环境里，所以"不正常"对我来说是正常的。教给我什么是"正常"的也是迪芬贝克先生。区分"正常"和"不正常"太难了。离开贝德莱姆后，我生活在"正常"的环境中，但还是感到难以区分——对我而言，二者的差别至今依然模糊不清。

2

正如亚伯所说，约翰阁下夸奖了切莉的父亲之后，切莉立即变得活泼起来，勤快地端来茶水，然后去准备晚饭。安给了她半克朗银币，她便兴冲冲地出门去市场买东西了。市场马上要关门了，过不了多久，便会有强盗出没。安让哈顿跟切莉一起去。

亚伯已经把遇见爱德的事告诉了大家。

烛台上点着蜡烛，烛光让大家脸上的荫翳显得更深了。

丹尼尔医生、克拉伦斯和本、约翰·菲尔丁治安法官、安-夏莉·摩尔，还有内森·卡连，大家的视线都集中在亚伯身上。

"但我不能说我是在哪儿遇见他的。爱德让我不要告诉别人他在哪儿，因为他在以死者的身份生活。他仍执着于这一点。我不能不遵守与爱德之间的诚信。"

"那与约翰阁下之间的诚信呢？"安用尖锐的声音说，"你要对约翰阁下有所隐瞒吗？你要辜负约翰阁下的信赖吗？"

"我确信爱德一定会回来，来见丹尼尔老师……来见奈杰尔，然后向我们询问详细情况。因为我只告诉了他奈杰尔的遗体被发现时呈怪异的状态，还有我们去西威克姆把奈杰尔运回了这里，没说别的。"

嘴上虽这么说，但亚伯心中却有一丝不安。万一爱德固执己见的话……

不，他一定会来。爱德只靠自己是解不开奈杰尔离奇死亡的真相的。他应该明白，要查明真相需要大家共同努力。就算骤然间整理不好心情，他最终也一定会回来。爱德现在应该坐立不安。

就像住在海螺里的某种甲壳类生物，若硬想把它拽出来，它反而会钻到里面去死活不出来；但只要放着不管，它就会自发行动了。

也可以认为这是有几分滑稽的孩子气的举动，但亚伯的心里没有掺杂一丝一毫的怜悯或讪笑。

"他肯定忍不住想亲眼看看奈杰尔。我想,是因为事情发生得太突然了,所以他心里很乱。他一定会来的。"

"安静。"法官竖起手指示意,侧耳细听。

亚伯看见法官的嘴角浮起微笑。

然后,亚伯也注意到了。从门外传来隐约的脚步声。脚步声越来越近。

等脚步声大到所有人都能听得清清楚楚时,众人一齐露出期待的神色。

在敲门声响起之前,亚伯就打开了门。

丹尼尔迈着罗圈腿跑了过去。他怀抱里的人,正是爱德。

和伙伴们互相轻轻抱了抱肩膀,又与安握手后,爱德主动把自己的手放到了法官的手上。

众人一时无言。

"要去见奈杰尔吗?"安问,"在楼下,医生的解剖室里。"

爱德的喉结重重地滚动了一下。

克拉伦斯和本轻轻取下盖在尸体上的布。

亚伯眼睁睁地看着爱德僵在了原地,仿佛变成了一具僵硬的尸体。

亚伯向克拉伦斯和本使了个眼色,三人一起回到了二楼。

大家又开始等待。

爱德会不会又不见了呢?要不要去叫他过来?克拉伦斯和本心神不宁。亚伯阻止了他们。"我去看看吧?"安说着也站起身。法官抬起手指制止了她。

他们耐心地等了将近一个小时。其间,丹尼尔沉默无言。

回到房间里的爱德十分平静，在亚伯眼里却犹如满是裂纹的老旧肖像油画。

"你知道奈杰尔·哈特先生和贝德莱姆的关系吧。"安开口问道。

亚伯感到喘不上气来，担心措辞稍不注意就会导致爱德精神错乱。

安毫不留情地继续说了下去。

"伯利恒之子。奈杰尔·哈特先生在贝德莱姆住过院吗？"

"先把你们知道的事告诉我吧。"

法官把手掌伸过来，爱德再次把自己的右手放了上去。

首先滔滔不绝地说起来的自然是克拉伦斯，也一如既往是亚伯来做总结。安边看笔记边对含糊的部分进行补充。烛台上积起高高的烛泪，本又添了些蜡烛。

"至此，你已经知道了我们了解的全部事实。"法官说，"接下来该由你来讲讲自己知道的事了。"

"你现在在哪里、做什么，爱德？"

丹尼尔迫切的提问，证明了亚伯没有背叛爱德。

爱德暗暗向亚伯投去感谢的目光，亚伯也看着他示意。

"我这就讲讲奈杰尔的事。"

爱德像是把凝固的声音拼命从喉咙里挤出来一般说道，然后又补了一句"但我知道得也不多"。

"我被丹尼尔老师救下来，住进了老师家……在那之后第二年，我认识了奈杰尔。"

干草市场的路边，有一个少年贩卖自己画的路人肖像。画架上装点着几张完成的素描，画技实在太过精湛，爱德被吸引了，停下脚步。丹尼尔老师需要能画精细素描的画家，于是爱德向少年搭话。

少年的名字是奈杰尔·哈特，自称是孤儿，没有住处。

只是看了看奈杰尔的画册，丹尼尔医生就答应了收他为入室弟子。

奈杰尔起初几乎完全没有提及自己的身世，但在爱德讲述了自己父亲的悲惨死亡后，奈杰尔坦承自己是在贝德莱姆出生的。"我的母亲被收容在贝德莱姆，所以我之前一直生活在那里。住院者之中有个画家，他教会了我画画。得知院长要把我卖到供人消费男色的店里后，我逃走了，之后就靠在街头给路人画肖像勉强混口饭吃。替我保密吧。"奈杰尔说道。

"其实现在我也不想说，但为了查明真相也是迫不得已，只好打破和奈杰尔的约定。"爱德得稍微调整呼吸让自己平静下来才说得下去，"至于我和奈杰尔离开丹尼尔老师身边的缘由，就用不着说了吧。"

"我以为你们生活在一起。为什么……"丹尼尔没能把话说完。

众人一时无言。

法官打破了沉默。

"提议分开的，是你吧，塔纳。你始终执着于自己说出的'以死者的身份活下去'这句话。你不允许自己享受快乐，想要禁欲。"

"大概，"爱德说，"是这样。"

"奈杰尔爽快地答应了你的提议吗？"克拉伦斯插嘴道。

"奈杰尔笑了。"

"你要说的就只有这些吗，塔纳？"

"是的。"

"你的确没有说谎。不过，你省略了很多啊。"

"有必要讲的事我都已经讲了。"

"'伯利恒之子啊，复活吧！'这句话是不知道你住在哪里的蒂尼斯·艾伯特想告诉你奈杰尔死讯的信号——你对我们这个推测有什么看法？"

"我认为正是如此。想不到别的可能。"

"我再问一遍，蒂尼斯·艾伯特怎么会和奈杰尔·哈特一起生活？他们在哪儿过着怎样的生活，你完全不知道吗？"

"不知道。"

"你注意到艾伯特对奈杰尔·哈特抱有特别的感情了吗？"

"艾伯特先生给我们提供了许多便利。他对奈杰尔怀有怎样的感情，我只不过是猜测，所以不能明确地说出来。"

"你的措辞很谨慎啊。"

"我在努力只把事实准确地讲述出来，而不掺杂臆测。"

"我想听你再详细讲讲奈杰尔在贝德莱姆的生活。"

"他的母亲被收容在贝德莱姆，所以他是在那里出生的。他只告诉了我这些。那一定是一段痛苦的回忆，我也就没有追问。"

"他的父亲是被收容的患者，还是工作人员？还是说，他的母亲在入院前就已经怀上他了？"

"不知道。"

"他的母亲现在还在贝德莱姆吗？"

"他说他母亲已经死了。"

"你对西威克姆这个地方有什么头绪吗？"

"完全没有。倒是我更想知道奈杰尔的尸体为什么会在那儿被发现。"

亚伯想，如果看得见声音的话，爱德的声音一定是渗着血的。

"阿尔莫妮卡·迪尔波利卡和奈杰尔的关系是?"

"我第一次知道阿尔莫妮卡·迪尔波利卡这个名称。"

"刚才我们讲述对这件事的调查过程时提到的人名里,有没有哪个是你有些印象的?哪怕再模糊的印象也行。"

"净是以前从没听过的名字——不,有两个名字我知道:一个是本杰明·富兰克林博士,他是个名人,虽然我以前不知道是他发明了那种乐器;另一个是弗朗西斯·达修伍德爵士。"

爱德向克拉伦斯轻轻点了点头。

克拉伦斯慌张地挥舞双手。这是因为治安法官和安也在场。虽然把弟弟被达修伍德的马车轧死的事告诉了法官,但他并没有坦白伙伴五人合谋向达修伍德复仇的事。如果进展顺利,本来可以吓死达修伍德的,但结果未能如愿。

"哦,还有一个人我知道,下议院议员约翰·威克斯,现伦敦市市长。不过只是知道名字。"

"我再确认一遍。"

安听从法官的命令,看着笔记把相关人士的名字念了一遍。

"达修伍德爵士的堂弟,管理着西威克姆的勋爵士拉尔夫·杰加斯。"

"不知道。"

"制作出阿尔莫妮卡的玻璃工匠安德鲁·里德利,昵称是安迪。安迪的恋人埃丝特·马利特。安迪的师兄格伦·奥康纳、约瑟夫·史密斯。埃丝特的父亲,吹制玻璃工匠马丁·马利特。"

"不知道。"爱德一直摇头。他的右手被包裹在法官的双手之中。

"玻璃器具批发商汤因比。富兰克林博士的弟子特伦斯·奥曼，这个人后来被解雇了。"

"他为什么会被解雇？"爱德问。

安重新念了一遍笔记。"据富兰克林博士的房东的女儿波莉说，他净干坏事，所以被解雇了。她只说了这些。然后是在教堂教埃丝特和安迪弹奏风琴的什么贝克。班主布彻。半人马喀戎，真名是雷·布鲁斯。多丁顿爵士和他的夫人。"

"刚才我说过吧，夫人的屁股特别大。"克拉伦斯插话。

"你在马车里都要被挤扁了吧。"本调侃内森。

"然后是西威克姆的居民。"安翻着笔记说，"马车租赁店的马车夫，名字是，呃，尼克。尼克的家人——父亲、母亲还有尼克的姐姐凯特。"

"尼克夸耀说凯特在公馆里工作过，文雅得很。"克拉伦斯说。

"男佣比利。"安接着念道，"还有似乎是凯特朋友的女人，贝姬。"

"这个贝姬，和十四年前洞窟事件发生时在西威克姆那边达修伍德宅邸工作的女佣名字一样。"这句话也是克拉伦斯的补充。

"我们还没有见到西威克姆的治安法官达克·费恩爵士。"亚伯说，"不知道他跟这起案件有没有关系。"

"爱德，关于富兰克林博士的弟子特伦斯·奥曼，你知道些什么吧？"法官问。

"不，"爱德冷静地回应，"我不知道。"

"在你听整件事来龙去脉的时候，我从你的手获得了信息。你的手一直静静放着，却在奥曼的名字出现时有了反应。"

"我没注意。"

"奥曼的名字第一次出现是在半人马喀戎——雷·布鲁斯的讲述中。电气艺人遇到失去双腿的雷·布鲁斯，将他交给了班主布彻。说到那个电气艺人的名字叫奥曼时，你的手稍微有了反应。然后，通过埃丝特·马利特的讲述得知富兰克林博士的弟子名叫奥曼时，你的手又一次……该怎么说呢，我感到你思考了些什么。按时间顺序来讲，特伦斯·奥曼以前是电学研究的权威——本杰明·富兰克林博士的弟子，自然具备与电学相关的知识。十四年前，洞窟事件发生时，特伦斯·奥曼也在现场。那之后，博士的房东的女儿告诉埃丝特·马利特，特伦斯·奥曼被解雇了。十六年前，在新大陆负伤失去双腿的雷·布鲁斯回国后，认识了名叫奥曼的电气艺人。虽然没问他是在回国的几年后认识的，但是如果是在两三年后，将电气艺人奥曼和被富兰克林博士解雇的弟子特伦斯·奥曼视作同一人也没有什么问题。爱德，你怎么想？"

"我认为这有可能。"

"奥曼已经洗手不干电气艺人这行，改做别的工作了，这也是雷·布鲁斯说的。你是在哪里和奥曼这个人产生交集的？"

"约翰阁下这是认定了我认识奥曼这个人啊。"

"毕竟在那起案件中，我被你骗得团团转。"法官的嘴角浮现苦笑。

"喊过'狼来了'的少年即使讲述事实也不会被信任呢。"

"正是如此。问你也许是没有意义的，但我必须要问。"

平时会轻率地乱插嘴的克拉伦斯，此时却一声不吭。

亚伯并没有告诉大家爱德在监狱船里生活，或许是爱德身上萦绕的前所未有的凄惨氛围关上了克拉伦斯的话匣子。

"爱德，拜托了。"丹尼尔从椅子上站起身，走近爱德，抓住他的肩膀，"帮帮我们。把你知道的所有事都告诉约翰阁下，查明奈杰尔之死的真相吧。"

爱德也站起身，与丹尼尔面对面。

"艾伯特先生就算不知道我在哪儿，也能够把奈杰尔的死讯告诉约翰阁下或者丹尼尔老师，只要他有这个打算。可他没有这么做。他大费周章地发出了只有我能明白的信号。可以认为，只把这件事告诉我，是奈杰尔的遗愿……虽然大家早晚会知道伯利恒指的是贝德莱姆。"

"所以你要一个人调查吗？"安的声音含着愤懑，"我们把知道的事全都告诉了你，你却要对我们有所隐瞒。这岂不是只会让事情解决得更慢吗？"

"爱德，你和奈杰尔住的房间还一直保持着原样。"丹尼尔说，"回来吧，我们需要你的帮助。我的研究也需要你。"

"老师，请不要忘了，我是个死人。"

像是在表示不接受进一步反驳，爱德说完，迅速转身离开了房间。

亚伯制止了起身想要追过去的克拉伦斯他们。

"逼他也没用。我没有把他的住处告诉你们，所以信任之线应该还连着。明天我再去找他一趟。"

"爱德到底在哪里？"

"要是告诉你们，信任之线就断了。约翰阁下，请允许我对爱德的住处保密，直到爱德愿意告诉大家时为止。爱德的直觉很敏锐。一旦我背叛了他，他就连我也不会信任了。"

"爱德华·塔纳先生真是个麻烦的人啊。"安放弃了一般说道。

"定一下接下来的调查方针吧。"法官说，"安，做好记录。

关于必要事项,我想到什么就说什么,之后再整理。"

安把法官的话一条一条写了下来。

○我们的目的是查明奈杰尔·哈特之死的真相。若能顺便查到安德鲁·里德利的消息,埃丝特·马利特会很高兴。

○奈杰尔·哈特的胸口有两项信息。

其中一项信息"伯利恒之子啊,复活吧!"应是蒂尼斯·艾伯特向爱德华·塔纳发出的信号无误。爱德华·塔纳说,奈杰尔·哈特是在贝德莱姆出生长大的。(尚未找到证据佐证这一点。此外,奈杰尔和蒂尼斯·艾伯特同居也只是一种推测。)

○已知奈杰尔胸口写着的另一串文字"阿尔莫妮卡·迪尔波利卡"指的是由本杰明·富兰克林博士发明、安德鲁·里德利制作的玻璃乐器。博士让安迪在弗朗西斯·达修伍德爵士的领地西威克姆的洞窟内演奏这种乐器。演奏过程中,落雷引发了火灾。

此后,安德鲁·里德利下落不明。

这些事都是埃丝特·马利特讲述的,尚未找到证据佐证。

○雷·布鲁斯对埃丝特·马利特说:"你的恋人在伯利恒。"这句话的意思是安德鲁·里德利——安迪——现在被收容在贝德莱姆吗?雷·布鲁斯认识安德鲁·里德利吗?

○奈杰尔之死与玻璃乐器之间有着怎样的关系?奈杰尔是否与十四年前的事件有关?奈杰尔当时十岁。如果爱德说的是真的,那时候奈杰尔还在贝德莱姆。

歇了口气后，法官接着说："至于搜查方法，按以下事项执行。"

〇访问贝德莱姆，调查与奈杰尔·哈特相关的事。
确认安德鲁·里德利是否住在那里。

"如果安迪在那里，埃丝特小姐的问题就解决了。"安说，"虽然身处贝德莱姆绝非幸事，但能和埃丝特小姐重逢的话，没准安迪的精神状态也会恢复。"

亚伯提出异议。"他不一定是作为患者住在那里的吧。也许他是在那里当杂工。"

"如果精神健全，他会联系埃丝特小姐的。"安反驳道，"可他没有联系埃丝特小姐，这不就说明他精神出问题了吗？"

"是联系不上吧。"亚伯冷静地说，"埃丝特不停地换着工作。"

"安，做记录。"法官插话。

〇再见一次雷·布鲁斯，详细询问电气艺人奥曼的事。
如果运气好，从雷·布鲁斯那里问到奥曼的住处，就去见奥曼，确认富兰克林博士的弟子特伦斯·奥曼和电气艺人奥曼是不是同一个人（爱德华·塔纳对奥曼这个名字有反应）。问清楚他为什么被博士解雇了（虽然他很可能不会实话实说），并询问关于十四年前的事件他所知道的情况。

"关于特伦斯·奥曼，"亚伯插嘴道，"富兰克林博士的房东的女儿……她叫什么名字来着？"

"波莉。"安立即说道，"没错，特伦斯·奥曼和博士一起租住在那个家里，问问波莉，应该能知道些什么。"

法官继续列举事项。

○询问出席洞窟演奏会的人当时发生了什么。

当然，肯定没法去问国王陛下。

问以下这些人：

多丁顿先生。达修伍德爵士。市长约翰·威克斯先生。

"我不觉得达修伍德这个浑蛋会认真回答。"克拉伦斯插嘴道。

"他说假话也无妨。那我们就查明隐藏在假话背后的真相。"

"威克斯市长甚至出版了揭露达修伍德丑闻的揭秘书，对达修伍德不利的事，也许能从威克斯那里问出来。"亚伯说。

"可惜富兰克林博士已经回到殖民地了。"安说，"关于洞窟演奏会，是不是也能从波莉那里得到一些线索呢？在那起事件发生前后，博士有没有透露些什么？"

"期待查访能有所收获。"

○去西威克姆，调查奈杰尔·哈特一案与十四年前的事件。

○去见吊起奈杰尔·哈特尸体的两个踏车工人，询问详情。

○杰加斯是从什么时候被委任管理西威克姆的？他之前不知道十四年前的事件吗？确认这两点。

"杰加斯来委托我们登广告时,恐怕还什么都不知道。"法官说,"如果知道,那时候他应该会对此有所提及。不过,慎重起见,还是去确认一下吧。"

○如果蒂尼斯·艾伯特和奈杰尔·哈特同居这一前提成立,那么蒂尼斯·艾伯特对西威克姆的情况相当熟悉。调查艾伯特的消息。

"那个叫贝姬的女人,有点问题吧?"本对克拉伦斯说。
"是的。"不等克拉伦斯回应,亚伯就点头说道,"她十四年前在达修伍德的领主馆当女佣,现在却一副乞丐般的模样。"
"而且还有点疯疯癫癫的。"克拉伦斯接着说。
"那么,来分一下工。"法官说,"我去贝德莱姆。安,你作为我的眼睛,跟我一起行动。对雷·布鲁斯的再次询问,以及对达修伍德爵士、多丁顿先生和威克斯先生的询问,也由我来完成。亚伯,你和克拉伦斯、本一起再去一趟西威克姆。"
"可以把搜查方针告诉爱德,让他跟我们一起去西威克姆吗?"
"啊,这是个好主意。但要注意别让他擅自采取秘密行动。"
"明白了,明天我就去联系爱德。"
"那个……那我呢?"内森有些拘谨地插话道。
"你坐马车长途奔波吃不消吧,没一会儿就晕车了。"克拉伦斯嘲弄道。
"等集齐线索,写连载报道的工作就交给你了。"亚伯说。
"总之,我就是个毫无用处的废物。"内森用谁都听不见的细小声音说道。只有法官灵敏的耳朵听见了内森的叹息。

"内森，我希望你留在伦敦。"法官说，"调查贝德莱姆之后，可能会需要采取进一步行动。到那时，你就是重要人手。明天我有庭审，无法行动。联系爱德后再去西威克姆的话，也赶不上明早的马车。行动从后天开始……不，明天可以去向波莉小姐询问与特伦斯·奥曼和富兰克林博士相关的信息。亚伯要去联系爱德华·塔纳，那么，克拉伦斯、本，还有内森，拜托你们仨去访问波莉小姐。"

"晚饭做好了。"切莉过来告诉大家。

"切莉，你知道爱德在哪儿吧，快说啊。"克拉伦斯责备道。

"强迫切莉背叛爱德是很残忍的事。"亚伯制止了克拉伦斯。

"亚伯，你明明也知道，却不肯说。"

"我刚才已经解释过理由了。由我来联系爱德。"

"我可以信赖你吧，亚伯。"法官说。

"是的，约翰阁下。我会采取不背叛阁下和爱德之中任何一方的行动。"

从伦敦市内到监狱船停靠的海边湿地，坐船加步行一共要花好几个小时，亚伯回想道。深夜行走在湿地上的爱德的黢黑身影浮现在眼前。

* * *

第二天一早，亚伯立即去找爱德了。

亚伯雇了一艘双人划的渡船来到下游，又命令船夫把船划到监视着监狱船的炮台附近。

太阳升到头顶时，能远远看见监狱船了。

"回程我也坐你的船,在这儿等我回来。"

"等候时间也要算进船费里。先把来这里的船费付给我吧。"

亚伯付了钱,叮嘱船夫一定要等着,然后走向炮台旁边用于监视的小屋。

他给监视所的差役看了有治安法官约翰·菲尔丁亲笔签名的信,不着痕迹地随信附上小费,差役也不着痕迹地把小费收进衣兜里,装模作样地捻着嘴上面的胡须,告诉亚伯:

"医生逃走了。"

"逃走?医生又不是囚犯,应该可以自由行动的吧。"

"监狱船里有人生病了,狱卒害怕是鼠疫,想要喊医生。医生住在船尾楼的一个房间里。可狱卒过去后,发现医生不见了。医生的随身物品也不见了。医生放弃了自己的职责,飞快地逃跑了。"

"真的是鼠疫吗?鼠疫应该已经被一百年前的大火消灭了。"

"外行又不懂这些,所以才想找医生确认。"

"但爱德华·塔纳是外科医生。"

"狱医哪儿还分什么内科外科,所有病都是一个人看。"

"那个医生是个卑鄙的人渣。"另一个人说,"一有危险的病人出现,他就立马逃走了。"

差役们议论纷纷。

"医生都逃走了,看来真的是鼠疫。"

"刚才我派人去找伦敦市市长了。如果真是鼠疫,不把船整个烧掉,或者用大炮把船击沉的话,麻烦就大了。"

"你认识那个医生?你也懂医吧,来诊断一下是不是鼠疫。"

亚伯感到毛骨悚然。虽然这百年来都没有发现鼠疫,但谁也预料不到什么时候鼠疫又会大暴发。只要有一人患病,转眼间就会传染给百人、千人。

他想逃。Honōs habet onus——名誉意味着沉重的责任。他闭上眼，轻声念了一遍这句拉丁语谚语。

"我不是医生，但还算懂些医学知识。我去看看。"

他们坐驳船过去。划船的是在监视所工作的船夫兼杂工。

向监狱船的狱长引见亚伯后，差役说了句"我在驳船上等着"就立刻下船了。

钩住上甲板的绳子上挂着洗好的衣物，正滴着水。

亚伯来到下面的船室里，臭气扑鼻，堪比解剖室里的气味。到处挂满了吊床，大半都空着。拿着手提烛台的狱长说，囚犯们都去陆地上搬运煤炭了。船室的窗户很小，外面的光基本照不进来。

病人躺在角落的吊床上，只穿着一件抹布一样的衬衫，下身赤裸。

用手提烛台在旁边照亮，亚伯掀起病人的衬衫下摆检查腹股沟处，又检查了腋下。

"不是那儿，又肿又疼的是屁股蛋。"

亚伯让病人露出屁股，用手提烛台在旁边照了照。

"只是溃疡而已。"亚伯说。

"你给得鼠疫的病人看过病吗？"

对面角落里的狱长朝这边喊道。他不敢靠近病人。

"我没看过得鼠疫的病人，但像这样的溃疡看过不知多少次了。把脓全部放出来就会好受些了。"

"你来弄吧，你是医生吧。"

"得等溃疡再发展一些才行，不然脓是放不干净的。就这么待两三天吧，等溃疡再扩散一些，边缘发白了，就把脓从里面全挤出来。把脓完全放干净之后，伤口会自己愈合。"

"新大陆的战争现在是什么情况？"

下半张脸完全被恣意生长的胡子盖住的病人问道。

"我不清楚详细情况。"

亚伯说完，病人回应以呻吟。

镇压了反叛军后，囚犯们就会被这艘船运到新大陆，被残酷地驱使做苦力，直至死亡。

"虽然待遇很糟糕，"病人压低声音说，"但有地方睡，有东西吃，光看这两点，这里就比外面强。"

他大概是个无家可归的流浪汉吧。

"你干了什么？"

"这跟你没关系吧。"

"塔纳医生是怎样在这里生活的？"

"塔纳？"

"这里的医生。"

"哦，那个年轻的医生啊。怎样生活……他没有给我看过病，所以我也不知道。他好像时不时会消失一阵，是个随心所欲的人。听说那个医生逃走了，因为他觉得我得了鼠疫。"

"他给你看病了吗？"

"不，他都没露面。我得的真的不是鼠疫吧？"

"不是。"

之后，亚伯去了爱德住的船尾楼的房间。橱柜里放着病人与伤员的病历，但没有找到私人日记一类的东西。

傍晚，法官忙完工作后，克拉伦斯等人在法官府邸集合。

亚伯的汇报令大家大感失望。

"他立刻一个人动身去西威克姆了吧。"克拉伦斯说。众人点头。

"既然他都已经擅自行动了,那把他的住处说出来也没关系了吧。"克拉伦斯催促道。

"爱德并没有和咱们约定要一起行动。"亚伯叹了口气说,"而我答应过不泄露他的住处,不能违背承诺。"

"为了邀请爱德加入,咱们浪费了今天一天的宝贵时间。这会儿爱德大概正在西威克姆四处调查呢。他还有可能不把调查结果告诉我们,只藏在自己心里。"

"今天的时间并没有浪费。"亚伯反驳,"虽然我白跑了一趟,但你们去找波莉询问,应该有所收获吧。关于特伦斯·奥曼,有没有了解到什么?"

"他好像有偷东西的毛病。"克拉伦斯回答,"而且还喜欢赌博。"

"那个叫波莉的女人这副架势,"本双手叉腰,模仿得惟妙惟肖,"可傲慢了。"

"和根据埃丝特·马利特小姐的讲述想象出来的形象完全一样。"内森说。

克拉伦斯接着说:"虽然埃丝特说房东是波莉的母亲,一位未亡人,不过那个老夫人——我们没有见过她,但从常识来讲应该是个老夫人——已经魂归九泉了,现在波莉才是那个家的主人。她甚至不让我们进家门,只站在门口跟我们说话。我们听她说了半天特伦斯·奥曼的坏话。"

"听说奥曼经常背着博士偷偷去赌场。"

"偷东西的毛病是指?"安问。

"他有时会被博士训斥'别擅自拿走''不许用'之类的话。

另外,他被解雇离开那里后,博士的随身物品里好像有什么东西不见了。"

"什么东西不见了?"

"我们当然也问了,但很遗憾,波莉不知道。"

"是跟电有关的东西吧。"法官说,"特伦斯·奥曼和电气艺人奥曼是同一个人的可能性更大了。"

"关于洞窟事件呢?"

"正要说这个呢。波莉说她不知道叫作阿尔莫妮卡的乐器,她绝对在说谎。我们从埃丝特小姐那里得知了这种乐器的故事,但埃丝特小姐说很害怕秘密被泄露,所以我们就没提埃丝特的名字。我们问波莉富兰克林博士是不是带奥曼一起去过西威克姆,她说她不知道西威克姆这个地方。博士成天外出旅行,她不会一一询问目的地。波莉是这么说的。"

"但她之后露马脚了。"本边回忆边笑,"说漏嘴了,说特伦斯·奥曼被解雇是因为在西威克姆搞砸了什么事。"

"我们没有马上戳穿她,只是'嗯,嗯'地附和。'博士是和奥曼一起去的,可回来时却是自己一个人呢。'"克拉伦斯模仿波莉的语气说着,"然后她大概是意识到自己失言了,就把我们赶出来了。我们还想死皮赖脸地接着问,结果从房子里面出来个大块头男人,我们想着要是引发骚乱就麻烦了,就赶紧离开了。"

"虽然她声称那人是房客——"本刚说到一半——

"他俩肯定有一腿。"克拉伦斯便断言道。

"富兰克林博士也真没有选人的眼光。"本说,"为什么雇那样的人当助手呢。"

"就是因为有眼光,才解雇了他吧。"

"把波莉传唤到这里,让约翰阁下来讯问的话,或许能撬开她的嘴。"安提议。

3

第二天,法官前往贝德莱姆。

松垮布丁哈顿作为安的助手很靠不住。助手最重要的任务是保护安的安全。

法官从弓街侦探中拔擢了一个面相犹如斗牛狗的男人。法官没设法看其长相,人选是由安决定的。

这个男人的姓是戈登,名字也是戈登。"戈登"无论作为姓还是名字都并不罕见,但姓是戈登,还要给儿子取名叫戈登,法官觉得这人的父母有点疯狂。不过其实是因为母亲和姓戈登的男人再婚了,这个男人的名字才成了戈登·戈登。

根据安的描述,戈登虽然个头不高,但胸膛宽厚,上臂和腿部肌肉发达。

英国从二十一年前起就禁止了公开的拳击比赛。参赛者几乎完全是徒手肉搏,互相撕咬,踢对方的睾丸,挖对方的眼球,频频有人死亡,于是,拳击比赛就被禁止了。之后比赛自然就在暗地里举行,戈登原本靠当拳击手参加这种黑拳比赛挣钱,后来比赛被取缔了,他就投靠了取缔比赛的一方,成了弓街侦探的一员。在工作间隙,他从没停止过锻炼。

虽然经历与面相都很吓人,但得知戈登的气质与此完全相反后,法官认可了安的推荐。想必戈登的外貌和肌肉起到的效果能够匹敌被称为"铁夹子"的蒂尼斯·艾伯特的牙齿和下巴。

被解除了保护安的工作,哈顿在法官面前顺从地说了声

"好",接受了这个决定,表情中却充斥着不满。安之后将此告诉了法官。法官也听出了哈顿的声音里暗含不悦。

法官和平常一样坐轿子,安骑马,戈登步行。法官犹豫要不要带埃丝特一起去。如果安迪就在住院者之中,埃丝特一眼就能认出来。但法官还是犹豫了。埃丝特受到了理由不明的威胁,以及如同严刑拷问的对待,如果探查行动太明显,不知那个来历不明的人会对她做出什么。法官决定先去看看贝德莱姆里面的情况,只要问问院长,马上就能弄清楚安迪有没有入院。法官这么盘算着,决定在得到结果前不告知埃丝特任何事。

俗称贝德莱姆的伯利恒圣马利亚医院的门卫试图让威斯敏斯特地区治安法官约翰·菲尔丁吃闭门羹。

"您不知道参观疯子的活动已经被废除了吗?"

安下马和戈登一起扶法官从轿子上下来。

"我不是来参观的。我来是有事想问。"

"这儿不是威斯敏斯特地区。"

门卫暗暗流露出"您的权限在这儿可不管用"的意思,嗤笑着。

"带我见院长。"

"院长大人今天不在。"

"总有其他负责人在吧。"安斥责道。

门卫似乎有些惊慌,大概是虎头狗戈登用凶狠的表情瞪了他,又向他亮出了握起的拳头吧。法官摸过戈登的拳头,那是无论砖头还是铁板似乎都能轻易击断的拳头。

传来沙沙的脚步声,越来越近。是轿子。脚步声在紧靠法官身边的位置停下了。

"从轿子上下来的是一位衣着讲究、戴着假发的男性。大约三十岁。"安轻声说。

"院长大人，有人要见您。"

门卫的声音听起来松了口气。

"你就是贝德莱姆的院长吗？"

"您是那位威斯敏斯特地区治安法官菲尔丁阁下？"

对方应该是从用黑色细布蒙住眼睛的样子意识到法官的身份的。

"正是。"

"久仰大名。我是管理这家医院的伊安·怀勒，很荣幸见到您。"怀勒用兴奋的声音说道，恭敬地与法官握手。

向怀勒介绍过安和戈登之后，法官说："关于住院人员，我有些事想问。"

"请进。"一行人被带到了接待室。这是个很安静的房间，住院者的动静完全不会传到这里来。

"您是要问住院患者的待遇吗？我是三年前上任的，将患者的待遇改善了许多，特别是禁止了用患者供人参观取乐的活动。我认为这也符合阁下的理念。"

法官点头。充满朝气的声音听来令人心情舒畅，这个人似乎怀有改革的理想。

"我费了好大劲才说服董事们。据说以前每年向游客收取的参观费高达四百英镑。董事们主张，这样一来，既能把这些钱用在患者身上，又能通过展示医院内部博取更多人的关心，慈善家给这里的捐款和遗赠金也就会更多。但实际情况完全不是如此。参观费首先填满了院长和董事们的钱包。那些来参观患者的游客，就跟向受示众刑的人扔石头和鸡蛋的人、蜂拥而至参观死刑执行的人没什么两样，只是追求娱乐刺激之辈。我好不容易禁止了参观，却招来了董事们的愤慨。按账簿上的记录，参观费是用在患者身上的。他们说我禁止参观导致医院收入减少，对医院的经营造成了影响，我饱受非议。他们说如果不能设法把减少的收入补上，就是我的责任。"

"有你这样的人很令人放心。不过，要废除陋习，实非易事。"

"我觉得奴隶贸易也是极为阴险的勾当，但王公贵族、政治家中的许多人都靠投资奴隶贸易获得了巨大的利益，所以奴隶贸易废除论立刻就会被击溃。英国的国力有很大一部分来源于奴隶贸易。一提要废除奴隶贸易，就会被'你是想让国家经济衰退吗'的声音压下去。"

怀勒激情演说一番后，平复情绪说了句"失礼了"。

"请说说您要问的事吧。"

"我想了解关于奈杰尔·哈特这个人的事。因母亲在这里住院，奈杰尔·哈特是在这里出生的。他是一七五一年出生的，在一七六六年之前离开了这里。他告诉朋友，因为院长要把他卖到供人消费男色的店里，所以他逃走了。我只是听闻如此，所以还不确定这是否属实。据说奈杰尔·哈特的母亲已经去世了，我想知道他母亲的名字和入院经过，以及他父亲是谁。要把他卖到风月场所的院长是谁呢？"

"刚才说了，我是三年前上任的，所以对奈杰尔·哈特这个人一无所知。我去查查记录。"

"还有，也查查有没有一个叫安德鲁·里德利的人的资料。"

"请稍等，记录放在文件保管室里。"

"墙上挂着市长威克斯先生的肖像画。"怀勒走出房间后，安告诉法官，"画得跟真人一模一样，斜眼，粗俗不堪。他和贝德莱姆有什么关系呢……另外还挂着两张画。"

怀勒拿着文件回来了,这个话题便打住了。

安和怀勒一起浏览了一遍文件。

"过去的记录似乎都是杜撰的,"怀勒感叹,"一七五一年是我两任之前的院长管理医院的时期。那一年的记录里没有关于住院患者生产的内容。"

"的确没有。""法官的眼睛"安补充说,"之前一年和之后一年也没有。"

"记录里没有记载奈杰尔·哈特这个名字。另外,我查阅了到现在为止的记录,也没有发现安德鲁·里德利这个名字。"

"雷·布鲁斯果然是瞎说的吗?而爱德……塔纳先生是不是还隐瞒了些什么?"安说,"奈杰尔胸口写着的'伯利恒',指的会不会并不是贝德莱姆?"

"胸口写着伯利恒?这是怎么回事?"

怀勒产生了兴趣,但法官岔开了话题。过于深入的细节,现在还不能公之于众。

"奈杰尔·哈特出生的那年——一七五一年时的院长是谁?"

"稍等一下,我查查记录。"

过了一小会儿,怀勒的声音再次响起。

"那时的院长名叫萨姆·拉特。"

"一七六五年前后,奈杰尔逃走的时候,院长是谁?"

怀勒发出一声类似"哟"的声音,说:"还是拉特先生。"

"想要把奈杰尔卖到淫秽场所的院长就是这个拉特吧。"安的声音因愤懑而尖锐起来,"真不是人。"

"拉特先生就任这里的院长,"怀勒继续说道,"根据记录,是在一七四八年。奈杰尔·哈特是在一七五一年在这里出生的对吧。是在那三年前上任的啊。"

"约翰阁下,必须去见见拉特。怀勒先生,你知道萨姆·拉特现在在哪儿吗?"

"我完全不知道。很抱歉帮不上忙。"

"你上一任院长的姓名和住址是?"

"是查尔斯·麦格雷戈先生。您知道他吗?他退休后参加竞选并当选了,现在是下议院议员。他是辉格党①成员。"

"他是在哪里参加的竞选?"

"听说是在温切尔西。"

"温切尔西啊,出了名的腐败选举区。"法官吐出这么一句。

中世纪时被给予议席的选举区,在之后的好几百年里,即使人口数量锐减,区划也仍维持原样。其中,恶名最甚的是威尔特郡的老萨鲁姆,明明拥有一定资产的、有选举权的男子只有七人,他却有选出两名议员的权力。只要收买其中四人,在这个地方参加竞选,就一定能当选。

在腐败选举区,地主让亲朋好友参加竞选、获得议席的情况很多。这样的地方也被称为囊中选举区。

需要改革的事太多了。即使觉得腐败选举区很不像话也没有办法,谁都不愿放弃既得的利益。认为腐败选举区让英国的政局安定下来、让国家繁荣起来的声音也很大,尤其是在老年人之间。

"腐败选举区也有好处。"怀勒说出仿佛出自保守老人之口的台词,"就算怀有再远大的改革理想,不成为议员的话,也什么都做不了。利用腐败选举区参加竞选的话,像我这样没有资

---

① 十七世纪后半叶成立的英国政党,建立了政党责任内阁制,十九世纪三十年代发展为自由党。

产、在政界也没有人脉的人也可以当选。"

"可是，收买腐败选举区里拥有选举权的人也需要钱啊。"

"应该会比在普通的选举区竞选花得少。"

"你想当议员吗？"

"是的。"

"我不喜欢政治话题。"法官说，"我完全不懂。不过，政治家比我还不懂。他们眼中的政治不是治理国家，而是长期维持政权的策略。哎呀，真是的。"

"去问麦格雷戈先生，就能打听到他的前任院长拉特的消息了吧。"安说回原先的话题，"他是从拉特那里接任工作的，想必见过拉特。他住在哪儿？"

"根据记录，他住在史密斯菲尔德。"

要访问查尔斯·麦格雷戈先生，就必须忍受家畜市场的臭气，法官感到有些厌烦。

"这里为什么挂着伦敦市市长威克斯先生的肖像画？"

"因为市长是这家伯利恒圣马利亚医院的现任董事长。"

"另外两张画是？"

"前任和前前任董事长。董事长是有地位的人担任的名誉职位，实际事务是由院长行使权限处理的。"

"拉特当院长时的董事长是？"安问完就立刻注意到了，"画框旁边的名牌上写着姓名和任职时期。"响起安起身的动静，她是去画框旁边看了吧。

"一七五〇年到一七七二年……这段时期跟拉特，以及怀勒先生的前任院长麦格雷戈先生的任职时期重合呢。这期间的董事长的名字是……"安稍稍倒吸了一口气。

"约翰阁下！是巴里-史密斯·多丁顿。"

"哟，是多丁顿先生啊。原来多丁顿先生以前是这里的董事长啊。有肖像画对吧。他容貌如何？"

"是他年轻时的肖像，应该是上任没多久时让人画的吧。圆脸，脸颊红润有光泽。现在应该更显老了。"

"多丁顿先生当董事长时，董事们的名字是？"

"要查一下文件才知道。抱歉，请稍等一下。"

"不，我也去文件保管室吧，这样快一点。"

由怀勒带路，安和戈登一左一右搀着法官来到二楼。

法官的嗅觉捕捉到了陈旧纸张的气味。翻动纸页的声音持续了片刻。

怀勒找出文件摊开，安朗读上面的内容。

"委员长，弗朗西斯·达修伍德爵士。这好像不是董事的名册啊。"

"不好意思，我弄错了。这是查问委员会的名册。董事的名册在……"

"查问委员会是什么？"法官问。

"查问患者病情的委员会。要有查问委员会的许可才能出院。"

"安，读一下这个名册上的名字。"

"委员长是弗朗西斯·达修伍德爵士，其下有八名委员，首席委员是巴里－史密斯·多丁顿先生，其余委员为三明治伯爵约翰·蒙塔古、威廉·斯坦诺普爵士、约翰·马丁爵士、保罗·怀特黑德……"

安读完九个人的名字后，法官命令道："把这些名字全都记录下来。"

"这本是董事的名册。董事有十二个人。"

安浏览了一遍怀勒拿来的另一本名册,开始朗读:"董事长是巴里－史密斯·多丁顿先生,首席董事是弗朗西斯·达修伍德爵士,其余董事为三明治伯爵约翰·蒙塔古……"安的声音越来越大,"和查问委员会的成员几乎一致,只是董事的人数多一些。"

"把这本名册上的名字也都记录下来。"

"接下来,"法官正色道,"我想看看患者们住的房间。"

听了法官的这个要求,怀勒院长有些犹豫。

"这里是禁止参观的。"

"我并不是要以看热闹的心态去看。患者之中也有长年住院的人吧。我想找找有没有认识奈杰尔·哈特和安德鲁·里德利的人,向他们询问情况。"

"恕难从命,阁下。这里的患者全都是精神不正常的人,无法与人正常交流。而且我也保证不了阁下的安全,有人会突然变得狂暴。"

"有护卫跟着我。"

虽然嘴上这么说,但法官还是担心安的人身安全。要不让安留在房间里?但若失去眼睛,也就没法视察了。

"不好意思,怀勒先生,我想让你把手放在我的手上。"

"啊?"怀勒回以诧异的声音。

"约翰阁下是盲人,"安解释道,"所以用触觉代替视觉。"怀勒将自己的右手放在法官的左手手掌上,法官用右手盖住了怀勒的手。是肉嘟嘟的大而薄的手掌,怀勒的个子应该很高。

"你说有人会突然变得狂暴,不会有这样的人袭击同病房患者的风险吗?"

"不能说完全没有,不过有看护监管,看护会马上制止的。"

"那么，我和他们谈话时，就让看护和我的助手戈登一起守在旁边。"

"即使如此，也有可能来不及阻止突然的袭击。"

"在你禁止参观之前，经常有游客进来参观吧。没发生过危险吗？"

"以前对做出暴力行为的人和表现出反抗态度的人的惩罚非常严厉。虽然是很残酷的处置方式，但似乎也起到了威慑作用。"

"鞭打吗？"

"鞭打固然很残酷，但在我废除之前一直实施的那些处罚更加残酷。从前任院长麦格雷戈先生那里接任工作后，我将那些惩罚视作野蛮行为，废除了。结果也有不好的影响，那就是威慑作用减弱了，患者们变得十分放纵……"

"是什么样的处罚？"

"好像用到了什么器具。被那种器具接触身体的人会发出惨叫，全身痉挛，失禁，乃至昏厥，似乎极为痛苦。我只目睹过一次，就立刻制止了这种行为。"

"我想看看那件刑具。"

"那是施刑者的私人物品。"

"那么，把他叫到这里来。"

"我解雇了他。他带着刑具离开了。"

"他现在在哪儿？"

"不知道。"

"施刑者的名字是？"

"他叫奥曼。"

"奥曼。"法官重复了一遍，"特伦斯·奥曼吗？"

"我只记得他的姓,名字记不清了,不过好像是这个名字。您认识那个男人吗?"

"不,不认识。对了,看护里有没有老职工?有没有在这里工作了十年以上的人?"

如果是从一七六六年之前起就在这里的人,应该认识奈杰尔。

"很不巧,现在的看护不是在前任院长麦格雷戈先生管理医院时就职的人,就是我雇用的人。"

"我还是见见患者们吧。"

被法官强势的语气震慑,怀勒院长说了声"请跟我来",便开始带路。

"这边是楼梯,请小心。跟我下到一楼。会突然发作变得狂暴的人都被关在单人房间里。这是为了避免他们给别人带来危险而采取的必要措施,还请理解。万一出什么事就麻烦了,所以请从窗户观察房间里面。"

怀勒打开面向过道的窥视窗。

"房间正面嵌着铁格栅。"安告诉法官。

乐音流淌而出。是很优美的乐曲。

"有个人在弹奏斯皮内琴。是一名男性。头顶像天主教神父一样是全秃的,但并不是老人。"

"他的演奏有平复患者情绪的效果。"怀勒说。

"你为此而雇用了这个乐师吗?"

"不,他也是住院者。"

法官竖起手指让大家保持安静,凝神细听。

弹完前奏,接着是歌声。是浑厚而动听的嗓音。法官想起了本的嗓音。

> 神创造美丽之花
> 赐予其名后
> 蓝色眼眸的小花
> 怯生生回来
> 平伏于地细声道
> 请您原谅我
> 十分遗憾，我忘了
> 自己的名字
> 神微笑着宣告说
> 汝之名正是
> Forget-me-not

最后的和声余音悠长。

"这首歌有点耳熟。"安喃喃道，"埃丝特·马利特小姐说到贝克先生唱起歌来的时候，把那首歌唱给我们听了。我还记得。她说那是贝克先生自己作词作曲的歌。"

法官也想起来了。

在教堂教给安迪——安德鲁·里德利风琴弹奏方法的实习律师。

"他的容貌和埃丝特小姐的形容一模一样。"

他的头顶像天主教的僧侣一样是全秃的，但肌肤很光滑，眼睛总是睁得大大的，像受惊的鹿一样——埃丝特是这么形容的。

"他的名字是？"法官问怀勒。

"不知道。"

"是不是什么贝克？贝克前面还有些音节。"

"就像我刚才说的一样，记录完全是杜撰的，住院者的名字、来历都没有好好写在上面。听说在麦格雷戈先生继任院长一职时，记录就已经乱七八糟的了。看样子麦格雷戈先生前一任的院长工作很松懈。询问患者的名字，也没几个人能好好回答，甚至有人自称恺撒。"

"患者脖子上都套着金属环。"安小声说，"金属环上刻着数字。"

"是我想出来的方法。"怀勒自豪地说，"正如刚才所说，患者的名字难以确定，再说也没法一一记住，所以我给他们设了编号。"

"明明不用像对待狗一样给他们上颈环，在衣服胸口处缝上布制的名牌就可以了。"

"啊，阁下，您对疯子一无所知。这些人里，有人会无缘无故脱掉衣服扔掉或弄坏，用布制名牌会有被撕碎扔掉的风险。另外，偶尔会有人逃走。我保管着颈环的钥匙，他们没法自行摘下颈环，这样一来，逃走的患者由于戴着颈环，很快就会被市民注意到。颈环也有防止患者逃走的作用。"

"这岂不是还不如囚犯的待遇吗？比被戴上脚镣还屈辱。把患者的颈环摘下来。"

"这种做法得到了董事会的认可。贝德莱姆的运营不在阁下的管辖范围之内，如果您有什么不满，请向董事会提意见。"

"就这么办吧。好了，那个斯皮内琴演奏者似乎很安分。如果是跟他，我想应该可以安全地对话而不发生危险。"

"他几乎不说话，也不怎么动弹。这样的患者很多。用医学名来说就是抑郁症。他偶尔兴致来了会弹奏斯皮内琴，光从这一点来说，倒是比活死人一样的患者要好些。"

"治疗方法是？"

"没有治疗疯子的方法。顶多是用冷水浸泡。只能把他们隔离起来，以防止他们伤害市民。"

"你是医生吧？"

"不，这里不需要医生。精神科医生只是观察患者并给病取名而已，做不到治愈。医生是靠写论文获得名声的，仅此而已。我目前的工作就是运营这家医院。"

法官感到"怀有改革理想的充满朝气的声音"混入了不纯的物质。

法官再次提出要求，说白费功夫也无妨，想跟斯皮内琴演奏者面谈。

"我实在不放心让您进入患者们杂居的大房间……请在接待室等候，我会把那个患者带到那里。"

法官坐到接待室的椅子上。

"你观察到的室内情形如何，安？"

"虽然从狭窄的窥视窗没法看到室内的全貌，不过能看到患者有七八十人，差不多男女各半。大家都很安静，不知是不是斯皮内琴乐曲的效果。"

"男女混住在一起吗？在这样的环境里，会有像奈杰尔那样的父亲身份不明的孩子诞生也不奇怪啊。"

虽说不知道奈杰尔的母亲是否在入院前就已经怀孕了……

怀勒带着斯皮内琴演奏者进来了，法官与安便停止了交谈。

脚步声有五个人的。

"除了戈登，还有两名看护跟着。"耳边传来安细小的声音，"两名看护都和戈登一样强壮，但个子比戈登高。"

"这位是威斯敏斯特地区治安法官约翰·菲尔丁阁下。快打招呼。"

怀勒的命令没有得到回应。

照例,法官要求对方把手放过来。

怀勒呵斥:"把你的手放到阁下的手上。"

双方僵持片刻。

"照我命令的做。听不懂吗?把你的手,放到阁下的手上。"

"他把双手背到了身后,拒绝这么做。"安轻声说。

"不用强迫他。"法官说,然后打招呼道,"放松些,贝克先生。"

沉默。

随后,冷不防地,咆哮声向法官袭来。

安的手紧紧抓住了法官。

"住手!"怀勒惊慌地喊道。

一片嘈杂,是看护和戈登在努力制伏患者吧。咆哮声断断续续,逐渐远去,后面的部分则成了歌声。是有些耳熟的歌,法官一边这么想着,一边抚摩安的后背。

安很快振作起来。"我没事。"

"万分抱歉。"反倒是怀勒道歉的声音因紧张而变尖了。

"安,他做出暴力行为了吗?"

"他采取了威吓的态度,但立刻就被制伏了,所以没有造成实际伤害。"

"他是第一次发出那样的声音并表现出反抗的态度。"怀勒的声音里混杂着愤慨与恐惧,"对疯子果然不能掉以轻心。根本无法预料他们会突然干出什么事来。阁下,面谈是不可能了。"

不一会儿,看护和戈登回来了。看护报告说,把患者监禁到单人房间里了。

"他好像没有做出暴力行为，也要被监禁起来吗？"

"要关到他冷静下来为止。我和之前的院长们不同，不会对他们做出不人道的处置。"

"连患者的名字都不清楚，管理得也太马虎了。安，咱们再去一趟文件保管室，看看记录里有没有被故意破坏的痕迹，比如有没有哪页损毁了，或者有没有哪几册文件缺失了。"

"好，我留意着这一点再查看一遍。"

安在保管室重新查看着记录，报告说："文件不是册子的形式，而是把纸张简单地订在一起。仔细一看，发现有纸张被抽出的痕迹。文章的前后内容衔接不上。刚才我光顾着查名字了，没注意到这点。"

"你一直没发现吗，怀勒？"

"因为没必要仔细查看以前的记录。我上任后的事都有详细记录在案。"

"这样很好。"

法官言不由衷地答道。

法官回了一趟官邸，但还不能马上放松下来。

"安，让哈顿去威克斯市长、达修伍德爵士和多丁顿先生那里送个信。"

这些是下午要访问的人。除非对方是嫌疑人，否则是无法传唤有头有脸的人的。突然造访有失礼节，所以要先派使者去送信。

"光是今天下午就要访问三个人啊。安排得真够满的。"

"先去访问谁呢……达修伍德妨碍了亚伯他们去西威克姆，

可以确定他有不可告人之事。就算去问他,也得不到坦诚的回答。"

"威克斯市长甚至出过揭露达修伍德丑行的书,他也许会将自己知道的事对我们直言不讳。"

"问话对象还有埃丝特·马利特、前任院长麦格雷戈先生和玫瑰酒吧的老板。还要对波莉进行讯问。曾收治埃丝特的圣托马斯医院也有必要去一趟。"

法国有国家警察组织,法官深感英国也很需要一个类似的组织。弓街侦探仅仅在市内巡逻维护治安就已经忙得不可开交了。增加治安法官麾下的人手,把他们分成几个小组,将搜查任务交给各个小组,收集他们的报告后,治安法官做出综合判断——创立这样的组织需要资金。让议会同意这样做,在现阶段大概是不可能的。还必须改变市民的观念,让市民承认警察的必要性,然后由国家创立值得市民信赖的组织。这难如登天。而且,就算有完善的警察组织,如果判决结果还像现在这样完全根据金钱而定,也是白搭。必须让法官领到工资。让原告承担诉讼费用的制度也需要改革。该从哪里着手呢……

话说回来,奈杰尔之死和十四年前的洞窟事件,跟在伦敦威斯敏斯特地区揭发犯罪、维护治安没有关系——甚至还不确定这两件事是否牵扯到犯罪——就算有完善的警察组织,也无法推进调查。他在匀出时间做法官职责以外的事。

派松垮布丁去送信后,趁午饭还没准备好,法官在私人房间休息了一会儿。

"怀勒院长说他制止了对患者的残酷刑罚,但看护们制伏那名患者时的手法特别粗暴。他们用棍棒殴打那名患者,跟弓街侦探捉拿凶恶歹徒的方式没什么两样。"

安边说边给小提琴调弦。

法官休息时，安就演奏小提琴，这是他们多年来的习惯。

法官一向让安自己决定曲目，不过这时传入法官耳中的声音称不上曲子，只是四拍音节的单纯罗列，时不时会有一拍休止。

"他当时在唱歌。"安说。

"是啊，他的确在唱歌。是有些耳熟的旋律。"

"您是说他被带出房间之后吧。那时他很清楚地唱出了'How can I leave thee'这首歌。"

"埃丝特·马利特说她是从什么贝克先生那里学会这首歌的。"

"是的，我从这首歌里也注意到一些细节。不过在那之前，一开始他发出咆哮的时候，并非只是在瞎叫唤，而是在罗列乐音。"

安一边演奏一边唱出音符。

拉、唆、发、拉，空一拍，拉、咪，空一拍，拉、唆、发、拉，空一拍，拉、咪，空一拍，拉、唆、发、拉，空一拍，拉、咪。

"因为太突然了，而且他做出仿佛要扑过来的动作，所以我当时以为他是在吼叫，很害怕。但现在回想起来，他的确在重复着这几个音。"

先入为主地认定他是疯子，才错把重复的短句当成咆哮了吗？

拉、唆、发、拉，拉、咪。重复出现的这几个音有什么含义吗？做出这样的诡异举动，说明他终究只是个疯子吗？

"C大调①的哆来咪发唆拉西哆，用音名表示，就是CDEFGABC。拉是A，唆是G，发是F，咪是E。"安一边用琴弓拉动琴弦奏出这几个音一边说，"AGFA休止AE休止。四拍。这是不是在表达什么？"

"怀勒说他几乎不说话，但他边弹奏斯皮内琴边唱歌。他能跟人谈话。如果有什么想告诉我们的，直接说就行了。"

他是能凭记忆把歌唱出来，但因为已经丧失了思考能力，所以无法说话了吗？

"可能是我想多了。他并非处于正常状态，可能只是发出了无意义的声音……"

"很难判断是哪种情况。是无意义的声音，还是在音名里寄托了意义？如果是后者，那他就没疯，是在试着用这种方式将无法在怀勒院长面前明言的事告诉我们，用这种在院长眼里像是突然发狂的方式……不，即使是这种情况，也不能断言他就是正常人，还要考虑到他陷入了妄想的可能性。"

无法马上得出结论。

"以这些音有意义为前提来思考一下吧。这是什么东西的缩写吗？休止符是句号吗？ AGFA·AE……是人名吗？是地名吗？安，查查笔记，看看董事还有查问委员会成员里，有没有名字跟AGFA和AE对应的人？"

"没有。达修伍德是F·D，多丁顿是B·S·D……"

他发出怪声——不，是唱出"拉唆发拉，拉咪"——是在我对他说"放松些，贝克先生"之后，法官回想道。如果他就是"贝克先生"——恐怕就是——那么叫他贝克先生的，就只

---

① 原文为"卜長調"，意思是G大调，但后文中的音名对应的是C大调。疑为作者笔误。

有埃丝特·马利特和安德鲁·里德利。就连院长都不知道他叫什么名字，是"贝克先生"这个称呼刺激到他了吗？

"A 是 Andrew，E 是 Esther 吗？"

安德鲁。埃丝特。

他瞬间判断出法官认识这两个人，用音阶传递了什么消息吗？

"AGFA 是什么意思呢……"

似是忽然想到了什么，安说："试试把音阶用数字表示出来怎么样？"

"试试看。"

"有两种方式：一种是以 C 大调的起始音符哆对应的 C 为1，另一种是按字母表顺序以 A 为1。以 C 为1 的话，拉唆发拉就是 6546，拉咪就是 63。"

"你还记得什么贝克先生的颈环上刻着的数字是多少吗？"

停顿片刻后——

"是 M-27。"安说，"女性患者颈环上的数字前缀是 F。是不是代表 male（男性）和 female（女性）的记号呢？"

"必须让他们把患者的颈环摘掉。董事长是市长对吧，我要向他强烈建议。"

"我想起内森戴脚镣的事了，估计现在他的脚腕上都还留有痕迹呢……跑题了。说回数字和音名，以 A 为1 的话，就是 1761 和 15。"

"1761！"法官不由得重复了一遍，"原来是这样。一七六一年是埃丝特所讲述的洞窟事件发生的年份。贝克先生是想向我们传达'一七六一年、安迪、埃丝特'这个信息。"

法官伸出手，怀着称赞的意味轻轻拍了拍外甥女的肩膀。

像是在小小地撒娇一样，安把身体靠近法官。

"你真聪明。"

法官看不见安的表情，但能感到她露出了笑容。

亚伯在场时，安总是充满竞争意识，浑身带刺，但现在亚伯和伙伴们一起去西威克姆了。

用数字来表示乐音这样的点子，是亚伯想不到的。如果亚伯现在在这里，安大概会无比自豪地说一句"我赢了"吧。法官想象着这样的场景，不禁微笑起来。

"不过，洞窟事件发生时，贝克先生应该不在场。"响起安翻动笔记的声音，"是的，贝克先生失踪，是在阿尔莫妮卡制作完成、洞窟事件发生的一七六一年的前一年。"

"他在暗示洞窟事件发生的那一年，并且他知道安迪和埃丝特跟那起事件有关。他想告诉我的就是这些吗？当然，这个结论的前提是我们对乐音的解释是正确的。根据埃丝特的讲述，他失踪，大约是在洞窟事件的前一年。他是那时就被收容进贝德莱姆了，还是又过了段时间才入院的？如果是过了段时间才入院的，在入院前的那段时间里，他在哪里做着些什么？贝克先生为什么会知道洞窟事件？安，安德鲁·里德利果然在贝德莱姆，或者曾经在那里，只有这两种可能。一定是这样。若非如此，估计是在一七六〇年就被贝德莱姆收容的贝克先生，不可能知道一七六一年发生的事件。安德鲁·里德利在贝德莱姆，或者曾经在那里。"

"喀戎！"法官情不自禁地大声喊道。

"喀戎……雷·布鲁斯是这么对埃丝特·马利特说的：你的恋人在伯利恒——也就是贝德莱姆。他说那是脑子里突然冒出来的词，这明显是在说谎。雷·布鲁斯知道埃丝特的恋人在贝德莱姆。为什么，他为什么会知道这个？必须再去一趟贝德莱姆。安德鲁·里德利可能就在那些住院者之中。让贝克先生指一下哪个人是安迪。"

"拐弯抹角地用暗号一样的形式来传话，是因为这是不方便让院长知道的事吗……还有一点，关于他被带出房间后唱的'How can I leave thee'这首歌。"

"我想，他唱的不是这首歌的歌词。"

"他唱的是第二段。"

安唱了起来。

> Blue is a flow'ret
> Called the Forget-me-not.

"第二段的歌词是这样的。可他是这么唱的——"

> White is a flow'ret
> Called the Forget-me-not.

"勿忘我是蓝色的，但他唱的却是'一朵白色小花'。这是不是在传达什么信息呢？"

"这之后的歌词是什么来着？"

> Wear it upon thy heart,
> And think of me!
>
> Flow'ret and hope may die,

> Yet love with us shall stay,
>
> That cannot pass away,
>
> Dearest, believe.

将它戴在你心头，然后想着我！小花和希望也许会死去，但我们的爱将留存，永远不会消逝。我最亲爱的人，相信我。

"为什么是白色小花呢？抑或是在强调'白色'这个词？我认为他更改歌词一定是有用意的。"

"安，你是我的骄傲。"

法官抱过外甥女的头，用嘴唇轻轻触碰她的脸颊。

"贝克先生绝对不是疯子。他不仅没疯，而且脑子转得很快，一瞬间就想出了只向我们传达信息而不被院长注意到的方法。去问问埃丝特，贝克先生把歌词中的'蓝色'换成'白色'能不能让她想到些什么吧。"

"埃丝特要是知道贝克先生在贝德莱姆，该有多震惊啊。"

"等确认过安迪的情况之后，再告诉埃丝特吧。"

"是啊。要是再知道安迪可能在那里，她恐怕会一个人闯进去。"

"贝克先生明明没疯，为什么会被收容在贝德莱姆呢？是一时精神错乱了吗？不，如果只是一时精神错乱，恢复正常后就可以出院了。安，那个地方比监狱还要封闭。"

"我也有这种感受。"

"没有查问委员会的许可，就不能出院。和委员有勾结的人，只要贿赂一下委员，就能把对自己不利的人幽禁在贝德莱姆。"

查问委员会和董事会的成员几乎一致。

而且，查问委员会的委员长是达修伍德，首席委员是多丁顿；董事会的董事长是多丁顿，首席董事是达修伍德。这算怎么回事啊。两个人都与洞窟事件有关。

"多丁顿和达修伍德中的一人，或者两人合谋把安德鲁·里德利关进贝德莱姆的可能性很大。"

"几乎可以确定是这样。这是对权力的滥用。"

权贵之中，不滥用自己权力的人才是少数。

"折磨埃丝特，强迫她保持沉默的肯定也是这两人中的一人，或者是两人一起对医院施压，让医院这么干的……看来贝克先生以前就知道约翰·菲尔丁法官是值得信赖的人。如果来的是会收受贿赂而渎职的法官，他根本无法把秘密说出口。另外，姨父，还有一件事让我有些疑惑。"

"什么事？"

"亚伯说爱德性子很耿直，对吧？"

"嗯，是说过。"

"虽然我会想，爱德撒了那么多谎，狡猾地钻了法律的空子，哪里'耿直'了，而且他行事的方式非常扭曲，但我也觉得亚伯的话有一定道理。爱德的行为模式并不是以让自己获取利益、自保为目的。"

"是啊，不如说是有自我牺牲的倾向……五年前的那起案件，从表面上看，爱德是主谋，奈杰尔只是在协助爱德，但实际上或许是奈杰尔引导爱德这样做的。亚伯是这么说的。"

"关于爱德和奈杰尔的相遇，根据爱德的讲述，事情是这样的：奈杰尔是在贝德莱姆出生长大的；住院者之中有个画家，教会了奈杰尔画画；得知自己要被院长卖到供人消费男色的店里后，奈杰尔逃走了；之后奈杰尔就靠在街头给路人画肖像画勉强混口饭吃；奈杰尔在干草市场的路边给路人画画时，爱德正好路过，对奈杰尔的精湛画技感到佩服，就把奈杰尔介绍给了丹尼尔医生。"

"嗯，是这样。"法官回想了一遍，点点头，"那时候，爱德华·塔纳给我留下了说话时措辞很谨慎的印象。他很擅长隐藏感情。"法官苦笑一下，又加了一句，"奈杰尔·哈特也是。"他接着问道："你从爱德的话里发现什么可疑之处了吗？"

"爱德和奈杰尔以前是那家叫玫瑰酒吧的淫秽店铺的常客。"

"他们是妖精王和妖精女王啊。"

"他俩为什么会出入那样的店？我感到不可思议。为什么在成为丹尼尔医生的入室弟子之后，和那样的地方产生了联系？以下只是我的想象：奈杰尔是不是在认识爱德之前就知道玫瑰酒吧之类的店，还在那样的店里接客呢？只靠在街头给人画肖像，是赚不了多少钱的。"

"安，我后悔让你做这份工作了。这不是上流阶层的女性该具备的知识。"

安忍俊不禁。"事到如今还说这个，姨父。"

然后，她继续说道："关于奈杰尔的事，向玫瑰酒吧的老板打听打听吧。"

"把他叫到这里吧。"

和安一起吃着以牡蛎为前菜、以烤羊腿为主菜的午饭，法官陷入沉思。

"姨父，您怎么了？"

安的手轻轻抚上法官拿着叉子的手的手背。

"本来打算下午去访问那三个人……但既然听懂了贝克先生想说的话，是不是应该先再去一趟贝德莱姆，确认一下安迪在不在那里呢？但我已经派使者告诉市长他们我下午会去拜访了。真是的，我要是会分身术就好了。"

法官吩咐用人把咖啡送到起居室，然后跟安一起上到二楼。

几乎与此同时，内森过来了。

"有什么急事吗？"法官问。

"上午我也来过，但那时您还没回来。"内森支支吾吾地说，"我就又过来了一趟。"

法官意识到内森是在等自己给他分配工作。亚伯他们已经去西威克姆了，而内森一坐马车就晕车，被他们以此为由排除在外了。为了让内森参与这次调查，法官和银行方面打了招呼，内森这一个星期都休息，不用去银行工作。"内森，我希望你留在伦敦。调查贝德莱姆之后，可能会需要采取进一步行动。到那时，你就是重要人手。"前天，法官是这样对内森说的。

为了不暴露自己把这事给忘了——虽说在问出"有什么急事吗"这句话的瞬间其实就已经暴露了——法官命令道："安，把贝德莱姆的事跟内森讲一下。"

内森不时小声附和，法官能感受到他聚精会神倾听的样子。

"你好厉害啊，摩尔小姐。"

听到解读出贝克先生的暗号这段时，内森赞叹道。法官感到这是他的由衷之言。

"喀戎的确很可疑。"听完安的讲述后，内森说，"他为什么会知道埃丝特的恋人在贝德莱姆？要不我去见见喀戎，盘问他一下试试？"

他好像迫切渴望分到任务。

"你去一趟贝德莱姆怎么样？"安说，"这样约翰阁下就能按原计划去访问市长、达修伍德和多丁顿了。对他们三人的询问也很重要。"

"贝德莱姆可能很危险。"法官摇头。

"这个任务会不会太重了……"安喃喃自语。

"我去。"内森自告奋勇,"去见贝克先生,让他告诉我那些人里哪个是安迪,然后找安迪询问情况。只要这样做就可以了吧。"

"贝克先生那时采取了用乐音传递消息这种麻烦的方式,是因为他不便在院长面前说这些。看来不能完全信任怀勒院长。要是院长是个可靠的人,贝克先生早就向院长坦承一切了吧。"

"贝克先生在那里是被当作疯子对待的。"内森说,"能瞬间想出暗号,说明他是个很聪明的人。为什么并非疯子的贝克先生会在那里住院呢?安迪又疯没疯呢?约翰阁下,我会把这些事弄清楚的。"

内森的语气很笃定,但法官从中感受到了虚张声势的成分。

或许也是因为年龄最小,内森似乎不怎么受大家重视。而他对这一点十分介意。

掐指一算,他二十二岁了,已经是可以独当一面的年轻人了,法官想道。弓街侦探之中也有与他同龄的人。

"派一个护卫同去如何?"

"大家都很忙。"

这时,哈顿回来汇报:"我已经向威克斯市长、达修伍德爵士和多丁顿先生传达了阁下将前去拜访的消息。"

"辛苦了。"

法官抬手示意哈顿可以退下了。

哈顿的脚步声消失后,安问:"派他跟内森一起去怎么样?"

"安,说哈顿这人靠不住的不就是你吗?"

"外表的确像块松垮的布丁，给人感觉靠不住。"

"声音也靠不住。不过也没有别的人选了，总比没有人同行要强。内森，我给你一封书信，证明你是我这个治安法官的代理人，这样你应该就不会遇到危险了。"

"谢谢。"

内森的声音里透着安心。

"院长拒绝的话，也别勉强。"

怀勒会爽快地答应让内森会见贝克先生，还是会拒绝呢？

通过怀勒的反应，就可以判断出他是否与事件有关。

在怀勒面前，贝克先生始终装疯，这是因为怀勒与事件有关吗，还是因为不能让怀勒知道那起事件？

内森若能见到贝克先生自然好，而如果被拒绝，这个疑问也就有了答案。

法官写了封短信，用蜡封上、盖好章后交给内森，然后吩咐人备好轿子，准备去拜访威克斯等人了。

伦敦市市长威克斯出了名地相貌丑陋，以至于盲眼的约翰·菲尔丁都能想象出那张自己从未看见过的脸。

他在平民之中人气很高，全因其在出版物中指责贵族的专横，呐喊"给饱受摧残的穷人们以自由"，抓住了下层阶级的心。"和威克斯一起争取自由！""威克斯是自由的象征！""威克斯是我们的同伴！"

然而，约翰·菲尔丁所了解的威克斯，其经历有相当多的污点。威克斯是制造业者的儿子，他没有从父母那里继承到资产。他想要金钱与地位，就盯上了在白金汉郡有私人土地的富家女，跟她结婚了。虽然那名女子比他大十岁，还离过婚，但威克斯想要的两样东西都因她而有了保证。她将自己领地的一部分艾尔斯伯里让给了威克斯，威克斯因此获得了绅士身份，也得到了就任公职的资格。想要的猎物已经到手，他便对年长的丑陋妻子态度冷淡，最后跟她离婚了，条件是每年向她支付二百英镑的赡养费。

威克斯就任的几个公职里，有一个是艾尔斯伯里孤儿院董事。他负责管理财务，利用职权贪污孤儿院的资金。

他怀有爬到议员位置上的野心，在艾尔斯伯里参加了竞选。为了筹集竞选资金，他停止向前妻支付赡养费，还吃了官司。

约翰·菲尔丁就是从这桩官司的审判记录了解到关于威克斯的许多事的。

威克斯有许多桃色丑闻，还有私生子。

平民不知道这些丑闻，就算听到传言也充耳不闻，只认定"威克斯是我们的同伴"。

威克斯还在出版物上发表了为平民发声的文章。与法国之间长达七年的战争以英国的胜利告终，但英国为什么要做出这么大的让步？既然是胜利者，就有权利获得更大的利益——这是许多人怀有的不满。威克斯利用这种舆论大声诽谤："国王太软弱了，为了外交损害了本国的利益。"

威克斯被起诉后逃到了巴黎，由于缺席审判而受到了有罪判决，因生活穷困潦倒又回到英国，刚一回来就遭到逮捕，被关进了王国法院的监狱里。民众称赞这是反抗强权的勇敢行为，要求撤回对威克斯的处决，为此发起游行，甚至发展成暴动——就是五年前把内森卷进去，导致他被关进监狱的那场骚动。没过多久，威克斯便被释放，受到了人们的欢迎。

然后，在去年，威克斯就任伦敦市市长。

"欢迎。"

威克斯市长紧紧握住法官的手上下晃动。

"我早就想和阁下促膝交谈一番了。不过,阁下在百忙之中抽空造访市政厅,看来是有要紧事相商吧。"

他的手在男人的手里算是小的,骨头也细。

"不好意思,还请允许我就这样一直触碰你的手。"

"虽然听说过盲眼法官的讯问方法,但对我也使用这种方式,这就有些无礼了。"

威克斯把自己的手从法官的手里抽了出来。

"不一定是讯问。"

安插嘴道。从声音之尖锐,法官感到她对威克斯的印象不太好。再努力隐藏一下感情,安。

"因为不具备视觉,约翰阁下在跟人进行常规交谈时也需要这样做。"

够了。法官制止了越说越激动的安。

"摩尔小姐,如果是你的手,我倒是想一直触碰。"

太失礼了!虽然安没把这句话说出口,但法官能感受到安愤慨的样子。

"说正事吧,我有事想问你,是关于十四年前的阿尔莫妮卡演奏会的事。"

"阿尔莫妮卡?"

威克斯似乎很诧异地反问,但法官注意到他稍微顿了顿才开口。

"那是什么?"

"你也出席了在弗朗西斯·达修伍德爵士的洞窟中举行的演奏会吧。"

"您应该知道我和达修伍德先生水火不容吧。被我笔伐的达修伍德先生不可能对我抱有好感，怎么可能让我跟他一同出席演奏会。"

"你出版揭秘书，是在演奏会的三年后。在出那本书之前，你应该跟他关系很亲密吧。"

"不，我对此完全没有头绪。"

"落雷、火灾。发生了这么大的事故，你却说你不记得了？你还没到会变得健忘的年纪，是因为牵扯到什么对自己不利的事才装傻的吗？"

"我不明白您的话是什么意思。如果演奏会是在西威克姆举行的，去问问领主弗朗西斯·达修伍德爵士如何？"

"谁都想隐瞒对自己不利的事。你与达修伍德先生不和，所以我本来期待你会不受情面的束缚，告诉我事实。"

"我什么都不知道，这就是事实。"

"你一度也是地狱火俱乐部的成员。这你总不会否认吧。如果没打入过内部，是写不出那么详细的揭秘文章的。"

"我也曾忝列成员的末席。坦率地讲，我是为了结交权贵才加入的。"

"以此为出人头地的垫脚石？"

"是的。"威克斯坦然地肯定道，"像我这样出身低贱的人，不与权贵亲近，是不可能出人头地的。地狱火俱乐部大概会是最棒的社交圈子，我这样期待着。毕竟连国王陛下都是成员之一。不对，那时候，现在的陛下还没有即位。"

"等铺好进政界的垫脚石，你又挥起反抗强权的大旗，痛骂上流阶级的人，以此博取人气，是这么个步骤吗？"

法官毫不留情地说道。对方脸皮很厚，若用拐弯抹角的方式讽刺,针尖会被弹回来。

"无论是地狱火俱乐部,还是达修伍德爵士他们,都是你的垫脚石,对吧。"

"我加入时不知道那是个淫秽又渎神的俱乐部,我是出于正义感才用宣传册告知人们实情的。虽然此举导致我不得不暂时离开这个国家,但我还是断然将其付诸实施。仅凭轻率的心情是做不到这件事的,我是因为热爱我们的英国才这样做的。市民很热情地接纳了我,这您也知道吧。我一直在为市民行动,而不是为了一小撮贵族。这就是我的政治理念。"

但自威克斯就任市长以来,没有对现状做出任何具体的改善,甚至让人感觉他开始谄媚贵族阶级了。他大概是不想失去好不容易才获得的地位吧。

"有件事想请你遵照这个政治理念来解决。"

"什么事?"

"是关于你任职董事长的贝德莱姆的事。"

"请说。不过,您应该知道,董事长只是个名誉职位。对医院的运营我全权交给院长负责了。"

威克斯的话和院长伊安·怀勒说的一样。

"患者的脖子上套着狗圈一样的颈环。不,这比狗圈还过分。院长说那是金属环,上着锁,没法自己摘下来。院长说这种做法得到了董事会的认可。"

"我不记得董事会讨论过这个问题。"

"这是现任院长怀勒的提案,推算一下,最多也只实施了三年。你连三年前的议题都记不住吗?可你好像比我年轻多了。"

"我工作太忙了。阁下能记住自己迄今为止做出的所有判决吗?"

"希望你确认一下会议记录，然后立刻安排一下，让他们摘掉患者们的颈环。"

"哎呀，威斯敏斯特地区治安法官先生为什么要插手管辖范围之外的贝德莱姆的事呢？"

"董事长为什么对自己管辖之下的设施的不完善之处放任不管呢？"

"这好像……"威克斯露出冷笑，"如您所说，是不太人道的做法。我会向董事会提议改革。"

"你不能命令他们马上停止这种行为吗？"

"独断专行可行不通。"威克斯搪塞过去。

"说回原来的话题吧。你没有出席洞窟演奏会，对叫作阿尔莫妮卡的乐器一无所知。这就是你的主张，对吧？"

"谈不上主张，我只是陈述事实而已。"

"你创作的揭秘书，我也读过。"

"啊？"

"哦，说'读过'不太准确，是让安朗读给我听的。"

"让女士读这样的书不太合适吧。"

关于这一点，法官也有些内疚。他并不想让可爱的外甥女读那种淫秽书籍。不过，既然那不是荒唐无稽的故事，而是基于事实的内容，从职业角度考虑，安也应该了解一下。

"我并没有夸大其词，不如说，我写的时候已经尽量收敛了。"

"你刚才说国王陛下也曾是俱乐部的成员，但那本揭秘书里并没有关于陛下的记述。"

"我会就陛下对国政的处理毫不客气地提出意见，但不会做暴露陛下的私生活这种无礼之事，只要陛下没有给平民带来苦难。如果陛下铺张浪费导致国库亏空，因此增加税收，或者做出其他类似的事，我自然会谴责，但实际情况正相反，陛下非常节俭；如果陛下放荡好色，染指别人的妻子，我会加以笔伐，但陛下忍耐着那位凶悍的王后，生了一个又一个孩子。已经生了几个了……"

国王从结婚时起一直到现在的十四年里，生了十个孩子。这事法官也知道。第十个孩子去年刚出生。街头巷尾都在议论，说王后就没有肚子不大的时候，还流传着"陛下就一直没拔出来过吧"之类有失体统的玩笑。还有"国王陛下脑子不太好"这种大不敬的传言。不过，陛下勤于国事，不会把政事全都甩手交给政治家处理。

法官注意到，洞窟事件发生在十四年前，和国王陛下成婚是在同一年。陛下是秋天成婚的；而洞窟事件是夏天发生的，那时陛下还是单身。

"是个人都在包养女人，但陛下品行端正，没有情妇，也不对仆人下手。陛下参加俱乐部时还很年轻，行为奔放一些也是正常的。"

"都是些什么样的奔放行为？"

"忘了。那是十多年前的事了……任何人年轻时都会有些出格的行为。过得太规矩的人到了四十岁之后，一旦尝到放荡的乐趣，那才是真的无可救药了。"

"陛下是在地狱火俱乐部刚创立时就加入了吗？"

"怎么可能。"威克斯回以含着苦笑的声音，"俱乐部是在，嗯……对，是在二十四年前创立的。那时陛下还是个孩子。"

"陛下是什么时候加入的？"

"我不记得准确的时间了……是在陛下十七八岁的时候吧。

是会沉迷放纵享乐的年纪。"

陛下是一七三八年出生的，洞窟事件发生时是二十三岁，算下来，那时陛下已经和俱乐部的人当了五六年的伙伴。

"根据你写的书，俱乐部成员的行为相当放荡啊。"

"那可是玩得相当大。现任海军大臣三明治伯爵甚至私下创办并经营妓院，这事我没写到那本书里。不过那时候他还没就任公职。"

"每个人都有情妇吗？"

"这个嘛，要是怀着恶意报道出来的话就是丑闻了，但包养情妇现在仍是很正常的事。比较麻烦的情况是情妇想要正室的名分。有人为此焦头烂额。"

"是谁？"

"我就不指名道姓了。"

"俱乐部一直存续到什么时候？"

"达修伍德爵士被任命为财务大臣后严格约束自己，俱乐部的活动——也就是淫乱的聚会——逐渐式微，最后终止了。但俱乐部并没有明确地解散，所以大家偶尔还是会一起喧闹一通。"

威克斯以自己之后还有公务要处理为由，委婉地催促法官结束谈话。

接下来要去拜访达修伍德和多丁顿，但在那之前，法官先在咖啡屋稍做歇息。

"为什么不更严厉地追问呢？"安流露不满。

虎头狗戈登坐在同一张桌子旁，警戒着周围。

应该强悍地进行战斗。需要再增兵。政府太窝囊了。周围的高谈阔论传进法官的耳朵。殖民地的那帮人太不像话了。他们根本没搞清楚自己的身份,不明白自己是国王陛下的臣民,净扯些税收太高了之类的不负责任的话。不向本国交税,那还要殖民地干吗?

"威克斯也不能信任。"

法官贴近安的耳朵小声说。安的头发碰到了法官的额头。

"我总感觉他就任市长以来,好像不像以前那样气势汹汹地攻击上流社会了,现在看来,他果然变得圆滑了。"

"要当市长,"安也贴着法官的耳朵小声回应,"需要参事会的推荐。"

威克斯在揭秘书里点名谴责的贵族们,在曾是伙伴的弗雷迪——乔治·威廉·弗雷德里克——即位成为乔治三世陛下后,全都得到重用,有些人进入了内阁。达修伍德成了财务大臣,但因为对苹果酒征税而引发工人暴动,被降职为王室服装管理官,虽然后来再次进入内阁,但只当了个通信大臣。总之,国王在身边安置了一群知根知底的伙伴。然而威克斯完全没有得到提拔。他是不是因为这个才出版揭秘书的呢?未能被上流社会接纳,所以才鼓吹自己是平民的同伴,站在了弹劾贵族的一方?爬到市长的位置上后,他就收起了反抗强权的矛头。参事会是由贵族、富豪等威克斯一直以来谴责的上流阶级的权贵组成的。为了获得地位,威克斯恐怕在暗地里向他们屈服了,毕竟他本就是为了得到权力才打起反抗强权的旗号的。

"野心常常诱使人们做出最卑贱的事情。"乔纳森·斯威夫特在著作里写过这样的话,法官想道,"于是往上爬就表现得如同卑躬屈膝的蠕动。"

"西威克姆的洞窟里举行了奇异的演奏会,威克斯也出席了。目前这还只是埃丝特·马利特一个人的说法。"

"埃丝特没必要说谎。"

"我也这么想。要是埃丝特凭一己之力编出那么复杂的故事，那她简直能成为比我哥哥还厉害的小说家了。威克斯明显在隐瞒自己出席演奏会一事。为什么呢？要刨根问底，撬开他的嘴，仅靠埃丝特一个人的讲述是不够的。如果他装傻到底，我们这边没有能用来进一步进攻的武器。必须找到客观的证据。"

"达修伍德试图阻止亚伯他们去西威克姆。奈杰尔之死和十四年前的事件是不是都牵涉到了达修伍德呢？"

就看法国会怎样应对了。总不会援助叛军吧。不，这可说不准。不是说殖民地那帮家伙意图脱离我们本国独立吗？男人们高谈阔论的声音淹没了法官和安的低语。

"恐怕是这样。不过不能只靠臆测就片面断定，用证据说话吧。"

"威克斯明明与达修伍德不和，却隐瞒洞窟演奏会的事。他不表明自己当时不在场的话，会对自身不利吗？"

"连威克斯都很可疑，那么这些人两两之间有着怎样的联系呢……怀勒院长也不能信任。"

"我本来想把埃丝特带到贝德莱姆，设法让她见贝克先生，但这样也许很危险。"

"从弓街侦探里选个人贴身保护埃丝特比较好。"

"索性把她收留到法官官邸如何？"

听安这样说，法官表示赞同。

"好主意。派护卫去那家旅店太惹眼了。"

"不过就只能雇她当杂工了。"

"比在金羊毛工作强多了吧。"

我军没能在邦克山战役一举将殖民地军击溃，真没用。听说那帮人的总司令叫乔治·华盛顿，整个殖民地能组成共同战线、完善体制，靠的就是华盛顿的力量。男人们的说话声更大了。

都怪诺斯①太懦弱了。一个人说出首相的名字，痛骂起来。

上议院议员也好，阁僚也好，净是些对战争一无所知的人。殖民地人里应该有不愿对本国兵刃相向的人，支援这些人，把殖民地人从内部分裂就好了。

"治安法官阁下在那桌呢。"

"去问问阁下的看法吧。"

法官用黑布蒙住眼睛的样子很引人注目。听到有人靠近自己这边的动静，法官竖起手指喊来侍者，付了茶钱和小费。

"接下来去确认一下达修伍德和多丁顿会撒什么样的谎吧。"

法官对安轻声说道。

达修伍德建起的豪华住宅位于市政厅西边两英里多的格罗夫纳广场附近。

法官提前派了使者告知自己将去拜访，应门的执事却恭敬地说道："万分抱歉，主人已经与人有约，推托不掉，现在出门不在家。"

"他什么时候回来？"

"我不清楚。"

"那我后天再来拜访。请务必转告。"

法官坐着轿子继续往西去。多丁顿在哈默史密斯的泰晤士

---

①腓特烈·诺斯，一七七〇年至一七八二年任英国首相。

附近持有一栋毫不逊色于达修伍德府邸的豪宅，他用诺曼底的修道院①的名字给豪宅取名为"特拉普"。

其实坐渡船沿泰晤士河逆流而上就可以了，但法官对上下小小的渡船感到不安，无论去哪儿都只走陆路。虽然总是不顾眼盲大胆行动，但法官也时常感到不安。在不熟悉的地方，必须让听觉和触觉保持高度灵敏的状态。法官努力不让别人察觉这份忐忑，只有安能理解姨父的不安。

离开伦敦市中心后，空气变得清新了一些。

这是法官第一次访问特拉普。

法官做好了到这边也扑空的心理准备。达修伍德是假装不在家，还是没什么急事却匆匆出门了？无论是哪种情况，总之，他避开了与法官会面。

不过，法官在特拉普的大门前告知来意后，执事郑重地出门迎接，说："主人得到您的消息，正等候您的光临。"招待员引领法官来到接待室。

"这房间真大啊。"

法官感受着屋里的空气，对安小声感叹。

"看样子只有两个侍从。对这么大的宅邸而言，这人数太少了。"安也压低声音，"多丁顿夫人去牛津时没有坐私家马车，也没带随从，而是坐公共马车去的，多丁顿家可能经济不宽裕吧。室内的装饰品也很少。墙上残留着撤掉家具的痕迹。他们是不是在靠变卖家当过日子？"

侍从少，也就可以少些支出了。安的发言略显吝啬。

法官听见了脚步声。虽然声音被绒毯吸收了大半，只剩细

---

① 指特拉普修道院，全称为特拉普圣母修道院。

微的动静，法官还是能听出此人步伐很小，不像是男人。走得慌慌张张的，是女仆吗？但闻不到饮料的香气。

脚步声没有靠近法官这边，又渐渐消失了。那人从一边走到了另一边。

等听不到脚步声了，安对法官耳语："那应该是多丁顿夫人，外貌和克拉伦斯他们形容的一模一样。她后背紧贴着墙，一边向这边张望，一边走远了。"安忍着笑说："感觉她不太聪明。她大概是觉得约翰阁下眼睛看不见，就偷偷过来观望一下吧。按理说，本来应该是她来向咱们打招呼的，可她那副架势却好似来偷东西的女仆。我刚才装作没注意到她。"

又响起了脚步声，这次向法官这边靠过来了。是老人的脚步声。

一只渗着汗、微微颤抖着的手轻轻握住法官伸出的手。

"欢迎光临敝舍。"

"我就开门见山了。"法官还握着对方的手就开口说道，"听说阿尔莫妮卡的演奏会上出了不小的乱子啊。"

多丁顿抽回了手。

"您在说什么？"

"在位于西威克姆，归达修伍德爵士所有的洞窟举行的演奏会。据说国王陛下也出席了。"

"是谁告诉您这种无稽之谈的？"

法官意识到达修伍德给多丁顿报过信了。达修伍德曾试图阻止亚伯他们去西威克姆调查奈杰尔之死。他害怕被人调查的是奈杰尔的事，还是洞窟演奏会的事，抑或两者皆是？奈杰尔之死与演奏会是否有关？

法官依然没有说出埃丝特·马利特的名字。权贵们——达修伍德、多丁顿，甚至按说应该与前两者敌对的约翰·威克斯——都如此拼命地想要隐瞒。与他们相比，己方的力量太单薄了。

不能搬出证人，也就意味着无法继续逼问多丁顿。对方彻底隐瞒下来，一定是因为当时发生了十分重大的事件，一旦被揭露就会惹来很大的麻烦。虽然更加明确了这一点，但不进一步调查的话还是束手无策。

4

安，说哈顿这人靠不住的不就是你吗？

外表的确像块松垮的布丁，给人感觉靠不住。

声音也靠不住。

内森回想着法官和安－夏莉·摩尔小姐的对话，瞟了一眼与自己并肩走着的哈顿。内森也有同感，哈顿的确很难看，像块松垮的布丁。哈顿不是老人，却有些驼背，小腹松弛而肥胖，从侧面看，下巴和下嘴唇突出，看起来一脸不高兴。为什么我非得当你这种人的护卫？内森感受到了哈顿没有说出口的不满。他很想自信满满地表示不跟这样的人一起行动也没事的，但终归只能不情愿地承认，有人陪着的确踏实很多。约翰阁下的书信也让容易胆怯的内森感到振奋。

要去一个可疑的地方，见一个不可靠的院长。

但若能成功会见贝克先生，也见到安德鲁·里德利，那可是不得了的成果。内森想听克拉伦斯对自己说："你还挺能干的！"

他看向刻有"伯利恒圣马利亚医院"字样的铜板。铜板被嵌在入口旁的石墙上。另外，还有两座雕像，克拉伦斯说它们分别是"狂躁"和"抑郁"的象征。两座雕像的面部表情都仿佛恶魔在虚张声势。

贝德莱姆可能很危险。约翰阁下这样说过。

青铜门环是狮子脸的样子。内森握住门环,锈渣陷进了手掌里。他正试着用指甲尖把锈渣弄下来时,哈顿一脸急躁地拉了一下挂在铃铛上的拉绳。

旁边的小窗打开了,一个门卫模样的人往外看了看。

内森祈祷自己说明来意时声音不要颤抖。他渴望成为能干又勇敢的人,可为何理想与现实之间的距离如此遥远?

"稍微等等。"

他们等了好久。哈顿的表情显得越发不高兴了,仿佛在说这都怪内森。

门总算开了,但不是入口的门,而是小窗那边的。

"怀勒院长出门了。"门卫冷淡地说,说完就要关上朝内开的小门。

哈顿以与外形极不相称的敏捷往门缝里塞进一根棍棒。他使劲顶开门,对内森低声说:"快,快给小费。"

内森被哈顿催促的语气镇住,刚把零钱拿到手里,哈顿就用空着的那只手把钱夺了过去,显摆给门卫看。

——那可不是什么零钱。是一先令银币!开什么玩笑。

内森正想把钱拿回来时,门卫伸出了手。

哈顿迅速把手往回一缩。"就算院长不在,也可以进里面看看吧。"

"没有院长大人的许可,是打不开锁的。"

"总有忘记上锁的时候吧。"

哈顿晃着银币,但小窗被关上了。

"还给我，那是我的钱。"

哈顿对内森的小声抗议置若罔闻，把钱揣进自己兜里，说："院长是假装不在吧。如果他真的外出了，门卫一上来就会这么回答的。"

这种程度的谎言，内森也意识到了。

"还给我。"

"回去吧。向约翰阁下报告说院长假装不在，就算是完成任务了。"

"还给我。"

"去咖啡屋歇会儿吧。一先令够两个人喝咖啡了。小费我来付。"

哈顿立即迈开步子走了起来。内森抓住哈顿的衣角，刚把"还给我"这句话说到一半，却又放开手，转身往回走。

"喂，你要去哪儿？"

"去完成任务。"

"任务已经搞定了。"

"你回去向约翰阁下报告吧，就说院长假装不在。"

内森快步走向贝德莱姆。走到半路，他回头张望，看见哈顿捻着夹在手指间的银币，正思索着什么。

内森回想起之前那起案件中大家提出的罗伯特可能会从储煤间的倾倒口溜回家这一假设。一切都得到解决后，内森才得知这件事。不过，罗伯特最后没有使用倾倒口。内森突然想到，贝德莱姆应该也有倾倒口……

壮丽的入口面朝芬斯伯里，狭长的建筑沿东西向的伦敦城墙而立。倾倒口的铁盖在背后的小路上。

趁无人注意，内森握住盖子的把手，使劲往上拽。铁盖就像与道路融为一体了似的，纹丝不动。内森感到自己仿佛是要把整片大地提起来，肩膀的骨头咯吱咯吱作响。他可不想承认自己是个没用的废物，绝不承认。他曾自负有诗才，结果却发现自己并没有什么了不起的。他本以为自己能成为一个不一般的——对，一个非同凡响的人物，现在却连一个小小的倾倒口盖子都奈何不了。揭发犯罪，将来龙去脉写成小说。我真正想写的不是这种东西。那就写想写的东西啊，谁也没禁止你写。两种声音在脑子里争论的时候，肉体则在为了掀起过于沉重的铁盖而奋斗。

内森忽然闻见哈顿的体味，同时后背感受到他的重量，一只温热的手盖在了内森握着把手的手上，将其紧紧握住。

在哈顿的帮助下，盖子被掀起并挪到旁边。

"你打算偷偷溜进去吗？"

"算是吧。"

内森推开压在自己后背上的哈顿，探头往洞里看了看，陷入了绝望。

这是个仅以往地下的储藏库放煤为目的的洞，根本无法供人出入。太深了，没有梯子。内森勉强能看出洞底是个很陡的斜坡。

只能一跃而下了，但跳到这么深的洞里，感觉会把脚扭了。没人帮忙的话……内森正这么想着的时候——

"再给我一先令。"

"为什么？"

"你想溜进去对吧，我帮你。这是工钱。"

"你是弓街侦探的一员吧，帮我不是理所当然的吗？"

"这不在任务范围内。"

院长拒绝的话,也别勉强。约翰阁下是这么说的。

怀勒会爽快地答应让内森会见贝克先生,还是会拒绝呢?通过怀勒的反应,就可以判断出怀勒是否与事件有关。约翰阁下曾这样说道。

但是……内森想,如果只报告说"院长假装不在",有哈顿一个人就够了。

自己是不是容易被人敲竹杠呢……内森这样想道。与喀戎对话时,他也不停地被敲竹杠。

可恶……他从牙缝里挤出一句咒骂,摸了摸衣兜。用指尖分辨出几枚硬币后,他拿出一枚六便士硬币。

"我身上只带了这个。"

哈顿一脸怀疑。"算了,就它吧。"他抢过硬币揣进兜里,"我抓着你的两只手,你下去吧。"他的语气颐指气使。

"所谓'我帮你',就只有这个?"

"那还能怎么做?"

"比如你先跳下去,然后伸出双手扶我下来。"

"蠢货。这下面是个斜坡,跳下去的话会滑到底下的。"

"就算你抓着我的手,我也只能悬在空中,脚够不着地面。"

"就一丁点距离而已。这样下去,受到的冲击力比直接跳下去要小多了,甚至可以说几近于无。之后就顺着斜面往下滑。"

内森有些犹豫,但若这么放弃,就白花一先令六便士了。哈顿会施舍一般请他喝一杯咖啡,然后一切就都结束了。

"你抓紧点啊。"

"啊,勇敢的内森·卡连终于下定决心,下到幽深的洞穴之中。"这个句子浮现在脑海,可以写到要在《呼叫追捕》连载的报道里。读者将在读到这里时捏一把汗。怎么能让读者失望呢？内森·卡连的冒险一定能使《呼叫追捕》的读者变得更多。内森这么鼓励着自己，手肘撑在洞口边缘，双手紧握哈顿的手——这家伙的手黏糊糊的，容易打滑——战战兢兢地把腿伸进洞里。脚下没有可踩的地方，内森半吊在空中。哈顿已经趴在地上了。

"你再往前探探身，伸伸胳膊。"

"再往前探身的话，就连我也要掉下去了。"

然而哈顿只把小臂伸到了洞的上方。不仅如此——"啊，有人路过。会被怀疑的。"哈顿松开了手。

内森自然一瞬间身体悬空，随后全身受到重击。他以趴伏在地的姿势顺着斜坡迅速滑落。仅仅两三秒后，他的双腿就碰到了什么东西，但这两三秒的时间却让他感到无比漫长。他碰到的是堆成一座小山的煤。由于滑落的势头太猛，内森不受控制地一脚扎进煤堆，继而整个身体都撞了进去。煤山欢快地塌了。

从头顶传来的对话声听起来宛如梦中的声音。

"你怎么了？我听见你惨叫了一声。"

"哎呀，盖子开着。我差点掉下去，忍不住喊出声来了。太危险了，还是盖上吧。来帮把手。"

伴随仿佛用金属棒在脑袋里敲打的声音，从上面照进来的光被遮住了。内森的眼前变得一片漆黑。

吞噬了身体的煤山十分沉重。山里是不是潜伏着什么，在叼着他的衣服往下拽？内森一点点被吸到煤堆里。上边的煤还在往下掉。幸好现在不是冬天，要是再有人扔进来补给的煤，他就要被完全埋在煤里了。

内森双手撑地把身体往外探，想要爬出去时，又有煤塌落下来。

呜呼哀哉，我们的主人公内森·卡连就要这样被埋在煤堆里窒息而死了吗？

之所以有余力胡思乱想这种蠢兮兮的句子，是因为逃出煤堆的努力一点一点见了效果。虽然挪动得很缓慢，但先是胸，再是腰，内森的身体一点点挪到了煤山外边。

感到喘不过气，大概是因为粉尘堵住了鼻孔。应该连鼻孔里也变得黑黢黢的了。没有光线，什么也看不见。内森对约翰阁下的敬畏又深了几分。阁下始终处于这种状态。虽然他自称能感觉到明暗……听说他是，二十岁左右时失明的。在接受不幸的现实之前，他都经历过怎样的绝望与不安啊。可他现在却成了受人信赖的人！

即使这样想着，身处伸手不见五指的黑暗之中的恐惧也并未减轻。阁下是伟人，而我是凡人。一旦开始妄自菲薄，心情便越发沮丧。

必须先寻找能通往建筑内的门才行，但内森甚至连一根手指头都不敢动。这明明是没有任何危险的普通空间，可为什么感觉身体仿佛被定住了呢？就像要溺死在焦油里似的，身体被裹住，黏糊糊的焦油从鼻孔、嘴和耳朵流入体内。

还不到在壁炉里烧煤的季节。说不定在冬天到来前的几个月里，这里的门都不会打开。

突然，内森想起，在五年前的那起案件中，他进入一片黑暗中，然后被袭击了。他差点被杀了。要不是爱德和奈杰尔救了他，他连袭击自己的人是谁都不知道就死了……

这种记忆按说会带来恐慌，但内森反而因这段记忆而振作起来。

救了我的奈杰尔以诡异的方式死去了,似乎是被杀害的。我正为了查明真相而行动。现在不是畏畏缩缩的时候。

他伸出双手在黑暗中摸索着,一步步蹭着往前走。脚下踩着的煤屑发出唰啦唰啦的响声。一次能往前挪动几英寸。

脚被什么东西绊住,内森一个趔趄,脑袋撞到了什么,整个人跌倒了。等疼痛稍微缓解一些后,他以手撑地想站起来时,感受到了金属的感触。他摸了摸,是一枚硬币。他又摸了摸衣服里兜,空空如也。他摔倒时,兜里的东西掉了出来。他在地面上乱摸着,把摸到的东西全装进了兜里。根本没工夫分辨摸到的是什么东西。把沾着煤屑的东西直接放进兜里。连一法寻也决不能丢在这种地方。他又回想起被哈顿敲竹杠时的愤怒。

这时,他注意到有个地方并非完全漆黑,而是透出些微乳色的光亮。眼睛逐渐习惯了黑暗,能分辨细微的明暗差别了。约翰阁下从紧闭的眼皮背后感受到的外界,就是这个样子的吗……

他寻找墙壁,一只手碰到了触感像石头的东西。他单手扶墙,一步步走向有着微弱光亮的地方。石头的触感变成了木头的触感。是门。是出口!

从锁孔透出光亮。

要是门锁着的话……神啊!

他首先考虑起最坏的可能性。如果门锁着,要大喊吗?这里是地下室,上面的人们听不到这里的叫喊声。

他转动把手。门开了。

这个房间好像是仓库,堆满了各种各样的东西。左侧的墙上有一扇高窗。位置太高了,不搭梯子的话,怎么伸手也够不到。左边的角落里有个简陋的楼梯,那一片很明亮,但那里的光亮照不到所有的角落。

——我一直觉得自己是被"不幸"缠绕的人,原来"幸运"也并没有忘记我……

他的确情绪波动很剧烈,也的确总爱不顾一切地行动。

要见到贝克先生,让他告诉自己哪个是安迪,然后见到安迪,询问情况。这是他的任务。为此,他必须打入内部。他刚想到从倾倒口进去的主意,就立刻付诸行动了,完全没有考虑潜入之后要怎么做。

走一步看一步吧。内森忧心忡忡,踩着磨损的踏板拾级而上。

5

法官回到自己的官邸时已近六点。因为没能见到达修伍德,所以这个时间就完事了。一个下午的时间果然不够访问三个人的,法官一边这么想着,一边命令戈登把波莉、埃丝特和雷·布鲁斯叫来。他吩咐戈登让波莉立刻过来,传唤埃丝特的时间定在七点,因为他想在那之前先吃个晚饭。传唤雷·布鲁斯的时间则定在八点。

侍从芬奇在入口大厅接过法官的帽子,告诉法官:"丹尼尔·巴顿医生的使者送了一封信过来。稍后我送到您的房间去。"他接着说,"有客人来见您,正在老爷您的房间等候。"

"你把他领到私人房间了吗?为什么不领到接待室?"安责备道。

"是个扫烟囱的毛头小子。"芬奇偷笑,"我让他把鞋底好好擦干净了。"说完这句,他像是终于忍不住了似的,笑出声来。

"刚才失礼了,老爷。在您房间等候的是内森·卡连先生。他浑身黑黢黢的。带他进起居室之前,我让他在厨房把脸和手脚洗干净了。他的衣服也黑黢黢的,所以我拜托他站着待着,不要碰到家具和墙壁。他来之前,哈顿过来想向老爷做汇报,但老爷不在家,我就让哈顿之后再过来一趟。哈顿现在应该在弓街侦探的值班室。"

"把哈顿叫过来。"

一进起居室,法官就闻见了煤和尘埃的气味。

"哎呀,内森!约翰阁下,怎么办啊,他衣服上下一片黢黑,这样根本没法靠近他了。先从姨父的衣服里拿一身借给他吧,虽然他穿着会大很多。"

"就这么办吧。"

"让他去厨房换衣服吧。"

"不,在旁边的房间换就行了。"

"跟我过来。我这就把破布铺到地板上。"安对内森说,"请站在这块破布上换衣服,换下来的衣服轻轻放在破布上。别把煤屑弄得到处都是。倒是比被煤烟熏黑了衣服要好点。应该没连内衣都弄脏吧?哎呀,又要把手弄脏了。我叫人拿热水来。"

安拉了一下挂在铃铛上的拉绳,叫女仆过来。

"内森,开着隔断处的门,这样我才能听清楚声音。没关系的,安背朝你站着呢。你见到贝克先生了吗?"

"怀勒院长假装不在。"

女仆进来了,安命令女仆往水桶里倒上热水。

紧接着,芬奇进来了。"哈顿先生好像是因为已经过了工作时间,就回家了。"

"有没有什么口信?"

"没有。"

"该解雇那个男人了。"安用尖锐的声音说。

"这是丹尼尔医生的信。"

"内容很短,要现在读给您听吗?"

听安这么说,法官点了点头。

丹尼尔说,今天要埋葬奈杰尔的遗体。

"医生的字很难辨认。信上写着'若您能出席,我将不胜感激',却没有写明时间地点。"

丹尼尔医生是个相当粗心的人,这一点法官也了解。

"我大概能猜到地点,是五年前埋葬空棺材的那个墓地吧。其中一口棺材将不再是空的了——已经不再是空的了——估计已经埋葬完了吧。"

法官十指交叉,为奈杰尔·哈特祈祷。

"安,为保险起见,明天就去找丹尼尔医生确认一下埋葬的地点,然后去奈杰尔墓前献花。我有空的话也跟你一起去。内森,换好衣服了吗?"

"还差一点。"从旁边房间传来的声音有些模糊不清。

"让我听听你的汇报吧。"

"我成功地从倾倒口溜进了贝德莱姆的地下室……"

"干得漂亮。你见到贝克先生了吗?"

"没有……上楼梯去一楼时被像是看护的人抓到了。"

"被赶出来了啊。"安毫不客气地断言。

"我辩解说是因为倾倒口的盖子开着,我就掉下来了,结果他说了句'滚',就把我赶出来了。"

响起金属声。

"怎么了?"

"呃，没什么，是硬币……"

脱衣服的时候零钱掉到地板上了吗？法官苦笑。

接着是低声悲鸣般的声音。

"怎么啦？"

"没什么，有几只蜘蛛的尸体……我在地下室时也把银币、铜币掉到地上了。我在那儿摔倒了。那里面一片漆黑，我赶忙把硬币拢到一起捡起来，结果连蜘蛛的尸体也一起……咦？"

"发现什么了？"

"一张小纸片，还有头发……蜘蛛的尸体上系着一张纸片，用头发系上去的。"

"全都拿过来。"

"我正在穿马裤，马上就换好衣服了。"

"把你兜里的东西全都拿过来，包括垃圾碎屑，不要漏掉任何一样细小的东西。"

片刻后，内森的脚步声向这边靠近。灰尘的气味已经消失了，但他身上还萦绕着隐约的煤味。

"把它们摆到桌上。"

"我的银币也要摆上去吗？"

"你自己的钱……就算了吧。仔细收好。安，我的眼睛，为我说明一下。纸片是什么样的？"

"是非常小的纸片，还没指甲盖大。一共有七张，都细致地叠了起来。有三张纸片被用头发编成的细丝系在了蜘蛛上，系在其他几张纸片上的细丝也有断掉的痕迹。蜘蛛大多干瘪了，身体和脚都分家了，不知是不是因为被加上额外的重负，无法自如地动弹，处于织不了网、捕获不到食物的状态才死去的。这些纸片看起来一碰就会破……文字只有芝麻粒大小……第一个字母是 H。然后是……这纸片又小又脏又皱又破，上面的字很难认，不过能看出是 E。之后是 L……下一个可能是 D 吧。HELD……这个词的含义太多了。啊，这张纸片上的字好认一些。是'HELP'（救命）。"

"这张上写着的也是'HELP'。"

内森插话的时候，芬奇告知波莉来访。

法官感受到了波莉进来时那惴惴不安的样子。

"是谁不许你说出特伦斯·奥曼和西威克姆的事的？"

法官也不做铺垫，开门见山地问道。

"是富兰克林博士……"

波莉说漏嘴了。她下意识地说了出来，因而惊慌失措，法官通过手的感触感受到了她的心理波动。

这是意料之中的答案。法官从容地继续说道：

"波莉，你遵守富兰克林博士的命令，一直闭口不言。你是一位诚实守信的女性。这很了不起。不过，那个约定现在已经可以作废了，你在神的面前也无须感到羞耻。富兰克林博士抛弃了对国王陛下的忠诚心，为了加入反叛军而回国了。换言之，他是我们的敌人。你如实说出知道的事，也是为了英格兰好。"

与法国的七年战争，以及与新大陆的战争，令民众因高额税金而苦不堪言，却也令民众的爱国情绪越发高涨。

"是啊，说得对。富兰克林博士背叛了我们英格兰。他是坏人。我忠于国王陛下，所以应该坦白一切。博士的确带着奥曼去了西威克姆，但在那之前，博士就说过奥曼净干坏事，所以要解雇他。然后，在即将出发去西威克姆的时候，博士对奥曼说，这次的工作结束后就解雇他。"

"他们去西威克姆是要干什么？"

"去听演奏会。博士命令玻璃工匠做了个东西。"

"做了什么?"

"不知道。博士对此秘而不宣。他说那是一项伟大的发明,所以公开之前要保密,以免点子被窃取。"

遇到热心听众,波莉开始知无不言言无不尽。她大概觉得这是一种爱国行为,为此感到骄傲吧。

"把那个发明做出来,好像花费了不少钱呢,吹制玻璃工匠师傅的女儿老是过来要钱。"

"从西威克姆回来时,博士是什么样子?"

"这个嘛……"

"和以前相比没什么变化,还是一副张皇失措的样子?有没有烧伤?"

"不太清楚。我很少和博士碰面,因为博士有家里的钥匙。我甚至没注意到博士是什么时候从西威克姆回来的,而且那时候收房租之类的事都是母亲去处理。不知从什么时候起就看不见奥曼了,我当时想,他是被解雇了吧。博士很快就和儿子一起搬家了。要是我还能说些有用的事就好了。"

"博士从西威克姆回来后,你几乎没和他接触过?但你又说,是富兰克林博士不许你说出西威克姆的事的。这自相矛盾了。"

"啊……因为是好久以前的事了,记忆有点混乱。被富兰克林博士下了严厉封口令的是我母亲,我则是被母亲叮嘱不要说出来的。"

这时,戈登回来了,告诉法官:"不在。"

"哎呀,是刚才去叫我的人。"波莉说,"什么'不在'呀,我不是在这儿吗?我好好按照你的命令来拜见法官了。"

戈登无视越说越来劲的波莉，继续说道："我去了金羊毛，但雷·布鲁斯和埃丝特·马利特都不在。"

"埃丝特·马利特……"波莉喃喃道。

"听说雷·布鲁斯被组织卖艺的班主邀请去条件更好的地方工作了。"

法官抬手制止戈登继续汇报，然后对波莉说："辛苦了。你说的话帮了大忙。"

"我帮到国家的忙了吗？"

"是的。你是个诚实守信的人，所以会遵守和我的约定吧？忘记你刚才在这里说过的所有话，就像富兰克林博士命令你的那样，继续保持沉默。"

"那个……我觉得我还能再帮上一个忙。我刚才听到了埃丝特·马利特这个名字，我记得之前老来找博士要钱的女孩好像也叫这个名字。那个女孩现在在卖艺吗？"

"不，你认识的那个女孩是另一个人。你说的事我已经完全了解了。谢谢。把博士的事和西威克姆的事都忘掉，不要对别人提起。"

波莉的脚步声消失后，安小声说："她一副恋恋不舍的样子，慢吞吞地走出去了。"

"戈登，接着汇报。雷·布鲁斯被班主邀请走了？"

"班主是这么跟金羊毛的老板说的。听说今天早上，运货马车载着被当作货物的喀戎——雷·布鲁斯出发了。运货马车的费用是由班主自己出的。"

"去哪儿了？"

"他们没告诉任何人目的地。"

"埃丝特·马利特呢？"

"听说跑路了。"

"跑路？"

"就是逃走了的意思，姨父。"安轻声说。

安的这种糟糕词语的词汇量好像比我还丰富。法官苦笑。

"她为什么逃走？"

"老板说他也想不出原因。"

吃了苦头而逃走的杂工并不罕见。埃丝特也说她为了躲避骚扰她的主人和少爷，至今为止换过许多次工作。

然而，如果她在金羊毛遇到了让她想逃走的麻烦，那么她在吐露一切时，不是应该会提到吗？是因为此事与安德鲁·里德利无关，她才没说吗？

"我认为埃丝特如果遇到痛苦的事，忍无可忍想逃走的话，她首先会来这里求助。"安说，"埃丝特信赖约翰阁下和我们，否则她不会那么详细地告诉我们她的快乐过往与辛酸回忆。"

"我也这么想。"

命令埃丝特保持沉默的人掳走了她。

因为他得知埃丝特接触了我。

他是什么人？此人的真面目恐怕已经有了眉目。是想要掩盖洞窟事件的人——权贵的团伙，即曾是地狱火俱乐部成员的那帮家伙。不动用这些人的权力，洞窟事件是不可能被掩盖下来的。

说是事件，但当时发生了什么并不清楚。

落雷、火灾，若只有这些，就根本没必要掩盖。国王陛下也出席了。果然与陛下的丑闻有关吗……

"安，我们的调查目的是？"

"查明奈杰尔·哈特之死的真相。若能顺便查到安德鲁·里德利的消息，埃丝特·马利特会很高兴。约翰阁下之前是这么说的。"

"没错。我们为了查明奈杰尔·哈特之死的真相开始行动了……但好像捅到了很麻烦的马蜂窝啊。"

我的职责是维护伦敦威斯敏斯特地区的治安。法官试着说服自己。无论十四年前在达修伍德爵士的领地西威克姆发生了什么事，都与威斯敏斯特无关。

埃丝特和雷·布鲁斯同时从金羊毛消失了。

但话说回来，既没有人死去，也没有人丢了东西，并没有人提起诉讼。这是治安法官职责范围外的事。

"拒绝让我和雷·布鲁斯接触的人，那个卖艺组织者……叫什么名字来着？"

"布彻。"

"这是姓吧。名字呢？"

"他只说了自己叫布彻。"

"真是个狡猾的男人啊。"

"是的，内森也说他总是嚷嚷着'要交六便士'。"

"他们可能给布彻提供了条件很好的卖艺地点，让他离开伦敦了。令人担心的是埃丝特。安，不只威斯敏斯特地区，也去请求其他地区的治安官驱使捕吏探查卖艺组织者布彻的动向。虽然他应该已经离开伦敦了，但也许能打听到他走的是哪个街道。"

不过也不能抱太大期待……

"另外，我来口述，你来写几封信。都写一样的内容。我算算，牛津、温切斯特……起码得写十封。写给伦敦近郊地区的治安法官，拜托他们如果看到没有双腿的外来人就留住他，然后联系我。"

"真希望治安法官也能像国会议员和政府高官一样,被赋予免费邮寄的特权。"

国会议员们享受的免费邮寄的运输成本是靠收费邮寄补贴的,邮费自然会很贵。拜对法战争所赐,本身也是一种税金的邮费涨价了,与新大陆的战争久久结束不了的话,估计还会再涨。

"那股暗地里的势力指使布彻掳走埃丝特,等他们离开伦敦后就杀埃丝特灭口,这种情况也是有可能的。"

口述完信件之后,晚饭已经准备好了。内森也被邀请到了餐桌上。

被哈顿讹走的一先令六便士就算是用这顿饭抵了,内森冒出了这个略显小气的想法。法官官邸的晚饭是过着节俭生活的内森平日吃不到的豪华晚餐,不仅食材上乘,厨师的厨艺应该也很好吧。

"关于刚才的纸片……"

细细品过法国葡萄酒后,内森说道。

"对了,还有这个问题。"

像明眼人一样准确地切着肉的法官点了点头,但内森感到他似乎心不在焉。

埃丝特不见了。阁下目前对新得知的这一事实比对任何事都更感到深深的忧虑,顾不上关心不知是否与案件有关的"HELP"了吧。

内森开始思考。有人被幽禁在那里——煤炭储藏库里了。他在手边的纸上写上"救命",把纸片托付给了蜘蛛。要把纸片系在蜘蛛身上,需要细丝。他决定使用自己的头发,一根头发太纤弱了,所以他把几根头发编到一起来使用。

"被幽禁在储藏库的会不会是安迪呢?"

"没有证据证明是安德鲁·里德利。"

法官冷静地回应道。

"但也没有能否定这一假设的证据。"

说完,法官停下了正使用叉子的手。

"我有些想不通的地方。内森,你在煤炭储藏库把纸片、头发和蜘蛛的尸体装进了衣兜里,对吧?"

"是的,没错。我把掉落的硬币拢到一起捡起来时,不小心把这些东西也一起装进衣兜了。除此以外,没有其他能让这种东西进入衣兜的机会了。"

"煤炭储藏库会有人进进出出,我认为它作为监禁场所并不完美。"

"只有在大量用煤的冬天才会有人进进出出。那个人应该是夏天被幽禁在那儿了吧。"

"为什么要把纸片系到蜘蛛身上,你想过吗?"

"这个……当然是为了通过蜘蛛向外界的人求救。蜘蛛很小,能从锁孔钻到外面去。"

"但蜘蛛没有出去,而是死在了储藏库里。"

内森鼓起干劲,想要打消法官的疑问。也许法官是在测试他的能力。

"我觉得他应该做了很多很多这样的纸片系到蜘蛛身上。只要见到蜘蛛就抓,因为蜘蛛数量太少的话,无法确定会不会有人注意到。然后,他把用于求助的纸片系到蜘蛛身上——这是一项精细又辛苦的作业——然后放进锁孔里,但也有些蜘蛛没能钻到外面。储藏库里的尸体应该就是那些失败的蜘蛛的。"

"原来如此。"

法官的嘴角浮现微笑。

"安,你怎么看?"

"虽然感觉这个方法不太靠谱,但如果是走投无路的人实在没有别的办法,把唯一的希望寄托在了这上面,倒也合情合理。"

"不靠谱。再没有比这更不靠谱的方法了。内森,储藏室的门外是有楼梯的,也就是说,还在建筑之中,对吧。"

"有一扇高窗。"说完,内森想起窗玻璃是固定的,有些气馁,"但只能用来采光,打不开。"

不过,内森重新为自己的观点找到了根据。

"如果那些信是写给贝德莱姆内部人士的呢?假如被幽禁的是安迪,来龙去脉就很明显了。安迪被关进贝德莱姆,见到了贝克先生。"

"这只是假设。"

"然后,安迪被幽禁在了储藏库里。他把信系到蜘蛛身上,期盼着贝克先生能注意到……"

"比蛛丝还虚无缥缈的方法啊。"安说,"发现信的不一定是贝克先生。其他人——比如看护先发现的可能性更大。"

"想通过锁孔和别人取得联系的话,把信写在更大的纸上,再把纸紧紧揉成一团塞进锁孔里,让纸团掉到门外的地上就行了。或者从门底下……内森,门底有没有缝隙?"

"我没观察得这么细。"

"安,头发是什么颜色的?"

"是很常见的褐色。"

"我们没问安迪的头发是什么颜色。"

"埃丝特说过她很喜欢安迪的榛色眼睛。安迪的头发应该也是一样的颜色。榛色就是褐色吧，这是很常见的颜色，不能断定头发是安迪的。"

"能不能弄清楚是从头皮上拔下来的头发，还是假发？我听说如果是拔下来的头发，一端会稍稍鼓起……不，即使是长在头皮上的头发，如果是用剪刀或其他利器切下来的，两端也是一样的。区分不出是不是假发。如果是假发，就能证明那个人不是安迪。要是有假发偶然被放在那里……煤炭储藏库里不可能有假发，除非那个人自己戴着假发。安，给我一张纸片。"

法官用指尖确认着安递过来的纸片的感触。

"是没弹性的纸。这样的纸，就算捻成细条，恐怕也很难通过锁孔……虽然很想去勘查一下煤炭储藏库，但我没有强行搜查的权限。还是必须有警察组织，只要是出于搜查的需要，就无论如何都能自由行动。"

"市民们不会答应的。"安回应道，"不会答应让一个组织有这么强的权限。"

"总之，内森，干得漂亮。"

内森握住法官伸过来的手，心想：值了。

"多丁顿夫人的举动太滑稽了。"安像是突然想起来似的说道。

此时，撒着砂糖的无花果被作为甜点端了上来。

"她鬼鬼祟祟地过来观望，为什么不堂堂正正地来打招呼呢？明明贵为夫人。"

"真是奇怪。"

内森想起自己简直要被挤扁的经历，愤愤地骂了一句"鄙俚女人"。

"鄙俚就是粗俗的意思。"安对法官解释道。

"她一个劲地叫嚣着她的丈夫曾担任萨默塞特州长官、她的丈夫和达修伍德爵士关系非常亲密之类的话。"内森又骂了一句。

"对了，夫人是和你们乘坐同一辆马车去牛津的。是昨天回来的吗？安，埃丝特好像提起过多丁顿夫人吧？"

"对，说她是多丁顿先生的继室。"

"是西威克姆的领主馆的女佣告诉埃丝特的。安，把这部分概括一下再讲一遍。我在起居室慢慢听。叫人送饮料过来。"

换了地方，安一边看着笔记，一边简洁地给法官讲了一遍。

"达修伍德爵士的领主馆里一个叫贝姬的女佣对埃丝特说，多丁顿夫人'明明以前只是多丁顿大人的妾室'。是在去洞窟的路上说的。'之前的夫人去世后，多丁顿才娶了她做继室。多丁顿本是药房家的儿子，继承了亲属的遗产才成了大地主'……贝姬说了些奇怪的话。她去了抬阿尔莫妮卡的男人旁边，调侃了些什么，回来后对埃丝特说：'和一个姑娘举行两次婚礼，算不算是"命途多舛"呢？'埃丝特推测她是因为朋友要结婚而不太开心。"

"埃丝特不见了，这太令人担忧了。要是能打听到她的消息就好了。安，把埃丝特讲述的事再全部念一遍给我听。关于多丁顿和他的继室，我也想再多了解一些。我不擅长上流阶层的社交，就不露面了，不过想听听饶舌的夫人们之间传的小道消息。背地里的坏话固然刻薄，但也正因如此，有时也能暴露真相。"

"可我也讨厌社交圈。夫人们议论的话，对了，问问巴顿夫人怎么样？"

"丹尼尔·巴顿医生是独身。"内森不禁插嘴道。

"不，我说的是罗伯特的夫人。"

丈夫死后，夫人回了娘家——马洛的大地主家里，很少来伦敦了。

"她对最近的情况或许不太了解，但罗伯特以前出入上流社会，看诊的患者似乎多是贵族富豪，夫人应该也知道点什么。"

"很妥当的方案，可明天我有庭审……"

"我去！"

内森站起来，自告奋勇。

"但你坐马车会晕车——不，去马洛的话，坐船沿泰晤士河逆流而上就行了，路程也只有去牛津的一半左右，一天就能往返。好，内森，这个任务就交给你了。"

法官用手拍拍内森的肩。

"明天带着我的书信过去。"

这时，侍从芬奇报告丹尼尔·巴顿来访。

伴随一阵急匆匆的脚步声，丹尼尔进来了。法官与他握手。

"葬完奈杰尔了。"说到句尾，丹尼尔的声音成了鼻音，"我本来想等亚伯他们回来，但不知道他们什么时候才会回来，再等下去的话……会继续腐烂……"他断断续续地说着。

"没能出席，实在抱歉。"

"信上没有写时间和地点。"安补充道。

"什么！是我粗心了。"

法官有些担心安接下来会直白地说"我们已经习惯了"，不过这份担忧是多余的。

"是五年前的那个地方吗？"安确认道。

"是的。约翰阁下，我来打扰，嗯……是有原因的。"

"洗耳恭听。"

"见到死去的奈杰尔时，我大受打击……"

"这也正常。"

"我本以为我为了弄清死因而冷静地做了解剖，但当时还是很慌张的。"

"看漏了什么吗？"

"不，倒没看漏什么，但做出的判断有点……我算术不太好，摩尔小姐，我看到奈杰尔的遗体，是在解剖的前一天，也就是，呃……九月三号，对吧？"

"是的。"安立即回答。用不着翻笔记，她已经把日期牢牢记在脑子里了。

"奈杰尔的推测死亡时间是？"

"踏车工人看见天使，是在八月二十八号。那时尸体处于双臂展开、全身僵硬的状态，所以推测死者是在前一天，也就是八月二十七号死亡的。"安说。

"你是想说这个推测错了吗？"法官问。

"从八月二十七号到九月四号，一共是……呃……"丹尼尔支支吾吾。

"九天。"安的计算速度很快。

"对，对，是九天。"

"那时候，我相信了奇迹，甚至想，神是觉得奈杰尔太过美丽，让尸体腐烂就太可惜了，才如此爱惜他的尸体。"

"但奇迹并没有发生。"丹尼尔说，"奈杰尔的面部和其他部位一样，腐烂程度顺利地加重了……"

法官想，在这种场合用"顺利"一词不太合适，但没有把这个想法说出口。医生很严肃。

"如果神降下了奇迹，尸体应该不腐。可是没有奇迹。那么，约翰阁下，奈杰尔的死亡日期就……"

"比八月二十七日更晚？"

"是的。虽然不能确定是哪一天。"

"那么，踏车工人看见的就是别人的尸体了？"安问。

"尸体又增多了啊。"

"我也有一个疑问。"内森插嘴道。法官的夸奖起了作用，他变得比平时胆子更大了。

"什么疑问？"

"关于奈杰尔胸口的文字。'伯利恒之子啊，复活吧'和'阿尔莫妮卡·迪尔波利卡'。我们弄清楚了这两句话的意思。"

"'伯利恒'的意思是你解读出来的呢，内森。"

只要对方不是亚伯，安就会坦率地夸奖人啊。法官微笑起来。

"'伯利恒'的确有可能是蒂尼斯·艾伯特向爱德发出的信号。"内森说，"但知道'阿尔莫妮卡·迪尔波利卡'的传言的，只有约翰阁下、丹尼尔医生这样的在洞窟事件发生时已经是大人的人。那时还是孩子的亚伯、本和克拉伦斯并不知道。爱德和奈杰尔那时也还是孩子，更何况爱德不是伦敦本地人。"

"内森，你提出了一个很有价值的疑问。"

"谢谢！"内森的语气很激动，"能得到阁下的认可，我……非常……"

"想要掩盖洞窟事件的人拼命散播古怪的传言，通过大量散布缺乏可信度的古怪传言，让已泄露的事实也显得像不可靠的传言。我之前是这么想的，现在也认为这个想法没有错。不过，内森，就像你说的，奈杰尔和爱德应该不知道这些传言。奇怪的传言是在洞窟事件发生后人为散播开的。安迪知道阿尔莫妮卡，那就是他自己做出来的，但他应该不知道那乐器被人们称为'阿尔莫妮卡·迪尔波利卡'。因此，奈杰尔也不会知道这种叫法。安迪是在传言散播开之后被关进贝德莱姆的吗？如果是这样，从洞窟事件发生到安迪入院，中间应该隔了一段时间。在那期间，他在哪里过着怎样的生活？他有可能是在那段时间听到传言的。我再去一趟贝德莱姆吧。院长也总不能一直假装不在。明天的庭审就交给赛文达斯爵士好了。没什么大案，都是些小偷小摸、骗吃骗喝的案子，半天就能处理完。安，明天一大早派使者把我的委托书送到赛文达斯阁下那里。我会出足够的谢礼。丹尼尔医生，感谢你带来珍贵的信息。"

"被吊在空中的是谁的尸体呢？"

"会不会是小圣女？"内森用高昂的声音说，"用那具尸体的话，看起来正像是天使。"

"内森，你好聪明啊。"安不吝赞美，"不过，在那之后，小圣女消失到哪里去了呢？从高处坠落的话，圣女的遗体会受到严重损伤吧。"

"从没有让尸体的数量无止境地变多这一点来说，这个假设倒是不错。"法官说，"但是，是谁出于什么目的把小圣女吊起来的呢？"

"奈杰尔为什么会死？"丹尼尔呻吟道。

"奈杰尔的死会不会和被吊起来的天使没有关系？"内森说，"不可能没关系啊。"他又自己否定了这个想法，"在推测是天使坠落的地方，有一具死亡已久的尸体，尸体的胸口写有两句话。奈杰尔的遗体在圣女的棺材中被发现，胸口写有同样的文字。"

"蒂尼斯……"

法官听见了安的轻声呢喃。

"艾伯特现在在哪儿呢?"

"我只是突然想到,并没有证据……"法官有些犹豫,欲言又止。安从未提起过自己对蒂尼斯·艾伯特的感情。她现在仍一如既往地想念着被奈杰尔"诓骗"的艾伯特吗,抑或对他的感情已经变成了轻蔑与憎恨?

"请说,姨父。"

安用扼杀了感情的声音说。

"在天使坠落的地方发现的死亡已久的尸体,以及被装进小圣女棺材中的奈杰尔的遗体。两具尸体的胸口上都写着那些文字。我们先抛开那具死亡已久的尸体,推测胸口的文字是艾伯特为了把奈杰尔的死讯告诉爱德而留下的。但如果被吊起来的天使坠落时,奈杰尔还活着的话,这个推测就不成立了。我突然想道:会不会其实是反过来的?"

"反过来?"内森问,"这是爱德向奈杰尔发出的信号?"

"不。假设蒂尼斯·艾伯特由于某种缘故死了,我觉得奈杰尔不可能一个人毅然生活下去。"

"于是,他用那样的方式呼唤不知身在何处的爱德。说得通。"内森附和道,"他的确是个像槲寄生一样的人,总是依赖爱德。天使坠落的地方有一具尸体,尸体的胸口写有诡异的文字,消息不胫而走,传到爱德的耳朵里。爱德以为摔死的是奈杰尔,前去确认。奈杰尔期待事态会这样发展吧。"

"不过这只是我的想象。丹尼尔医生,你怎么看?"

丹尼尔叹了口气,说:"我不知道。我只知道奈杰尔是在天使坠落的几天之后死去的。"

"我们完全不知道奈杰尔为什么会死,或者为什么会被杀。"安的声音里也混着叹息。

"艾伯特死了——这终归只是我的想象,只是假设,事实或许并非如此。"

法官伸出手,触碰安的肩膀。安握住了他的指尖。安的手指很冷,她的脸色应该也很难看吧。

"贝德莱姆地下的'HELP',是不是和奈杰尔的事没有关系?"安用故作平静的语气问。

"明天去确认一下吧。眼下只能确定,权贵们试图彻底掩盖洞窟事件。"

"希望埃丝特平安无事。给治安法官们送信的事,我已经安排好了,不过要明天才能全送到。"安恢复了干脆利落的语气。

6

安迪也加入了特权阶级。

安迪进入大房间时的状态,和迪芬贝克先生很像——比那更惨。他没法自己行走,被看护们拽着胳膊在地上拖行,然后放手扔到地上。他的眼皮张开,但眼睛像水里的石头一样,唇边流下混着泡沫的口水。

迪芬贝克先生以几乎要撞飞看护的势头冲了过去,跪在地上,喊着"安迪,安迪",紧紧抱住了他。我因此而知道了新来的人的名字。"安迪,为什么你会……安迪。"要是哪天我奄奄一息了,迪芬贝克先生会这样紧紧抱住我,喊我的名字吗?在我看来,迪芬贝克先生就好像相信只要紧紧抱住对方,生命就会从皮肤传至皮肤，让对方复活。在迪芬贝克先生的臂膀之中，安迪的手脚逐渐恢复了知觉。而如今，我想道，如果我将要死去，或者已经死去，爱德，你会像迪芬贝克先生对安迪做的那样，紧紧地、紧紧地、紧紧地抱住我，试图把生命分给我吗？

安迪的眼睛稍微动了动，看上去像是石头周围的水漾起了涟漪。"啊，安迪，安迪，回答我。能听见吗？是我。他们对你做了什么？用了那个吗？"爱德，你会这样呼唤我吗？我没有被用"那个"，但我看见了。那个太残忍了。

安迪……

呼喊安迪名字的迪芬贝克先生倒在了地上。他的后脑勺被看护重重打了一下。看护拿着棍棒。就像想要避免压到安迪似的，迪芬贝克先生一瞬间用手肘撑了一下地板，试图支撑自己的身体。

两个看护把迪芬贝克先生的双臂拧了上去。我一个箭步冲到其中一个看护背后，咬住了他的脖子。有皮肤破裂的感触，令人讨厌的味道在嘴里弥漫开来。对方的头发也被我咬到了嘴里。对方想甩开我。梅尔和小说家先生只是茫然地看着，不来帮忙。我莫名有些失落。大房间里的人们变得兴奋，骚动起来。恺撒开始发表演讲，诗人叫唤起不知所云的话，大笑男捡起掉在地上的棍棒，眉开眼笑地举了起来，想要打旁边的女人——那个抱着破布的女人。梅尔抓住大笑男的胳膊阻止了他。棍棒一下子掉到地上。大笑男止不住笑，开始边笑边哭。

我被看护甩开，屁股着地摔在地上。

被我咬了的家伙掐住我的脖子。

"交给我吧。"

从头顶传来声音。

那张脸我见过几次，是时不时过来的惩戒员。被他惩罚过的人之后说，他的惩罚方式和其他看护不同。被殴打的疼痛是能想象出来的。被割伤、被用火烧伤的疼痛，虽然没有经历过，但都可以想象。可那个不同。很少有人能有条理地形容感受。被用了那个的人，大半都根本顾不上解释了。

此前，这家伙只是偶尔过来。院长会将自己认为需要惩罚的人关进惩戒室，等这家伙过来后一并惩罚。也有相当多的人根本理解不了自己为什么会受到惩罚。

迪芬贝克先生的嘴唇变得苍白。他在进入大房间前被用过一次那个。总算逐渐恢复意识的安迪，脸色也变得像龟裂的土一样。安迪刚被用过那个。

烂人站在惩戒员背后。"您又惹麻烦了吗？"烂人故意用极为礼貌的语气对迪芬贝克先生说道。看护们再次按住迪芬贝克先生。

"奥曼，动手吧。"

烂人优雅地命令道。

我第一次看见惩戒员使用的器具。他在地上放了个木箱。不知道箱子里有什么，从侧面伸出金属一样的细绳，尖端系着金属棒。金属棒只有手握的部分是木制的，外面包裹着皮革。

另外，惩戒员还拿着用布包着的棍子。

"张开嘴。"惩戒员命令道，"不想咬到舌头的话，就张开嘴。"

他把用布包着的棍子塞进迪芬贝克先生嘴里。

然后，他把金属棒的尖端……这之后的事我不想写了。写不下去。爱德，你没见过那个。没见过的人是不会懂的。那个太残忍了。用那个的人，和命令别人用那个的人，都太残忍了。我现在一边写，一边回想着这件事恸哭。但是，爱德，你讨厌我哭，所以我一直没有告诉你这件事，因为一说出口，就一定会在说到一半时哭出来。

抱着器具的惩戒员，还有烂人、看护离开后，大房间一片死寂。平日里吵闹不停的家伙们也一动不动，全身僵硬。经历过的人恐怕感到就好像是自己又被惩罚了一遍；没经历过的人则第一次知道受罚时的惨状，我也是其中之一。大笑男、恺撒和诗人都僵在了那里。他们大概是害怕，一旦发出声音的话，惩戒员和烂人就会回来，以同样的方式惩罚他们吧。

"最可靠的大人"迪芬贝克先生变得像一块软绵绵的湿抹布一样，褪去衣物而裸露出来的下半身满是血和小便。他哪里也没有受伤，小便里却混着血。

塞在他嘴里的棍子被他紧紧咬着，拿不出来。

我去厨房要了一桶水和一块破布。住院者之中，只有我被允许出入厨房。啊，我不是住院者。我只是因为在这里出生才会待在这里，我不是病人。

在厨房工作的有两个厨师，那两个男人都是曾经的住院者。他们病好了，但出了贝德莱姆也没有可去的地方，就在这里工作了。有一个杂工也是痊愈的住院者。在这里工作领不到工资。

我想提起水桶时，杂工过来帮忙。为表感谢，我允许杂工亲吻我的脸颊。他把舌头伸到了离我的嘴唇很近的地方，我便别过了脸。

我有点害怕走到迪芬贝克先生身旁。被那个触碰身体时，迪芬贝克先生的样子简直不像是人了——惩戒员握起迪芬贝克先生的阴茎，将金属棒按到了睾丸根部。

迪芬贝克先生横躺在特权阶级的圣域——桌子旁边。梅尔和小说家先生正在照看他。

棍子滚落在地上,上面刻着深深的牙印,几乎要折断了。

之后,我失去了意识。

恢复意识的时候,我躺在母亲的床上。

母亲和平常一样像个人偶,但她的左手和我的右手交叠在一起。我想,是有人——大概是梅尔——把我们的手摆成了这样的姿势。我反而更想被梅尔紧紧抱住。毕竟,母亲她……爱德,你深爱你的亡母呢,现在也仍然爱着吧。可是,我无法体会这种心情。母亲是特别的存在。这是我从迪芬贝克先生那里获得的知识,而非自然而然的感情。

只不过……第一次睡在母亲身旁,我便不动了——不能动——我也产生了"必须保护母亲"这样的心情。因为她完全没有力气。

我起身去梅尔他们身边。圣域的地板上铺着一张毛毯,迪芬贝克先生就躺在毛毯上,旁边还躺着安迪。梅尔抱住我的头,把我的头埋进他的胸膛。我啜泣起来。爱德,那时我还没认识讨厌我哭的你。但是,我一哭,梅尔就显得比我还要难受,所以我只稍微哭了一下。

7

内森在贝德莱姆展开小小冒险的那一天。

拂晓时分,载着亚伯、克拉伦斯和本三人的马车从伦敦出发了。

他们没像上一次旅行时那样遇到麻烦,途中在酒馆吃过午饭,下午四点就到了牛津。一到出租马车扎堆的地方,就看到熟面孔尼克正靠在马车上叼着烟休息。其他马车夫也在吞云吐雾，只有那一片的空气里弥漫着廉价香烟的气味、马的体味与马粪的臭味混合的气味。

"哟。"尼克打了声招呼，"又来了啊。来吧，上车，上车。是去西威克姆吧。"

克拉伦斯精明地抢占了尼克旁边的位置。

"驾驶座是露天的，太阳下山后很冷的。还是去车厢里面更好。"尼克劝道。

"我有好多事想问你。"

"反正你们今晚也会在我家歇脚。有事要问我的话，在斧与蜡边喝边问如何？"

"是个很诱人的提议。不过，在到西威克姆之前还有时间。"

"风可够你受的。"

尼克轻轻拉了拉缰绳，马领会了主人的意思，碎步快走起来。

亚伯在过路费征收所付了费用。道路变成了平坦的白垩石路。

"那时我们大受打击，只想着把遗体运回伦敦，顾不上别的，但其实我们还有很多事要调查。"风削过脸颊，克拉伦斯缩着脖子问，"你知道把尸体错看成天使的踏车工人住在哪儿吗？"

"盲眼的那个住在村子外边的破烂杂屋。另一个人，就是脑子稍微有点问题的那个，把陈旧的水车小屋当成了自己的家。河水改变流向继而干涸之后，水车不再使用了，他就在那间空下来的小屋里住下了。只要有工作，那两个人就哪儿都会去，所以也说不准能不能见到他们。"

"脑子有点问题的那个人有个妹妹。"尼克说起没被询问到的事，"妹妹脑子也不正常。凯特跟她——凯特你记得吧，就是我的姐姐——凯特跟她是小时候的玩伴，一直挂念着她，处处照顾她。"

"就是那天被你姐姐施舍了面包还是什么东西的，像乞丐一样的女人？"

"是的。她叫贝姬。"

"贝姬也住在那间水车小屋里吗？"

"她以前当女佣时住在公馆里，不过现在住在水车小屋。"

"她为什么不再当女佣了？颠得真厉害啊，明明路这么平坦。尼克，你不觉得有点不对劲吗？从刚才起就颠簸得厉害。"

克拉伦斯一边用腰保持着平衡一边说。但马车突然大幅度向右摇晃了一下，他差点被抛出去，赶忙紧紧抓住尼克撑住身体。

"真不稳当啊。"

糟了，是不是要出事？尼克拉紧缰绳，但晚了一步，马车一下子侧翻了。车厢的门开了，亚伯和本滚落在地。

克拉伦斯也半滚着落到地上。

尼克跳了下来，蹲下身检查车轮，耸耸肩。

"还真没注意到这个。"

右侧的前轮几乎要脱落了。车轴断了。

"这可真是……对不住了，你们几个下车回牛津吧。"尼克一边使劲搔着头一边说道，"牛津有一家车匠开的店，去告诉店主，尼克的马车坏了，现在停在半路进退不得，希望他能赶快过来修理。这里距离西威克姆还很远，而距离牛津，因为刚出发不久，不算太远……对了，可以把马借给你们。会骑吗？但很不巧，只有两匹马。马寄放在车匠那里就行，车匠会把马带回这里的。真没想到会遇上这种事。修理马车特别费事，你们就在牛津的旅店住一晚吧。作为补偿，明天我免费送你们到西威克姆。唉，真是飞来横祸。对你们来说是飞来横祸，对我来说也是。"

"你平时没有好好保养马车吧。责任在你。"亚伯强势地说，"住旅店的费用也该由你来出。我们要求你额外付赔偿金都不过分。"

本拽了拽亚伯的袖子，表情像是在说别太贪得无厌。

"起诉的话，会赢的是我们。"亚伯坚持道，"我们在任何方面都没有责任，没道理蒙受经济损失。"

"的确。"尼克陷入沉思，"这事确实怪我。"他点点头，"但说到住旅店的费用，反正你们也是打算到西威克姆后住我家的吧。"

"说得也是。"亚伯也同意。

尼克难过地叹了口气。"付给车匠的钱是一笔很大的开销。我收不到钱，却要付过路税。"

"亚伯，你会骑马吗？这可是没马鞍的马。"本问道。

"要不这样，"尼克说，"你们几个在这儿等着，我骑马跑一趟，把车匠叫来。"

说着，尼克把马鞍从马车顶篷上拿了下来。

"准备得真周到啊，还有马鞍。"

"是啊，我常备马鞍和马镫，因为可能会有不得不骑马赶路的情况，比如被强盗抢劫之类的。"

"有马鞍和马镫的话，我能骑。"

亚伯把马鞍安到马背上，边帮尼克给马紧腹带边说。

"有钱人的儿子就是不一样。"克拉伦斯的语气里带着些揶揄。

"我的马已经习惯让人骑了，"尼克说，"没骑过马的人也可以放心大胆地骑。但如果你们担心的话，就我去。快点决定。到了晚上，车匠就不肯过来了。我也讨厌露宿野外，想赶紧完事之后回牛津。"

"有没有便宜的好旅店？我可不想再住开朗的酒林了。"

"我推荐'青龙'。饭菜好吃，价格也实惠。而且在三楼，"尼克说着稍稍使了个眼色，"能玩哦，虽然很贵。"

"你还兼职揽客的吗？"克拉伦斯说，"故意让马车出故障，推荐客人住在和自己秘密串通好的旅店，顺便拉皮条，事后再拿回扣。"

"你胡说八道什么啊。"尼克抗议道，"就算做这种生意，能拿到的回扣也很有限，都不够修车的钱。要揽客的话，我会介绍我老爸的旅店的。不赶紧决定的话，天可要黑了啊。"

"告诉我去车匠的店和旅店的路怎么走。"

被亚伯催促着，尼克用小刀的刀尖在白垩石路上刻画出路线。

亚伯单脚蹬上马镫，鼓足了劲跨到马鞍上。本被亚伯拉着手，被克拉伦斯和尼克抬着屁股，才终于爬上了马，他从背后伸出双手环住亚伯的腰。

"哎哟，好高。"

克拉伦斯在尼克的帮助下跨上另一匹马的马背。"哇，感觉不错。要不要拜托约翰阁下让我加入弓街侦探呢？这样就可以骑着马在市内巡逻了。"

"快点去吧。等修好车，我也去'青龙'住下。明天一大早就载你们去西威克姆。"

尼克轻轻拍了拍马屁股，马走了起来。本紧紧抱着亚伯的腰。

车匠已经结束一天的工作，喝起琴酒来。
"尼克的马车坏了？嘿，还真是少见。"
"是吧？"他向似乎是他妻子的女人搭话。尖下巴的女人正坐在角落的椅子上缝补着衬衫。
"是啊，很少见。"妻子点点头，用牙咬断线头，"你赶紧过去吧。"
"麻烦把马也带过去。是尼克的马。"
"好嘞。"车匠爽快地答道，站起身时脚底却有些不稳。琴酒的酒劲已经上来了，他不住地打着嗝。亚伯等人帮他把修车工具和木材装进货车。
"是车轮陷进石头缝里了吗？那家伙也真是的。明明是已经走习惯的路。"
车匠嘟嘟囔囔地发着牢骚，把尼克的两匹马和自己的马系到货车上，自己坐上驾驶座，出发了。
亚伯等人说了句"告辞"就要走出车匠的店。
"你们没有马车，打算怎么办呢？"车匠的妻子问。
"去'青龙'住一晚。"
啊哈——车匠的妻子递来一个意味深长的眼神。
"三楼的店好像关门了。"
亚伯想起来，尼克也说着"在三楼"向他们使了个眼色。
"能玩哦，虽然很贵。"

"青龙"不像"开朗的酒林"那样只有残羹剩饭的大杂烩，他们吃到了像样的饭菜。

老板娘把浓汤端上桌。

"听说在三楼能玩？"

克拉伦斯露出和气的笑容搭腔。老板娘一听，皱起了眉。

"并不是整栋建筑都由我们使用。我们在三楼只有两个房间，剩下的房间谁用，怎么用，都和我们没关系。三楼有隔断墙，那家店用的是另外的出入口和楼梯，跟我们完全没有关系。要玩的话，请从那边的入口进去。"

老板娘用手指比画着，示意他去外面绕一圈再进来。

"那女人有自己的马车，一楼甚至还有马厩和马车停放处。"

"是美女吗？"

对克拉伦斯的问题，老板娘以耸肩和撇嘴的动作回应。

被同性抱以敌意，看来是相当出众的美女，亚伯想道。

邻桌几个学生模样的年轻男人正吃吃喝喝，似乎对这边的对话产生了兴趣，投来视线。

"你们是在说'雅典'吗？"其中一个人搭话，"那里最近不营业。"

"学生为什么会对那种店的情况这么了解啊？"

老板娘用手肘戳了学生一下。

"喂，把菜端过去。"

系着沾满肉汁的围裙的男人喊老板娘过去。这个男人是老板兼厨师吗？

"'雅典'是三楼那家店的名字吗？"亚伯问。

"是的。"

老板娘端来煎鸡肉。"那种店学生又去不了。"她"咚"的一声放下盘子，又戳了学生一下。

"门关着，上着锁。马和马车都不在这儿，也看不见那个粗壮的家伙，当然，妖精女王也不露面了。"

听到"雅典"这个店名时，亚伯就感到心绪不宁。现在对方又提到妖精女王，他的猜测变成了确信。

克拉伦斯似乎也立即察觉到了。"粗壮的家伙是这个样子的吗？"他露出咬紧的牙齿给对方看。

另外几个学生说："没这么柔弱，要更加——"说着，他们尽可能张大了嘴，甚至露出了牙龈，"好像铁夹子一样。"

看来每个人对那个人的印象都一样。

"他是妖精女王的保镖还是情人，这个问题成了我们争论的焦点。"

"是打赌的焦点。"其他人订正，"保镖的说法压倒性地占上风。"

"但在我们去问清楚之前，他们就销声匿迹了，打赌没有作数。"

"再说也没人有勇气去问。"

"肉好硬。"本对克拉伦斯小声说，"之前斧与蜡的老板娘做的鸡肉特别嫩，可好吃了。"

"说是店会引起误解，那只是个普通房间。"一个红色卷发的学生说道。

"你还进过那房间吗？"另外几个学生一脸意味深长的表情。

"诸位，肃静。"

红发学生像要发表演讲似的，展开双手制止大家的议论。

"其实我以前稍微窥探过那个房间，因为门没有锁。这之后我就不能白讲了，随便谁，请我喝杯酒吧。"

"好，我请你。"亚伯敲敲桌子说道，"老板娘，给他来一杯……你要喝什么？"

"麦芽啤酒。"

"我请每位学生喝一杯麦芽啤酒。给我讲讲妖精女王的事。"

"只听别人讲,就像只闻烤肉的香味一样。"

"总比连香味都闻不到要强。"

学生们喝醉了,开始你一言我一语地说起胡话。

"诸位,这位先生很富裕。"一个人指着亚伯说。

"富裕,而且很慷慨。"另一个人狎昵地把手搭在亚伯肩上。

"外表看起来却是皮包骨。"其他人也插科打诨。

"酒馆是拥有财富的人养活拥有才能的人的慈善设施。"

"而且,酒馆还是——小心点,诸位——恶魔的告解室。一定要克制住坦白罪行的冲动。等着聆听轻率的家伙、说大话的人、拖后腿的人袒露的心声以抓住其把柄的恶魔是哪个?是谁?是你吗?"

"啊,葱啊,葱啊,穷人的芦笋啊。"

亚伯想要把话题引回妖精女王,向红发学生问道:"那么,你窥探那个房间,都看到了些什么?"

"不走运,正好撞上正要出门的粗壮家伙。迎面碰上了。他一副要把我撞飞的势头,锁上门走了。"

"'雅典'是什么时候关门的?"

"具体日期我可不记得。"红发学生一本正经地说,"我是说,在那之后,我就再也没有去过那种不道德的场所。虽然断言没有去过,但任何情形都存在例外,我稀里糊涂地又站到那个房间的门前,被坚固的锁挡住而没能进去,是在……呃……"他抬头看看天花板,想了想,断言,"五天前。"接着,他说,"那个胖子……"说到一半,他对本点头示意,说了声"抱歉",然后说:"不是说你。是说一个女人。我在门前遇上了传闻中的丰满夫人。"

"屁股很大的夫人?"

"你认识她?"对方露出有些羞愧的表情。

"不,不认识。"亚伯赶忙插话道。己方掌握的信息不能告诉任何人。

"你加了'传闻中的'这个前缀,她特别有名吗?"克拉伦斯也试着掩饰自己的失言。

"风传她被妖精女王迷得神魂颠倒。"

"她住在牛津吗?"亚伯明知故问。

"不,她坐马车过来。"

"够执着的啊,特意坐马车过来。她住在很远的地方吗?"

"估计是。"

"她在这边有亲戚?"

亚伯等人不幸与她同坐一辆公共马车去牛津时——正好四天前——她是这么说的。丈夫的谁的什么人生了孩子什么的。

"不,她好像会在这边住固定的旅店。"

"哟,她住哪儿啊?"

"总之不是这里。"

老板娘一边撤煎鸡肉的空盘一边插嘴:"是'半月'。"

"只在她住宿的时候,招牌会换成'满月'。"一个学生说了个让气氛变尴尬的陈腐玩笑,自顾自地大笑起来。

"听说她每次去住,都会预约下次住宿。旅店会派马车去接她。"

老板娘看上去不太高兴。

——这样啊。原来二轮马车是旅店派去接她的。她对玩男娼这件事感到心虚,所以才喋喋不休地撒谎。明明住在这儿就好了。她是觉得这样就不引人注意了吗？

"那家旅店离这里很远吗？还得坐马车过去？"

"走路过去也只要十五分钟左右，但走远路会生胯疮的吧。"

"她把那人，"老板娘指了指楼上，"用马车载到旅店。估计在马车里也想跟那人调情吧。"

"大屁股夫人，"克拉伦斯说到一半，又改口道，"丰满夫人是'雅典'的赞助人吗？"

"问我们详细情况，我们也很难回答。"红发学生答道。

"正是如此。我们不知道内情。"另一个人说。

"不过，在学生之间都传开了，看来她常去'雅典'的事传得沸沸扬扬啊。"克拉伦斯说。

"形容为'她对妖精女王的痴狂'传得沸沸扬扬也可以。"学生回答。

另一个学生插嘴："你们是知道妖精女王的真身吗？"

亚伯吓了一跳，但没有表现出来，装出诧异的语气问："真身？为什么这么说？"

"一般人都会先疑惑丰满夫人是不是女同性恋吧。"

被尖锐地指出这一点，亚伯哑口无言。他在脑子里把妖精女王转换成了奈杰尔，因此没觉得多丁顿夫人迷恋妖精女王有什么不自然的。

克拉伦斯瞬间糊弄了过去。

"哎呀，真的，的确是这样。我就是这么以为的。她不是女同性恋吗？"

学生中的两三个人对视一眼，抿嘴笑了笑。似乎也不是每个人都知道，也有人问："咦，什么？怎么回事？"

"那么，你觉得是怎么回事？"知道妖精女王"真身"的人卖起关子。亚伯在脑子里整理起从喝醉的学生们那里得到的信息。

奈杰尔和蒂尼斯·艾伯特之前在这里——"青龙"的三楼——生活着。奈杰尔是靠卖身赚钱的吗？有自己的马车，看来手头很宽裕。是有赞助人吗？多丁顿夫人作为赞助人给他提供经济援助？或者该说是包养他吧。然而，夫人从伦敦来牛津时坐的是公共马车，也没带随从，看样子家里不宽裕。是为了包养奈杰尔，才在其他方面节省吗？若是如此，她的丈夫多丁顿可真够丢人现眼的。

"他们突然消失不见，是因为那次斗殴吗？"红发学生喃喃道。

"斗殴？"克拉伦斯瞬间有了反应。

"发生过斗殴吗？"其他学生也问。

"听说在'开朗的酒林'，妖精女王的保镖被奇怪的人缠上，最后演变成了混战。"

"还出过这种乱子啊。可惜没看到。"没能目睹当时情形的学生毫不掩饰羡慕之情。

"你当时在场吗？"

"很遗憾，我不在场。"

"谁赢了？"

"不关我事。"学生大放厥词。

"我们的大学城市牛津里还栖息着那种地痞流氓吗？"

"毕竟我们的大学城市牛津里既有妓院也有男娼馆。"

"听说去挑衅的危险人士是外地人。"

"据在环欧旅行中漫游过大陆的前辈说，女人要属法国的最好。"

"不，我听说是意大利的最好。"

"女人只有两种，丑女和婊子。"

"这东西比女人省事多了。"一个学生吻了吻酒瓶，"空了就结束了。不会闹着要宝石，也不会要求感谢和爱。最令人满意的一点是，不会生孩子。"

学生们兴高采烈地以他们小圈子的方式聊着天，以至于话匣子克拉伦斯都插不进话。

"比羽毛还轻的东西是？"

"尘埃。"

"比尘埃还轻的东西是？"

"风。"

"比风还轻的东西是？"

"女人。"

"比女人还轻的东西是？"

"没有。没有，没有，没有。"①

学生们已经口齿不清了，亚伯等人觉得没指望问出更多信息了，就来到二楼的客房。有两张大床，床下各备有一个便壶。看来不会生跳蚤了。

本一个人睡一张床，亚伯和克拉伦斯一起睡另外一张。

但现在还不能睡下。

"尼克给我们推荐旅店，是巧合吗？"几乎在亚伯开口的同时，克拉伦斯也说："马车的车轴断掉是巧合吗？""为什么这么说？"已经躺下的本，声音听起来充满倦意。

"这之前，我们去西威克姆时，尼克的确什么都不知道。"

---

① 这段对话中的"轻"原文为"軽い"，既可以表示重量轻，也可以表示轻浮的意思。

"是啊。"

"但这次也太巧了。"

"如果知道些什么,他为什么不直接说出来,而是要用这种拐弯抹角的方式……"

奈杰尔自称妖精女王,这也是对爱德的呼唤吗?是期待爱德听到传言后会对此产生关切吗……亚伯思索着。

本睡着了,发出均匀的呼吸声。

"今晚要做两件事。进入妖精女王的房间,还有——"亚伯刚说到一半——

"去'开朗的酒林'询问艾伯特打架一事的经过。"克拉伦斯立即回应。

"兵分两路效率比较高。"亚伯说,"套话你更擅长,你去'开朗的酒林'吧。"

"可我连那对夫妇的脸都不想看见。"克拉伦斯一脸不情愿地答应了。

他们下了楼梯,发现学生们已经走了,老板娘正在收拾桌子。

"小心那边,喝醉的学生弄脏了。"

老板娘指向一块地板。亚伯轻巧地避开了。

"能借我们两盏手提灯吗?"

"去夜游?"

亚伯笑了笑,以此敷衍老板娘的调侃。

"先付了钱再出去。"老板娘办事滴水不漏。

"房间里还睡着一个人。我们不会抛下他,不付饭钱就跑的。行李也都还放在房间里。"亚伯说。但老板娘完全不听,把账单摆到了他面前。亚伯无奈地打开钱包。

"慢慢玩。"

把语气立刻变得和蔼的老板娘抛在身后,亚伯和克拉伦斯一起来到被夜色包围的户外。

"加油啊。"

"你也是。"

亚伯按照老板娘之前的指示,围着建筑绕了一圈,找到了一楼看起来像是马厩兼马车停放处的区域,发现紧里面有个楼梯。没有马也没有马车,但还剩下些装稻草的袋子和装饲料叶的桶。

他注意到楼梯下部有一片晕开的黑色污渍。他拿着手提灯靠近观察,怀疑那是血迹。他碰了碰,发现污渍已经干了,没有沾到手指上。在"开朗的酒林"发生的斗殴……

他用手提灯四下照了照,发现黑色污物溅得、流得到处都是。

在楼梯上部则没有发现像是血迹的污渍。

他在楼梯平台转弯,上到三楼。

跳动的心脏从内侧击打着胸骨。

为保险起见,他敲了敲门。没人回应,门锁着。他没闯过空宅。他认定木门不会太结实,便用力踢门。踢了几脚后,合页被踢坏了。

前室紧里面连接着似乎是用来接待客人的房间。长沙发是桃花心木材质的,外面包着缎子,靠背勾勒出优雅的曲线。橱柜里摆着葡萄酒酒瓶和玻璃酒杯。化妆台。大理石——不知是真的大理石还是仿制的——材质的壁炉台上摆着精打细磨的银质烛台。随着变换手提灯照明的方向,这些东西映入视野又融入黑暗。桌椅全是时髦的齐本德尔风格的。并没发现娼妓家里往往会有的过于奢华的装饰和挑逗性的器具,亚伯稍微松了口气。

用墙和门隔断的隔壁房间是朴素的卧室,连床都朴实无华,唯一的优点就是实用。亚伯凭直觉意识到这是蒂尼斯·艾伯特的起居室。

再里面的房间大概就是奈杰尔的私人房间了。有一张床以及桌椅之类的几件家具。与接待室不同,这里的物品都十分朴素。

手提灯照出的一圈微弱的光里浮现出爱德的面孔,亚伯吓了一跳。那是爱德不曾对我们露出的,温柔的微笑……那笑容里没有平日带着嘲讽的荫翳,而是满溢着哀伤。

若在白天,亚伯绝对一秒都不会看错。画得再怎么逼真,终归也只是铅笔素描。是因为室内的一切都失去了颜色,他才产生了错觉。

这是一张等身肖像画。光能照到的范围有限,没法一次看到画的全貌。爱德上身赤裸的胸口处是奈杰尔自己的脸。画上的奈杰尔只有头,被爱德用左手抱着。

桌子上也有多枝烛台,燃到一半的蜡烛下面垂着已经凝固的烛泪。

烛台旁边放着一摞纸。纸倒扣着,写有文字的那一面的墨水微微透到了背面。

亚伯把这摞纸翻了过来,用手提灯的火点燃了蜡烛。亮堂了一些,能看清楚文字了。

如果没有梅尔……我直到现在仍会时不时这么想。虽然这样假想也毫无意义,但我时不时就会忽然冒出这个念头。

  我忍耐得了吗?

  忍耐那里的生活。

  ……

III

1

事态变得令人担忧。

之前只是偶尔过来的惩戒员奥曼在贝德莱姆住下了。

没有空房间,他就住在地下仓库。奥曼对这样的待遇感到不满,要求烂人给他提供好些的房间。烂人安抚他说会增建房间。

"这需要得到董事会的许可。再等等。"

"只是增建一个小房间而已,这种小事用不着——跟董事会商量吧。"奥曼反驳。

"这要花钱的。"

"从你的私房钱里出就行了。你不是靠收参观费还是什么的昧了不少钱吗?"

"开什么玩笑。我才不会自掏腰包。"

"给砖瓦匠一点钱,让他们从工地顺点砖瓦回来就行了。让这里的家伙堆砌砖瓦可用不着花钱,反正董事也不会过来视察吧。"

"查问委员会会在这里的会议室开会。"

"只在有人申请出院时才开会吧。会议室的门不是很少打开吗?"

"不能擅自增建。"

对话就这么无止境地继续下去。

奥曼暂且在仓库放了一张床。那个器具应该就放在他住的仓库里。只要弄坏它,奥曼就只是个普通大叔而已了,他看起来没什么力气。

尽管这么想,但我没有勇气付诸行动。万一被抓住,就会受那个的惩罚。

烂人和奥曼不再在惩戒室用那个了,现在他们在大房间里,在大家面前用那个惩罚人。烂人意识到这样做能起到极为明显的警示效果。只要奥曼踏进大房间一步,大家就紧张起来。有人露出谄媚的笑容;有人垂下脸,避免与奥曼视线相遇。大家几乎不会表现出——无法表现出——反抗的态度。

即使如此,还是有好几个人因为一些鸡毛蒜皮的小事而被用那个惩罚了。

迪芬贝克先生不得不从客观的视角目睹自己曾是怎样的状态,沮丧到了极点。对他那样极富教养的人而言,在众目睽睽之下被剥掉衣物、露出下半身,而且还被人看见自己失禁的样子,是让他宁可去死一般的屈辱。不咬什么棍子,直接咬断舌头的话,该多好啊。迪芬贝克先生只对我一个人如同自言自语般喃喃说道。我想,其他人也就罢了,对迪芬贝克先生来说最难以忍受的,是被梅尔和小说家先生看到了自己的那副样子。他上次是在惩戒室接受惩罚的,没有被人看到最屈辱的样子。

屈辱这种心态也是小说家先生和迪芬贝克先生教给我的。因为住院者里有人会主动裸露身体,所以我一直以为这是再正常不过的事。

梅尔又时不时地一动不动了。见过迪芬贝克先生受惩罚的样子后，他的抑郁症似乎变严重了。

在这一连串的骚动与变化之中，唯一不变的是母亲。她安静地睡着。我忽然注意到，与我还年幼时相比，母亲的面容看起来苍老了一点。她会就这样睡着变成老奶奶吗？

但是，母亲很漂亮。不知是从什么时候起，我开始这样觉得。漂亮、美丽，这些是不用人教也能自然而然感受到的吗？

迪芬贝克先生、梅尔、小说家先生，再加上我，我们四个人的特权没有被剥夺。圣域保住了。在迪芬贝克先生的庇护下，安迪也成了特权阶级的一员。

写写安迪的事吧。

我认为迪芬贝克先生能振作起来，是托了安迪的福。并非安迪积极地做了什么努力。情况正相反，安迪在那之后一直神志恍惚，说不清楚话，迪芬贝克先生对他说话，他也只是发呆。

在努力让安迪振作起来的过程中，迪芬贝克先生自己振作起来了。但我不知道是他有意识让自己振作，还是自然而然变成这样的。

有一天，安迪在斯皮内琴前驻足。见不爱动弹的安迪对这架琴产生了兴趣，迪芬贝克先生便在斯皮内琴前的椅子上坐了下来。

迪芬贝克先生边弹边唱。

被用那个惩罚了之后，迪芬贝克先生的嗓音依然如故，演奏水平也没有下降。一段时间里，他由于疼痛而无法坐到椅子上，但现在症状已经消失了。

"神创造美丽之花。"迪芬贝克先生唱道。我也一起唱了起来。"赐予其名后……"

小说家先生和梅尔不唱。梅尔更喜欢听；小说家先生五音不全，知道自己一开口就会打乱迪芬贝克先生的音调。爱德，听到亚伯唱歌的时候——还记得吧，大家会时不时一起唱解剖歌——我想起小说家先生了呢。

安迪闭着眼睛。

  汝之名正是
  Forget-me-not

"你记得吧，安迪。"迪芬贝克先生说，"要弹吗？"他说着要把椅子让给安迪坐。

安迪摇了摇头，指着一个琴键。

"音准不对？"

听迪芬贝克先生这么问，安迪点点头。

"因为一直没调过音。"

迪芬贝克先生从箱子里拿出些工具，从侧面弯曲的琴身往里看了看，操作了几下。安迪按动琴键确认音准，像是在说"不，不"一样摇着手指，并用几乎贴在一起的食指和拇指尖的动作示意"再高一些"或"再低一些"。最后，安迪重重地点了下头，开心地笑了。

见安迪露出笑脸，梅尔、小说家先生和我都很高兴，但我们的喜悦远远比不上迪芬贝克先生的喜悦。

迪芬贝克先生又从头弹了一遍，唱了起来。我也唱起来。紧接着，安迪也加入了合唱，但我很惊讶，因为安迪在用不同的旋律唱着。安迪唱的旋律比我唱的旋律音调低一些，紧贴着我的旋律。迪芬贝克先生用更低的音调唱起来。三种不同的旋律和谐地汇聚成浑厚的声音。用迪芬贝克先生之后教给我的词来说，这叫三声部合唱。

住院者全都听得入神。

唱到最后的"Forget-me-not"这句时，在"not"的部分，三个人的歌声转为同一个音调，然后渐渐减弱、消失。

迪芬贝克先生转回身，从椅子上站起来，双手放到安迪的肩膀上，拥抱了他。

在那之前，我就听迪芬贝克先生讲过了：安迪以前是吹制玻璃工匠；迪芬贝克先生从前在教堂弹风琴时，教会了安迪认乐谱和弹奏风琴的方法；安迪和玻璃工匠师傅的女儿关系特别好。

"迪芬贝克先生为什么会被关进这里？"那时我这样问道。

"你还是不知道的好，奈杰尔。知晓秘密，意味着面临更大的危险。我们已经知道了梅尔的秘密。梅尔当枪手的事绝对不能泄露到外面。一旦被关进这里，就很难再出去了。外面的人害怕与疯子接触。甚至有病人家属觉得就算看起来治好了，万一复发也会很吓人，以此为由拜托查问委员会不要让病人出院。总之，秘密还是不知道的好。"迪芬贝克先生这么说着，阻止我继续追问。他只又加了一句："我待在这里，并且保持沉默，我所爱的人因此而得救。"

安迪请求迪芬贝克先生："可以弹'How can I leave thee'吗？"

"我小时候听过这首歌，但记不太清了。"迪芬贝克先生说完，安迪指了指椅子，问："可以吗？"安迪坐到斯皮内琴前面，弹奏起旋律，然后唱起歌。

这首歌似乎在"外面"广为人知，几个住院者也跟着唱了起来。

> How can I leave thee!
> How can I from thee part!
> Thou only hast my heart,
> Dearest, believe!

他们一脸怀念地唱着，每唱一句，跟着唱的人就变多。

> Thou hast this soul of mine,
> So closely bound to thine,
> No other can I love,
> Save thee alone!

安迪的弹法和迪芬贝克先生不同，没有把感情凝聚到指尖，只是准确地按着琴键而已。

歌声一片混乱，有人声音沙哑，有人跑调。大概是见五音不全的人也在唱而放下心来，小说家先生也加入了合唱。

"你也会唱这首歌吗？"迪芬贝克先生有些意外地问。

"小时候听过后记住了。"小说家先生说。

> Blue is a flow'ret
> Called the Forget-me-not.
> Wear it upon thy heart,
> And think of me!

烂人过来窥探,但大家没有发觉,继续唱着。我和梅尔对视一眼。我不知道歌词,所以没有跟大家一起唱。

烂人看起来像在犹豫要不要叫停。最终,他没有作声,离开了。

> Flow'ret and hope may die,
> Yet love with us shall stay,
> That cannot pass away,
> Dearest, believe.

弹完后,安迪走到房间的角落,背朝大家站着。他的肩膀和后背微微颤抖。

"再弹一会儿。""一起唱吧。"住院者纷纷说道,但没有人试图触碰放在圣域里的斯皮内琴。

安迪止住哭泣回来后,我递给他纸和铅笔,拜托他告诉我歌词。

"我不会写字。"安迪说,"我没学过识字写字。"说着,他用衣袖擦了擦鼻涕。

小说家先生帮我写下了歌词。

"这首歌和'神创造美丽之花'那首歌提到了同一种花呢。'Forget-me-not'是种什么样的花?"

听我这么问迪芬贝克先生,梅尔便画给我看。

"是蓝色的,就像晴朗的天空一样。"

那时,我深刻地认识到:事物具有颜色!

但梅尔被允许持有的只有铅笔,所以只能用深浅不一的黑色来表现颜色。我把梅尔画出来的黑白两色的花想象成晴朗天空的颜色。

情绪平静下来的安迪再次坐到斯皮内琴前面。

大家一首接一首地唱起《漫漫长路到蒂珀雷里》《小猫咪》之类的人人都会唱的歌。这些歌一开始我都不会唱，但很快就学会了。唱到《伦敦桥要倒了》时，大家手舞足蹈起来。小说家先生和迪芬贝克先生高举双臂摆出门的形状，大家排成一列，边唱边钻过这扇"门"。我也加入了队列。不知是谁说了一句，小时候经常这样玩。

诗人保持着轻蔑的态度，仿佛在说"真是无聊的游戏"。不过，在唱到"我美丽的淑女"①这句时，小说家先生和迪芬贝克先生放下摆成门形的双臂抓住正要钻过去的人笑着嬉戏，看到这样的光景，诗人终于用高亢的声音唱着"伦敦桥要倒了"加入了队伍。

我注意到，烂人正站在大房间的角落里，好像已经不声不响地在那儿站了半天了。他背靠墙壁，架着胳膊，之前一直闭着眼睛，此时却冷不防地睁开眼，猛然张大嘴。他看起来满嘴獠牙，当然，这只是我的错觉。他身旁有三个看护。

在烂人的示意下，看护们走了过来，上手要搬斯皮内琴。

"你们要干什么？"

迪芬贝克先生想护住斯皮内琴，却被撞开了。

"禁止聚众唱歌跳舞。对这架斯皮内琴予以没收。"

"之前可没有这种规定。"

只有迪芬贝克先生能做到堂堂正正地反驳。小说家先生背地里总说些很威风的话，在烂人面前却很老实。

---

① 《伦敦桥要倒了》歌词中的一句。

"这是因为之前没发生过聚众唱歌的事。"

烂人说话很礼貌的时候，必须要小心防备，因为他会霎时间变成另外一副面孔。这种反差常令我们吓得丧失反击机会。

我感觉要有危险了。我的预感应验了。

"搬走。"

烂人对看护们吼道。

梅尔展开双臂盖住键盘，喊叫着："我不再画画了。"梅尔说话不利索，费了好大劲才让最初的声音形成话语，"我不再画画的话，有人会很头疼吧。"

"不画的话，就惩罚你。"

烂人放弃保持优雅的态度，威胁道。

"被……被惩罚也不画。不给你画。"

"我……我可要喝酒了。"小说家先生怒斥。这完全是无意义的反抗，我感到有些滑稽。

并非所有住院者都无法理解周围的状况。即使是抱有奇怪妄想的人——如果不被迪芬贝克先生和小说家先生一一告知，我经常区分不了妄想与现实——以及一言不发、一动不动的人，大多数情况下也是能够理解状况的。梅尔在变得像块石头一样的时候，也是明白周围都发生了什么的。

就连这样的人，得知斯皮内琴要被抢走，也一步步逼近烂人。

虽然平时老老实实地服从烂人，但住院者人多势众。大部分人都憎恨烂人。

惩戒员奥曼此时不在场，这也给了大家勇气。

杀意织就的网已经张开，大概是感到自己要被网住了吧，烂人突然改变态度，带着看护们出去了。他回来时，奥曼也跟他在一起——奥曼带着"那个"。

烂人轻轻以眼神示意。应该是提前决定好了步骤，看护们一齐扑向迪芬贝克先生。

2

因为把今天和明天的庭审托付给了赛文达斯爵士，法官和安得以连续两天自由行动。

"昨天下午，阁下的部下来访时，我不巧出门在外，实在抱歉。"

怀勒院长虚伪地寒暄，领着法官和安来到接待室。

"您来是有什么事？"

"就是我昨天派使者送过来的信上写的那件事。我想再会见一次那个弹斯皮内琴的住院者。"

"那个想要伤害阁下的危险的……M-27吗？他在那之后一直亢奋不止，我不得不采取手段让他镇静下来，把他收容到别的房间了。"

"让他镇静下来的手段是指？"

"我给他用了鸦片酊，让他睡着了。"

"那之后他一直睡着吗？"

"给他用了比较大的剂量。"

"睡着也没关系。让我见见他。"

"您是想参观病人啊。"

"我想确认一下他处于什么样的状态。"

"但他还在睡着。"

"没关系。"

"他在地下的惩戒室。不，惩戒室这个名字不太好。那个房间以前的确是用来惩罚病人的，现在我管那里叫隔离室。"

"让我见他。"法官施压。

"您有什么权限？"怀勒毫不退缩。

"这对搜查而言是必要的。"

"阁下昨天过来时，提出的要求是想要了解关于……叫什么来着……呃，纳撒尼尔·哈特的事。"

说错名字，是为了显示漠不关心的态度吗？

"阁下已经确认了院内没有相关记录，看护也没有知道他还在这里时的情况。您再来一次，也得不到更多信息了。"

"奈杰尔·哈特和斯皮内琴演奏者在同一时期待在这里，所以我想向斯皮内琴演奏者询问奈杰尔的事。"

"这是不可能的，阁下。就像我刚才说的，他还在睡着。"

"这么说下去就没完没了了。让我见他，没法谈话也没关系。"

法官本以为怀勒会拒绝到底，不过怀勒说："既然您这么说，那我就带您去吧。请稍等。"说完，他就走出了房间。

不一会儿，他回来了，说了句"请跟我来"，引领法官一行人去往地下。

法官被戈登结实的手臂搀扶着，沿楼梯往下走。外面的光照不进来，法官能感受到周围的昏暗。怀勒提的手提灯的光在法官的眼皮背后微微摇曳。

"就跟内森说的一样，这里似乎是被当作仓库使用的。"安轻声说。

"请当心脚下。"怀勒装出关心的语气。

法官边走边数步数。响起嘎啦嘎啦的嘈杂声音，是怀勒在踢开地上的水桶腾出过道吧。

"这就是惩戒室,不,隔离室的门。现在,我来开锁。"

响起门打开的声音。接着是安的声音:"怀勒先生,那盏手提灯借我一下。"

法官意识到她是要自己控制照明方向,确认室内的情况。要是让怀勒来做,他肯定不会照亮对他不利的地方。

"这个房间连采光用的高窗都没有,十分空旷。没有床,地板上铺着稻草,贝克先生就睡在稻草上面。"

"不放床,"怀勒解释道,"是减低患者自残的风险。他们会用头撞铁框,或者撕下衣服拧成绳子,试图利用床栏自缢。不放包括床在内的一切家具,是为了患者考虑而采取的措施。"

"有一部分稻草湿了。他穿着衬衫和马裤,马裤也湿了。"

"刚才还没有湿。"怀勒的声音略显狼狈。

刚才……让我们等待的时候,他检查过一遍吗?法官的嗅觉也捕捉到了异臭。

"他似乎在昏睡,光着脚,手腕和脚腕上有擦伤。"

在安和戈登的引导下,法官在横躺着的贝克先生身旁跪下来,依次触碰贝克先生的手腕和脚腕。

"你给他戴上手铐和脚镣,监禁了他吗?"法官质问。

"这是在他发狂时进行的不得已的处置。"怀勒毫不发怵地反驳,"就那么放着不管,任凭患者随意行动的话,常有人拿头撞墙。"

法官再次触碰贝克先生的左手腕时,感受到了细微的反应。贝克先生反转手腕,似乎在试着用手指摸索触碰自己的人。

"怀勒先生,请你回避一下。"

"这可不行。"

"为什么?"

"这很危险。"

"处于这种状态的人做得了什么?"

"要是阁下有个万一,就是我的责任。"

"戈登,把院长先生请到房间外。"

对方有钥匙。法官在一瞬间考虑到被反锁在里面的危险,但转念一想,觉得对方不会这么目光短浅。他不仅把自己来访问贝德莱姆的事告诉了手下,也传达给了赛文达斯爵士。如果法官下落不明,便会有人强制搜索这里。惩戒室也不可能永远大门紧闭。

或许是被戈登的威吓吓到了,怀勒出去了。

"戈登,跟紧院长先生。"

响起关门的声音。

"贝克先生。"法官在贝克先生耳边轻声呼唤,"是我,治安法官约翰·菲尔丁。我解读出了昨天你用歌声传递的消息。安德鲁·里德利在这里吗?"

法官抬起贝克先生的手,把他无力垂下的指尖贴上自己的手。

"发不出声音的话,就用手指的动作表达吧。想说'是'的话就按一下,想说'否'的话就按两下。"

手指没有任何反应。

"贝克先生,请醒过来。"

法官轻轻拍拍他的脸颊。他只是脑袋摇晃了一下。刚才的反应似乎只是无意义的动作,就像睡梦中的人翻身的动作一样。

"你认识奈杰尔·哈特吗?他是在这里出生长大的。"

法官拍他的脸颊,摇晃他的肩膀,但都无法让他从昏睡中苏醒过来。重复了几次这样的尝试后，法官终于死心了。

法官来到室外。关门的声音、上锁的声音，在法官听来都如同怀勒彰显胜利的高声大笑。

"你到底对他进行了什么样的处置？"

"只是给他用了镇静剂。"

"过量使用鸦片酊会致死的。"

"我知道分寸。"

怀勒肯定是在带自己过来之前给贝克先生用了镇静剂，并摘下了他的手铐和脚镣。如果用了能让他从昨天中午一直昏睡到现在的剂量，是会危及生命的。虽然完全不懂医学，但这种程度的知识法官还是了解的。

"我改天再来拜访。那时候别让他睡着。"

"我无法与您约定。他发狂的话，除了这么做别无他法。"

"除了他，还有没有其他会演奏斯皮内琴的住院者？"

安德鲁·里德利跟贝克先生学过演奏风琴。

"没人有这种特长。也许有人以前会弹，但现在因为精神颓靡而弹不了了。"

您没别的事了吧——怀勒不露痕迹地催促法官离开。

"还有一件事。让我看看煤炭储藏库。"

"好奇怪的要求啊。为什么要去那种地方？"

"之后再告诉你理由。"

"那就不能允许了。"

"别每次都像找碴似的拒绝。"安插话道。

"说我找碴可真是……让人不知道怎么回答啊。我只是在尽院长的职责。阁下，您正在调查的纳撒尼尔·哈特和煤炭储藏库有什么关系？"

"我就是为了调查二者之间有什么关系,才想进煤炭储藏库看看的。"

"说来,昨天我接到报告说,倾倒口的盖子敞开着,有路人一脚踏空掉进去了。满身黑煤屑的年轻男子在走廊徘徊,看护去盘问,那个年轻男子辩解说他是踩空了掉进来的。如果他不是不小心掉进来的,而是故意溜进来的,我就以擅闯宅邸罪起诉他了。"

"让我进煤炭储藏库,对你来说有什么不方便的吗?"

"不,并没有。我只是纳闷您为什么会关心煤炭储藏库。"

"昨天从倾倒口掉进去的,正如你刚才推测的那样,是我派去的使者。由于贝德莱姆管理者的疏忽,盖子没有盖好,我的部下吃了大苦头。所幸他没有受伤。"

"那真是太好了。"

"我的部下在煤炭储藏库发现了奇怪的东西。"

"嗯?是什么?"

法官没有从怀勒的语气里感受到好奇以外的情绪。

"写着'HELP'的纸片。"

"原来如此,这可真是奇怪。有人曾被关在煤炭储藏库里吗?就我所知,并没有这样的人。"

一声"请进"之后,是开门的声音。

"这扇门平时是不上锁的。门上有锁和锁孔,但上锁的话进出会很麻烦,所以不会每次出去都把门锁上。这个地方不适合用来监禁人。"

空气中弥漫着浓厚的煤味,踩踏煤屑的感触从鞋底传到脚上。

法官左手扶墙,被戈登从右侧腋下架着,小心地前进。能感觉到安提着手提灯照亮了脚下。

碰到墙了。法官向右转，左手仍扶着墙继续走。墙的手感稍微变了些，很难形容与刚才的手感有什么不同。碰到了小小的块状物。法官用手掌握紧差点嘎巴一下掉下去的块状物，递给安。

"这是什么？"

"是煤屑。"

"安，照照墙底下。煤屑有没有陷进墙里？"

"有，有好几块都陷进墙里了。"

法官继续数着步数前进，又一次碰到墙，于是右转。

"这块地方呢？煤屑陷进墙里了吗？"

"不，煤屑把墙弄脏了，但并没有陷进墙里。约翰阁下，我们正走在煤山脚下。路不好走，还请小心一点。"

右转，再右转，绕着不是很大的煤炭储藏库走着，法官有些后悔没带内森一起来。他不在的话，就无法确认他是在哪里摔倒并捡起写着'HELP'的纸片的。当然，去马洛找罗伯特的遗孀询问关于多丁顿继室的事也是紧急事项，这也是无奈之举。法官这么自我安慰着，不知不觉间已经沿着墙走了一圈。

"只有那面墙上的煤屑陷进墙里了，对吧？"法官向安确认道，然后以不容拒绝的强势语气命令怀勒，"让我再去一次惩戒室。"

"是隔离室。"怀勒订正，"又要去吗？"他毫不掩饰厌烦的心情，故意重重叹了口气，打开了锁。

法官右手扶着墙，被戈登从左侧腋下架着，和刚才相反，这次是逆时针走。脚下没有任何障碍物。稍微靠近房间中央一些的话，就会撞到躺着的贝克先生的身体吧。

来到外面后，法官边上楼梯边问安："我现在是不是浑身黑黢黢的？"

"没内森那么严重，只有手掌是黑的。内森是整个人撞进煤山里才会变成那样。我的手也脏了。"

"怀勒，让我在接待室休息一会儿。我想要点热水洗手。"

"倒是我正想提议休息一会儿呢。请跟我来。"

在接待室的椅子上坐下后，法官一边用热水洗手，一边在脑子里画着地下空间的平面图。

"怀勒先生，地下被分成了紧挨楼梯下面的空间、惩戒——不，隔离室。还有煤炭储藏库这三块空间，对吧？"

"是的，怎么了？"

"和这栋建筑的外观相比，地下的空间很逼仄啊。"

"因为并没有把建筑下面的所有空间都建成地下室。"

"三块空间的布局是这样的吧？"

法官用手指在空中描画。

地下空间是把三个矩形摆成一个倒"L"形的布局。楼梯下面的空间和隔离室横着排列，煤炭储藏库从楼梯下面的空间竖着伸了出来。

"应该还有一个房间两面墙分别和隔离室、煤炭储藏库相接。"

法官故意十分肯定地下了结论。他想试探对方的反应。

"原来如此。很有道理。不过我从没这么想过。"

煤炭储藏库里有被系到纸片上的蜘蛛尸体。就如怀勒所说，煤炭储藏库不适合监禁，还会有人进进出出。另有一个房间的假设是成立的。被幽禁在那里的人把用来求救的使者蜘蛛从锁孔塞到了外面，也就是煤炭储藏库里，期待着出入煤炭储藏库的人能注意到。虽然是虚无缥缈的期望，但估计除此以外没有别的方法了……"

"但我刚才摸了一圈，间隔墙上没有门。"

"是的，没有。"安附和道。

"那么，顺着这个思路想，就必然会得出一个结论：门被灰泥封上了。在纸片上写'HELP'时，那个人还活着。他是活着被封在里面了吗？但并没有只在门的部分涂上灰泥，如果有，就会有凹凸的触感。至少从我的手触碰到的部分来看，那面墙虽然有些粗糙，但整体很平坦。有煤屑陷进墙里，其他几面墙则没有。也就是说，只有那面墙后来又被涂了一层。怀勒先生，你上任之后修补过地下的墙吗？"

"修补墙？"怀勒诧异地反问。法官没有从他的回答里感受到虚假的气息。

"有必要拆除煤炭储藏库左侧的墙。"

"这怎么行！理由是什么？我没有这个预算。拆除之后必须要重建，这也要花钱的。威斯敏斯特地区的治安法官阁下会负起责任出这笔钱吗？"

墙对面有房间只不过是想象，是否发生过犯罪也无法确定。写"HELP"纸片求救的人是否曾被幽禁在那里？就算是的话，这和奈杰尔的事又是否有关？

威斯敏斯特地区的治安法官不具备在没有证据证明发生过犯罪的情况下，强制破坏墙壁的权限。

从肯特来到伦敦的牛群走过伦敦桥，穿过狭窄的小道，向史密斯菲尔德的家畜市场走去。约翰·菲尔丁法官乘坐的轿子经历了被卷入牛群的灾难后，抵达了怀勒前一任的院长查尔斯·麦格雷戈的住处。安骑着马所以没事，但戈登的鞋子上估计沾满了牛粪。

刚在接待室碰面，下议院议员麦格雷戈就喊道："是来请愿的吗？"语气高高在上。

"您应该知道，我非常忙碌，没有预约的话我拒绝会面。但治安法官约翰·菲尔丁阁下大驾光临，我总不能拒之门外。还请长话短说。"

"我想问问您担任贝德莱姆院长时的事。"

"那时没出过什么问题。"

"您是从萨姆·拉特先生那里接任院长一职的吧？"

"是的。"

"希望您能告诉我拉特先生的住址。"

"我不知道。"

"完全不知道？"

"完全不知道。"

"您在任时，住院者里有没有叫奈杰尔·哈特的人？"

"不知道。"

"那叫安德鲁·里德利的人呢？"

"不知道。约翰阁下，您是觉得我了解所有住院者的名字和履历吗？"

"不是这样吗？"

"您了解威斯敏斯特地区所有居民的名字、职业和履历吗？"

"这不可能。"

"我也一样。"

法官想反驳说二者的人数和规模完全不同，但要是吵起来的话，就什么都问不出来了。

"院长的职责是运营并管理贝德莱姆。我没法对每一个住院者负责。如果有住院者破坏了规矩，会有惩戒员来处罚他们。住院者过的是独立自主的生活。"

"惩戒员是一个叫特伦斯·奥曼的男人吗？"

"对……是这个名字。记得是叫奥曼。您认识他？"

"不，我没见过他。他是个什么样的男人？"

"什么样……就是个普通的男人，中等身材。硬要说的话，嗯……应该算是个好男人吧。"

"您见过他惩罚住院者的场面吗？"

"那场面惨不忍睹。我见过一次。他住在地下的一个房间，我就下令以后把那个房间兼作惩戒室了。"

"他用的是什么样的器具？"

"看上去像个箱子，伸出一些像细绳一样的东西，他用那些'细绳'的尖端触碰受罚者的太阳穴或身体。"

法官没能得到比这更加详细准确的描述。

"听说现在在贝德莱姆工作的看护都是您或者现任院长雇用的。您担任院长时，没有从您的前任院长在任时起就在贝德莱姆工作的老员工吗？"

"不，有三个老员工，但他们一个接一个地辞职了，我就又雇用了新人。"

"您知道以前的看护现在在哪儿吗？"

"我怎么可能知道。"议员不耐烦地打断道，"我才不知道那些下贱之人的住处。您去查查记录就行了吧，不过也得有记录看护的迁居之处才查得到。"

"那记录恐怕是杜撰的，连住院者的名字都不清不楚。您上任时，记录就已经乱七八糟了吗？"

"记录？我为什么要看那种东西？我担任贝德莱姆的院长时

非常忙碌，抽不出时间去做没必要的事。现在我也很忙碌。差不多问完了吧？"

"地下煤炭储藏库的隔壁房间是什么状态？"

"您觉得我会去地下？"

"您没查看过地下吗？也没看过惩戒室？"

"当然了。"

"接替了您工作的怀勒先生好像也想进入政界。"

"他很有前途。我打算关照他一下。"

"查尔斯·麦格雷戈！"

刚一回到法官官邸，安就愤愤地啐道。

她的语气让接过法官帽子的侍从芬奇下意识地后退了两三步。

"那种男人在议会能干什么？不负责任，完全没干劲。只贪图声名和地位的卑鄙——"安正想接着骂一句"浑蛋"，但克制住了。

安去弓街侦探的值班室听完汇报回来，向正在私人房间休息的法官报告道："还没有任何关于布彻和喀戎的消息，也打听不到埃丝特的消息。"

法官感到安把脸埋在了自己的腿上。她大概正跪着。

"姨父，我好担心埃丝特。"

法官抚摩她的后背，用手指抵住她的下巴让她抬起头来。

"对不起，我失态了。贝克先生的模样实在太凄惨……但贝克先生没受到奥曼的惩罚对吧，怀勒说奥曼带着器具离开了。"

"安，别慌，继续推进搜查吧。搜查是有进展的。埃丝特讲述的事一点点得到了证实。贝克先生是实际存在的人，他尽管在一七六〇年左右就进入了贝德莱姆,却向我们强调了洞窟事件发生的一七六一年以及埃丝特、安迪的名字。我们据此推测,安迪被关进贝德莱姆后与贝克先生重逢,把洞窟事件告诉了贝克先生。我们还知道了富兰克林博士的弟子,令埃丝特感到厌恶的特伦斯·奥曼这个男人常去赌场,有偷东西的毛病,在洞窟事件发生后被博士解雇了。"

"奥曼在那之后当了电气艺人。"安翻着笔记说。

"笔记上记录着雷·布鲁斯从战场归来后,生活拮据到吃了上顿没下顿的程度,奥曼去找他,把他交给了布彻。雷·布鲁斯说,奥曼在那之后就洗手不干电气艺人这行,改做别的工作了。"

法官想起来,雷·布鲁斯说到这里时,自己从他的声音里感受到了混浊而令人厌恶的东西。

"所谓别的工作,就是去贝德莱姆当惩戒员吗……"

"奈杰尔在贝德莱姆时,跟贝克先生、安迪和特伦斯·奥曼有没有过接触呢?他们在贝德莱姆的时期是有重合部分的。"

"安,吃完晚饭后去拜访丹尼尔医生吧。下午他应该还在医院工作。"

丹尼尔·巴顿医生也了解关于电的知识,他有过用蓄电瓶把心脏停搏的女童救活的成就。法官记得自己还听说过丹尼尔曾与富兰克林博士面谈,学习蓄电瓶的制作方法,还买了实物。

法官利用晚饭之前的时间去奈杰尔的墓前献了花。他忍不住想起亚伯他们围着空棺材唱的解剖歌,以及唱出最后一句歌词的爱德和奈杰尔。法官听见了安的轻声呜咽。

回到官邸后,内森正好过来汇报。

"辛苦了。"法官慰劳道。

"看样子没晕船。"安稍微调侃了一下。

"没什么特别的收获。罗伯特·巴顿夫人说相比社交圈，自己更喜欢马洛的田园生活。不过，她告诉了我一点关于多丁顿现任夫人的事。她叫斯特拉，是多丁顿的继室，以前是多丁顿蓄养的情妇。夫人——名字是莉奥诺拉——病逝后，多丁顿就要了斯特拉。"

"埃丝特也讲到过续弦这件事。"安说，"是达修伍德领主馆的那个名叫贝姬的女佣告诉埃丝特的。"

"斯特拉在被多丁顿蓄养之前是妓女。"内森又添加了新的情报，"听说因为她出身低贱，多丁顿娶她时还跟家里起了冲突。不过，多丁顿本是药房家出身，并非贵族，而且以多丁顿家为主要客户的事务律师怀特先生很能干……"

"等等。怀特，是叫怀特吗？"

"姨父！"安紧紧握住法官的手，"贝克先生以前是实习律师。"

在英格兰，律师分为事务律师和诉讼律师。除法庭上的辩护以外的一切法律事务都由事务律师处理。遗产继承纠纷之类的案子如果闹到法庭的话，事务律师就会把案子委任给诉讼律师。

    White is a flow'ret

    Called the Forget-me-not.

    一朵白色小花，叫作勿忘我。①

---

① 英语中的"White"既可以表示白色之意，也可以表示"怀特"这一姓氏。

"原来如此。多丁顿委托的事务律师名字叫怀特啊。安，明天去查伦敦市内的事务律师名册，找出怀特的住址。"

"我帮上忙了吗？"

"帮大忙了！"

"另外，巴顿夫人还说，罗伯特·巴顿曾经给多丁顿的前妻莉奥诺拉看过病，诊疗记录等文件都原封不动地放在伦敦的巴顿府邸。"

"我正好打算去拜访丹尼尔医生呢。"

"内森，你给我们带来了幸运。"

"还有，罗伯特在闲聊时向夫人透露过不得了的事。据说国王陛下曾有段时间精神严重错乱，让人以为他疯了。此事被作为机密掩盖下来，但陛下在宫廷之中的异常举动被人看到了，这事就被侍女、用人们传开了。虽然没传到民间，但社交圈里的人，尤其是夫人们都对此议论纷纷。"

"是什么时候的事？洞窟事件发生的那阵吗？"

"不，比那晚很多。据说是在八九年前，陛下快到三十岁的时候。"

"是怎么个异常法？"

"夫人用了'精神错乱'这个形容词。陛下时而叫唤着不知所云的话从一个房间冲到另一个房间，时而一连好几个小时用演讲般的口吻喋喋不休地胡言乱语，时而不顾马裤掉了露出半个屁股就想骑着马闯进教堂。"

如果这些都是事实，那么国王陛下就是个彻彻底底的疯子。

"不过据说这些都只是一时的发作，严重的症状很快就消失了。"

这之后，内森又一次吃到了法官官邸的晚餐。

"欢迎您过来。"丹尼尔·巴顿握住法官的手，声音里透出难得见到朋友的开心。

等亚伯他们从西威克姆回来后，让他们多来看看丹尼尔医生吧。法官如此想道。

法官被丹尼尔招呼到缭绕着泡标本的酒精味的书斋里，隐约感受到蜡烛的热量。

切莉端来饮料，说："法官阁下，摩尔小姐，很高兴又见到你们。"她的语气也很快活。

一说到关于电的话题，医院工作带来的疲惫就从丹尼尔的声音里消失了。

"那个惩罚器具恐怕能用电给人强烈的刺激。我猜箱子里装着蓄电瓶，那个人应该还持有起电机。"

"听说医生您用它救活了心脏停搏的女童。真棒啊。"

"不，也就那一次。我从博士那里得到了蓄电瓶，但我没有起电机，所以没法再用了。电离投入使用还很远。就连富兰克林博士也苦笑着说，这东西只有把鸡和火鸡电死，让它们的肉质变得柔嫩鲜美这么点用。没想到会被用来惩罚病人……"

"贝德莱姆的前任院长也说那场面惨不忍睹。现任院长说他觉得那太残酷了，所以解雇了惩戒员。"

"想把电投入使用，需要非常强力的发电装置。我解剖并观察了电鳐，发现电鳐体内有大量由圆盘堆叠成的柱状器官，这可以对研究起电机和蓄电瓶起到参考作用，但我既没有时间也没有资金研究这些。据说新大陆栖息着能发出强电的巨大电鳗，富兰克林博士觐见国王陛下时献上了一条。真想看看实物啊。好想解剖它，看看它的身体是什么构造。我只见过富兰克林博士一次面，但跟他聊得特别投机。博士抛弃对国王陛下的忠诚心回殖民地去了，真是太令人遗憾了。"

"博士把电鳗献给国王陛下这件事我好像听说过。是什么时候的事？"

"是博士来到伦敦的那一年。嗯……是多少年前的事了？那时现在的陛下还没即位……是乔治二世陛下在位的时候。啊，是发生反对民兵制的暴动的那年。"

"博士是在暴动发生的那一年来到伦敦的啊。是皮特和纽卡斯尔的联合政权诞生的那年，那么，也就是……一七五七年。那年还发生了粮食暴动，很不太平。"

"国王陛下拿着这条电鳗也只不过是对宝物的浪费。博士做的这件事完全没有意义。要是把它赐给我，它就能成为珍贵的研究材料了。"

"医生，您知道电鳗的寿命有多长吗？"

"听博士说，大约是十五年。"

"博士献给陛下的电鳗当时多少岁？"

"呃，这种细节博士自己也不清楚吧。"

博士把电鳗献给国王陛下后，已经过去十八年了。法官想，那条电鳗恐怕已经死了，但是……

"那条电鳗是什么样子的，应该和鳗鱼差不多吧？它有多大？"

"实在、实在是很遗憾，我听博士说这事时，博士已经把电鳗献给国王陛下了，所以我没有看到实物。我真是不甘心到了极点。泰晤士河里没有这种鱼。博士说他献给国王陛下的那条电鳗体长八英尺——八英尺多少英寸来着，总之，算是体格最大的那一档了。"

"它发出电的冲击力大概有多强？"

"对电这东西本身的研究还不充分,听说也有人因触碰太强的电而死亡的情况。据博士说,人把手伸进电鳗栖息的水里不会有太大事,但电鳗受到刺激后会发出强电。小鱼会被电麻,动弹不得,成为电鳗的食物。人如果用力踩电鳗,也会受到严重伤害。"

"安,确认一下笔记。我记得在洞窟事件的记录中,应该出现过'腥味'这个词。"

"好的,约翰阁下。"

法官眼皮背后的微弱光芒稍稍移动了一下,是安把烛台移到了手边吧。

从埃丝特长长的讲述里找一个单词是件很费时间的事。

"跳过讲述阿尔莫妮卡制作过程的部分,直接看洞窟事件的部分就行。"

安又找了半天,最后——

"没有'腥味'这个词。"安说,"不过……有'比林斯盖特海鲜市场一般的气味'这个表达,还有'比林斯盖特一般的讨厌气味'这个表述。"

"就是这个!这种表述是在什么情况下使用的?"

"起初是到达达修伍德爵士的领主馆后,埃丝特和安迪一起去卧室时。他们跟着抬阿尔莫妮卡的男人们走,但在混乱中跟丢了,好不容易又找到队伍时松了一口气,但那些男人抬的不是装阿尔莫妮卡的箱子。箱子上包裹的不是毛织的粗布,而是由豪华金银丝线刺绣的粗布。埃丝特说,从箱子里散发出一股像林斯盖特海鲜市场一般的气味。啊,她还说,男人们某个搬箱子走的楼梯上留下了水痕。埃丝特推测搬箱子的男人憋不住了,但总不能中途放弃任务,迫不得已就地解决了。第二次提起是在大家一个接一个地进入洞窟后。她说,半路上隐隐闻到一股比林斯盖特海鲜市场一般的气味。"

"那时她没有提到用有豪华刺绣的布包裹的箱子啊。"

"她没有提那个箱子,但那个箱子应该被搬进洞窟了吧。因为散发出了恶臭。"

"安,你说'和同一个姑娘举行两次婚礼'这句话很奇怪,对此很在意。贝姬对埃丝特说出这句话,也是在那个时候吧?"

"是的,某个抬着阿尔莫妮卡的男人似乎就是那个会'举行两次婚礼'的人。"

"虽然觉得这件事跟洞窟事件无关……医生,不好意思,您有没有听罗伯特先生说起过,我们的国王陛下在八九年前曾经精神错乱,或者说疯病发作?"

"哦,好像听他说过。不过哥哥不是陛下的御医,这只是他从看诊的女士们那里听来的传闻。女士似乎什么都会对主治医生说呢。"

丹尼尔所说的国王的症状,和内森从罗伯特·巴顿夫人那里问到的基本一样。

"为陛下进行治疗的医生团队的处理方式,是基于陈腐的体液学说的做法,听说陛下吃了很大的苦头。医生团队的诊断是,精神错乱的发作是因为脚里的体液上行到了脑子里。听说他们为了让体液回到脚里,把陛下浸泡到热水里,泡完后用毛毯包裹起来,然后把涂了芥子的膏药贴在陛下的脚底。陛下的脚底因此长满了水疱。但因循守旧的医生们认为这表示体液回到脚里了,按住因为吃痛想撕下膏药的陛下,把一大堆蚂蟥紧紧贴在陛下身上来放血。从那之后,陛下精神错乱的症状消失了,医生们认为这种治疗方法见效了,越发自信。真让人头疼。"

"有没有可能是洞窟事件对陛下的精神状态产生了某种影响？"

"哎，这我就不知道了，那是洞窟事件好几年之后的事了。实际上，关于身体结构和精神活动，人们还什么都不了解。但我可以断言，以往的学说通通是错的。我绝不认可把那些学说视作权威的学者。解剖也尚且——"

法官知道丹尼尔医生有一旦陈述起自己的观点来就没完没了的毛病，换了个话题。

"我还有件事想要拜托您。罗伯特先生留下的诊疗记录里应该有多丁顿的前妻莉奥诺拉的记录，我想查看一下。"

法官从后门进入了中庭另一边罗伯特的宅邸。丹尼尔也有钥匙。女主人几乎不回来，宅邸里满是霉与尘埃的气味。只有标本室是例外，丹尼尔会让学生们打理这里。

丹尼尔拿着手提烛台走在前面。

法官沿着大楼梯往上走。同行的戈登从右侧搀扶着法官。法官左手扶着扶手，隐约感受到尘埃的触感。法官想，楼梯上恐怕会留下脚印。

安曾说罗伯特的书斋"整理得井井有条"，但书斋也满是尘埃的气味。

"莉奥诺拉·多丁顿夫人啊，她的记录不多，太早以前的可能已经处理掉了。光是从记录上来看，夫人没有宿疾，虽称不上强健，但只得过些感冒之类的小病，没生过太严重的病。哥哥有时会给她开强体剂，起不到太大效果，但多少能带来点心理安慰。从记录上最后的症状来看，她得了胃肠疾病，腹痛、呕吐、发热……"

"有没有中毒的迹象？"

"光靠这些判断不出来,得在死后立刻解剖才能知道。有什么可疑之处吗?难道,我哥哥又……"

"不,这不可能。"

"有很多毒物都会让人出现这样的症状。吃了坏掉的食物的话,十有八九会为出现这些症状而痛苦不堪。"

"砒霜也是吗?"

"是啊。要是能采集到血液的话,就能用爱德的那个器具检测一下是不是砒霜了……约翰阁下,爱德那边后来有什么消息吗?"

"不,还不清楚,不过差不多在今天,亚伯他们也许在西威克姆见到他了。"

"和亚伯他们合作查明奈杰尔的死因不就好了吗?那孩子太固执了……"

快满二十六岁的青年,对丹尼尔医生来说也只是"那孩子"。

3

爱德,我为什么是在以对你诉说的口吻来写呢?明明我并不打算让你读。我甚至不知道你现在在哪里做着些什么。是因为我想对某个人倾诉一切吗?是因为这"某个人"除你以外就再也没有别的人选吗?这些事,我对任何人都说不出口。我是在贝德莱姆出生、长大的,这件事我也只告诉了你。亚伯、克拉伦斯和本都是很好的人,即使知道了我的来历,应该也不会讨厌我,但对我的态度肯定不会和之前完全一样了。尤其是他们会摆出一副"我完全不觉得这有什么"的面孔,这太刻意了。

来到外面后，我知道了人们是怎样看待那个地方的。那是个比监狱更阴森、更危险、更无法理解的地方。里面收容的人也是一样。

从那里出来后……怎么出来的？就连对你我也说不出口。正因为是对你，我才说不出口。因为你在不知道这件事的情况下都远离了我。院长要把我卖到供人消费男色的店里，所以我逃走了。我是这么对你说的。嗯，就当是这样吧。

我们分开吧。你这么说的时候，我应该是微笑着点头了。就像嘴唇分成上、下两部分，并且再也不会靠在一起那样，我自己也被撕裂成了两半。话一说出口便不会消失，想要收回也是徒劳。你明白的，明白我的微笑是死亡刻下的恸哭。以死者的身份活下去？不，不对。你是在逃避我们两人共度的未来。你畏惧着我。

明明当初是那么快乐。是我告诉了你玫瑰酒吧这个地方，教会了你真正的吻是怎样的，并且，让你体验到了杀人的感觉。那家伙是坏蛋，让他活着的话，你最爱的人——老师——会陷入绝望的境地。我为你找了这个借口。你一旦下定决心，行动便没有一丝犹豫。你甚至在享受这个过程吧？享受玩弄计谋的过程。曾是强者的人，变成了普普通通的"猎物"，完全无力的物体。你体会到了强烈的成就感，力量奔涌的快活感也觉醒了吧？你大概会压抑这些感觉，一直装作没有察觉。你连自己都在欺骗。但是，你已经体会到了啊。

打住吧。我不是为了说这些才开始写的。

安迪弹斯皮内琴，大家边唱边玩的时候，我还没有变声。迪芬贝克先生对我的嗓音赞赏有加，教给了我发声的方法。我按照他教的做，很轻松就能唱出高音。我觉得画画比做发声练习更开心，但我这么说的话，迪芬贝克先生估计会感到难过，所以我有点为难。这倒不是什么大事。

迪芬贝克先生被第三次用那个惩罚之后，一段时间里，大家都了无生气。

第三次受罚之后，迪芬贝克先生没有像第二次时那样丧失气力消沉下去。或许他是觉得虽然疼痛很剧烈，但只要熬过那一时就行了，因而变得从容了。

安迪振作一些了，迪芬贝克先生也恢复了力量。迪芬贝克先生、小说家先生、梅尔、安迪和我，我们五个人相处得很好……我想是这样。还可以再加一个人，把我的母亲也算进去。梅尔从不碰我母亲一根手指，但守着一直沉睡的她时，眼神温柔极了。

安迪没有说自己为什么会被收容进来。"埃丝特呢？"迪芬贝克先生问。"她死了。"安迪说完，放声大哭。"那么可爱的姑娘……"迪芬贝克先生哽咽了。"怎么回事，她病了吗？"迪芬贝克先生又问。安迪忽然露出马上就要受到严刑拷打一般的恐惧表情，迪芬贝克先生也担心安迪的精神又会出问题，就没有再追问。

且不提小说家先生，另外三个人都怀有不能泄露的秘密。为了保守秘密，他们才被幽禁在这里。他们明明不是病人——梅尔稍微有点病，但那是因为烂人这家伙把梅尔爱过的人自杀了的消息告诉了他。

只要烂人和奥曼不投下阴郁的影子，这里的生活对我来说倒也还算舒心。这样的日子就这么持续着。在梅尔的教授下，我的画技越来越精湛；托小说家先生和迪芬贝克先生的福，我的知识越来越丰富；安迪对我也很好。但是，日复一日过着同样的日子,我开始感到无聊。住院者里也有在这里度过了好几十年的老人,我难道要一直待在这里,变成他们那样吗?迪芬贝克先生之前说过:"从法律角度来说,你是自由之身。你只是因为在这里出生才会留在这里,无论法律还是医学都不能束缚你。"而小说家先生说过:"你还太小,没法到外面一个人生活。在你能独立生活之前,先忍一忍吧。"

在贝德莱姆里待着,感觉不出时间过去了多久。迪芬贝克先生在笔记本上写了好几年的日期,仔仔细细地每过一天就用斜线画掉一个。

迪芬贝克先生开始时不时烦躁地用食指和中指敲太阳穴。"我好像总是忘事,跟老人似的。"他发着牢骚。

我变声了,不再是孩子了。我暗想,要是能大家一起——我们五个人一起去外面的话……

迪芬贝克先生终究还是接受了第四次惩罚。

烂人那浑蛋靠近了我母亲的床,表情将其下流的目的暴露无遗。梅尔露出凶狠的眼神站了起来。他那时正好在削铅笔,握紧小刀刀柄的拳头在腰间蓄势待发。在他扑过去的前一秒,迪芬贝克先生把烂人撞开了。

烂人跟跄了一下,但没有摔倒,将将站住了。他盯住迪芬贝克先生,就像被踩扁的海绵渗出水一样,渗出令人生厌的笑。

迪芬贝克先生的嘴唇变得苍白,大概是预想到了接下来会发生的事。

然后,预想应验了。看护们一哄而上,夺走了迪芬贝克先生的自由。他们拖着迪芬贝克先生去地下室时发出的声音逐渐微弱下来。小说家先生拼命阻止想追过去的梅尔。"你追过去的话，连你也会受罚的，那他的自我牺牲就没有意义了。"

我不知道怎么办才好，只能先学小说家先生的做法阻止梅尔。奥曼正在地下室等待。虽然已经改在大房间进行惩罚了，但这次迪芬贝克先生被带到惩戒室去了。

为什么没在大房间惩罚迪芬贝克先生呢？后来我开始觉得，这也许是烂人的一时兴起。无论什么事，人都会习惯，受到的刺激会减弱，甚至已经有住院者在感到害怕的同时也津津有味地观看惩罚的过程了。有些情况下，看不到惩罚过程会更令人恐惧。也就是说，烂人这家伙在有意识地选择是否让大家看到惩罚的过程。不一会儿，被折磨得不成人样的迪芬贝克先生被扔进了大房间。

母亲在这期间一直很安静。

"你是英雄。"

小说家先生握住已经失去意识的迪芬贝克先生的手，不停说着这句话。梅尔在哭。我也理解了当时的状况。梅尔的小刀不仅小，而且刀刃很钝，就算是刺中烂人，也只能造成擦伤，而这样做的代价却是要受到奥曼惨无人道的惩罚。迪芬贝克先生在一瞬间做了决断，主动替梅尔承受了折磨。我明白了"自我牺牲的行为"和"英雄"这两个词的意思。这些词是在表示赞赏。

梅尔没有变得像块石头一样，表情反而变得如同磨得很锋利的刀的刀尖一般犀利。梅尔也的确磨起了刀。只有在画画的时候，他才被允许持有刀。他从画画的时间里匀出些时间，趁没有看护盯着的时候，用鞋底当磨刀石磨刀。虽然冬日的地板像石头一样冰冷，但终归只是木板，当不了磨刀石。其实鞋底也代替不了磨刀皮带，但总比木板强些。

"住手吧。"小说家先生不止一次阻止道，但每次都会因为被梅尔死死盯住而闭嘴。

冬天突然变成了夏天。明明前一天晚上还得将身体紧挨在一起，靠彼此的体温取暖才能挨得过去，可天一亮，阳光就像烧红的铁锤一样。

迪芬贝克先生将自己入院的原委告诉了我。他的坦白也很突然。

"因为我感觉自己快要忘了。"迪芬贝克先生说，"其实……我脑子越来越糊涂了，虽然我一直尽量不让周围的人察觉。"

因为奥曼那个惩罚了他好几次。

"虽然会给你带来沉重的负担。"迪芬贝克先生犹豫了一下，继续说道，"但得有人把真相……"

文字就到这里为止。这张纸上没有空白，应该有写着后续内容的下一张纸才对。

桌子上没有多余的纸。

亚伯拉开抽屉看了看。有铅笔、橡皮之类的东西，另外还有纸！是白纸。

他用手提灯照遍了整个房间，发现壁炉里有一些灰烬。现在还不到使用壁炉的季节。他蹲下身，将手提灯贴近壁炉，小心翼翼地捡起几张还未燃尽的纸屑。纸屑簌簌碎成了齑粉。

他拿着这摞纸回到旅店的房间。见老板娘不在，他便把手提灯也拿到了房间。

克拉伦斯已经回来了，坐在床上，正要脱衣服。他把里子朝外的衬衫和马裤就那么扔在床尾，抱怨道："没太大收获。"

接着,长筒袜在空中划过一道弧线,落在了衬衫上面。

"'开朗的酒林'老板和老板娘都不知道蒂尼斯·艾伯特这个名字,但认得他的脸。奈杰尔的日常起居似乎全是由艾伯特照顾的。他们没有请男佣或女佣。学生们说店里发生了混战,但实际情况好像稍微有些不同。其实是在街上发生了一人对多人的争斗,疑似蒂尼斯·艾伯特的男人浑身是血地逃进了店里。和他斗殴的似乎是外来的地痞流氓,他们也一窝蜂地拥了进来。别看'开朗的酒林'老板那副样子,他说自己是捉贼者呢——虽说很多捉贼者跟地痞流氓没什么区别。老板正想要叫基层警察,可当现场一片混乱之时,艾伯特不见了,地痞流氓也逃走了。听说事情经过就是这样。"

"你有没有确认斗殴是在什么时候发生的?"

"当然。那天竟然正好是老板娘的生日,所以老板娘和老板都记得很清楚,是八月二十三日。"

奈杰尔的死亡日期被推测为八月二十七日。

好奇怪啊……亚伯想道。奈杰尔死了,蒂尼斯·艾伯特试图用那个奇怪的天使向不知身在何处的爱德报信。他们是这样推测的。可先受伤的却是艾伯特。从血迹的样子来看,艾伯特应该受了很严重的伤。没有马车和马。奈杰尔和艾伯特也不在。奈杰尔的遗体是在达修伍德的领地内被人发现的,他们的目的地是那里吗?难道不是应该先带重伤的艾伯特去看医生吗?相比西威克姆那样的乡下,牛津的好医生更多。

"那摞纸是什么?"

亚伯有一瞬间感到犹豫。奈杰尔的心情在"不让任何人读"和"爱德,我只告诉你"之间摇摆不定。自己是在贝德莱姆出生长大的,这件事奈杰尔对爱德以外的人一直隐瞒到了最后。

但是，为了探查他的死亡真相，公开线索是必要之举。亚伯在心里替自己辩解，将那摞纸递给了克拉伦斯。

亚伯脱掉衣服，躺到床上。

睡梦中的本呼吸很安稳。

亚伯久久没有睡意，那张等身素描执拗地在脑海里浮现。

亚伯当然不知道这天傍晚丹尼尔医生拜访了法官官邸，说自己好像弄错了奈杰尔的死亡日期，也不知道法官推测先死去的可能是蒂尼斯·艾伯特。会不会……亚伯的思路逐渐接近法官的推论，但他的思绪又飘到了爱德的行动上。

尼克的车轮故障……车匠夫妇说还真是少见。果然是故意的吗，是为了让我们去"雅典"？

爱德昨天去了西威克姆。他在牛津坐了尼克的马车吗？他应该预料到了我们会去西威克姆，便拜托尼克拖住我们吗？他为什么要这么做——当然是为了争取一个人自由行动的时间。他为什么拒绝合作？

尼克和爱德应该不认识。尼克会接受只是偶然乘坐了自己马车的乘客这种奇怪的请求吗？要花钱修马车，还得免费送我们去西威克姆，这可是一笔相当大的开销。

不，如果爱德拜托尼克这么做，那么爱德应该把相应的钱付给尼克了吧，而且给得比尼克的实际开销要更多。爱德没有明确说监狱船里的医生工资大概是多少，但如果和新门监狱的医生一样的话，就是年薪五十英镑。这个工资水平绝对没法让人过上轻松的生活，但爱德是独身，吃住都不花钱，似乎也没有在日常生活方面花太多钱，只要不因酗酒或赌博而将工资挥霍一空，有点存款也不奇怪。

"怎么回事啊，为什么到这么吊人胃口的地方就没下文了啊？"躺在旁边浏览纸上文字的克拉伦斯焦躁地说，"这之后的内容不正是我们想知道的关键部分吗？"

"我也这么想。"

纸被小心地倒扣在桌上。

曾有人坐在那张桌子前阅读这摞纸上的文字，每读完一页，就把那一页放到旁边。为了不把顺序弄反，他是倒扣着放的。

"爱德……"亚伯喃喃道。

"爱德？"克拉伦斯耳尖地听到这句低语，问道。

"爱德会不会先到了那个房间呢？"亚伯说出了忽然想到的猜测，"爱德读了奈杰尔的完整手记，知道我们迟早会找到那个房间，就留下了想让我们读的部分，把其余部分烧掉了……"

"但门是锁着的吧？"

"是的。"

"有锁被破坏过的痕迹吗？"

"没有。我当时为了进去不得不把门踢坏。"

"那就是爱德有钥匙？好奇怪啊。爱德应该不知道奈杰尔住在哪儿才对。知道的话，艾伯特就不会用那样的暗号通知爱德了。"

两人片刻无言。就在亚伯以为克拉伦斯陷入了沉思时，那摞纸从克拉伦斯的手中滑落到了地板上。克拉伦斯好像睡着了。亚伯下了床，把纸一张张捡起来放到桌上，吹熄了灯，再次躺到床上。

毕竟是坐凌晨四点从伦敦出发的马车过来的。本来以为会失眠，但不一会儿，倦意袭来，脑海深处犹如蒙上了一层雾。

醒来时，已经太阳高照。估计是因为亚伯动了动身体，旁边的克拉伦斯也伸了个懒腰。本还在睡。两人叫醒了本。

几个人怕尼克等得不耐烦，慌忙穿好衣服，下了楼梯。

尼克还没来。

吃完既算不上早饭也算不上午饭的一餐——只有面包、鸡蛋和奶酪——之后，尼克还是没有出现。

——是因为爱德拜托他尽量让我们晚些到达吗……

"我们坐其他马车过去吧。"亚伯站起身。

"是啊。"克拉伦斯也同意，"只要去出租马车扎堆的地方，可以租的马车要多少有多少。"

"但是，"本慢悠悠地说，"坐尼克的马车就可以免费过去啊。"

"预算本来就包括了去西威克姆的车钱。"亚伯说，"这算不上损失。我们损失的是时间。"

"出发吗？"就在本掸了掸面包屑，也正要站起身的时候——

"抱歉。"尼克进来了，"修车花了好多时间，几乎修了一整夜。修完时已经太晚了，我就直接住在车匠家里了，不小心睡过头了。我已经吃过饭。来，上车吧。这次我的马车保管像国王陛下的交通工具一样稳当，让你们坐得舒舒服服的。"

克拉伦斯把奈杰尔的手记递给本，让本在马车上读，然后想要坐到驾驶座上的尼克身边。亚伯制止了克拉伦斯，自己坐上了尼克旁边的位置。

尼克拉了拉缰绳，马走了起来。

"是爱德拜托你的吧。"亚伯说。

"爱德？爱德是谁？"尼克诧异地反问，"拜托我什么？"

"拖延时间。"

"拖延时间？凯特没这么说啊……不，好像是一个意思……"

"凯特？"

亚伯想起来了。是尼克的姐姐的名字。尼克的老爸、老妈、姐姐凯特和男佣……叫什么名字来着……这四个人一起经营着小小的旅店。

"你姐姐在什么时候拜托了你什么？"

"前天。"

"你回西威克姆了吗？"

"不，是凯特来这边了。我大部分时间在这边工作，很少能回家。晚上我就睡在这边的师傅家的马厩里。"

说着，尼克的脸上浮现出亲昵的微笑。

"你姐姐怎么知道我们会过来？"

"是那个客人说的。"

"客人？"

"骑马过来的男人。"

"那是谁啊？"

"你问我我也不知道啊，我不认识他。前天下午，他来到我们扎堆揽客的地方，问我去西威克姆怎么走。我说坐我的马车过去吧，把马拴在马车上，让它跟着一起跑过去不就行了。我这么说完，对方却没有答应，说骑马过去更快。他向我询问可住的旅店，我当然推荐了'斧与蜡'。再说那儿也只有这一家旅店是我老爸老妈开的。店里还有我姐姐和男佣，服务很周到。而且，只要说是尼克推荐的，就能享受特别待遇。我是这样向他推荐的。"

"那个男人是骑马去西威克姆的？然后，凯特来了这边。她是走着过来的?"

三英里倒也不是难以徒步走完的距离。

"不,是那个客人骑马载着凯特过来的。"

"那个客人又回来了?"

"是的。"

"然后呢?"

"凯特说,明天你们大概会过来,让我用如此这般的方法在这儿拖住你们。"

"那时候,那个男人在做什么?"

"他让凯特等着,不知去哪里了。他回来后,吩咐我让你们去住'青龙',告诉你们三楼可以玩。然后,他载上凯特,又骑马去西威克姆了。那时天都完全黑了,走夜路很危险,不过那位先生带着手枪。"

"你也会时不时去'雅典'吗?"

"不,我怎么可能去那种地方?那是有钱女人玩的地方。要知道,男人去那种地方,一旦曝光,可是要受示众刑的。"

"你知道那个人是男娼啊。"

"听说的。"

"爱德住在'斧与蜡'吗?"

"刚才你也提起爱德,这是那个客人的名字吗?"

"是的。"

"不好说。他是骑马来的,昨晚应该是住在那儿了,但说不准他会不会一直住下去。骑马就哪儿都能去。"

"走快点。"

"已经竭尽全力了。催马催得太狠的话,又要出事故了。"

"你说过凯特以前在公馆里工作。她当时给哪家人工作?"

"她以前在伦敦的公馆给多丁顿大人的夫人当过侍女。"尼克爽快地答道,"多丁顿大人跟西威克姆的领主大人关系亲密,有时会来拜访领主大人。"

"领主是达修伍德,对吧?"

"对。"

"多丁顿的夫人是那个大屁股的胖女人吗?"

"那是现在的夫人。凯特服侍的是之前的夫人。夫人去世了,凯特又回到家里来了。我不认识之前的夫人,不过她好像是个品位高雅的人,所以凯特也很文雅。"

"之前的夫人死因是?"

尼克似乎理解不了"inquire into the cause of her death"这种说法,于是亚伯又重新问了一句:"她是病死的,还是遇到了马车事故之类的?"

"不知道。"

"稍微停一下。我要去车厢里面。"

"一会儿让我走快点,一会儿又让我停一下。"

尼克发着牢骚,拉紧缰绳。

亚伯坐到克拉伦斯身边后,马车再次行驶起来。

此时本终于读完了手记,正按着那摞纸防止纸张散落。

亚伯接过手记,收进包里。

"刚说到关键的地方就没了。可恶。"本罕见地口吐粗话,"贝德莱姆真是个过分的地方。"

爱德骑马过来,在马车夫扎堆的地方询问去西威克姆的路,尼克告诉了他;爱德往返牛津与西威克姆,凯特在爱德的吩咐下拜托尼克拖住亚伯一行人;爱德让尼克暗示亚伯一行人去住"青龙";爱德似乎进奈杰尔的房间读了手记;爱德似乎把手记后面的部分烧掉了……亚伯把这些事告诉了另外两人。

"马……"本感叹,"爱德有马啊,真气派。"

"监狱船里养不了马,估计是偷来的吧。"亚伯说。

"偷马贼被抓住的话是要被绞死的。"

"他可是个只要下定决心,连杀人这种事都干得出来的家伙。"克拉伦斯说,"偷匹马而已,如果有必要,对他来说算不了什么吧。"

"问题是'雅典'的钥匙。"亚伯把话题引导到重要的问题上,"到达牛津,向马车夫们询问去西威克姆的路时,爱德应该还不知道奈杰尔的住处在哪儿。"

"知道的话,他会先去那里。"克拉伦斯点头。

"他先去了一趟西威克姆,带着凯特回到牛津,拜托尼克拖住我们。吩咐尼克这样做的是尼克的姐姐凯特,但真正的委托人是爱德。"

"的确。"

"然后,爱德去了'雅典'。他打开门锁进了房间。那么,告诉他'雅典'这个地方并把钥匙交给他的……"

"凯特……只可能是她了。"克拉伦斯附和,"这么说来……凯特以前就知道奈杰尔在'雅典'。凯特和奈杰尔,这两个人之间有什么联系呢?"

亚伯试着回想只见过一面的凯特的面容。看起来寂寞而哀伤的三十多岁的女人——这是他对她唯一的印象。她实在不像是在男娼身上花钱的女人。

"还有一个新情报。凯特以前工作过的公馆就是多丁顿家,她当时给夫人当侍女。"

"大屁股夫人?"本插嘴道。

"是之前的夫人。大屁股夫人是继室。"

"埃丝特好像也是这么说的。"克拉伦斯一副努力回忆的表情点点头,"我们没有直接听她讲述,但摩尔小姐边看笔记边转述给我们了。洞窟事件发生的那天,叫贝姬的女人对埃丝特说,之前的夫人去世了,所以多丁顿娶了情妇。之前的夫人死因是?"

"尼克说他不知道。"

"情妇杀死正室取而代之的事可不少见。"

听克拉伦斯这么说,本发出了打嗝般的声音。"大屁股夫人把之前的夫人杀了?"

"我只是说有可能。"亚伯用身体语言示意本说话别太大声。

"好想赶紧汇报给约翰阁下啊。"克拉伦斯很焦躁,"西威克姆旅店老板的女儿曾给多丁顿的前妻当过一段时间侍女,她还知道奈杰尔的住处。这是很重要的情报。"

"约翰阁下也和摩尔小姐一起在伦敦调查了很多事。"亚伯表示同意,"把两边的情报汇总一下,应该会有新发现吧。让阁下阅读奈杰尔的手记也很重要。"

克拉伦斯稍稍打开门,对尼克怒吼:"停车。"

"不是说要赶紧过去吗?"驾驶座上的尼克吼了回来。

"就停一下。本,在这儿下车。"

听克拉伦斯这么说,本紧张得声音都变尖了。"欸?欸?欸?"

他总是那个莫名被随意支使的角色。

"我不愿意。"他坚决拒绝。

"你是去向约翰阁下做汇报,把奈杰尔的手记交给阁下的重要使者。"

只有你能做到——听克拉伦斯说到这个份儿上，本感到自豪起来。

"现在刚离开牛津半英里左右。"亚伯把那摞纸从包里拿出来放到本的手里，补充道，"现在下车的话，很轻松就能走回去。包一辆马车，让马全力奔跑，从牛津径直回到伦敦。坐公共马车的话，就算早上四点就出发也得花一整天；而两三匹马以最快速度拉着一个客人跑的话，只需要五六个小时。即使现在才出发，也能在日落之前赶到伦敦。多给马车夫一点小费。"

"这费用可贵得吓人啊。"

"我就算管老爸借钱也会把资金周转开的。啊，我现在带的钱不够。让马车停在法官官邸前，向约翰阁下说明情况，让约翰阁下给马车夫付钱。这笔钱就算是我管约翰阁下借的，之后我会还上。"

"有钱人的儿子就是慷慨啊。"

"我很少用父母的钱。但如果是万不得已，老爸也能理解的。再说我老爸也很敬重约翰阁下。对了，让老爸给《呼叫追捕》投资，以这种方式还钱也可以。这样比较好。"

"好嘞。"本充满干劲地下了马车。

"别把手记弄丢了。"克拉伦斯对他喊道。

4

离开丹尼尔·巴顿府邸，乘轿子抵达弓街时，法官听到大本钟宣告已到夜晚九点的钟声。

他对徒步跟着的戈登说："辛苦了。去值班室休息吧。"然后把帽子递给芬奇，走上通往起居室的楼梯。不仅安，内森也一副理所当然的样子跟了过来。

"内森,你明天去查一下事务律师怀特先生的住址。"

"好的。"内森回以充满干劲的声音。

法官让女仆端来芬芳的红茶。

安翻着笔记。

"虽然在询问怀特先生之前不能明确地这么说,"安开始总结已经弄清楚的事,"不过,有可能是现多丁顿夫人斯特拉用砒霜毒杀了莉奥诺拉夫人。"

"非常有可能。"法官点头,"虽说站在我的立场上,在没有证据的情况下不能公开这么说。"

"丹尼尔医生说有血液的话就能检测,但这是办不到的。很遗憾。"

"贝克先生之前是在怀特先生手下工作的。"

"贝克先生就是因为这个被关进贝德莱姆的。"安断言,"威克斯市长也这么说过:'包养情妇是很正常的事。比较麻烦的情况是情妇想要正室的位置。有人为此焦头烂额。'"

"他没指名道姓呢。"

"当然了,说的是多丁顿嘛。贝克先生得知了毒杀一事,想要公开指控,所以被关进了贝德莱姆。毕竟多丁顿是董事长。另外,他还是审查住院者是否达到出院标准的查问委员会的委员。只要是和贝德莱姆有关的事,多丁顿就无所不能。董事们都是曾经的地狱火俱乐部成员,压下洞窟事件的也是他们。"

法官轻轻拍了拍安的手来安慰她。

安所说的话正与法官察觉到的事一样。

如果反抗,就会被当成疯子病发,被视作危险。不仅如此,贝德莱姆里甚至还有利用电来折磨人的残酷刑具。不过,据怀勒所说，奥曼被解雇后带走了器具，现在贝德莱姆里已经不再使用那个器具了。

如果能回避院长怀勒，和能正常交流的贝克先生当面交谈，就能弄清楚奈杰尔以及安迪的事了。

法官虽这么想，但又觉得如果明天再去访问的话，怀勒很可能又会给贝克先生用鸦片酊，把他弄得神志不清。一连几天用药的话，甚至有变成废人的危险。即使贝克先生死了，院长也不会负任何责任，大概会搪塞说是不可抗力吧。就算起诉也没有赢的希望，收买法官和陪审员这种事对他们——达修伍德、多丁顿等人来说轻而易举，而且能干的诉讼律师擅长颠倒黑白。再加上又和洞窟事件有关，很有可能都无法进行公审。

"怀勒妨碍了我和贝克先生对话。我第一次访问时，怀勒似乎还什么都不知道。他现在应该也还不知道详细的内情，但估计是把我们访问的事汇报给了董事，收到了达修伍德的指令——不要让贝克先生和我们接触。我们今后再介入此事，恐怕会给贝克先生带来危险。怀勒给贝克先生使用过量鸦片而致其死亡也不是不可能。贝克先生此前应该是装作丧失思考能力的疯子，才得以确保人身安全的吧。"法官一边确认自己的想法，一边字斟句酌地说，"起初我还期待怀勒是个对权贵的营私舞弊、专横跋扈持反对态度的人，结果发现他似乎只是个沉湎权力的人罢了，甚至不惜利用腐败选举区也要当上议员。威克斯所谓'平民的同伴'的说辞也只不过是口头上说说，他没有做任何改革。"

法官的语气不由得越来越激动。这简直就像高喊着"给解剖以理解！给我们提供更多的尸体"的丹尼尔医生似的，法官这么想着，苦笑起来，试着恢复冷静。

他并没有特别激进的反抗权力的志向，只是希望拥有权力的人能够实施合适的政策而已。上个世纪，英格兰曾处死国王，采取共和制。但共和制只持续了十二年，之后便是王政复辟。

"有没有能让贝克先生逃出来的办法呢……"安半是自言自语地说。

"我再溜进去一次，把他带出来？"

内森干劲十足，只要法官一声令下，便会立刻奔赴天涯海角。

"又要弄得一身黑吗？"安取笑他。

"前天是不小心才失败的，这次我会认真做好准备。"内森一本正经地回答。要是被克拉伦斯取笑，他会生气地想"别看不起我"，但被安取笑他就不会在意，甚至有种因得到了安的关注而感到高兴的心情。

"我拿着绳子过去。找个弓街侦探给我搭把手——哈顿不行。我从倾倒口闯进去，找到贝克先生。虽然没见过他，但他的脑袋上没有头发，很有特点，我觉得我能认出来——然后从倾倒口把他带出来。"

"说得轻巧。"安敛起笑容，"真能这么顺利吗？"

"如果安迪现在还在贝德莱姆，只把贝克先生带出来的话，安迪可能会有危险。因为那些人把安迪关进贝德莱姆，可能就是为了掩盖洞窟事件。"

掩盖洞窟事件的人会不惜杀害安迪。倒不如说他们让安迪一直活到今天是件不可思议的事。

不……安迪也许已经被灭口了。

虽然没见过安迪，但听了埃丝特的讲述后，对安迪总有种仿佛已经熟识的亲切感。想到失踪的埃丝特，法官神色黯然。

这时响起了"啪嗒、啪嗒"的蹒跚的脚步声,随后是敲门声。"本杰明·比米斯先生来访。"芬奇报告道。

这个正式的称呼让法官一瞬间没反应过来说的是谁,但他很快点点头。

"是本啊。让他进来。"

"他跟马车夫发生了些争执。"

"马车夫?"安问道。

"比米斯先生说想让法官阁下垫付从牛津到这里的车钱,他坚持要自己见阁下说明情况,但马车夫怕他不付钱就跑了,不放他走。"

"我过去看看?"

传来安站起身的动静。

"本是一个人过来的吗?"

"是的。"

"我也一起下楼看看吧。他一个人从牛津回来,看来事情非同小可。"

出了大门就闻见马的气味。眼皮背后隐约闪烁着微弱的光,是马车上挂的手提灯吧。

"你看,阁下过来了!"

开心的说话声。本的声音很洪亮。一只胖乎乎的手搭上法官的手。

"对不起。"本像是拼尽了全身力气一般说道,"拜托了,约翰阁下。我让马车夫从牛津赶到了这里,希望您能先把钱垫上。亚伯说他之后会把钱还给您。"

"是有非常紧急的事吗?"

"是的,有很多事要向您汇报。亚伯说最好尽快报告给阁下。"本将一摞纸放到法官手上,"这是奈杰尔写的东西。"

"是治安法官阁下吗?"一个混浊的声音插话,"您好,幸会。我是个马车夫,从牛津马不停蹄地赶到了这里。因为这位客人说法官阁下绝对会付车钱。我连饭都没能好好吃。"

"骗人。"本说,"这一路上,一看见酒馆,你就说得让马歇会儿,然后去酒馆吃吃喝喝。饭钱酒钱也都是我付的。本来能早很多到这里的。"

"你也容易被人敲竹杠啊。"内森感慨颇深地说道,话语里充满同情。

"总之,希望阁下能付我车钱。我这之后可是得拉着空车走夜路回牛津。那个……要是能把回程的钱也付了,我将不胜感激。"

"我们找到奈杰尔的住处了。另外,爱德先读了这份手记。后面似乎还有,但后面的部分好像被爱德烧掉了。我们到牛津后,爱德拖住了我们的脚步,为自己争取了足够的自由行动的时间。"

"爱德……"

法官皱起眉头。他为什么不肯跟亚伯他们合作呢?

"而且,爱德还是骑马去的。"

危险。法官凭直觉感到危险。是爱德会有危险,还是爱德的行动会给别人带来危险,在仔细想清楚之前,"总之,危险,必须阻止"这个想法就先冒了出来。如有必要,爱德华·塔纳不惜杀人。他憎恨不完善、不公正的法律。

"法官阁下。"马车夫诚惶诚恐地插话,那是煞有介事的、透着一股倔强的声音,"车钱……"

"多少钱?"安用严厉的语气说道,语气里流露出绝不允许敲竹杠的态度。

"嗯,从牛津到伦敦是六十四英里,所以得收您十六先令。"

"十六先令是吧。"

"嗯,还有,希望能把回程的钱也付给我。"

法官摸了摸钱包。里面的钱足够。

"我们这边四个人一起坐你的马车回去,"法官说,"算上小费,付你两几尼。这个数足够了吧。"

"嗯,那个,拉四个人的话……"

"不接受的话,我们就雇别的马车。"

"约翰阁下。"安惊呼,"难道……"

"约翰阁下,您说四个人一起,难道……"本也惊叫起来。

"本,你要报告的事,在马车上慢慢讲给我听。安,把奈杰尔的手记给本。我让他读给我听。"

"我来读,在马车里读。"

"夜里跋涉太危险了。你在家好好休息,安。"

"不,约翰阁下,我是您的眼睛。"

"本和内森也可以充当我的眼睛。"

"我要一起去。反倒是姨父需要好好休息休息。既然姨父不顾疲劳出门,那我当然也要陪您一起去。"

"对了,内森坐马车会晕车。"法官突然想起来,说道,"那就内森留下吧。"

"我也要去。"回应法官的是干劲十足的声音,"看过现场,才能写出更有冲击力的内容。"

"你明天还得去查怀特先生的住址。"

"哦对。"内森的声音里充满了失望。

"也许……找怀特确认也没用。"法官说,"如果他也参与了对杀人之事的掩盖，他肯定会坚持装作什么都不知道。"

或许能根据他的声音判断出他的话的真假。

"要是我们拜托近郊的治安法官查的事来了消息怎么办？"

"那就提前命令弓街侦探中擅长骑马的人到时带着书信赶到西威克姆。坐得下五个人吗？"

最后的问题是问马车夫的。

"那就得有一个人坐在顶篷上了。"马车夫回答。他的马车比能坐进六个人的驿马车要小。

"戈登，你坐特等席。"

"是，阁下。"

"得让马歇会儿，不然马会累垮的。"马车夫坚持。

"你不是在路上的旅店换过马了吗？"本抗议道。

"那也不行。"马车夫轻描淡写地答道，"给我一个小时，让马歇会儿。这段时间里我会给马喂水和饲料，为夜里的长途奔波做准备。"

是很正当的要求。法官接受了。

"去附近的旅店让马歇会儿，一个小时后到这里来。"

"车钱等到了西威克姆后一起付。"安斩钉截铁地说。

"先只付来的钱也行，把从牛津到这里的钱付了吧。"

"不，到西威克姆之后再付。"

"竟然怀疑我会跑。"

"是的。"安冷冰冰地说。

法官指示芬奇见马车夫回来就来禀报。一行人一起来到二楼的私人房间。

安用烛台照明，把本的话记录下来，然后为法官朗读奈杰尔的手记，不时穿插几句含着愤怒的"太过分了""竟然做出这种事"。

"本，别打瞌睡。"安斥责道。"对不起。"本道歉。法官从本的声音里听出了疲惫。

"本，你今晚在这里好好休息吧。"

"不，我没事。"

"是我疏忽了，没考虑到你从牛津赶了六十多英里路回到伦敦。只休息一小时就又长途跋涉，会很难受吧。我让女仆给你准备张床。"

"确实。"安说，"犯困也正常。"

"谢谢。"本的声音听起来松了口气。

"本，明天你替内森去查事务律师怀特的住址。"

"明白了。"

"戈登也会很高兴。"法官说。

虽然很多乘客都坐过顶篷，但那个位置坐着可不轻松。

法官最近很少坐马车出远门了。由于眼盲，长途跋涉时，他比视力正常人精神疲倦得多。

每次车轮轧到石头上，震动便从座位下面传到身体。从身体周围有足够的空间这一点来说，或许比狭小的轿子要好些。

能感到左侧有安的体温。内森和戈登应该并排坐在对面。内森的呼吸并不紊乱，看来没晕车。"坐马车从谢伯恩长途跋涉到伦敦时我就没晕车。"内森之前这么说道，"去牛津时晕车都是拜多丁顿夫人所赐，太挤了，回程我就不像去时那么难受。"

在马车的颠簸中，法官左思右想。必须把奈杰尔的手记以及本带来的线索跟此前得到的信息结合在一起思考。

名叫凯特的女性连奈杰尔的住处都知道。她曾是多丁顿前夫人的侍女，这一点很重要。

奈杰尔的手记里提到的贝克先生——通过手记知道了正确的姓，是迪芬贝克先生——他说过一句简短的话："我待在这里，并且保持沉默，我所爱的人因此而得救。"

"内森，你之前去西威克姆时，见过马车夫的姐姐凯特吧。她是个什么样的女子？"

"凯特啊。"内森似乎有些慌张，"那个……她已经步入中年，不过是个很漂亮的人，很苗条。但我几乎没和她说过话，问我她是什么样的人，我也……"

夫人斯特拉毒杀前夫人莉奥诺拉，夺取了正室的位置——这个假设稳固了，法官想道。

以多丁顿家为客户的事务律师怀特协助掩盖了毒杀案，表面上只宣称前夫人是病死的。负责此事的医生是谁？要追究此事，还得向确认莉奥诺拉死亡的医生询问情况。

迪芬贝克先生知道毒杀一事，且知道此事被掩盖下来，于是通过歌词把事务律师的名字告诉了我。

迪芬贝克先生曾在怀特手下当实习律师，跟凯特接触的机会应该很多。

假设迪芬贝克先生所爱之人是凯特。

为什么他待在贝德莱姆并保持沉默，凯特就会得救呢？他甚至甘愿为此承受无异于酷刑的处罚。

有两种可能。

一种可能是凯特协助了斯特拉，也就是说，凯特是毒杀案的共犯，而迪芬贝克先生知道这件事。

不，不对。如果是这样，那他只要保持沉默就行了，没必要进入贝德莱姆。

另一种可能是凯特知道斯特拉的所作所为。如果凯特忠于自己所服侍的正室莉奥诺拉，对其怀有深厚的感情，并且认为怀特是敌人，迪芬贝克先生才是可以依赖的伙伴，那她就会将毒杀一事对迪芬贝克先生和盘托出，与他商量。

斯特拉不像是会制订周密计划的人，她应该是在用漏洞百出的方法毒杀正室后，把善后工作甩手交给了多丁顿和怀特。

迪芬贝克先生是怎么做的呢？他试图提起公诉，抑或当面揭发了怀特和多丁顿的罪行。

另外，多丁顿不像精明能干的人，但他拥有很大的权力，而且还有达修伍德这个伙伴。处理这件事的是怀特吧。

能想象到怀特的手段。怀特反过来污蔑凯特毒杀了莉奥诺拉夫人。杀人动机随便怎么编造都行，比如凯特偷了夫人的钱或者昂贵首饰而受到盘问，怕会被起诉就杀了夫人，等等。证据可以任意捏造。到审判时，可以利用那些会为了钱做伪证的人。如果凯特受到有罪判决的话，就会被处以死刑。

只要迪芬贝克保持沉默，怀特就不起诉凯特，对此事不予过问，让她回老家。作为确保他会保持沉默的措施，怀特把他关进了贝德莱姆。

"神创造美丽之花"，这首符合少女喜好的优美歌曲，是迪芬贝克先生"为所爱之人"而作词作曲的歌。他是这么对埃丝特说的，说这句话时显得有些害羞。

Forget-me-not!

腼腆的迪芬贝克先生大概将自己的心意都寄托到了这一句话上吧。

凯特知道他做出的牺牲吗？

安的脑袋的重量压在法官的肩膀上，她好像睡着了。内森似乎也没有被晕车困扰,安详地睡着了。戈登没有睡着,从呼吸能感觉出来。

法官继续默默思考。

要想不让凯特蒙受杀人之冤,并且把迪芬贝克先生从贝德莱姆救出来,该怎么做才好?法官自问,却无法立即想出答案。

彻底调查那些人试图掩盖的洞窟事件,把证据摆到他们面前,以保守秘密为条件,要求他们让迪芬贝克先生出院?

不只是迪芬贝克先生。根据奈杰尔的手记,名叫梅尔的画家明明不是病人,却被关在贝德莱姆,这是为了让他保守自己当枪手的秘密。让梅尔当枪手,贪婪而又心安理得地获取名声的画家是谁呢?

把安迪关进去,也是为了让他保守洞窟事件的秘密吧。

奈杰尔写的都是事实吗?

这个疑问一闪而过。

法官转念想道,奈杰尔没有必要在记述里掺假。他都没有预料到我们会读这份手记吧。

法官继续思考。

奈杰尔的手记到迪芬贝克先生正要坦白秘密时就结束了。他继续往后写了,但后面的部分好像被爱德烧掉了。

迪芬贝克先生的秘密,应该就是我们所推测的斯特拉毒杀前夫人一事吧。如果是这样,奈杰尔和凯特的关系也就浮出水面了。不知在什么时候,通过什么方法,奈杰尔离开了贝德莱姆。他认识了爱德,成了丹尼尔医生的入室弟子,生活安定下来。由于五年前的案件而与爱德分别后,奈杰尔去西威克姆找凯特,开始在牛津生活。看样子他的生活非常宽裕。可以设想,他是靠要挟得到了一大笔钱。

但他要挟的对象不会是多丁顿。多丁顿得到怀特的协助，把准备工作做得滴水不漏，到了万不得已之时，便可以反咬一口告发凯特。正因如此，迪芬贝克先生才会为了保护凯特，作为自己会保持沉默的保证，成为活死人进入墓地一般的贝德莱姆。

多丁顿现在的夫人斯特拉为奈杰尔挥金如土。这是本带来的信息。

斯特拉为奈杰尔花了相当多的钱。

但从斯特拉开开心心地去见妖精女王的态度来看，她不像是被要挟了。

斯特拉没有把自己毒杀前夫人的事告诉丈夫。见前夫人被公布是病死的，她便认为一切顺利，放心了。多丁顿沉溺于愚蠢妻子的肉体。他清楚妻子并不聪明。他什么也没有对斯特拉说，默默为她善后。斯特拉不知道自己的罪行被丈夫发现了，也不知道丈夫暗地里的辛苦。

奈杰尔把斯特拉当作猎物，却是让蒂尼斯·艾伯特出面要挟她的。

想到这里，法官的心情变得沉重。那个少年竟然如此狠毒吗……不，已经不是少年了，是年轻人。

从手记的内容也能看出，他不具备判断善恶的能力。他是在异常的环境里出生长大的，这也是没办法的事。法官试着让自己宽容一些，但还是无法原谅奈杰尔把艾伯特当成傀儡来利用的行为。艾伯特太愚蠢了，为什么要为奈杰尔做这些事……这是法官无法理解的。

奈杰尔以双重手段从斯特拉身上榨取金钱。

他让艾伯特以毒杀案要挟斯特拉，勒索金钱——恐怕不止一次两次；自己则诱惑斯特拉，让她花钱养自己。

外来人袭击艾伯特，并非单纯的打架斗殴，而是以暗杀要挟者为目的。

斯特拉想不出这种点子。为了花更多钱包养自己迷恋的男娼，斯特拉想要摆脱要挟者，终于对丈夫坦白了一切。不过她应该没说自己包养男娼的事。多丁顿一定很吃惊，感叹妻子花钱异常大手大脚原来是因为这个。他并不惧怕要挟。然而，斯特拉对要挟者承认了自己犯罪的事实，付了封口费。

雇用混混的应该是达修伍德吧。

多丁顿和达修伍德是地狱火俱乐部时期以来的老相识，还分别担任贝德莱姆董事长和查问委员会委员长的职务。抑或这也是怀特安排的？威克斯应该与此事无关。

这全都是臆测。没有能用来提起公审的确凿证据。

尽管直接下手杀害奈杰尔的是地痞流氓、混混之辈，但下指示的幕后真凶是多丁顿吧。多丁顿又是怎么知道蒂尼斯·艾伯特只是傀儡，奈杰尔才是要挟斯特拉的罪魁祸首的呢？

虽然是为了查明奈杰尔的死因开始行动的，但法官感到自己的斗志减弱了。

如果奈杰尔是因为要挟别人——而且还是让蒂尼斯·艾伯特出面，自己躲在暗处——而最终被要挟对象杀害，这是自作自受。

爱德和奈杰尔对丹尼尔医生来说是爱徒，对亚伯等人来说也是亲密的伙伴。他们会为了查明真相而竭尽全力，也是理所当然的。但法官自己曾被爱德和奈杰尔骗得团团转，或许也有这个原因，他很想冷漠地对奈杰尔的事放手不管。

爱德的擅自行动也让法官无法原谅。不过……法官忽然又想道，爱德始终单独行动，会不会是因为自知自己是杀人犯呢？他应该并未怀有罪恶感。不过，他会不会是觉得成为揭发犯罪的治安法官明面上的协助者会伤害到我，才试图成为暗地里的协助者呢？

传至身体的震动实在令人不快。

洞窟里发生了什么？落雷和火灾。埃丝特是这么说的。

落雷、火灾，若只有这些，就没必要掩盖。

法官又想道，提到落雷的只有埃丝特……

法官让安朗读了好几遍埃丝特讲述的事，所以能回想起来。

记不清是从什么时候起知道的，洞窟被落雷击中了。埃丝特是这么说的。

我没有那个瞬间的记忆，但脑海中却浮现出了这些语言。像是身体里发生了爆炸一样的冲击感也在记忆之中。

明明"没有那个瞬间的记忆"，为什么脑海里会浮现出"落雷"这个词呢？

法官意识到，她是在住院时，在神志不清的状态下，听人在耳边说了这个词。

法官小时候也有过类似的经历，虽说与埃丝特的经历相比完全不值一提。为了缓解牙疼，父母给了他掺有鸦片酊的果汁。他喝过果汁，睡着了，醒来后，脑海里盘旋着"不疼，不疼"这句话，仿佛有人在耳边低语一般。实际上，确实有人在他耳边低语。后来他才知道，在他迷迷糊糊的时候，母亲像念咒语似的在他耳边这样低语。

"落雷"并不存在。

但火灾确实发生了，埃丝特身上有严重烧伤的痕迹。

其他人有没有被烧伤？

以国王陛下为首，达修伍德、多丁顿、多丁顿的继室、威克斯等人当时也在场。富兰克林博士也在。他们没有被烧伤吗？

睡意像沙漏里的沙子一样在脑子里一粒一粒堆积起来。四肢已经睡了，一根手指都动不了。然而，思维抵抗着肉体的限制，继续探索着。这种时候，思维容易变得很活跃，大概是因为摆脱了常识的枷锁。

掩盖国王陛下的丑闻。

陛下把电鳗带进去了。对，滴着腥臭的水的箱子里装着富兰克林博士献给陛下的电鳗。

陛下为什么要这么做？

据老生常谈的传言说，陛下年轻时与里士满公爵当时十五岁的千金相爱，但遭到算是监护人的比特伯爵反对而放弃。后来，陛下与梅克伦堡－施特雷利茨公爵的千金夏洛特（就是后来的凶悍王后）的婚约谈妥，即将在秋天举行婚礼，就在那一年的夏天，洞窟事件发生了。加冕仪式是在洞窟事件的一年前举行的。

埃丝特说，周围的贵族看起来对国王陛下完全没有表现出敬意，借着玩笑的名义，侮辱、嘲讽着陛下。

当时还只是个小姑娘的埃丝特的感受能在多大程度上反映事实，是否值得相信？

与前任和前前任国王不同，陛下有身为英国统治者的自觉，恢复了之前名存实亡的国王对大臣的任命权，高度参与国政，但也有议说他轻视议会，试图实施专政。然而，他缺乏能震慑他人的威严。姑且不论他要做的事是对是错，他不是那种完全不管政治，只沉溺于享乐的浪荡公子——现在的王子就是这种人。

陛下由于年轻时被周围人轻视而产生了逆反心理，想让那些人大吃一惊，也不是什么不可思议的事。娶了王后之后，就不能再乱来了，那是作为坏孩子肆意妄为的最后机会。其实应该在继承王位之前做的，但前任国王，也就是陛下的祖父，在肯辛顿宫的室外厕所猝死了。初冬时的室外厕所似乎给老国王的血管造成了太重的负担。王子乔治·威廉·弗雷德里克本以为加冕会是很久以后的事，这下却突然得继承王位了。本来应该是他的父亲成为乔治三世，但他的父亲先于前任国王去世了。

年轻的陛下把电鳗带到洞窟里，是想干什么呢？爱恶作剧的孩子会想到的事。虽说二十三岁这个年纪有些大了，叫"坏孩子"不是很合适。

传闻在法国宫廷，电气艺人用电流一下子将一百八十个近卫兵都震得跳起来，以此取悦国王和贵族。陛下想用电鳗发出的电让达修伍德、多丁顿等人跳起来？用鳗鱼可以做到这种事吗？也许陛下认为可以。

这倒是挺痛快的。法官想象着这个情景，苦笑起来。

据说八九年前，国王疯病发作。在洞窟演奏会上，他也精神错乱了吗？这会不会就是火灾的原因？

身体忽然前倾，从座位上颠了起来。法官利索地双手抓住对面座位的靠背支撑住了身体，但他的手肘几乎要折断了。

强壮的臂膀抱住了法官。是戈登。

"安，你没事吧？"

"我没事。"

"内森呢？"

"在。"声音是从脚边传来的。他好像摔到地上了。

车轮陷进车辙里了，但并不需要全员下车把车抬出来。马车又开始前进。

传来内森重新坐回座位的动静。

"迷迷糊糊睡着了，结果做了个讨厌的梦。"内森自嘲般说道。

"什么梦？"安问。

"我梦见自己被布彻威胁了。"内森边说边咻咻笑了起来，"他举着一把大刀威胁说要把我做成半人马。太可怕了。"

"要不是马车颠簸，你从座位摔到地上，就要被砍掉腿了吧。"

听安这么说，戈登无比大声地笑起来。法官第一次听到这个男人的笑声。

"布彻旁边有一匹马，一匹没有头的马。真讨厌啊。"

"断口是什么样的呢？"戈登喃喃道。

"是个窟窿。"内森说，"可马却在嗤笑。"

"没有头要怎么笑啊？"

"梦这种东西本来就是不合逻辑的。"

"奥曼被富兰克林博士解雇之后，"法官对安说，"当了电气艺人，去接触失去双腿、生活拮据的雷·布鲁斯，把他交给了卖艺组织者布彻，对吧？"

之前确认安的笔记时，光关注奥曼洗手不干电气艺人这行，去贝德莱姆当了惩戒员的事了，再加上怀特这个事务律师的存在浮出水面，他完全忘记雷·布鲁斯和布彻的事了。

雷·布鲁斯说起这件事时，法官从他的声音里感受到了混浊而令人厌恶的东西。"在夺取魁北克的激战中，我的双腿被法国浑蛋的炮弹炸飞了。"他说这句话时，法官也有同样的感觉。坊间传闻"约翰阁下能凭声音分辨真话与谎言"，但传言是会越传越夸张的。法官并不具备超越凡人的能力。

但雷·布鲁斯的话不能全信,自己的这个感觉是没有错的,法官想。

最下等的水兵被迫过着地狱般的日子,处境比伦敦贫民还要凄惨。雷·布鲁斯告诉法官这件事时,声音格外真挚。"他们不会得到任何荣耀,也无法摆脱贫困。"

法官感到,雷·布鲁斯并非彻头彻尾的虚伪之人,尽管由于不公的境遇而变得喜欢冷嘲热讽,但也具备与生俱来的善良。

法官脑海中浮现出失明之前在版画上看到的半人马的样子。

"说不定特伦斯·奥曼也在金羊毛卖过艺。"内森的声音很刺耳,"我之所以走进金羊毛,是因为看到入口旁边贴着一张传单,上面写着'半人马预言你的未来'。"

"你确实是这么说的。"

"被盖在那张传单下面的旧传单露出了一部分。我没太注意看,但记得上面画着一个飘浮在空中的少女,像是有火焰从少女身体里迸出来一样,火花四溅,旁边写有文字'伟大的电气艺人 Dr. OM','OM'之后的部分破损了。"

"OMAN(奥曼)。"安立刻回应道。

这个姓也有"OHMAN"这种写法。虽然没问过特伦斯·奥曼的姓是怎么拼写的,但身为电气艺人,姓又是以"OM"开头,那多半是他了。

"奥曼被怀勒院长解雇后怎么样了呢?"安说,"听说他把器具带走了,是又去当电气艺人了吗?"

要制作用来卖艺的半人马,需要没有双腿的人,以及马的身体。马是怎么筹措来的呢……法官默默思考着。就算能从农家弄到马的尸体,砍掉马头、把马身做成标本也不是外行能办到的事。得委托标本师制作才行,但费用会很贵。

马的标本。失去双腿的人。把二者合为一体……

太残忍了。法官喃喃道。

"安。"

"是。"听她的声音,像是快睡着时被叫醒了。

"抱歉。布彻大约多少岁?"

"嗯……大约三十五岁吧。"

"谢谢。我想问的只有这个。晚安。"

启蒙思想家狄德罗揭下了睡眠与梦的神秘面纱。他断定,梦所宣告的预言与神谕都只是迷信。

约翰·菲尔丁也向来对迷信一笑置之,但内森做的无头马的梦却让他格外在意。

奥曼盯上了没有双腿的乞丐,将之交给了布彻。

只是没有双腿是没什么看头的。越稀奇的东西才能越吸引观众。

尽管如此,布彻还是想要没有双腿的人,而奥曼也实现了布彻的这个愿望,这说明奥曼和布彻早就认识,并且布彻已经拥有马的标本,想用它制作半人马,或者已经有了能弄到标本的确切门路。

布彻是怎么把昂贵的标本弄到手的呢?

利用半人马赚钱之前,他组织着怎样的表演秀呢?

法官觉得自己在思考,但不知不觉间打起了盹。马车的颠簸让他醒了过来。半梦半醒之间,朦胧的意识之中,纷乱的念头浮现又消失。没过多久,他睡熟了,不再受马车的颠簸影响,也没有注意到马车夫一路上让马停下来歇息了几次。

睡眠又变浅的时候，法官在看着战场。在梦里，他"不是任何人"。就像读书时读者置身于内容之外，不会在内部行动，他在梦里不是"行动者"，而是"观察者""思索者"。

他是十九岁时失明的，所以还记得在失明之前看过的东西。他没有奔赴战场的经历，但在版画和油画上看过血腥的战争场景。画上的战争场景要古老很多，但与现状相差不大。堆积成山的尸体；站不起来，喘着粗气的马……对，马，他在梦中想道。在战场上，马的尸体要多少有多少。但是——这也是梦中的思索——没办法做成标本，要运到英格兰也很困难。被丢弃在战场的马的尸骸上会有秃鹫聚集。梦中不会出现全局的光景。人类的尸体从梦里退场了。不，还有一具年轻军官的尸体。尸体旁边有一个男人。是布彻。脸很模糊，这是因为他没见过布彻的长相。但他就是知道那个男人是布彻。

想知道这之后的发展。就在他这么想的时候，梦淡去了。

他恋恋不舍地探寻着梦的尾巴，却没能抓住。明明好像马上就能明白很重要的事了。

之所以向安确认布彻的年龄，是因为他忽然想到了"战场"。这个念头体现在梦里大约是三十五岁。雷·布鲁斯也是三十五岁。被强制征兵队抓走时，雷·布鲁斯是十九岁。与雷·布鲁斯差不多同龄的布彻当时在做什么工作呢？布彻恐怕没有自己的土地，从靠经营卖艺赚钱的现状来推测，当时应该没有正经职业，是强制征兵队的绝佳猎物。刚才那个梦就是这个想法的体现吧。

法官忽然想道，如果是级别在军官以上的贵族，家里应该饲养着爱马。主人在战场期间，马病死了。家人考虑到主人回来后会很伤心，想着至少给主人留个念想，把马做成了标本。

布彻是怎么把这匹马的标本弄到手的?

能让之前素昧平生的男人之间产生联系的场所,除了酒场和赌场,就是战场了。

在战场上,不会连日都有激烈的冲突,也有与敌军僵持的时间。在这种时候,能排解无聊的,是赌博。

就像一篇故事被编织而成一般,事情的来龙去脉在约翰·菲尔丁的脑海里浮现。也许约翰也拥有几分兼具小说家身份的亡兄亨利·菲尔丁的才华。

"嗷"的一声吼让法官彻底醒了过来。

"好疼!"

这是内森的声音。

"抱歉。"

道歉的声音是戈登的。

应该是戈登睡醒后伸懒腰时,胳膊打到了旁边的内森,抑或不小心扇了内森一耳光吧。之后,戈登似乎反应过来现在不是在自己的床上,而是在马车里。

"到西威克姆了吗?"法官问。

"不,刚到牛津。"法官的"眼睛"说。

法官也觉得这里的气息虽不像伦敦那么恶臭,但也不像是乡下的气息。

"大概因为现在还是清晨,路上没有行人。"

"先去一趟'雅典'吧。戈登,吩咐马车夫去'雅典'。是在名叫'青龙'的旅店的三层对吧。"

不一会儿,马车停下了,法官下车后闻到的是混着马的体味的稻草气味。

"是马厩。奈杰尔之前好像是在这里停放马车的。"安解释道。

"血迹还在吗?"

"马车夫,把手提灯借我一下。"内森灵机一动。

"没看到。"戈登说。

"血迹?"马车夫似乎捕捉到了只言片语,插嘴道,"血迹是指什么?要是这里发生过什么案子,得向牛津的治安法官大人……"

他说到一半,把后面的话咽了回去,应该是被戈登利用那虎头狗般的面相吓住了。

接着响起沙沙的声音。

"把稻草翻过来后,发现压在底下的稻草上残留着血迹。"

怕被马车夫听见,内森很小声地说道。

是谁把血迹隐藏起来了?只可能是爱德。他大概是觉得这个地区的基层警察或者捉贼者介入的话会很麻烦。在亚伯他们发现这里之后,爱德又来了一趟吗?

"你把马车放在这里,休息一会儿。我们很快回来。"法官命令马车夫。

"法官阁下,先把车钱付了吧。"马车夫很执着。

"你觉得法官阁下会不付钱就跑吗?"安斥责道。

"戈登,你待在马车夫旁边。在我们回来之前,你来充当马车夫的人质。马车夫,这样可以了吧?"

"好——"马车夫回答的声音表面上听起来诚惶诚恐。

"楼梯下部也有少量血迹,被抹上了泥,不容易发现。如果事先不知道这是血迹,会错看成普通的污渍。"安说,"奈杰尔之前就住在这里呢。"

法官在安和内森的搀扶下走上楼梯,在楼梯平台转弯。

"就是这里。门上的合页坏了。"

本说是亚伯踢坏的。

爬后楼梯才能来到三楼的这个地方,过路人看不到,应该不曾有人看到门被踢坏而起疑。

安将房间里的光景一一向法官说明。

他们又去了隔壁房间。

"这样啊。蒂尼斯·艾伯特就是在这个房间生活的啊。"

法官把手放到了床框上。安的呼吸稍微有些紊乱。

接着,进入更里面的房间。

"有画吗?"法官问。听本说,墙上贴着爱德的肖像画。

"没有。墙上有一部分颜色稍有不同,应该是把画揭下来后留下的痕迹。"

安说完,又继续说下一句话,而内森也说出了同一句话。两人的声音重叠起来。

"上面写着文字!"

一行人再次乘上马车。

"快点!"

法官命令马车夫。

"请快一点。"

安也喊道。

"一切都是我干的。"

安读给法官听的,是这句话。

内森认出,那是爱德的字迹。

马车行驶在稍微平坦一些的路上,向西威克姆驶去。

爱德又打算自己背负一切了,法官想道。

"'一切'是指什么呢……"

到西威克姆就知道了。安这样说服焦急的自己。

房间里没有留下别的痕迹吗？虽然信任安的眼睛，但没法用自己的眼睛确认，法官为此感到焦躁。

法官命令内森和安把"一切都是我干的。"这句话涂掉了。

蒂尼斯·艾伯特先死了。奈杰尔为了把爱德呼唤到自己身边，演了一出天使的戏。这种推测的可信度更高了。这不是性格死板的艾伯特自己能想出来的主意，更像是奈杰尔想到的手段。

艾伯特的遗体在哪儿？

应该在公共墓窖吧，法官想。曝尸街头者、无依无靠者的尸骸会被随意丢进去，根本不会一一确认。

但是，奈杰尔一个人能做得到这种事吗？驾驭马车并非不可能，但用马车运送尸体，再把尸体埋到墓窖里，这需要很大的力气，而且容易引起别人的注意。虽然这样的举动在伦敦那种大城市并不显眼，但在人烟稀少的村落，外来人的动向立刻就会被注意到。

奈杰尔认识凯特。是凯特帮的忙吗？

凯特不是一个人住，她的一举一动，父母和男佣，有时还有尼克，都看在眼里。家里经营着旅店和酒馆，进进出出的人应该也很多。

她选择了深夜？

法官先让马车停在了"斧与蜡"。

来到外面，皮肤沐浴在清晨的空气里，十分畅快。感觉鼻孔里很清凉。伦敦那充斥着煤味的空气太让人难受了。

法官把钱包递给安，安用里面的钱付了车钱。

马车夫仍磨磨蹭蹭的,期待着能收些溢价金。但他似乎被戈登威吓了,马车驶离的声音渐渐远去。

"旅店还关着门。要敲门让旅店的人开门吗?"

应该很少有客人会坐马车连夜赶路,一大早到达旅店吧。

"就这么办吧。"

法官正要命令戈登敲门的时候,一阵奔跑的脚步声由远及近。

"约翰阁下!约翰阁下!"

是亚伯的声音。

"亚伯!"安喊到一半忽然收声,是因为看到亚伯用动作示意她安静吗?

"你见到爱德了吗?爱德在哪儿?"

"我们到的时候,爱德已经离开了。"

"爱德干了什么?"

"不知道是不是爱德干的,总之,发生了很严重的案件。克拉伦斯为了把这件事报告给阁下,回伦敦去了。"

"他坐马车回去的?"安问。

"不,他擅自借用了这里的一匹马。"

"克拉伦斯会骑马吗?"

"他从马车出故障的地方独自骑马到了牛津,应该是因为这事产生了自信。我说了我更习惯骑马,我去就行,但克拉伦斯坚持说他明白使用缰绳的诀窍了,不会有事的。而我呢,觉得阁下来这里的可能性更大,就把估计会是白费功夫的伦敦之行交给克拉伦斯了。"

内森发出了哧哧的偷笑声,大概是觉得亚伯也够狡猾的。

"太好了,要是你们两个都回伦敦去了,就正好错过了。我已经听本讲过详细情况,也读过奈杰尔的手记了。到牛津后,我去了趟'雅典'。"

"没看到画。"安说,"墙上写着'一切都是我干的'。他干了什么?"

"发生了什么?"

"发生了太多事,一言难尽。要是被杰加斯他们嗅到动静,这里的治安法官介入此事的话,会很麻烦,所以我和克拉伦斯两人把痕迹都抹去了。克拉伦斯回伦敦了,而我为了能在阁下来到这里时第一时间察觉,避开旅店的人的耳目,悄悄睡在了马厩里。旅店老板和老板娘快要起床了,我们最好赶紧离开这里,别被他们发现。要不要先去案发地点?虽说我们已经把痕迹都仔细抹去了。我带您过去,不过得稍微步行一段。虽然有尼克的马车,但把他叫醒的话,老板和老板娘也会醒过来,估计会引发骚动。这里没有轿子。"

"旅店的马厩里没有奈杰尔的马车和马吗?"

"'斧与蜡'的马厩里吗?没有。"

亚伯用胳膊搀扶法官,戈登从另一边扶住法官的腰。

对法官来说,初来乍到,踏出一步都会有些犹豫。只能信赖这两个人了。平时外出总是坐轿子,腿脚似乎有些不好使了。

"我还想见见那位叫凯特的女士。"

"凯特昨天就不在这里了。老板和老板娘说,她被公馆——就是达修伍德的领主馆的人委托了一些事,去牛津了,会在那边住两三天。老板和老板娘也不知道她被拜托了什么事,抱怨说女儿太固执了,什么事都不跟父母说。"

凯特不在,埃丝特不见了,雷·布鲁斯和布彻也离开了。法官越发不安,但眼下必须先行动起来。

"昨天下午到西威克姆后,我先去了趟'斧与蜡'。老板和老板娘都冷淡得像换了个人似的。他们说,他们被杰加斯问东问西,快烦死了,发牢骚说明明是好心热情招待我们,却被卷进了麻烦里。"

"讲一下疑似爱德干的事。"

这时,法官感到背后有人。那人蹑手蹑脚的。

"有人跟在后面吗?"他轻声问亚伯。

"没有……"

"戈登。"法官一声令下,戈登便噔噔噔跑了过去。

不一会儿,就传来戈登拽着什么人回来的脚步声。

"是尼克。"安叫了起来,"你为什么跟过来了?"

"偷马贼!把我的马还给我!"

"啊!"

亚伯试图装傻,然而只是徒劳。

"啊什么啊!偷马贼可是要被绞死的。我要起诉你!"

"不是偷的。只是因为事情紧急,就擅自借用了。绝对会还给你的。"

"真是抱歉。"法官插话,"我来为他担保。我,伦敦威斯敏斯特地区治安法官约翰·菲尔丁,来当担保人。"

"咦,您就是那位盲眼法官啊。"

的确蒙着眼睛——后半句成了自言自语。

"本来想跟你说一声的,但没找到你。"

"跟我老爸老妈说不就行了吗?"

"我不太想把事情闹大。你怎么知道擅自借用马的是我的同伴?"

"除了你们就没别人了啊。"

"你按你姐姐的吩咐,在牛津拖住了我们的脚步。"亚伯努力打马虎眼,"你姐姐可能和案件有关。我们正和约翰阁下一起调查。"

"听说凯特被领主馆的人委托了一些事,昨天去牛津了。她被委托了什么事?"安用质问的语气发话,"听说她要在那边住两三天。"

"我听老爸他们说了。我也不知道是什么事。"

"她是徒步去的牛津吗?"

"她要是跟我说一声,我肯定会送她过去的,可她在我不注意的时候就走了。她好像把比利也带走了,老爸直抱怨店里人手不够。"

"也许是牛津的哪栋公馆里要举办宴会。"尼克接着说,"比利很擅长杀鸡,凯特则懂得公馆里的礼仪,他们可能是被叫过去帮忙的。没准比利把杀鸡的工具带走了,不过我没确认过。"

"他们以前去牛津做过这类工作吗,被叫到缺人手的地方帮忙?"

"不,没有。"

"你们店里的鸡真是又嫩又好吃。"内森说。

内森无心的一句话唤起了法官的记忆。

"电离投入民用还很远。就连富兰克林博士也苦笑着说,这东西只有把鸡和火鸡电死,让它们的肉质变得柔嫩鲜美这么点用。"

"杀鸡的工具是指什么?"法官问。

接着,安以严厉的语气问:"比利是用什么特别的方法杀鸡的吗?"

安也想起丹尼尔医生的话了吧。

这不可能……虽然这么想,但为保险起见,法官还是确认道:"他应该有两个器具。是什么样的器具?"

"我从博士那里得到了蓄电瓶,但我没有起电机,所以没法再用了。"法官努力在记忆里搜寻着,想起丹尼尔医生是这么说的。

"不太清楚。我没进过比利的房间。说是房间,其实不过是用板墙在马厩角落围出的一片区域罢了。"

"你见过他杀鸡的过程吗?"

"比利一直是在自己的房间里弄。"

"比利是个什么样的男人?"

"什么样……也没什么特点。在女孩子看来应该算是好男人吧?我有点担心,凯特该不会是跟他私奔了吧……"

"他们是这种关系?"

"他们的关系是很好,但好没好到私奔的地步就不好说了。凯特以前喜欢过一个男人,本来要跟他结婚的,但这门婚事最后没成。"

"对象是实习律师迪芬贝克先生吗?"安问。

"不是,怎么可能会是律师那么优秀的人。"

"迪芬贝克先生是在单恋啊。"安的低语含着同情,"他明明做出了那么大的牺牲。"

"马什么时候能还给我?"

"我回伦敦之后马上安排。"

"嗯,治安法官阁下都这么说了,那应该靠谱吧。"他的语气仍有些怀疑,"您接下来要去哪儿?回伦敦的话,坐我的马车怎么样?西威克姆没有其他地方能租马车了。"

"要回去时我会找你的。径直回伦敦。"

"这可真是太感谢了。"

说完，尼克支支吾吾了一会儿，小心翼翼地问："那个，我有点在意……骑马的那位，就是那个被你们叫作爱德的客人，他是坏人吗？阁下是为了调查他才过来的吗？"

"他是不是坏人，要看调查的结果。爱德和凯特以前就关系亲密吗？"

"不，我想不是这样……法官阁下，我拖住阁下的部下们，是做了不好的事吗？"

"看样子是不太好啊。不过，如果你跟我们合作，万一凯特让你做的是'不好的事'，我也不会追究你和凯特的责任。"

"合作……好的，我会合作，不过具体该怎么做？"

"首先，不要让村里的任何人察觉我们正在这里搜查。要是让管理西威克姆治安的人——基层警察、捉贼者、达修伍德爵士的代理人杰加斯先生等人知道了，他们就会介入调查，我们便没法再插手，到时候下有罪或无罪判决的就会是完全不了解情况的本地治安法官达克·费恩爵士了。达克·费恩爵士可不像我们这么好说话。"

"说得没错。"尼克似乎被说服了，"公馆的大人物对我们不屑一顾，就催税的时候催得狠。"

"您要去哪儿？"尼克的语气里已经没有了敌意。

"你不必知道。"

"我会合作的，如果这是为了凯特好。要去远处的话，就坐我的马车吧。"

稍微等一下，我马上把马车带来——尼克丢下这句话就噔噔噔跑远了。

"戈登，去追。"法官命令道。

法官感到尼克的话并无虚假,但为稳妥起见,还是要确保他不会对别人泄露秘密。

"我们抓紧。亚伯,边走边说,给我讲讲案件情况。我们现在要去哪儿?"

"教堂。"

"哪个教堂?"内森问。

"就是奈杰尔被发现的那个地方,对吧?"安确认道。

"是的。有个男人被吊在了那里的窗户外面。"

"是谁?"

"不认识。他被吊住了脖子。就那么放着不管的话太显眼了,恐怕会引发骚乱,我就把他放下来,藏到礼拜堂的橱柜里面了。听说小圣女的遗体被从棺材里拿出来之后也是放在那里的。圣女被找到后,又装进别的棺材放回原来的地方了。"

"死的是个不认识的男人,却不让杰加斯他们介入,莫非我们在调查的案件和那个男人的死有关?"

"幸存下来的另一个人是名叫贝姬的女人。"

"有两个被害者?"

"贝姬!那个疯女人为什么会——"内森大声喊起来。

"她以前是达修伍德领主馆的女佣。"

"而且是凯特的朋友。"

"贝姬精神错乱了——她脑子本来就有些问题——虽然觉得她很可怜,不过我还是限制了她的行动,把她监禁在小房间里。"

"这可不太稳妥啊。监禁……"

"是很残忍,但放任她乱跑的话,感觉她会叫唤着跑遍整个村子。"

"你说贝姬幸存下来了,她和那个男人都被吊了起来吗?"

"是的。"

是用一种很特殊的方法吊起来的——亚伯解释起了教堂的塔的结构。

长方形砖石砌成的墙,人字形屋顶,造型朴素。钟楼顶上安着巨大的黄金球体,内部直径十英尺出头,四周的墙上每隔一英尺开有一扇大约十英寸宽的纵向细长的窗户。

"男人的尸体被吊在了那个球形房间的窗户外面。"

"那些窗户很窄,"内森说,"而且嵌着玻璃。"

"有两处玻璃被打碎了。吊着男人的窗户,和那扇窗户正对面的窗户。"亚伯对内森说完,转向法官,继续解释,"吊起男人的绳子从窗户经球体内部一直延伸到了正对面的窗户外垂下,那一头吊着贝姬。绳圈套着她的脖子。我和克拉伦斯发现时,贝姬紧紧抓着钟楼的柱子,勉强没有被勒紧脖子。要是她用尽力气松手了,因为男人的体重更重,她会被吊在半空中。"

"这是爱德干的吗?"安的话语里混杂着黯然的叹息。

尼克的马车到了。

"戈登正坐在驾驶座上威慑着尼克。"安告诉法官。

"去教堂。"法官命令道,坐上马车后说,"安,路上把我们在伦敦调查到的事还有我们的推测,全都告诉亚伯。"

安边翻笔记边详细地讲述起来。

去探访贝德莱姆的事;内森的地下室探索,以及因此而得知的许多事;迪芬贝克先生的牺牲,以此为前提做出的推测。"但是凯特当时要跟别的男人结婚。"安同情地说了一句,又接着讲述。奈杰尔似乎要挟了斯特拉,从她身上榨取金钱的事,还有烂人、奥曼的事,等等。

袭击艾伯特的可能是达修伍德的人。奈杰尔或许把重伤的，或者已经死去的艾伯特的躯体用马车送到了西威克姆。法官对亚伯这样说道，还把丹尼尔医生说好像弄错了奈杰尔死亡日期的事告诉了亚伯。

"这样啊。我也想过可能是艾伯特受了重伤，奈杰尔用马车把他送到了这里。想到这里时，我很疑惑奈杰尔为什么没带艾伯特在牛津看医生。艾伯特死了。奈杰尔为了呼唤爱德……"

沉默片刻后，亚伯继续说了下去。

"您刚才很在意杀鸡的方法，是因为觉得用了电气器具吗？"

"虽然觉得难以置信……"

"我记得丹尼尔老师说过，用电杀鸡，能让肉质变得柔嫩鲜美。"

"我也听医生这么说过，他说是富兰克林博士告诉他的。"

"'斧与蜡'的鸡的确很嫩。本那家伙感动不已呢。可是，这不是能随随便便弄到的工具，该不会……"

"奥曼给自己改名叫比利，来到了西威克姆？"内森叫喊起来，"原来是这么回事啊。奥曼被怀勒院长解雇后，把那个器具连同起电机一起带走了。"

"但奥曼和西威克姆之间没有联系。"安说。

"联系是有的。"亚伯说，"洞窟事件时，奥曼陪同富兰克林博士来到了这里。"

"我说的是'斧与蜡'和奥曼的关联。"

"也许他在那次事件中认识了凯特。"

"那他为什么要改名呢？用特伦斯·奥曼这个名字也不会有什么不方便。"

"那具尸体有没有可能是奥曼的？"内森说。

"我们之中没人知道奥曼长什么样。"

基于男佣比利就是奥曼这一假设，法官开始思考。

奈杰尔和爱德是在一七七〇年分别的。

"安，怀勒院长是什么时候解雇奥曼的？"

传来安确认笔记的动静。

"一七七二年。"

凯特应该从奈杰尔那里听说过特伦斯·奥曼这个人在贝德莱姆做出的残忍惩罚行为，也听说过迪芬贝克先生的自我牺牲。

所以奥曼才要改换名字？凯特不知道奥曼的长相。但是，奥曼为什么偏偏要去凯特家工作呢？不是还有做回电气艺人这条路吗？

和奈杰尔碰面的话，奥曼就会暴露身份。

最近，奈杰尔去了西威克姆，见到比利，看穿了他的真实身份。

奥曼在自己的老底被奈杰尔揭穿之前，杀死了他。

"一切都是我干的。"

爱德是知道了这件事，向奥曼复仇吗？

据说比利和凯特一起去了牛津。

尼克说的是"凯特跟父亲说自己要去牛津，她好像把比利也带走了"。是因为比利也不见了，所以父亲认为比利跟凯特一起走了，还是凯特跟父亲说了要带比利走？关于这一点，必须再详细追问一下。

贝姬为什么会遭遇这种残忍的事？她纯粹是被当作吊起男人身体的砝码吗？这不可能。

不先查验尸体的话，就无法继续推理，但这里没有一个人见过特伦斯·奥曼的脸。

到目前为止，都是以蒂尼斯·艾伯特已经死了为前提来思考的，莫非这个前提不成立吗？艾伯特还活着，向杀害奈杰尔的奥曼复仇了？

那凯特为什么会不见呢？

埃丝特也依旧下落不明。

也没有雷·布鲁斯和布彻的消息。

真希望有个揭发犯罪的官方组织。必须创立一个组织，一介治安法官能做到的事太有限了。而且，就算进行公审，判决结果被金钱左右，证人也能用钱收买的话……

"约翰阁下，右边是达修伍德的领主馆。"内森告诉法官，"教堂在领主馆前面。"

"是很豪华壮观的建筑。"安对法官说。

又前进了十几分钟后，马车停下了。

"那个就是教堂？真是品位不佳的塔啊。"

"俄国的沙皇听了会不高兴的。"

"对了，这是模仿圣彼得堡的建筑建造的。"

尼克打开门，放下踏板。

"我在这里等？"

法官命令戈登带尼克去稍远一点的地方一起等待。这是为了防止最坏的情况——尼克向杰加斯他们告密。

门没锁。

一行人进入教堂内部，安向法官讲解周围的情形。

法官隐隐闻到一股腐臭味。

"我把男人的尸体藏在那个橱柜里了。"

响起细微的开门声。腐臭味更浓了。

短暂的沉默之后——

"是布彻。"
内森说,声音微弱。
"毫无疑问,是布彻。"
接着,安说道。

5

梅尔画母亲的画越来越多了,要瞒过烂人的眼睛更难了。跟躺在床上的母亲相比,梅尔画出来的母亲更生气勃勃。并且,我感到沉睡的母亲就像梅尔的画一样,越来越有生气了。

仿佛母亲在有意识地变得像梅尔的画一样。

"这是不可能的。"

该怎么形容迪芬贝克先生说出这句话时的表情呢?非常温柔,却很难过。否认的话会让我失望,可又无法将虚假认作事实。迪芬贝克先生是个过于认真的人。

"不能一概否认吧。"小说家先生打圆场,"这儿的住院者里也有对外界完全没有反应,有时却忽然恢复神志的人。他们耳闻目睹外界的事,对外界有所了解。或许她对周围事物的理解程度也超乎我们的想象。"

我正一边写一边发出悲鸣呢,爱德。为什么要回忆这些呢?我是没有过去的人。我想要这么想。只有与你一起度过的时光是我活过的时光。我想要这么想。但对你来说并不是这……算了,打住吧。怨天尤人是你最讨厌的事了。

不,我并不打算让你读。我不是这么写过嘛。不让你读的话,就写什么都可以,无论是顾影自怜、撒娇,还是对给我这样生命的人的愤怒与憎恨。

如果没有父亲，我就不会出生。我开始懂得这种程度的知识。要是没有迪芬贝克先生和小说家先生，我没准连这种事都没弄懂就长大成人了。

你知道我是从什么时候起感受到强烈的活着的价值吗，爱德？是在五年前，把埃文斯的领巾系到他的脖子上勒死他的时候。那是弱小无力的人成为强者的瞬间。

要装出柔弱的样子。这是小说家先生教给我的。等到了外面之后，要装出柔弱的样子。"这样一来，周围的人就会保护你。哎，不过你体能也确实不好。""就是拟态啰。"迪芬贝克先生喃喃道。迪芬贝克先生那时候憔悴到了极点。"对，拟态。奈杰尔，这是能让你在外面活下去的处世之道。"

的确，装出一副靠不住的样子，生活就会很轻松。而且，我还拥有在梅尔的教导下磨炼出来的素描技艺，所以丹尼尔老师爱我——只爱我的技艺。

你把父亲因为法院的误判而被杀的过去告诉我时，我很开心。憎恶、猜疑，这是你和我的共同点。

我本以为这是如钢铁般牢固的纽带，结果却并非如此。

你是"正常"的。

我不明白。不明白什么是正常的，什么是不正常的。

装出一副天真无邪又无知的样子是最保险的，但那样太累了。我把自己不正常的那一面向你展示了出来。而我因此——虽然不太想写这句话——被你讨厌了？

为什么？啊，连我自己都注意到了。和我在一起，你会很辛苦。你没法完全变成我这个样子。不在那个地方出生长大的话，是没法变成我这个样子的。

6

亚伯向法官解释说,他从贝姬的衣服边上撕下了一块布用来堵住她的嘴。法官命令他把布拿出来。

"用这块布蒙住她的眼睛。"

贝姬好像连发出声音的力气都没有了。

"贝姬。"法官严肃地对她说道,"由于对方的一点点慈悲,你免于一死。但是,你如果把这件事告诉别人,就会遭到进一步的报复。"

"啊?"

先是安,接着是内森发出惊讶的声音。

"贝姬,你能听见吧。只要你保持沉默,我就闭口不提你的恶行。贝姬,你的回答是?"

回应法官的是一声近似"啊呜"的微弱声音。

"把贝姬的手放到我的手上。"

贝姬的手在颤抖。

"你干了件特别蠢的事。对方还没有放过你。你如果说出去,就会遭到更加可怕的报复。什么都不要说。你能发誓吗?"

"啊呜。"

"你发了什么誓?"

"什么都不唆(说)。"

"没错。什么都不说。能做到的话,我就解开绑着你手脚的绳子。"

"什么都不唆(说)。"

"也不会说把你带到这里的人的名字吧?"

"不唆(说)。"

"也不会说我们的事吧?"

"不唆(说)。"

"你干了件特别坏的事。你心里清楚吧?"

贝姬没有回答。

"贝姬,我知道你干了什么。你说出去的话,你自己干的坏事也会曝光。"

法官一字一句地说着,像在教导孩子一样。

"那样一来,你会被起诉。如果受到有罪判决,你就会被绞死。绳子不会中途断掉,也没有柱子能让你抓着来支撑身体。那是极度痛苦的死法。明白了吗?"

贝姬以听起来像"啊呜""哇呜"的声音回应。

"把绳子解开。"法官示意。

"把她放了不会出问题吗?"

"就这么放着不管的话,她会饿死的。"

约翰阁下——安正想这么叫法官,被法官制止了。这是为了防止贝姬知道自己的名字。

"报复是指……"安问。

从贝姬的喉咙里漏出一声犹如野兽低吼的叹息。她好像想啜泣,又忍住了。她觉得这样就违反了保持沉默的誓言吗?

"贝姬,你能数数吗?"

"呜呜。"

"能数到五百吗?"

"啊呜。"

"我们出去之后,你就开始慢慢数,数到五百就可以离开这里了。要是提前离开,就会遭遇同样的事。你正被监视着。"

叹息变成了呜哇呜哇的哭声。

法官催促亚伯等人离开了教堂。

"不用调查那个球体里的房间吗?"安问。

"先去检查坑道上安装的踏车吧。吩咐尼克去那里。"

马车里,法官一直一言不发。

安的声音打破了沉默。

"那就是踏车吗?能看到像大型水车一样的东西从石山顶上露出了一半。"

她像是终于忍不住了似的接着说:

"是爱德干的吗?报复……约翰阁下,是贝姬杀死了奈杰尔吗,他们明明没有任何关系?另外,约翰阁下说的'慈悲'是什么意思呢?"

"是否称得上慈悲可不好说。相比直接杀死,这样做带给人的恐惧要强烈得多。"法官说。

接着,法官又对亚伯说道:"我有些事想问身为丹尼尔医生爱徒的你。"

"什么事?"

"头部后侧受了重伤的情况下,没有马上死亡,而是过了几天才死,这种事有可能吗?"

"这是有可能的,不过恐怕会一直到死都昏迷不醒。"

"天使果然是奈杰尔吗?"内森问。

这时,马车停下了。

"不好意思,再往前马车就走不了了,得劳烦您几位走着过去。"

"那边有很多裸露的岩石,不好下脚,很危险。"

亚伯对正要从马车上下来的法官说。

"那看来安也不行。"

"我倒是能爬上去。"安说,"不过,我是不是待在约翰阁下身边更好?"

"不,让戈登留下吧。安,内森,你们和亚伯一起爬上去,把整个踏车仔细检查一遍,特别是绳子。"

"明白了。"三人答道。他们离开后,法官把尼克喊过来,让尼克坐到自己对面的座位上,又让戈登坐到尼克旁边。想必戈登正用严厉的目光注视着尼克吧,法官这样想象着,把尼克的手放到了自己的手上。

"你的姐姐凯特差点举行了两次婚礼啊。"

"是啊。运气实在太差了。"

"要和她结婚的男人名字是雷·布鲁斯对吧?"法官用不经意的语气说出了这个名字。

"您认识雷?他现在在哪儿?"

"回答我的问题。第一次是正要举行婚礼时,雷·布鲁斯被强制征兵队抓走了。"

"没错。真是太过分了。"尼克说到一半,把后面的话咽了回去,应该是意识到了法官也是上面的人。

"接着说。无论你说什么,我都不会责怪你。"

"他被送到了新大陆……"

"然后,凯特被多丁顿家的前夫人雇去当侍女了吗?"

法官至今为止已经按时间顺序把各个事件梳理、思考了无数次。

"多丁顿家的夫人是一位很温柔的人,从很久以前起,她被领主大人邀请来这边时,就很喜欢接待她的凯特,每次都说要雇凯特当侍女,但凯特好像更喜欢那个男人。结果,雷被抓走,凯特闷闷不乐的时候，夫人就……"

"对多丁顿夫人来说，凯特似乎是很好的侍女呢。"

"是啊，那还用说。"

"可是，多丁顿夫人却去世了。"

"不愧是治安法官阁下，知道得真多。唉，凯特可真是，被神当成玩具……"说到一半，尼克有些慌乱，"我不是在说神的坏话。只是，她的境遇起起伏伏的，也太惨了。"

"夫人去世了，凯特又回到了西威克姆。"

"是的。然后，你——"说到一半，尼克又有些慌乱，改口称"阁下"。

"雷·布鲁斯从战场上回来了。"

"是这样。说是稍微受了点伤，退伍了。"

"受的不是重伤吧。"

"不是什么特别严重的伤。"

"本来要在洞窟演奏会结束后重新举行婚礼的吗？"

"是的——不是，阿尔莫妮卡·迪尔波利卡的演奏会并没有举办过。"

"阿尔莫妮卡·迪尔波利卡？"

"啊，这可是连提都不能提的名字。"

"演奏会是举办过的吧？"

"必须当作没这回事才行。"

"那就当没这回事，那是什么东西？"

"我也不是很清楚，好像是种乐器，呼唤出了恶魔。恶魔喷出火，事情一发不可收拾，所以……"

尼克大概是想不出该怎么把禁忌之事告诉法官，不停拨弄着法官的手。

"拜托您了，就当没这回事。"
"你出席过洞窟里那场'没举办过的演奏会'吗？"
"没有，神明开恩，我没和那种事扯上关系。"
法官回想安根据笔记告诉自己的埃丝特讲述的事。

本杰明·富兰克林博士的身影出现了。他在阿尔莫妮卡的箱子旁边，意气风发地走在白垩石铺砌的道路上。
"哎呀！"

贝姬叫出声来，跑向富兰克林博士的方向。她的目标不是博士，而是抬箱子的一个男人。
她走到男人身旁，似乎调侃了些什么，又小跑着回来了。
"这次演奏会结束后，他就要结婚了，跟和我关系很好的姑娘结婚。"从她的语气里能感受到些许恶作剧般的意味，"说来，和一个姑娘举行两次婚礼，算不算是'命途多舛'呢？"
"再婚吗？"
"你可真傻。"贝姬耸耸肩。她是因为朋友要结婚而不太开心吧。我有点厌恶能细心地注意到这种事的自己。

"本来要和凯特第二次举行婚礼的雷·布鲁斯，抬着装有恶魔的乐器的箱子进了洞窟，对吧？"
"是的。打那之后，他就消失了。这是恶魔搞的鬼。他去搬了装着恶魔的乐器的箱子，所以被诅咒了。那件事没发生过。什么都没发生过。"
"雷·布鲁斯是一个人搬那个箱子的吗？"法官故意问道。
"不，一个人搬不动。是四个人一起搬的。"

"另外三个人也消失了吗?"

"我不知道。除了雷还有谁搬了那个箱子,那些人后来怎么样了,这些我全都不知道。法官阁下,别再说这个话题了,恶魔可能正竖起耳朵听着呢。听说那之后,伦敦不是也发生了好多事吗?有人因为听了演奏会而精神失常,有人因为提起乐器的名字而死掉了什么的。关于这事,我一句话也不会再说了。主耶稣,请保护我。阿门。"

"演奏会没举办过。我明白了。我问问别的事,关于名叫贝姬的女人的事。她好像以前精神还正常,是从什么时候起变得不正常的?是在没举办过的演奏会之后吗?"

"她是得了法国病。"换了个话题后,尼克的语气变得轻松了,"她那已经死去的母亲患有法国病,她哥哥因此而脑子不正常。真可怜,妹妹也染上了这种病。"

对于据传是哥伦布从新大陆带回来的梅毒,英国人称之为法国病(因为英国有很多人讨厌法国),法国人称之为那不勒斯病,意大利人则称之为西班牙病。

"她的病之前还没有发作。"

洞窟事件时,她还能和埃丝特正常交流。法国病的潜伏期很长。

"是的,是在那之后发作的。"

"在洞窟演奏会之后啊。"

"没有过什么演奏会……"

"贝姬的哥哥是踏车工人吧。"

"不过他在这边找不到工作,被请去别的地方了。"

"他的盲人搭档也一起去了。"

"嗯。"

"你刚才说贝姬的母亲死了。那她的父亲呢？"

"在她母亲去世之前就死了。她母亲的法国病估计是被她父亲传染的。她父亲是行商的，听说到处跟女人玩乐。"

"贝姬就这么一个人生活，没人照顾吗？"

"像那样的人嘛，村里人会有意无意地抚养的。"

"她对周围的事能理解到什么程度？"

"这要看情况。状态不好的时候举止完全跟个傻子似的，也有时候能理解很多。"

"牛津的'雅典'这家店的主人，"法官开始问下一个问题，"会时不时来西威克姆吗？"

"不知道。"

"只要是你姐姐吩咐的事，你连理由都不问就照办吗？"

尼克非常仰慕凯特，这从他至今为止的言行细节可见一斑。年长许多的姐姐对弟弟一定很温柔。

"比利是从什么时候开始在'斧与蜡'工作的？"

"是从什么时候开始的来着……不是太早的事，应该是三四年前吧。不，好像还不到四年。"

亚伯等人的脚步声靠近了，法官便让尼克回到了驾驶座。

"把绳子拉上来一看，"安告诉法官，"发现绳子从中间起被切断了。"

"亚伯，命令尼克驾马车回伦敦。"

"不用调查公共墓窖吗？"在奔跑起来的马车里，安问道，"艾伯特的……"她话说到一半，没有说下去。

"如果发现了艾伯特的遗体，奈杰尔试图用那种方法呼唤爱德的推论就能得到巩固。"内森补充了后面的内容。

"我担心爱德之后还要干什么不得了的事。他要行动的话，肯定是在伦敦。必须赶紧回去。被杰加斯他们察觉到我们进行了调查也会很麻烦。杰加斯他们迟早会发现橱柜里的尸体。不过，他们不认识布彻的脸，弄清楚死者身份会需要很长时间。"

"喀戎……"安说，"现在怎么样了？他一个人都没法移动。"

"安，先接着汇报。"

"绳子一直到半截处都有像是被利器切过的痕迹，后面的部分被硬是切碎了。"

"没错，是这样。"内森说，"约翰阁下，是贝姬对绳子动的手脚吗？"

"爱德以行动告发了她。"

"踏车工人看见天使，"法官接着说，"是在八月二十八日。起初，我们根据尸体的僵硬状态，推断奈杰尔是在前一天，也就是八月二十七日死去的。"

"是这样。"

"但丹尼尔医生根据尸体腐烂情况订正说，奈杰尔的死亡时间要更晚一些。"

"于是，我想到，用来当天使的是别的尸体。"安插嘴道。

"也可能用的是简单制成的人偶。我本来也这么想，但后来又考虑了别的情况。艾伯特意外身亡，奈杰尔为了呼唤爱德，制造了那起天使事件。把棍子绑在双臂上也好，用别的方法也好，总之，奈杰尔把自己伪装成了全身僵硬的死人的样子，大概是期待智力有缺陷的踏车工人把自己错看成天使吧。但是，大吃一惊的踏车工人从踏车里出来后，踏车会由于重力而逆向旋转，他会掉下去，这显而易见。如果是自导自演，他应该会考虑到这一点，做好相应的准备，比如调整绳子的长度，让自己即使掉下去也不会猛地撞到地面上。应该也有几个协助者在坑底等着接住他，可他却被摔死了……不过实际上，他是在昏迷了两三天后死亡的。"

法官听见"呼噜"一声鼾声。戈登好像睡着了。

"还真是，没有协助者的话，也没法把双手的手腕都绑在棍子上。"安说，"代用的尸体应该是提前准备好的……毕竟不让写有'伯利恒之子啊，复活吧'的尸体被人发现的话，就没法引起爱德的关注。可没承想，奈杰尔摔死了。协助者把他的遗体装进圣女的棺材里，认为那口棺材拥有能让尸体不腐的力量……迷信这一点的，是西威克姆的村民。"

"另一个信息'阿尔莫妮卡·迪尔波利卡'又是怎么回事呢？"内森喃喃道。

"协助他的是贝姬吗？"安继续说自己的想法，"结果贝姬背叛了他，对绳子动了手脚……为什么？是多丁顿或者达修伍德在幕后指使的吗？"

"协助奈杰尔的是凯特和比利。我确信是这样。"法官说。

"比利……特伦斯·奥曼吗？"内森用难以置信的语气问。

"我问了尼克，他说比利是从三四年前开始在'斧与蜡'工作的。他还补充说，还不到四年。"

"请稍等一下。"

响起翻动笔记的声音。

"贝德莱姆的怀勒院长以做法太过残酷为由解雇奥曼，是在一七七二年，也就是三年前。"

"会不会是比利——奥曼——唆使贝姬这么做的？"内森说，"奈杰尔认识奥曼。奥曼是个多么残忍的家伙，奈杰尔再了解不过了。奥曼在凯特面前装出一副老实人的样子，但眼看要露馅了，于是他把奈杰尔给……不，如果是这样，他没必要让贝姬来做,自己对绳子动手脚就行了。奈杰尔也不可能选奥曼当协助者……"

"埃丝特现在怎么样了呢?"安说。

"喀戎——雷·布鲁斯他……"内森也说道。

连夜坐马车从伦敦赶来——虽说多少睡了会儿,但在剧烈颠簸的马车里也睡不熟——四处奔波,连喘口气的工夫都没有,然后又坐上了马车。大家的声音里都透着疲惫。

"亚伯,你知道雷·布鲁斯和凯特的关系吧。"

法官说出的话赶走了大家的睡意。

"亚伯!"安的声音里夹杂着复杂的情感。

"您是听尼克说的吗?"亚伯说。

"是的。"

"阁下,我保持沉默。"

"那就由我来告诉安和内森吧。"

感到两人探过身来的动静,法官接着说了下去。

"贝姬对埃丝特说,凯特会和同一个男人举行两次婚礼。对吧,安?"

"是的。"都用不着确认笔记,安便答道,"听埃丝特说,贝姬指着抬阿尔莫妮卡的四个男人中的一人这样说了。"

"那个男人就是雷·布鲁斯。我从尼克那里得到了佐证。"

"这不可能。布鲁斯退伍回国是在一七五九年,他在战场上失去了双腿。"

"他在这一点上说谎了。向雷·布鲁斯问话时,他说到有些地方的时候,我感到他的声音很混浊:一次是他说自己在一七五九年夺取魁北克的战斗中被法军的炮弹炸飞了双腿的时候——尼克说,布鲁斯在战场上受的伤不是特别严重;另一次就是他说电气艺人奥曼把自己交给布彻的时候。这些谎言妨碍了我把布鲁斯在举行婚礼的前一刻被抓走的事跟凯特要举行两次婚礼的事联系起来。"

"他有什么说谎的必要呢？"安问。

"亚伯，你听说了一切吧。"

"我不能回答。"

"五年前的案件里，爱德总是说这句话。这次轮到你了吗，亚伯？"

"为什么不回答，亚伯？"

"亚伯，要是我的推测有错的话，你就指出来。布彻曾和雷·布鲁斯待在同一个战场上。生死与共的战友想必会毫无隔阂地互相讲述自己的经历，布彻因此知道了布鲁斯的过去。

"布鲁斯因负伤而退伍回国，去了西威克姆找凯特。凯特当时正给多丁顿夫人当侍女，人在伦敦。夫人不肯马上放她走。布鲁斯开始在'斧与蜡'工作。然而，第二年，多丁顿夫人去世了，是被情妇斯特拉毒杀的，凯特回到了西威克姆。她和布鲁斯的婚事重新被提上日程。然后，次年一七六一年，他们决定在洞窟演奏会结束后就正式举行婚礼。"

法官喘了口气，又接着说了下去。

"洞窟里发生了那起事件，雷·布鲁斯受了重伤，失去了双腿。亚伯，到这里为止，我的想法没有错吧。"

"亚伯，你为什么……"

安叫出声来。法官轻轻抚摩她的手安抚她。

"接下来，分析一下布彻吧。他早就有马的标本，或者有能弄到标本的确切门路。"

"嗯，没有马的话，就没法制作半人马。"内森说，"但马的标本很贵吧。"

"于是，我做出了一些想象。在战场上，布彻靠赌博消磨时间。参与赌博的将校惨败给布彻，欠了布彻一大笔钱。将校必然是贵族，领地里肯定也养了马。他立了字据，承诺回国后把那匹马给布彻作为欠款的抵押。将校战死了。布彻退伍回国后，访问了将校的家，给将校的家人看了字据。将校在战场期间，那匹马病死了。家人为了让将校回国后能有个念想，把马做成了标本。布彻就这样以意想不到的方式得到了马的标本。活着的马可以倒卖换钱，标本却没那么容易找到买主。"

法官听见亚伯轻轻附和了一句。

"布彻认识了特伦斯·奥曼。"

"作为干卖艺这行的同行认识的？"内森问。

"不，他们在洞窟事件发生前就认识了，那时候奥曼还是富兰克林博士的助手。不过，奥曼惹博士不高兴了。"

"他背着博士偷偷去赌场。波莉是这么说的。"内森说。

"波莉还说他擅自拿走了博士的什么东西。这个'什么东西'就是电气器具啰。他时不时去贝德莱姆做惩罚的工作，应该赚了些零花钱。他净干坏事，所以博士宣布，等西威克姆的工作结束后就解雇他。

"布彻和奥曼是在赌场认识的。奥曼也惨败给布彻，背上了债。布彻听奥曼说了洞窟演奏会的事，想到了用标本赚钱的方法。他命令奥曼用电气器具向雷·布鲁斯的双腿施加会导致其不得不截肢的伤害，说如果奥曼能做到这件事，赌博的欠款就一笔勾销。"

"不可原谅！"

安的声音变得高亢。

"奥曼得知自己在洞窟演奏会结束后就会被博士解雇。他应该也想过把演奏会搞砸作为报复吧。"

"那个用于惩罚的器具能只对腿施加伤害吗？"内森提出疑问。

"我不懂电，不过，用电就算没法只损伤腿，应该也可以对腿造成强烈的冲击。同时，引发些骚乱，让布鲁斯昏过去，趁他失去意识时把他抬走，由布彻来切断他的腿。布彻也许是在战场上看军医做手术时记住了截肢和缝合伤口的方法。"

"可是，"安说，"他为什么要说双腿被法军的炮弹炸飞了这种没有必要的谎呢？"

"和国王陛下的恶作剧赶在一起了。"说到这儿，法官不由得重重叹了口气，"我不清楚布彻打算引发怎样的骚乱，没想到倒是陛下引发了不得了的骚动。洞窟事件牵扯到的人都被下了极为严格的封口令。布鲁斯正是因这个才无法向我告知实情。陛下把电鳗带进去做了什么呢……据说电鳗受到刺激后，会放出相当强的电。陛下把箱子整个翻过来，把电鳗连水一起放了出来吗？据说那是超过八英尺的巨大生物，它一边放电一边发狂了。

"陛下是怀着恶作剧的心情这么做的吧。他想看看那些平日里轻视自己的重臣狼狈不堪的样子，狠狠嘲笑他们。陛下的目的仅此而已，可事情却做得过了火。再加上奥曼带进来的器具放出的电，场面越发混乱了。或许安在墙上的烛台上的火蔓延到了什么东西上，或许埃丝特当时就在烛台旁边。密闭的狭小空间里起火的话，人们会陷入混乱。还有几个人直接受到了电击。这件事被如此严格地掩盖下来，从这一点来看，没准那些无名侍从里有人死了。

"那时正在打对法战争，第二年还对西班牙下了宣战布告。若那时国王的丑闻曝光的话，外敌会乘虚而入。没有余力再去内讧了。陛下当时还年轻，没有足够的力量掌握国政。这件事绝对要压下去才行。

"这场混乱对奥曼来说是个绝好的机会。他电击布鲁斯的腿，让他昏过去后把他抬了出去，并留意不让自己的行为暴露。也许布彻也趁乱混了进来，帮忙一起抬人。至于切断布鲁斯的双腿、缝合伤口是在什么地方进行的，我就不知道了……"

"恶魔！"内森啐道。

"粪球！蛆虫！"安骂道。

"安。"法官抚摩一般轻轻敲敲安的手劝慰她。

"臭苍蝇浑蛋。"不知从什么时候起就醒了一直听着的戈登咬牙切齿地说，"要是那家伙就在眼前，我就打死他。"

"所以……所以布彻才会被杀。"安说，"爱德也为布鲁斯复仇了。但是，要动手的话，应该连奥曼也一起动手干掉啊。奥曼现在自称比利……"

"安，你和我可是站在不允许私刑复仇、守护法律的立场上。"

"法院靠不住……啊，姨父的判决是公正的，但老贝利不是这样。"

"安，别让我为难。要是连你都开始反抗法律，我该怎么办才好？"

"亚伯，告诉我，你是在哪儿见到爱德的？你绝没有帮他一起把布彻和贝姬吊起来吧？"

"对亚伯的质问先往后放放吧，安。"

"可是……爱德把现在自称比利的奥曼也杀了吗？比利和凯特一起去牛津了，这是谎言吧。爱德和布鲁斯——也许还有凯特——合谋杀死了奥曼吗?"

"不是。"亚伯明确地否认了。

马车驶入牛津。一行人在马车驿站的酒馆吃了饭。

吃饭的时候,以及之后在马车里的时候,法官都故意不开口说话。亚伯也沉默无言,安和内森的话便自然而然地少了。会不停说话来活跃气氛的克拉伦斯不在这里。

路上,一行人又在马车驿站吃了晚饭并稍作休息,抵达伦敦时已是深夜。

"去程和回程我都没晕车。"像是想稍微缓解一下紧张的气氛,内森用格外开朗的语气说,"这下有自信了。"

"真是太好了。"安对内森的称赞也稍显夸张。

法官多给了尼克一些钱,封了他的口。这也包含着威胁的意思——说出去的话,你姐姐的"不好的行为"就会曝光。"在马厩里休息吧,早上离开就可以。"

"这真是太感谢了,但是法官阁下,阁下的手下偷走的马什么时候能还给我?"

"我来付马的钱吧。我会开好支票,你出发前去找安要。拿着它去坦普尔银行,可以在窗口兑换现金。"

"支票……我听过这东西的名字,但还没亲眼见过。就是张纸片吧。真的能换钱吗?"

"你不放心的话,我就加一封写给主人休姆先生的亲笔签名信吧。要是觉得运送大量现金不安全,在牛津的银行兑换现金也可以。"

"是……不过还是把马还给我更让我放心……"

尼克嘀嘀咕咕的,接着又不安地问:"阁下知道凯特去哪儿了吗?"

"这件事我也会调查，弄清楚后就告诉你。"

本和侍从芬奇一起来到门口大厅迎接。

"我知道事务律师怀特先生的住址了。"

"辛苦了。把住址告诉安。"

法官把手搭在亚伯肩上，询问芬奇："我不在家的时候，克拉伦斯来过吗？"

"没有。没人来过。"

芬奇回答的时候，亚伯的肩膀在法官的手底下稍微动了一下。

"安，吩咐汉娜给客用卧室再准备一张床，让内森也能和本一起休息。内森，你今晚就住在这里。在这种时间回住处太不方便了。"

"谢谢！"内森的语气很激动。

"另外，给亚伯也准备一个房间。不过，亚伯，你先到我的房间来。安，你去休息吧。"

"您和亚伯谈话时，我不陪在您身边没关系吗？不用记笔记吗？"

"没关系。"

"约翰阁下……"安的声音里透着不满。

"戈登，你也去值班室休息吧。"

"只有你我两人，可以说出一切吗，亚伯？"

法官随意坐到私人房间的椅子上，问亚伯。

亚伯想要把自己的手放到法官手上。

"不，不用了。"法官平和地说，"就算不体现在手的反应上,你也不擅长说谎。我只听声音就知道你说的是不是真话。"

"是啊,阁下,所以我只能继续保持沉默。"

法官吹灭了安留下的烛台上的灯。

法官已经习惯了黑暗。亚伯现在会是什么感觉呢?会感到像陷进了堆得满满的石头里一样不安吗?不,反而会像戴上了假面具一样,更容易敞开心扉吧。

"沉默比谎言更加雄辩。我自认为能理解你想要保持沉默的心情。我是揭发犯罪的人。"

"是的。"

法官从亚伯的呼吸中感受到了情感的波动。

"只要知道了犯罪的事实,我就必须检举。五年前,我没有起诉爱德和奈杰尔犯下的杀人罪。"

"另一项杀人罪是确实可以起诉的。您是这么想的吧。但是,我后来开始觉得,阁下或许是在看穿了爱德的企图后采取那个措施的。我国目前的审判制度理论很完善,却由于从事审判工作的人的腐败而发挥不了应有的作用,阁下也明白这一点。"

"爱德承认布彻和贝姬的事是自己干的。那么,关于这件事,你就没必要保持沉默。我关于绳子的推测没错吧?"

"没错。"

"可是,爱德怎么知道对绳子动手脚的是贝姬呢?这一点让我感到不可思议。爱德是在见过奈杰尔的遗体之后才第一次去西威克姆。"

法官从亚伯的气息里感受到了羽毛饰品微微摇曳这种程度的紊乱。

"是凯特知道这件事,并且告诉了爱德吗?奈杰尔的协助者是凯特和比利,这你不否认吧。"

"阁下不说'共犯',而是用'协助者'这个词来形容呢。是凯特注意到的。事情刚发生后还不知道,但从贝姬的言行中逐渐感觉出来了。"

"把贝姬叫到教堂的是凯特吧。又或者,是比利吗?"

"我不能回答。请您原谅。"

"贝姬对奈杰尔抱有杀意的原因是什么?这个也不能回答吗?我不擅长揣摩女人的心理,不过,贝姬是不是对比利抱有好感,因而嫉妒凯特呢?那种病不发展到一定程度,是不会导致所有感情都变得迟钝的。倒不如说,正因为没有理性的克制,本能的欲望反而会暴露出来。听说也有性欲暂时高涨的情况。艾伯特死后,奈杰尔投奔凯特。他想出了把爱德呼唤到自己身边的计划,拜托凯特和比利帮忙。比利在马厩里围出一片区域用作自己的房间,奈杰尔就是藏在那里避人耳目的吧。他把自己的马车和马也放了马厩里。三人一副亲密的样子悄悄计划着什么,贝姬对此感到深深的嫉妒,盘算着要让他们的计划泡汤。"

"是的。"

"我不想像讯问一样盘问你。但是,我必须得问。你好像知道这件事的详情。你是见到了爱德,从他那里问到的吗?"

"是的。"

"是昨天见到的吧。"

"是的。"

"是在爱德做完事情之后吗?"

沉默。

"关于布彻,你有什么能说的?"

"喀戎——雷·布鲁斯是凯特的结婚对象,这一点正如您的推测,所以我没有必要保持沉默……"

"布鲁斯和布彻为什么会去西威克姆?"

"听说在洞窟事件后,布彻佯装不知情,去达修伍德那里找碴了,说在那次事件中,跟自己关系亲密的人受了重伤,沦落到失去双腿的下场,差不多是'你怎么赔我'这么个态度。"

达修伍德说,如果他把这事说出去就杀了他,然后付了封口费。在那之后,达修伍德也命令属下一直监视布彻。布彻得知治安法官开始追查洞窟事件,便将此事告诉了达修伍德。达修伍德暂时把布彻和布鲁斯安置在了西威克姆的领主馆。

新大陆的战争进入了白热化阶段,阁僚无法离开伦敦。

"布彻去了领主馆,出示了达修伍德的书信,但杰加斯不在。侍从长让三人,"亚伯说到一半突然打住,改口道,"让两人进了空房间。"

法官忍住,没有马上追究这个细节。

"布鲁斯背着布彻偷偷出去了。"法官说,"他能靠自己的力量移动。他可以双手撑地,用胳膊支撑身体的重量前进。他的手掌,借用他自己的话说,'跟脚后跟一样硬'。下等水兵为了学习操作帆绳和索具,手掌被磨得血肉模糊,一次次磨出水疱又把水疱磨破,没多久,手掌就变得跟脚后跟一样硬了。他这么说过。他退伍后已经过了十六年,一直作为喀戎生活,不干力气活儿,尽管如此,他的手掌却仍保持着脚后跟般的硬度。不过,只靠胳膊的力量难以远距离移动。他是不是有个跛脚乞丐用的箱形板车呢?坐到安在车上的浅口箱子里,用拐杖戳地面发力就可以让车前进。这东西是放在布彻的马车里的吗?他用胳膊支撑身体来到放着马车的马厩,然后利用箱形板车移动。"

"他有比箱形板车更方便的东西。"亚伯说,声音沉郁,"是安有小型车轮的金属环,可以嵌到腿的断面上。金属环上装有半球形的金属网,能保护腿的断面。正如阁下所说,他好像有时也会只靠胳膊的力量移动。那种器具会陷进肉里,长时间使用似乎很痛苦。"

"我好像听说过和这个类似的器具,不过不是给没有腿的人用的,而是像鞋一样穿在脚上的。听说有人在聚会中展示了这种东西,穿上它就能跑得像墨丘利①一样快。布鲁斯是自己费心制作的,还是让铁匠做的呢?话说回来,亚伯,你还真了解他啊。你见到他了吗?"

"是的。"

"亚伯,拜托了。不要让五年前的事重演。你那时候为了包庇爱德,对我撒了笨拙的谎。我现在可是把你当作和安一样的助手信赖着。"

"我刚才没有说谎。我见到雷·布鲁斯了。"

"在洞窟事件中失去双腿后,布鲁斯再也没见过凯特吧。"

"他不想被凯特看到自己凄惨的样子。布鲁斯是这么说的。他不能和她结婚了。就算凯特答应跟他结婚,他也只会成为麻烦的负担而已。出于这种想法,布鲁斯便任由布彻摆布,默默从凯特面前消失了。"

"但这次,他却去见她了。"

"我不想对阁下说谎。我保持沉默。"

"布鲁斯报复了布彻。就为了用布鲁斯吸引观众的眼球,布彻切断了他健全的双腿。一旦得知真相,憎恨会把人变成恶魔。

---

① 罗马神话中众神的使者,对应希腊神话中的赫尔墨斯。

爱德帮助布鲁斯完成了复仇，作为回报，布鲁斯帮助爱德报复了贝姬。你的沉默就表示肯定吧。在这件事上，凯特和比利也提供了帮助，你刚才承认了这一点。"

"阁下，爱德背负了一切。至于其他人——"

"我必须起诉爱德。我还有不明白的事。布鲁斯是怎么得知布彻的奸计的？我见到他时，他看样子还不知道，否则他应该会和盘托出的——无视封口令，连同国王陛下的愚蠢行为一起全部说出来。就算陛下的丑闻曝光，本就外患重重的我国陷入更加困难的境地，处于他那种境遇的人也不会在意的。"

法官只听到紊乱的呼吸声。

"原本避免和凯特碰面的布鲁斯下定决心，去了'斧与蜡'。他是用那种带车轮的奇妙器具过去的吧。凯特大概很惊愕，不过，她接纳了失去双腿的恋人。凯特如果拒绝他，就不会帮他向布彻复仇了。而且，他们还一起逃亡。比利也提供了帮助。"

亚伯的回应是一声轻轻的叹息。

"是凯特把布彻干的坏事告诉布鲁斯的吗？不，凯特不可能知道这种事。是比利吗？比利告诉布鲁斯布彻都对他做了什么？"

沉默片刻后，亚伯开口了。

"约翰阁下，可以请您等待一个星期吗？我想，只要一个星期，事情就会得到解决。爱德说他会惩罚自己。"

"他说要接受公审？"

"不，用别的方式。"

"允许杀人犯自杀就是法律的败北。"

"爱德不会自杀。"

"从事法律工作的人，有时不得不扼杀自己的感情。"

"我国从事法律工作的人以私利私欲为优先，除了阁下。"

洞窟事件牵涉到的大人物，以达修伍德为首，所有人都出人头地了，要么担任大臣职位，要么就任政界要职。这是以隐瞒国王陛下的愚蠢行为作为交换条件吧。

"托马斯·莫尔爵士就彻底忠于法律。"

法官喃喃道，近乎自言自语。

大约两个半世纪之前，亨利八世的时代，大法官托马斯·莫尔以违反法律为由不准许国王离婚，被以反叛罪的罪名斩首，其首级被穿在棍子上，高高挂起示众。

"起诉爱德，进行公审的话，洞窟事件就会在法庭上曝光。恐怕会有人事前施压，导致案件无法开庭审理吧。"

到时我将不得不担心被暗杀。

如果因为预料到这个而不去起诉，我就是可耻的卑鄙小人了。

"就算等一个星期，杀人罪也不会消失。爱德是打算趁这段时间逃亡吗？我不能放跑他。"

法官接着说了下去。

"之所以需要这一个星期，是为了埃丝特和安迪吗？"

黑暗摇晃了。法官的皮肤这样感到。能明显感觉到亚伯心中的动摇。

"为什么……"亚伯终于开口，"原来您知道吗？"

我不该说的，法官想。我什么都没意识到的话会更好。

托马斯·莫尔因贯彻法律正义而失去的是他自己的生命，没有危及其他人的生命；而我在这里举起法律和正义的大旗的话……

"我想您应该知道，埃丝特没有一丝一毫的罪。"亚伯说，

"她纯洁无瑕，却命运悲惨，一直以来背负了太多重担。"

但是，安迪呢？安迪参与到了什么程度？他不是主谋，也许只是一个旁观者。

"你刚才先是说'三人'，然后又改口说'两人'，我的想象由此得到了印证。布彻听从达修伍德的命令，把埃丝特也带到了西威克姆。从达修伍德的立场来说，这样做就避免了我们进一步接触埃丝特。布鲁斯为什么会知道埃丝特的恋人在贝德莱姆呢？他是听到了奥曼和布彻的对话吧。

"达修伍德对杰加斯下的指令是软禁这三人，但由于杰加斯不在，三人没有被监视。布鲁斯逃了出去，与凯特重逢。比利告诉布鲁斯，夺去他双腿的是布彻。那时，布鲁斯也提到了埃丝特的事……你也见到埃丝特和比利了吧？"

"我对阁下怀有无上的信赖与敬意。"亚伯说，"我之所以沉默，是因为说出来的话，会使阁下极度为难。法律没有感情。如果阁下像法律本身一样冷酷无情的话，我们也不会敬慕阁下了。"

"没错，我必须忠于法律。如果没有公正的审判，秩序就会混乱。但是……"法官接着说，"我不打算搅扰贝德莱姆的平静，不想践踏埃丝特好不容易才得到的小小幸福。在严峻的法律面前，我蒙上眼睛吧。就像我用黑布蒙着我的眼睛那样。"

法律面对大人物时永远是闭着眼睛的。

"我把我的自言自语埋葬在黑暗里吧。你的话也除了这片黑暗以外没有人听见。黑暗就这样怀抱着秘密，随着早晨的到来而消失。我们的话也会消失。"

是蜘蛛啊——法官轻声说。

"嗯？"亚伯小声反问，"您说什么？"

"用来求助的使者蜘蛛的尸体为什么会在那个煤炭储藏

库里？"

"是说内森发现的小蜘蛛吗？"

"比利大约三年前来到西威克姆，被'斧与蜡'雇用。特伦斯·奥曼恰好是在那一阵被怀勒院长解雇，离开贝德莱姆的。奥曼把用来惩罚病人的电气和发电器具带走了。比利使用器具杀鸡。我们推测，鸡的肉质鲜美，是因为杀鸡时使用了电气器具。安和内森似乎因此而认为奥曼现在自称比利。

"但这种推导有不合理的地方。凯特从奈杰尔那里听说了奥曼的残虐狠毒，不可能雇用这样的男人，更不可能和他变得关系那么好，以至于让尼克误以为他们私奔了。

"再说贝德莱姆。有人被幽禁在了地下室，放出蜘蛛求救。被幽禁的不是住院者，而是医院方面的某个人。出入煤炭储藏库的是医院的用人，住院者无法期待用人会帮助自己。正因为被幽禁的是医院方面的人，才会将微小的希望寄托于身为自己同伴的用人进入煤炭储藏库后发现蜘蛛。

"我认为住院者在医院发起了反抗运动。

"不是在怀勒当院长的时候。他的前一任院长麦格雷戈先生说他从没去过地下，这应该是事实。那么，就是在烂人当院长的时候了。

"收容者的愤怒不断积累，什么时候爆炸都不奇怪，当时就是这样的状态。契机是什么已经无从得知，从人数上来说，收容者占绝对上风。单个的人是弱小的，但大家团结起来反抗的话，胜利并非不可能。危险的是奥曼的惩罚器具，只要把它夺走……"

"阁下难以启齿的事，就让我来说吧。收容者把烂人和奥曼，还有看护们，那个……对，杀死了，然后把他们投进地下的那个房间，上了锁。"

"有人当时还没死，那个人把希望寄托在蜘蛛身上，期待着蜘蛛能被厨师、用人发现。但是，那些用人反倒和收容者是一伙的。收容者通过蜘蛛得知还有人活着，在用来幽禁那些人的房间门前垒起石头，用灰泥封上了。根据奈杰尔的手记，奥曼要求烂人增建房间给他住，石材和灰泥应该已经被搬进去了吧。他们用了那些。地下的一个房间就这么消失了。"

法官深切地体会到了被关在里面的人的恐惧与绝望。不，没有经历过的人是理解不了的。理解不了那恐惧有多深。

迪芬贝克先生也是垒石头、涂灰泥的一员吗，抑或他只是旁观者？

法官的脑海里浮现出弹唱着"神创造美丽之花"这一优美歌曲的迪芬贝克先生。

"奈杰尔认识爱德，住进丹尼尔医生家，是在……"

法官在记忆里搜寻着。

"一七六五年。"亚伯回答。

"对，一七六五年。我确信贝德莱姆的暴动就发生在那一年。以暴动为契机，奈杰尔离开了贝德莱姆。其他人为什么没趁这个好机会逃走呢？迪芬贝克先生应该是为了凯特选择了留下。"

短暂的沉默后，法官继续说了下去。

"是因为继任院长麦格雷戈先生赶到了吧。不知烂人是任期满了，还是被委员会解任了，总之，他离开贝德莱姆，继任者到来，都已成定局。

"烂人想着这是在贝德莱姆行使权限的最后机会，和奥曼一起做了什么事呢？具体情况不得而知，总之，他们做的事超出了收容者的忍耐限度。

"用灰泥把墙封完之后,为了应对即将到任的继任院长,收容者破坏了文件。要是大家一齐逃走,事情就会闹大,大半的人会被逮捕,下场将比从前更加凄惨,杀害烂人一事也会暴露。阻止大骚动发生的应该是迪芬贝克先生吧,破坏文件应该也是他的指示。文件没有被胡乱毁坏、拿走,遗失的是显示收容者身份的部分。我们知道的几位——画家梅尔、小说家先生等人何去何从,在目前这个阶段,我无从得知。能推测出来的是,安迪留下了。"

"是的。"亚伯小声回应。

"继任院长麦格雷戈先生赶到后,越发难以逃走了。安迪伪装成了奥曼。迪芬贝克先生或是小说家先生,又或者是诗人,确定不了是谁,总之这个人配合安迪,在继任院长麦格雷戈先生面前上演了用电气器具处罚病人的场面。当然,这个人只是装出痛苦的样子。麦格雷戈先生说那场面'惨不忍睹',只看了一次就厌烦了,下令以后把惩戒员住的那个地下房间兼用作惩戒室。"

麦格雷戈先生是这么形容奥曼的外貌的:"中等身材,应该算是个好男人吧。"

直接见过特伦斯·奥曼的埃丝特则一眼就对他产生了反感。她说,他的眼神令人不快,总感觉是个卑鄙之人。

尼克形容比利时说,在女孩子看来应该算是好男人。

凯特对比利没有一丁点厌恶感,似乎跟他关系很亲密。

这些都可以作为比利不是奥曼,而是安迪这一推测的旁证。

"后来又换了一任院长。"法官接着说,"安迪又在现任院长怀勒面前上演了惩罚的戏码。怀勒院长解雇了'惩戒员奥曼',安迪光明正大地离开了贝德莱姆——带着器具离开了。为了见埃丝特，他应该先去了玻璃工坊。在那里，和埃丝特一样，他得知马利特家已经不在了。他去拜访玻璃器具批发商汤因比先生，还是没有得到埃丝特的消息。他去了迪芬贝克先生告诉他的位于西威克姆的'斧与蜡'，见到了凯特，改换名字，作为男佣住了进去。他大概从凯特那里听说了奈杰尔在牛津的事。安迪和奈杰尔重逢了。

"艾伯特死了，奈杰尔制订出把爱德呼唤到自己身边的计划后，安迪也和凯特一起为奈杰尔提供了帮助。和'伯利恒之子啊，复活吧'一起被写在尸体上的'阿尔莫妮卡·迪尔波利卡'，是安迪对不知身在何处的埃丝特的呼唤。是这样吧，亚伯？"

"是的，埃丝特是这么说的。"

"虽然埃丝特没有听到呼唤，但多亏布彻以无异于绑架的方式把埃丝特也带到了西威克姆，埃丝特得以和安迪重逢。亚伯，我真希望自己当时在场。调查犯罪时接触到的全是让人心情沉重的事。我偶尔也想分享喜悦。"

7

爱德，我现在正在凯特家的马厩里书写。凯特就是迪芬贝克先生深爱不渝的女子。

我向她讲了迪芬贝克先生做出的牺牲。凯特哭得几乎晕倒。凯特之前不知道迪芬贝克先生为了保护她的安全而待在贝德莱姆。

艾伯特被杀了……
一切准备就绪。
你会听到这呼唤吗？希望你能听到。

"出院许可下来了。"

烂人突然向梅尔宣告。

梅尔没做出任何反应,也许是没能理解这句话的意思。因为他之前没有提出过出院申请。

他以通奸罪和伤害罪受到起诉,是接受审判——得到的肯定是有罪判决,梅尔没钱雇用能干的律师——还是在贝德莱姆给画家当枪手,梅尔只能从这两个选项里选择一个。他选择了当枪手,选择在贝德莱姆当囚人,一直到死。

梅尔慢慢摇了摇头。他要表达的意思是"我不出院,我就待在这里"。

"为什么要拒绝,梅尔?"小说家先生焦急地拍着梅尔的肩膀,"你能获得自由了。"

"为什么要让他出院?"迪芬贝克先生怀疑地插嘴道。

"让梅尔当枪手的画家死了。"烂人浅笑着说,"枪手没用了。梅尔没有金主了,就是这么回事。"

画家会把给梅尔的伙食费和封口费交给烂人。烂人每次去把梅尔代笔的画交给画家时,画家都会付给烂人一笔钱。现在这份外快没了,梅尔被抛弃了。

无论是谁,都想离开这种地方吧。我原本是这么想的,实际上却并非如此。我很意外。

只要待在贝德莱姆,最低限度——不,比最低限度要稍微好一点点——的生活就能得到保障。能睡在有屋顶的地方,有能让人不至于饿死的食物。外面虽有自由,却不是默默张开嘴就有人来投喂食物的。

突然出院的话,梅尔也无处可去,无法维持生计。

烂人顺着梅尔的视线看向沉睡的母亲，无声地笑起来。

"对她进行电击的话，会怎么样呢？"烂人向旁边的奥曼使了个眼神。

奥曼重重点了点头。"是个绝佳的实验。我早应该想到的。要是她有了什么反应，就把实验结果发表出来好了。富兰克林博士会瞠目结舌吧。博士也真是的，难得做出了起电机和蓄电瓶，却找不到用途。"奥曼的声音激动起来，"拉特，你离开时，我也一起离开。把这个带出去。"

说"这个"的时候，奥曼指着母亲。

"神志不清的人受到电击后也一样会动弹。用她来卖艺很不错。没事，如果她不动弹的话，用细线操纵她就行了。让她起身，让她走路，让她说些预言也是不错的主意。"

"就像让半人马做的那样？"烂人怀疑地说，"你说你之前帮卖艺组织者制作了半人马。但那是意识清醒的人，所以会说话……能通过电击让她也变得能说话吗？"

"我来说。用 ventriloquism（腹语）说。"

"那是什么？这词念着感觉会咬到舌头。"

"是一种闭着嘴说话的方法。这样卖艺会很受欢迎的。首先，让观众用针戳她、掐她，以此让他们明白她完全没有意识。然后，我对她通电。你是负责不时做出惊讶的样子、向她搭话的小丑角色。观众会产生错觉，以为她在闭眼沉睡的状态下起身说话了。这是神秘现象。'"沉睡之女"梦见你的未来。只要你询问，她便向你宣告。'这可比半人马更能赚钱。半人马很快就过气了。没错，观众非常容易厌倦。我当电气艺人时也是，一开始能赚很多，但很快就不行了，于是，我就改来这边做生意了。布彻想要更稀奇的东西。"

"别交给那个人啊。咱俩一起用她来赚钱吧。"

只要持有那个器具,奥曼在贝德莱姆就是帝王。帝王不会考虑到,奴隶也有听觉,也有感情。

通过这两人毫无顾忌的对话,我知道奥曼是怎么制作出用来卖艺的半人马的,他把半人马交给了谁,得到半人马的那个人又是怎么利用半人马的。

我也知道了下一任院长即将到来,烂人将要离开贝德莱姆。

"但是,达修伍德爵士会允许我们把她带出去吗?"奥曼说。

"没事,弗朗西斯爵士早就把她给忘了。"烂人回答,"把她关进这里后,他就再也没管过,只每个月送补贴过来,但那也是管家之类的人的工作。在新任院长,麦格什么来着,在那家伙上任之前把她搬出去吧。在收容者名单里写上她死了就行。"

梅尔的表情有了悄无声息的变化。他的眼睛变得就像冒着绿光的湖——虽然我没见过这种东西。他浑身散发的气息让人感到仿佛只要靠近他,就会被看不见的刀劈开。迪芬贝克先生也换上了一副我从未见过的表情。我联想起了在画上看过的滴水嘴①。

"能赚钱的日子很短。"烂人边说边卷起母亲的衣服下摆,"操纵老太婆可不会引起观众的兴趣。"

梅尔的全身都变成了刀刃。

8

"我担心的是,"法官换了个话题,"爱德和克拉伦斯会做出

---
① 哥特式建筑中安在檐槽上的怪物、怪人造型的排水口。

更加过激的举动。"

亚伯没有回答，法官继续说了下去。

"按你的说法，克拉伦斯是为了向我汇报而回到了伦敦。但克拉伦斯没来过这里。他也和你一起见到了爱德吧。然后和爱德一起行动了……'我不能回答。'我不想再听见这句话了。亚伯，你能不能像我相信你一样也相信我，把一切都告诉我？"

没有回应。

"多丁顿的继室斯特拉虽然毒杀了前夫人莉奥诺拉，但不会被起诉。最多能有旁证，没有明确的直接证据能证明她的罪行。反而是凯特有被起诉的危险。克拉伦斯是否有动用私刑的可能性？"

"我叮嘱过克拉伦斯了。我对他说，我会拜托约翰阁下静观一段时间，让他什么都不要做。"

"什么都不做的话，来这里就可以了。或者亚伯，他跟你一起在西威克姆等我过去也可以。他是不是打算惹什么事？"

"我想爱德不会让他做出欠考虑的事的。"

"那个爱德是——"说到一半，法官把"杀人犯"这个词咽了回去。这是个难以启齿的词。法律面前应该人人平等，但法官处理这件事时终究还是混进了私情。绝不能允许报复，法官告诫自己。爱德华·塔纳曾多次犯下杀人罪，雷·布鲁斯也是杀人犯，而凯特和比利为他提供了帮助。

搜寻并起诉杀害布彻的凶手，是西威克姆罪犯诉讼协会的工作。会长是达修伍德，杰加斯是委员。达修伍德大概会命令杰加斯掩盖一切，然后在背地里采取措施。

达修伍德的马车轧死了克拉伦斯的弟弟。在达修伍德眼里，这只不过是撞飞了小石子这种程度的事，他对此没有一丁点负罪感。克拉伦斯在伙伴们的协助下完成了复仇，但没有超出小小恶作剧的范围。达修伍德一时间因神经症而不得不远离政务，但之后又厚颜无耻地重新活跃起来，至今仍掌控着权势。克拉伦斯会不会利用这个机会再度尝试复仇？得知贝德莱姆的实情，知道了贝德莱姆在达修伍德的权力覆盖下一片黑暗的话，他会不会重新燃起强烈的报复心？克拉伦斯一个人干不出多大的事，但有爱德为他参谋的话……但话说回来，无从得知两人在哪儿，要在这种情况下警告达修伍德"你被盯上了"吗？要是这么做了，达修伍德驱使属下找出两人后，会怎么处置他们呢？

我究竟能做些什么？神啊——这种时候，法官忍不住想要如此祈祷。

"亚伯，把你的手给我。"

黑暗之中，两人的手触碰到一起。法官紧紧握住了亚伯的手。

"这不是为了分辨你说的话的真假，我是希望你能感受到我的心情。我想信赖你，亚伯。爱德和克拉伦斯打算做什么？"

亚伯没有回答，法官松了手上的劲，轻轻地放开手，接着说下去。

"关于奈杰尔的母亲——"

"啊？"

"我从奈杰尔的手记里感觉到，在贝德莱姆那样的地方，她算是受到了优待。"

"是啊。"

"我和安访问贝德莱姆时，大房间里没有被安放在床上，处于昏睡状态的女性的身影。她是已经去世了，还是苏醒后被隔离到单人房间里了呢……如果她被隔离了，我想救她出来。"

"她已经长眠了。"

亚伯的声音里有了裂痕。

"你是听爱德说的吗？爱德是听安迪说的吗……她入院时，贝德莱姆的董事长是多丁顿，首席董事是达修伍德；查问委员会的委员长是达修伍德，首席委员是多丁顿。这只是没有证据的臆测——这两人之中的一人强奸了这位女子。她不是职业妓女，应该是女佣吧。遭到暴力侵犯后，少女试图自缢……至今为止，我作为治安法官参与的案件中，也有自缢未遂者之后又活了十几年，但直到最后都没有恢复意识的事例。洞窟事件牵扯到的那帮人几乎把贝德莱姆变成了私有物，会给自己带来麻烦的人就全都扔进去。被关进那里，无异于活着被埋葬。"

法官对着黑暗诉说，突然感到一股难以抑制的愤怒在体内炸裂。他不由自主地说出了平日里决不会说出口的辱骂之语。他忘记了自己处于必须时刻保持冷静的立场。

亚伯的手紧紧握住了法官的手。法官手上也用了力。

法官的声音饱含真情。"我明天必须去尽威斯敏斯特地区治安法官的职责。作为治安法官，把庭审一直甩手交给赛文达斯爵士算是消极怠工，赛文达斯爵士也会有怨言吧。我明天没法自由行动。你作为我的助手，要去阻止爱德和克拉伦斯犯罪。布彻和贝姬的事归西威克姆的治安法官负责，我也可以袖手旁观，但我必须阻止伦敦发生新的罪行。"

法官顿了顿，叹了口气。

"亚伯，我想相信你，我也很想检举多丁顿的继室。但如果这需要以凯特的安全为代价，我没法出手。我还想问责达修伍德。此外，我希望凯特和布鲁斯、埃丝特和安迪他们能过上安稳的生活。安迪在贝德莱姆时是直接参与了犯罪，还是只是旁观，这一点我不追究。我只是觉得，必须把迪芬贝克先生从那种处境里解救出来。"

"可以请您相信爱德吗？让四个人过上安稳的生活，把迪芬贝克先生解救出来，这些爱德也都考虑到了。"

"这是很久以前的事了。"法官终于让语气平静下来，"我听跟荷兰有生意往来的商人说，在遥远的东方，有一个将私刑复仇作为义务的奇妙的小小岛国。在那个国家，父亲被杀的话，孩子必须不依靠公权力，凭自己的力量找出凶手，在公开场合跟凶手决斗，将之斩杀。反之，如果自己被斩杀，复仇就算是终止了。不过，据说只有封建组织的家臣阶级有这种义务。如果复仇没有成功，就会失去家禄。法律的形式也多种多样啊。"

然而，英格兰的法律和东方岛国的法律不同。

法官那掩藏在黑暗之下的懊恼，亚伯应该也察觉到了。

从事法律工作的人，可以对明言自己犯下了杀人罪的人放任不管吗？正确的答案当然是：不可以！

忠于法律的人在这种情况下会采取怎样的行动？那是在西威克姆发生的犯罪，把这件事告知当地治安法官达克·费恩爵士是我的职责啊。以我所处的立场而言，我不能对犯罪视而不见。达克爵士会传唤亚伯，以及我自己——约翰·菲尔丁作为证人，要求我们说出知道的一切。这是理所当然的。如果我站在达克爵士的立场上，我也会这么做。

约翰·菲尔丁从没刑讯逼供过。很多讯问者会用这种粗暴的手段问出自己想要的口供。怎么能把亚伯交到这种人手上呢！

雷·布鲁斯怀有的理所当然的憎恨，只会被当作犯罪动机，除此以外不会被纳入考虑范围吧。要想让陪审员理解布鲁斯度过的凄惨岁月，宣布他无罪，需要有相当能干的律师，并且还要在背地里进行一些工作。

正因为熟知审判的不合理,法官反而无法轻易把案件托付给法律。

出于私人感情对犯罪视而不见,和为了私利对犯罪视而不见一样是不可原谅的行为。

法律要求我尽到的义务,我能……做到无视吗?那岂不是连身为治安法官的我的存在价值都践踏了吗?

"布鲁斯和凯特,埃丝特和安迪。"法官列出四个人的名字,"他们被藏匿在了亚伯你的家里,或者克拉伦斯家里。"法官断言道。

他们不可能再有别的藏身之处了。总不可能是乘上监狱船了,这也不是像五年前那样能向休姆先生求助的事。

"是把他们分成两组,两家各藏了两个人吗?"

没有回答就意味着承认。

"你还没回过家。是拜托克拉伦斯给你的家人捎了口信吧?"

不过,要长期藏匿他们是不现实的。尤其是布鲁斯,他很容易引起别人的注意。

"强行捉拿他们,这我也是办得到的。"

虽然嘴上这么说——但事件曝光的话,且不提无辜的埃丝特,布鲁斯和凯特,还有自称比利的安迪就得交给那个荒唐的法庭了。不,在试图让事件曝光的阶段,达修伍德他们就会……相比在询问证人的过程中让国王的丑闻在市民之间尽人皆知,还是抹除一切更……用怎样的手段?

终于重逢的两对恋人。

"亚伯,带我去见爱德。无论如何,我都不能对他放任不管。"

爱德说会让凯特和布鲁斯、埃丝特和安迪这两对相爱之人过上安稳的生活,并且把迪芬贝克先生从贝德莱姆解救出来,但这也就意味着法律的败北,意味着我没能履行义务。

"爱德也在你家或者克拉伦斯家吧。估计是在克拉伦斯家。我再说一遍,不能再让爱德犯罪了,也不能让克拉伦斯做出违法行为。"

"我只能信赖爱德。"

"比起我,你更信赖爱德?"

"阁下受法律束缚着,要行动的话,就会面临两难选择:背弃法律;或者遵从法律,让至今饱受折磨的人更加痛苦。"

"默许此事,这本身就让我处于背弃法律的立场了。"

法律对权贵来说是纤细的蛛丝,对弱者而言却是钢铁的锁链。

"爱德又选择了由自己来承受伤害的方法吗?"

无论如何,我今后都没有作为执法者的资格了。

"休息吧。"法官说,"亚伯,给烛台点上火。你回房间需要灯光。把烛台拿走吧,我用不着它。"

法官感到眼皮背后出现了微弱的光亮。亚伯的手又一次紧紧握了握法官的手。

第二天,赛文达斯爵士派使者来说自己要请一个星期的假。这段时间里,一直都是他在帮法官进行庭审,这是合情合理的请求。

在弓街法官官邸内的法庭进行审判的案子大半都是小偷小摸、打架伤人、敲诈勒索,以及地痞流氓威胁妇孺抢钱、因赌博而起的纠纷之类的事。精心策划的欺诈、动用奸计的杀人案很少发生。

如果是小案子，治安法官就立即下判决；如果是恶性犯罪，就把嫌疑人送到新门监狱，由老贝利开庭审判；欠钱不还之类的债务纠纷则分配给弗里特监狱。

法官和安去了官邸内的法庭，内森和本则在分给《呼叫追捕》当编辑室用的房间盘问亚伯。

"你昨天晚上和阁下都说了些什么？"

"关于法律的理念和执法者的腐败。"

"那种事不是早就一清二楚了吗？"本说，"所以，爱德的父亲明明是无辜的，却被判了绞刑。"

"爱德不相信审判。"

"他不是在五年前的案件中把对法律的怨恨都发泄出来了吗？"

"但不相信审判这一点没有变。"

"亚伯，你相信审判的公正性吗？"

"约翰阁下处于即使不情愿也必须相信的立场。"

"约翰阁下的审判一直都是公正的。"

"杀人案不归约翰阁下管。"

"别用这种显而易见的事说教啊！"本气鼓鼓的。

"爱德坦白一切都是自己干的。"内森插嘴道，"亚伯，你见到了爱德，听他讲述了事实吧？爱德就像摩尔小姐说的那样，把自称比利的奥曼杀了吗？他帮助了雷·布鲁斯吗？约翰阁下问你的时候，你说'我不能回答'。但是，昨天晚上你们两人单独谈话的时候，你把从爱德那里听来的一切都对阁下说出来了吧？"

"克拉伦斯也一起见到爱德了吧。"本说着，更加气鼓鼓了，"为什么只有我被排除在外？我们是巴顿家族吧？"

我不是巴顿家族的一员……想到这里，内森有些落寞。就像察觉到了内森的心情似的，亚伯把手放到了内森肩上。

"是站在守护法律的立场上，还是不信任法庭，包庇凶手——必须从这二者之中选择一个作为自己的立场。要求约翰阁下做这种选择，这太残酷了。"

"要选择是否告发承认了'一切都是我干的'的爱德，是这个意思吗？"

"揭露一件事，会对其他许多事都造成影响。爱德想要把所有这些事都揽在身上。"

短暂的沉默后，亚伯说："不用我说，约翰阁下就看穿了自称比利的是安迪。"

"安迪！就是埃丝特的——"

"没错。但是，揭露这一点的话，会导致很多人陷入悲伤的境地。"

"不告诉我和内森吗？"

听到本用不服气的语气这么说，亚伯便把昨晚和法官的谈话内容转述了一遍。

"爱德还打算再干什么事吗？"

"他不会再杀人了。"亚伯的口吻略微有些迟疑。

"那他要干什么？"

"让埃丝特和安迪、布鲁斯和凯特不再分别，一起生活下去。还有对自己的处置。"

"我要站在不相信法庭、包庇凶手的立场上。"本毅然决然地说，"除了爱德，应该还有其他凶手，但爱德为了包庇他们，说一切都是自己干的。那我也包庇爱德。"

"我也一样。"内森说，"但是《呼叫追捕》的连载，我要怎么写才好呢？我没法写都是爱德干的啊。"

"连载取消。"主编亚伯冷淡地一句带过。

"《呼叫追捕》面临严重的赤字。"本的语气很沮丧，"租马车来回了好几趟，开销太大了。本来是要靠连载提高口碑，增加发行数量的。"

只出一期就停刊吗……内森也很失落。我立志成为的不是低俗的小说家，而是诗人——他已经把自己之前这种自负的想法忘了个一干二净，感到自己又一次遭遇了命运的打击。

"小说不用完全按照事实来写吧。"内森说，"把事实和虚构混在一起才叫小说啊。吊在半空中的尸体胸口写有不可思议的文字，以这个为开头，后面就写虚构的故事。"

"对啊。"

本点头说道，但被亚伯打断了。"凡是暗示这起案件的内容都不能写。在《呼叫追捕》上刊登别的东西吧。"

"色情小说卖得好。"本说，但又被生性过于认真的亚伯打击了。

"怎么能刊登有辱约翰阁下名声的东西呢？"

"约翰阁下的哥哥就写过色情小说。"本说出了像是克拉伦斯会说的话。

9

"有必要试一试。"

奥曼没有注意到从他背后逼近的梅尔的表情，抱着刑具，走近了母亲的床。

"反应最大的会是哪个部位呢？"

烂人说着，把母亲的裙子掀了起来，露出肚子。

　　"我觉得最敏感的应该是大腿内侧。"

　　奥曼把刑具的尖端靠近母亲的瞬间，梅尔扑了过去，咬住了他的脖颈。我也立刻学着他的样子做了，目标是烂人。我和梅尔变成了狼。

　　嘴里充斥着血和肉，感觉快要堵住喉咙了，我先把嘴里的东西吐出来，然后又咬了上去。我什么都没想。不让对手反击。我脑子里只有这个念头。我也顾不上注意周围发生了什么。突然，我全身受到了冲击。要被杀了，但摄住我的只有这份恐惧。就连这份恐惧也冷不丁地消失了。

　　那是短暂的"死"，但我复活了。迪芬贝克先生在房间角落抱住了剧烈痉挛的我。我大概是被用了那个。小说家先生和安迪在旁边缩着身子。

　　彻底亢奋起来的住院者们跺着脚、挥舞着手叫唤着，看起来像在尽情舞蹈。感到害怕的人则聚在迪芬贝克先生周围，像小说家先生一样缩着身子。有人在哭，有人在笑，有人在叫。从一条条乱舞的腿之间，我窥见了几个倒下的人。一个是奥曼，他的脖颈到喉咙裂开了一道很深的口子。我吐了口唾沫。血和生肉的口感还残留在舌头上。我用舌头在嘴里舔着，把牙缝里的细小肉片吐了出来，接着是呕吐。迪芬贝克先生用手抚摩我的后背。

　　把我托付到小说家先生和安迪手里后，迪芬贝克先生站起身来。他打开没有被弄坏的斯皮内琴的盖子，弹奏起舒缓的送葬乐曲。那是能潜入灵魂深处，留下慰藉之吻的旋律。乐曲声温柔地包裹住狂乱的旋涡，骚动平息下来，大房间安静得犹如湖底。

迪芬贝克先生从倒在地上的烂人的衣兜里拿出一串钥匙。那一刻，我看见了。看见烂人的眼皮微微睁开了。

"把这个和这个……"迪芬贝克先生指着倒在地上的人说，"搬到地下去。"随后他吩咐安迪弹奏斯皮内琴。

迪芬贝克先生举着钥匙走在前头。被住院者抬起来的是三个看护、特伦斯·奥曼，还有烂人。

安迪弹奏的《伦敦桥要倒了》仿佛鼓舞进军的进行曲。一群人出了大房间，沿着楼梯往下走。

大概是遭到了好多人的踩踏，看护们、奥曼和烂人的眼皮都肿了起来，鼻梁都塌了，脸也变成了肉块。他们都扭曲成了奇怪的样子。

但是，我看见了。被高高抬起的烂人那后仰垂下的头，朝向了我这边。他的眼皮睁开了一条缝，混浊的瞳孔动了动，像是在乞求着什么。我和他视线相对。烂人的下巴微微动了动，嘴唇也跟着动了动，但没能说出话。

一大群住院者庄严地走到地下去了，大房间的视野变得稍微好一些了。梅尔跪在床的旁边，上半身瘫在了母亲身上。

我没有力气站起来，就爬到了梅尔旁边。

然后，我明白了。生命脱离了梅尔的身体，他变成了一个人偶。母亲本来就是人偶，但以前肤色很温润。可现在盖在梅尔身下的母亲，皮肤成了蜡色。

我什么都理解不了，正精神恍惚的时候，安迪向我伸出手，扶我站起来，带我来到斯皮内琴旁边。我瘫倒在地，靠在了斯皮内琴上。安迪边弹琴边唱起了"How can I leave thee"。

后来我一想，在那种时候还有心情唱歌，看来安迪的情绪也变得奇怪了。一般情况下，杀了好几个人之后——虽然不知道是不是安迪杀的——应该是不会马上开始唱歌的。不过,那时安迪唱歌给我听,让我非常愉快。

> How can I from thee part!
> Thou only hast my heart,
> Dearest, believe!

安迪的嗓音不像迪芬贝克先生那样浑厚,却犹如包裹住雏鸟的羽毛一般。

> Thou hast this soul of mine,
> So closely bound to thine,
> No other can I love,
> Save thee alone!

我恢复了站起来的力气。

> Blue is a flow'ret
> Called the Forget-me-not.
> Wear it upon thy heart,
> And think of me!

一朵蓝色小花,叫作勿忘我。将它戴在你心头,然后想着我。爱德,你有没有想过我?

> Flow'ret and hope may die,

Yet love with us shall stay.

在骚动正激烈之时映入我眼中的光景，是事实，还是幻影？

因为梅尔咬住了奥曼，刑具从奥曼的手里掉落，掉到了床上母亲的手旁边。奥曼想要捡起器具，母亲的动作快了一步。母亲的手真的动了，并且握住器具，把尖端朝向了奥曼吗？奥曼用手夺回了器具。梅尔用自己的身体盖在了母亲身上。恢复自由的奥曼把器具的尖端抵在了梅尔的后颈。梅尔惨叫起来，但没有退缩。这时，母亲的手又一次动了，她夺走了器具。梅尔也帮了母亲一把，两人一起用器具的尖端刺向奥曼。奥曼向后弹飞了，仰面倒在地上，住院者们群起而攻之，踩踏奥曼的脸和身体。诗人在奥曼的肚子上蹦跳着。奥曼的嘴里流出鲜血。

母亲是因此而用尽了力气吗？梅尔在被电击后颈时也死了吗？他在帮助母亲时已经死了吗？

我真的看到了这样的光景吗？

迪芬贝克先生和大家一起回来了。有几个人仍然在唱着"伦敦桥要倒了"，但这次没有变成大合唱。

住院者们纷纷躺卧到地上或靠在墙上，是因为亢奋地大闹了那么半天，累了吧。也有人躺着突然发出怪声，发出类似"欸嘿嘿"的笑声，或是忧郁地哭起来。

迪芬贝克先生来到我和安迪身旁，又以眼神示意小说家先生过来。

"你今天是叫什么名字来着？"

"巴克·斯通。"

"斯通先生,我们必须考虑一下对这个事态的善后处理。"

"当然了。"

"下一任院长到任时,不能让他感觉到这里出过什么变故。"

"当然,我也是这么想的。"

"现在,医院里已经没有我们的敌人了,一个都没有了。厨师和用人都是我们的同伴。要逃走也不受限制。"

用人们原本都是收容者,病情好转后无处可去,只得留在这里工作,几乎是零薪水。

"是的。"小说家先生的声音透着喜悦,"我们自由了!"

"嘘。"迪芬贝克先生把手指竖在嘴唇前。

"住院者一齐逃走的话,外面得出多大的乱子?要是被通报说有疯子在市内乱转,我们就会被基层警察和捉贼者穷追不舍,被捉住后关回这里。那时候,新院长已经上任了,对我们的处罚和监视会变得更严格。"

小说家先生起初答不上来,但随后反驳道:"不利用这个绝好的机会吗?"

"你先逃走吧,你有家可以回去。不过,我有个请求。我想拜托你到家后首先准备马车和棺材,再来一趟这里。"

"藏在棺材里逃走?用不着费这种事,趁现在逃走就行了。"

"棺材是为她和梅尔准备的。希望你能想办法把他们两个埋葬。"

"是个难题。"

"我把奥曼他们的尸体放进了地下室,姑且上了锁。新院长要求打开地下室就麻烦了,所以要筑起石墙,用灰泥封上。石材和灰泥都很充足。"

迪芬贝克先生将视线投向中庭,那里堆放着用来给奥曼增建房间的石材。

"可是，总不能把她和梅尔的遗体和这帮家伙一起封到地下室里。必须好好安葬他们。"

"明白了。"小说家先生忐忑不安地重重点了点头。

"安迪，你应该想要马上赶到埃丝特身边，不过再帮我一把吧。把名簿上所有住院者的名字都抹掉，这是为了不让新院长知道逃走的人的身份。梅尔和她也是，只要名簿上没有他们的名字，他们消失了也不会出什么问题。啊，我们能自由支配的时间有限。一切准备就绪后，在新院长过来之前，就让离开这里也没问题的人一小批一小批地逃走吧，注意别太引人注目。"

然后，迪芬贝克先生对我说："你逃出去。"他的语气几乎如同命令。

"去西威克姆投奔凯特就好。"

我触碰母亲的脸颊，亲吻梅尔的脸颊，与迪芬贝克先生互相拥抱，和小说家先生握手。

安迪说："替我去见埃丝特，告诉她我马上就去找她。"他对我重复了好几遍住址。

三人用床单把母亲和梅尔分别裹起来藏到床下的功夫，我不着痕迹地整理好着装，不动声色地走出了贝德莱姆。

悄悄行动是为了不被其他住院者注意到。要是让他们意识到自己自由了，争先恐后逃走的话，就会演变成迪芬贝克先生所担忧的事态。

我，从贝德莱姆，离开了。我，离开了！

不过，我想，小心谨慎、考虑周全的迪芬贝克先生那时情绪也相当激动。我身无分文，迪芬贝克先生、小说家先生和安迪却都忘记了这一点。而我也没有意识到，在外面干什么都需要钱。

我先去找埃丝特了。去西威克姆需要钱，但去埃丝特那里走着就能到了。可没想到，安迪告诉我的家已经不是埃丝特的家了。

我必须自己谋生。能工作的地方是有的，像玫瑰酒吧那样的地方……

10

"查问委员会决定准许西蒙·迪芬贝克先生出院。院长伊安·怀勒应立即遵从此通告。"

安－夏莉·摩尔代替约翰·菲尔丁治安法官朗读文书，而后把文书的正面朝向怀勒，让他确认委员长弗朗西斯·达修伍德爵士的署名。

"迪芬贝克是哪个人呢？就像我之前解释的那样，名单不完善，没法确认住院者的姓名。"

"就是弹奏斯皮内琴的男子。"

"啊，是他啊。但是，他没有提出出院申请。他好像也没有家人。弗朗西斯爵士为什么会……"

"有疑问的话，去问弗朗西斯爵士就行了。"

"威斯敏斯特地区治安法官阁下为什么会给弗朗西斯爵士当使者？"

"这个也问弗朗西斯爵士就行了。不过，怀疑地问东问西，就是不信任我这个弗朗西斯爵士的代理人啊。"

"绝没有这种事。我尊重查问委员会委员长阁下的意向。不过，弗朗西斯爵士到底是怎么想的呢？他明明严令不让您和那个男人见面……"

"去问弗朗西斯爵士吧。"

"不，我什么都不会过问，遵从那位先生的指示就是了。"

"只要听话，你竞选议员的时候，他就会给你提供腐败选举区吗？"

法官的讥讽并没有让怀勒动容。

"我带您去大房间。"

"我要和他单独见面。不，我的眼睛和她的助手要陪同，但请你回避一下。"

"明白了。"

怀勒没有提出异议，不知是不是因为已经跟达修伍德说好了让他帮助自己竞选的事。

"我把他——是叫迪芬贝克吧——叫过来。"

不一会儿，怀勒就带着迪芬贝克回来了。"他没戴颈环。"安轻声说，"威克斯市长至少改善了一件事呢。不过，他的脖子上有溃烂的痕迹。"

让怀勒离开后，法官命令戈登到屋外站在门前。这是为了防止怀勒偷听。

"迪芬贝克先生。"法官说着伸出手，将触碰到的手紧紧握住。

"您知道我的名字……"

"我知道了你做出的所有牺牲。你的出院许可已经下来了，怀勒没有告诉你吗？"

迪芬贝克的手剧烈地抖了一下，仿佛传达出内心的震惊。

"为什么……这是为什么？出院……我做出的牺牲……您是见到凯特了吗？"

"我没有见到凯特小姐，但我的部下见到她了。我的一个年轻友人让达修伍德写下你的出院许可书并署了名，然后把许可书送到了我这里。"

这天早上，一名短工给法官送来一个厚厚的包裹。寄件人是爱德华·塔纳。除了让达修伍德写下的许可书外，包裹里还附有奈杰尔手记的后半部分。

法官让安朗读出来。

梅尔画母亲的画越来越多了，要瞒过烂人的眼睛更难了。跟躺在床上的母亲相比，梅尔画的母亲更生气勃勃。并且，我感到沉睡的母亲就像梅尔的画一样，越来越有生气了……

爱德，我现在正在凯特家的马厩里书写。

……

"我不能离开这里。"迪芬贝克坚决地说。

"没事的。交易取消了。即使你离开这里，凯特也不会有被起诉的危险。"

"您知道多丁顿继室的所作所为啊。"

"那个继室为了坐到正室的位置上，毒杀了前一位夫人。她威胁你，如果你揭发这件事，就指控凯特为凶手，起诉凯特。她命令你进入这里，作为你保持沉默的保证。"

"对处于弱势地位的人，正义不起作用。"

"对不起。"

"阁下为什么要……"

"我站在执法者的立场上,可是,我却无法保障审判的正义。"

"伦敦市民都清楚,阁下和那帮贪腐法官完全不一样。那个,凯特现在在哪儿?"

"我也不知道。让达修伍德写下文书的人把凯特安置在了某个地方。顺便说一下,安迪和埃丝特也得到了安置。"

"哦,这是多么美妙的事!谢谢。阁下,我向阁下和阁下的友人致以最深的谢意。"

迪芬贝克手上用足了劲,以至于两人交握的手掌掌心都发烫了。

"说回你,你出院后有可去的地方吗?"

"阁下……虽然好不容易得到了出院许可,但我不能离开这里。"

"是因为烂人和奥曼的事吗?"

"原来您知道啊!"

"奈杰尔留下了详细的手记。这份手记到了我手里。"

"啊,奈杰尔……"

"他不是为了告发那件事而写的。他应该没想到我会读。"

"奈杰尔,那孩子现在怎么样?"

"讲清楚所有事要花很长时间。"

"那孩子很聪明,但毕竟是在这种地方长大的。要是他在幸福地生活着就好了……"

"总之,迪芬贝克,离开这里吧。"

"我做不到。阁下既然知道那件事的详情,就不能宽恕我。这里的地下有七具尸骸。我虽然没有直接动手,但也算是共犯。我甚至指挥大家藏匿了尸体。"

"我认为你被囚禁的漫长岁月已经算是赎罪了。"

"神不会宽恕我的。"

"如果严格按照法律的角度来说,我也做过不可宽恕的事。我曾经想过辞职。"

"阁下不可能做违法的事的。"

"我做过。对地下有七具尸骸这件事睁一只眼闭一只眼也是其中之一。"

"是我们阻止约翰阁下辞职的。"安的声音插了进来,"不然谁来继承约翰阁下的工作呢?赛文达斯爵士优柔寡断,还经常误判。虽然没糟糕到被人叫贪腐法官的程度,但他总是被别人的话迷惑。"

换句话说就是作为法官很无能。安毫不留情地说。

"赛文达斯爵士一个人没法胜任,所以还得再有一个人上任,可是没有比约翰阁下更清廉能干的人才了。于是,我们恳请他忍耐良心的折磨继续工作。我认为这是约翰阁下的赎罪。"

"我们来一起分担同一桩罪吧。迪芬贝克,如果你没有可以安顿下来的地方,要不要来弓街协助我的工作?"

"请给我点时间。这太突然了,我考虑不清楚。"

"离开这里之后再考虑吧。我想应该没事,但无法预料什么时候状况就会发生变化。"

戈登的声音传来。

"谁也不能进去。"

"我可是院长。"

怀勒说到一半,把句尾咽了回去。

"戈登用那副面相瞪了他呢。"安咪咪窃笑道。

"让戈登放院长先生进来。"

安仍哧哧笑着,打开门,转达了法官的话。

"没什么特别的事,只是时间过去太久了,我来看一看情况。"

"我们谈完了。迪芬贝克先生会和我们一起离开这里。没有异议吧?"

法官没有乘轿子,而是拦了辆出租马车,在车厢里和迪芬贝克面对面坐着。安坐在法官旁边,她骑过来的马则换成了戈登来骑。

"迪芬贝克先生正出神地望着窗外。迪芬贝克先生,作为约翰阁下的眼睛,我必须向他讲述许多事。我把你的样子说给他听,不会让你觉得不舒服吧?"

在迪芬贝克先生面前,安的措辞变得很温柔,这令法官感到些许欣慰。根据埃丝特的描述,他的姿容并不出众,但他所做出的行动会让安产生好感也是当然的。

"请随意,请随意。"迪芬贝克的声音有些哽咽,接着是擤鼻涕的声音,"抱歉,我失态了。啊,这次看到外面……啊……时隔十五年了。是的,时隔十五年了。"

句尾变成了压抑着呜咽的怪异声音。

"喧嚣的伦敦。一点都没变哪。成群的马车和轿子。人山人海。"

然后,他问:"阁下,我能见到凯特吗?"

"我给不了你任何保证。"

"也是。"他深深叹息一声,"还是不去见她更好。不能去见她。我没有资格见凯特。"

"如果你是指地下的那件事,"安用饱含同情的语气说,"请忘了它吧。"

"这可行不通。严酷的事实就摆在那里,我不是清白的。凯特,还有安迪和埃丝特,大家都幸福就好。摩尔小姐,我问你,埃丝特长成漂亮的女性了吧?她以前是个可爱的女孩。安迪既有音乐方面的才华,又具备玻璃工匠的技能,希望他能充分发挥他的才能。啊,抱歉,我说得太多了。"

"没关系。"

"那边在卖报纸。实在不好意思,请允许我让马车停下,去买一份报纸。我想知道外面的情况。"

"戈登,"安吩咐骑马走在马车旁边的戈登从卖报纸的人那里买报纸回来,"买两份。我也要读给约翰阁下听。"

安接过报纸后,递给迪芬贝克一份,摊开另一份。

"什么!"迪芬贝克叫了出来,"新大陆在打仗?殖民地发起了反叛?"

"激战好像已经持续好久了。"

"殖民地军正在攻打波士顿……竟然发生了这种事。"

说完这句之后,迪芬贝克就不再作声了,应该是在聚精会神地读报纸吧。

"约翰阁下,虽然它占的版面很小,不过第一版有篇报道刊登了达修伍德的动向。"安用文雅的语气说。

  通信大臣弗朗西斯·达修伍德爵士宣布暂时停职。

响起翻动纸张的沙沙声,接着是安失笑的声音。

"第三版刊登了更详细的报道。"

达修伍德爵士是因为心烦意乱而停职的。根据某方面的消息，深夜，达修伍德爵士的卧室里出现了浑身是血的亡灵。亡灵站在爵士的枕边，用手写下如火的文字——"你被诅咒了""一命偿一命"。空中迸发出火花，异常高亢的音乐席卷了室内，黑衣恶魔令人眼花缭乱地跑来跑去，身后燃起火焰。爵士最终昏厥了。当他恢复意识后，一切都已经消失了。地毯上还零星地残留着像是恶魔蹄印的烧焦痕迹。

据说，爵士下意识地说了句"又是那家伙……"，然后不停地请求着饶恕，也不知是在冲着谁说话。

爵士现在仍处于疯癫状态，如果这种状况长期持续下去，可以想见，他将不得不辞职。弗朗西斯·达修伍德爵士对自己被恶魔缠身的原因是否有头绪呢？敝报提出了采访申请，但被爵士的亲信以爵士现在没法跟人正常交流为由拒绝了。

"他们又去干了一遍啊。"

法官苦笑着对安说。

克拉伦斯瞒着法官的这件事，法官和安都从亚伯那里听说了。

克拉伦斯的弟弟被达修伍德的马车轧死了，克拉伦斯策划复仇，爱德琢磨计策，亚伯、本和奈杰尔也加入了。他们让浑身是血的亡灵深夜出现在达修伍德的卧室里，书写如火的文字，喷出火焰。披头散发的异形狂叫着，达修伍德吓疯了，以致暂时停职，但后来又顽强地重新活跃起来。

虽然再现这个场景所需要的画出亡灵图像的奈杰尔不在了，披着假发吼叫的丹尼尔医生的爱犬也已经不在了，不过——

"应该是安迪、布鲁斯他们帮忙了吧。"

法官想象起来。即使做不出阿尔莫妮卡,但只要摩擦几个盛满水的高脚玻璃杯的边缘,就可以发出能把对此有心理阴影的达修伍德吓得直哆嗦的声音。安迪演奏恐怖的曲子;布鲁斯则把车轮装到腿的断面上,形如恶魔,以常人达不到的速度跑来跑去,并往身后撒无水铬酸结晶;伪装成亡灵的克拉伦斯泼上酒精。这是爱德发明的,他们曾用来吓唬达修伍德的手段之一。听说火焰能烧到二三十英寸高。

法官又回想起爱德的信。

我和克拉伦斯将作为志愿兵到新大陆去。我是杀人犯。现在,英国急需兵力,哪怕是杀人犯,只要是能成为战力的年轻男人,就可以减罪一等,不被处以死刑,而是被送到战场去。我省去了审判的功夫,自己报名了。克拉伦斯也和我一起去。埃丝特和安迪、凯特和雷·布鲁斯这四人也将坐同一艘船去新大陆。他们会向本杰明·富兰克林博士寻求保护。虽然博士现在是敌国的人,但从埃丝特和安迪的讲述,以及我此前听说的事来看,我确信他是个非常有人情味的人。对他们四人来说,伦敦没有安全的居所。我期待着博士再次见到安迪后会资助他重新制作阿尔莫妮卡。很遗憾,我没有听过那乐器的音色,但我不禁想象,那应该是让人想要以"天使的(angelica)"而非"恶魔的(diabolica)"来命名的乐音吧。

和迪芬贝克先生的出院许可证一样,乘船许可证也是我让达修伍德写下的。

我威胁了他。我说要把他和多丁顿夫妇利用贝德莱姆的全部罪行揭露出来。安迪和埃丝特是洞窟事件的活证人,如果进行公审,他们将作为证人站上法庭。把他们送到新大陆,对达修伍德来说也不是坏事。根据奈杰尔的手记和后来听安迪讲的事,我怀疑奈杰尔的父亲是达修伍德。我试探过达修伍德:你把被自己侵犯后自杀未遂、失去意识的少女扔进贝德莱姆了吧。那家伙装出一副不知情的样子,但看起来像是想到了什么。

迪芬贝克先生的出院许可也是以让安迪去新大陆作为交换条件的。我威胁达修伍德说,我有多丁顿继室的犯罪证据。我有检验砒霜的工具。凯特把被毒杀的原夫人的头发作为遗物装进了项链吊坠盒随身携带。只要在陪审员面前用检测器检测这些头发,毒杀一事就会大白于天下。不过实际上,只有从血液里才能检测出砒霜,头发是派不上用场的——不过,或许将来有一天,人们用头发和皮肤碎片也能检测出来。达修伍德明知毒杀一事却帮忙掩盖,也是同罪,就算在公审中不会受到有罪判决,这对现任大臣来说也是一个很大的污点。

我没有提自己在西威克姆犯下的罪,不过达修伍德非常赞成我去参军,答应了让四人跟我坐同一艘船过去这个条件。

我一再背叛阁下和丹尼尔老师。我不会请求原谅,因为这是不该被原谅的事。

弄到必要的文书后,作为离开伦敦前的临别赠礼,爱德和克拉伦斯又一次让达修伍德陷入了恐惧。

法官把爱德寄来的信交给了亚伯,让他转交给丹尼尔医生。法官也想过,是否还是什么都不告诉医生更好。

"安,报纸上有没有登西威克姆的事?"

"没有。就算杰加斯发现了橱柜里的尸体,向达修伍德报告,这事恐怕也只会被私下处理。"

没必要连克拉伦斯都报名去战场吧。安轻声说。

克拉伦斯明知在西威克姆发生的事,却帮忙掩盖。他大概是觉得没有在我手底下工作的资格了吧。

但法官没有把这话说出口。要论这一点,法官也是同罪,而且如果现在说这种话,会让迪芬贝克先生感到更加自责。

心情舒畅不起来,是因为应该接受杀人罪制裁的斯特拉——多丁顿的继室——逍遥法外。没准倒是可以把她投进关押经济犯的弗里特监狱。从她的生活方式来看,她恐怕欠了好多债。可即使只以此为目标,若债主不起诉的话,也无法进行审判。

我能做的事,就是为警察组织和审判的彻底改革尽最大的努力吧。

然后,法官想道:归根结底,我只是在追踪爱德华·塔纳的轨迹罢了……

法官认可,相比作为士兵拿起武器,爱德华·塔纳在追踪隐匿的罪行这方面的才能更为优秀。他还具备一定的创造力,制作出了能检测砒霜的装置,发现了与酒精化合后会起火的物质。

在新大陆的战场,他有机会发挥这些才能吗?

在弓街的法官官邸迎接法官的是亚伯、本和内森。丹尼尔医生也和他们一起。

"明天傍晚,"亚伯告诉法官,"运送新兵的船将从朴次茅斯起航。"

此时，距离爱德通过亚伯转告法官，事情会在期限内得到解决的那个夜晚，正好过去了一个星期。

11

朴次茅斯。在基督诞生的同年，入侵不列颠岛的罗马军发现了这个天然良港。十五世纪末，亨利七世将这里作为王室的船的母港，继任国王亨利八世指定这里为英格兰王室的造船所。现在它成了英国海军的基地。

岸边筑有坚固的石头堡垒，堡垒里打通的几个矩形隧道被称为出击门。

法官、安、亚伯、本和内森，还有丹尼尔医生一行人从马车上下来的时候，正赶上多艘驳船从出击门里出来，朝着停在海上的大帆船划去。

送行的人挤满了码头。

"太远了，看不清脸。"安叹息道，"爱德和克拉伦斯坐在哪艘船上呢？"

军乐队奏响雄壮的乐曲，鼓舞即将奔赴充斥鲜血与死亡的战场的人们。这和送葬的乐曲有多大区别呢？

送行的人群呼喊着各自亲朋好友的名字。年轻的姑娘抽抽搭搭地哭着，不停呼喊着应该是她恋人的男人的名字。

亚伯等人也喊了起来。

爱德、克拉伦斯，一定要回来。

"驳船划远了，"安说，"融入了粼粼波光……分不清船和光点……"

法官想起了奈杰尔手记中的最后两句话。

我把你变成了我想要的样子。

但是,爱德,如果能再见到你,我会变成你想要的样子。

主要参考资料

《地狱火俱乐部 秘密结社与十八世纪的英国社会》，伊夫林（著），田口孝夫、田中英史（译），东洋书林

《英国近代警察的诞生 维多利亚时代警察的社会史》，林田敏子（著），昭和堂

《解剖医生约翰·亨特的坎坷生涯》，温迪·穆尔（著），矢野真千子（译），河出书房新社

《十八世纪伦敦的日常生活》，理查德·B.施瓦茨（著），玉井东助、江藤秀一（著），研究社出版

《十八世纪伦敦的私生活》，莱莎·皮卡德（著），田代泰子（译），东京书籍

《伦敦平民生活史》，R.J.米歇尔、M.D.R.利兹（著），松村赳（译），美篶书房

《从讽刺画看十八世纪英国 霍加斯及其时代》，小林章夫、齐藤贵子（著），朝日新闻出版

《漫谈英国的旅店》，白田昭（著），讲谈社

《英国媒体史》，小林恭子（著），中央公论新社

《亨利·菲尔丁传》，泽田孝史（著），春风社

《富兰克林的信》，本杰明·富兰克林（著），蕗泽忠枝（编

译),岩波书店

《富兰克林的美国化》,戈登·S.伍德(著),池田年穗、金井光太郎、肥后本芳男(译),庆应义塾大学出版会

DVD《恐怖的精神病院》

特别附录

介绍作品中出现的两首关于"勿忘我"的歌曲。

  勿忘我

神创造美丽之花
赐予其名后
蓝色眼眸的小花
怯生生回来
平伏于地细声道
请您原谅我
十分遗憾,我忘了
自己的名字
神微笑着宣告说
汝之名正是
Forget-me-not

在这部作品的设定中,《勿忘我》这首歌是由迪芬贝克作词作曲的,不过这其实是作者不详的英国诗歌。我还是女学生的时候，同学告诉了我这首诗，说："我的叔父试着翻译了它。"那已经是七十年前的事了，所以我对歌词的记忆很模糊了，但这件事印象深刻。西条八十也按作者不详处理，翻译过这首诗。同学叔父试译的版本里，是小花忘记了神赐给自己的名字；而在西条八十的翻译版本里，则是神忘记给小花取名了。我想大概八十的翻译是正确的，但觉得七五调①的韵律比较好听，再加上对往昔的回忆很是怀念，便采用了前者。

How Can I Leave Thee

How can I leave thee!
How can I from thee part!
Thou only hast my heart,
Dearest, believe!
Thou hast this soul of mine,
So closely bound to thine,
No other can I love,
Save thee alone!

Blue is a flow'ret
Called the Forget-me-not.
Wear it upon thy heart,
And think of me!
Flow'ret and hope may die,

---

①日本韵文中反复用七音、五音构成的格律。

Yet love with us shall stay,

That cannot pass away,

Dearest, believe.

Would I a bird were!

Soon at thy side to be,

Falcon nor hawk would fear,

Speeding to thee.

When by the fowler slain,

I at thy feet should die,

Thou sadly shouldst complain,

Joyful I'd die.

这是英国的传统民谣。我上学的时候,听别人唱过这首歌,就记住了。这是一首很令人怀念的歌。

现在好像还能在网上听到。

"皆川博子的书架"展览会资料公开

　　二〇一五年七月三日到八月十八日，在纪伊国屋书店新宿总店的文艺专柜，为了纪念皆川博子女士的《西红柿游戏》和《双头巴比伦》的文库本发售，早川书房和东京创元社共同举办了"皆川博子的书架"展览会，并分发了纸质清单，清单上除了皆川女士的著作书目外，还收录了皆川女士精选的推荐书目及对其中部分作品的推荐语，备受好评。以下是对这份清单的重新登载。（编辑部）

一直以来，我都沉醉于兼具幻视之力与表达之美的故事。
向给予我展示机会的各位人士致以感谢。
也谢谢愿意站在这个书架前的你。

皆川博子

皆川博子的推荐书目及推荐语

《万叶秀歌（上，下）》，斋藤茂吉，岩波新书
冢本邦雄的歌集（《冢本邦雄的宇宙》等），冢本邦雄
葛原妙子的歌集（《现代歌人文库》等），葛原妙子
《马尔多罗之歌》，洛特雷阿蒙
收录了《酩酊船》的诗集（《兰波诗集》等），阿蒂尔·兰波
《恶童日记》，雅歌塔·克里斯多夫，早川 epi 文库
《二人证据》，雅歌塔·克里斯多夫，早川 epi 文库
《第三谎言》，雅歌塔·克里斯多夫，早川 epi 文库
《耶洗别之死》，克里斯蒂安娜·布兰德，早川推理文库
《推理歌剧（上，下）》，山田正纪，早川文库 JA
《具象之力》，飞浩隆，早川文库 JA
《天堂汽车旅馆》，艾瑞克·麦柯马克，创元丛书
《世界尽头的庭园 短篇故事集》，西崎宪，创元 SF 文库
《Q（上，下）》，卢瑟·布利塞特，东京创元社
《两西西里连队》，亚历山大·莱内特－霍勒尼亚
《别墅》，何塞·多诺索，现代企划室
《冰》，安娜·卡文，筑摩文库
《马赛尔·施沃布全集》，马赛尔·施沃布，国书刊行会

《教皇雅辛托斯》，浮龙·李，国书刊行会

《未成年天使》，安托万·沃洛金，国书刊行会

《布鲁诺·舒尔茨全集》，布鲁诺·舒尔茨，新潮社

《白痴（上，下）》，陀思妥耶夫斯基，新潮文库

《米诺陶洛斯》，佐藤亚纪，讲谈社文库

《壁炉 野沟七生子短篇全集》，野沟七生子，展望社

《沙岸风云》，朱利安·格拉克，岩波文库

《等待野蛮人》，J.M.库切，集英社文库

《雷梅迪奥斯·瓦罗 女性的绘画笔触》，凯瑟琳·加西亚，水声社

《看看那些玫瑰 鲍恩推理短篇集》，伊丽莎白·鲍恩，密涅瓦书房

《青金石》，山尾悠子，筑摩文库

《阉割》，鸠山郁子，青林工艺社

《香水假肢 佳嶋作品集》，佳嶋，特雷维尔出版

《幻想的插画家 凯·尼尔森》，海野弘解说·主编，马尔社

《可疑的客人》，爱德华·戈里，河出书房新社

《西方的图书工作室 从罗塞塔石碑到用摩洛哥革做封皮的书》，贵田庄，朝日选书

《人体的故事 从解剖学角度看人类的不可思议》，休·奥尔德西·威廉姆斯，早川书房

《解剖医生约翰·亨特的坎坷生涯》，温迪·穆尔，河出文库

《万叶集》（以及《莎士比亚全集》）为我的创作打下了基础。

通过冢本邦雄、葛原妙子的歌集，我见识了字字珠玑的文笔。

何塞·多诺索的《污秽的夜鸟》是杰作，但已经绝版了。为了让多诺索的名字不被彻底遗忘，我例举了最近被翻译成日语在国内出版发行的《别墅》。这本书不像《污秽的夜鸟》那么难读。

《未成年天使》将美丽的片段以几何学的方式组织在一起，编织出一个不可思议的世界。

这本书和布鲁诺·舒尔茨的《肉桂色铺子》（收录于全集）并列为我所偏爱之书的双璧。

会有哪个读者的心不被《白痴》的结尾抓住吗？

对《米诺陶洛斯》的作者自从出道以来展现出的精确知识、深刻洞察力与精彩的表达，我感到十分敬畏。

《沙岸风云》和《等待野蛮人》都描写了"边境守备队与看不见的敌人"这一情境。两部作品的内容完全不同，文风迥异，不过它们都蕴含着如诗的美感。格拉克的文字始终如同高雅的诗；《等待野蛮人》虽然描写了残酷的拷问场景等，但给人的整体印象仍静谧而富有诗意。我想要写出库切那样的文字。

《青金石》只是壮丽庙堂的片瓦。被这部作品吸引的朋友可以去阅读国书刊行会出版的《山尾悠子作品汇编》（没有在这里展出）一览全貌。

漫画《阉割》隐隐以清王朝的灭亡为背景，描绘出现实中不存在的妖艳哀切的世界。它是我钟爱的一篇作品。我实在太迷恋这部作品了，如果可以的话，希望它能被小说化。

凯·尼尔森是十九世纪末的插画家，作品以童话、传说的插画为主。其作品构图极为华丽，笔致极为精美，色彩充满幻想。同时代的插画家还有拉克姆和杜拉克，也都很优秀，不过还是尼尔森最吸引我。

读过绘本《可疑的客人》后，就不禁成了爱德华·戈里的俘虏。我想，柴田元幸先生的译文魅力也是重要因素。将原书名中的"doubtful"译为"うろんな"（可疑的）实在是太有品位了。

《西方的图书工作室　从罗塞塔石碑到用摩洛哥革做封皮的书》是一部非虚构作品。书中收录了许多彩色插图，详细记述了皮革装订书的制作过程，能带给读者奢侈的享受。二〇〇〇年出版的B5开本豪华版已经绝版了，不过，去年另一家出版社再版了这部作品。新版的装订很简朴，可以方便地随身携带阅读。

或许因为作者是英国人，《解剖医生约翰·亨特的坎坷生涯》十分幽默有趣。这本书中的约翰·亨特是拙作《剖开您是我的荣幸》中的土豆解剖医生的原型。《人体的故事从解剖学角度看人类的不可思议》的作者也是英国人，这部作品同样富有幽默感，能带给人强烈的阅读乐趣。

ARMONICA DIABOLICA
© 2013 Hiroko Minagawa
This book is published by arrangement with Hayakawa Publishing Corporation
Simplified Chinese edition copyright: 2022 New Star Press Co., Ltd.
All rights reserved.

图书在版编目（CIP）数据

天堂之音，魔鬼之名 /（日）皆川博子著；朱东冬译 . -- 北京：新星出版社，2022.4
ISBN 978-7-5133-4860-7

Ⅰ . ①天… Ⅱ . ①皆… ②朱… Ⅲ . ①侦探小说－日本－现代 Ⅳ . ① I313.45

中国版本图书馆 CIP 数据核字（2022）第 043776 号

午夜文库
谢刚 主持

天堂之音，魔鬼之名

［日］皆川博子 著；朱东冬 译

责任编辑： 王　萌
责任校对： 刘　义
责任印制： 李珊珊
封面绘图： 佳　嶋（© 2016 Kashima）
装帧设计： Caramel

出版发行：新星出版社
出　版　人：马汝军
社　　　址：北京市西城区车公庄大街丙3号楼　　100044
网　　　址：www.newstarpress.com
电　　　话：010-88310888
传　　　真：010-65270449
法律顾问：北京市岳成律师事务所

读者服务：010-88310811　　service@newstarpress.com
邮购地址：北京市西城区车公庄大街丙3号楼　　100044

印　　　刷：北京天恒嘉业印刷有限公司
开　　　本：910mm×1230mm　　1/32
印　　　张：14.625
字　　　数：235千字
版　　　次：2022年4月第一版　　2022年4月第一次印刷
书　　　号：ISBN 978-7-5133-4860-7
定　　　价：58.00元

版权专有，侵权必究。如有质量问题，请与印刷厂联系调换。